黃易

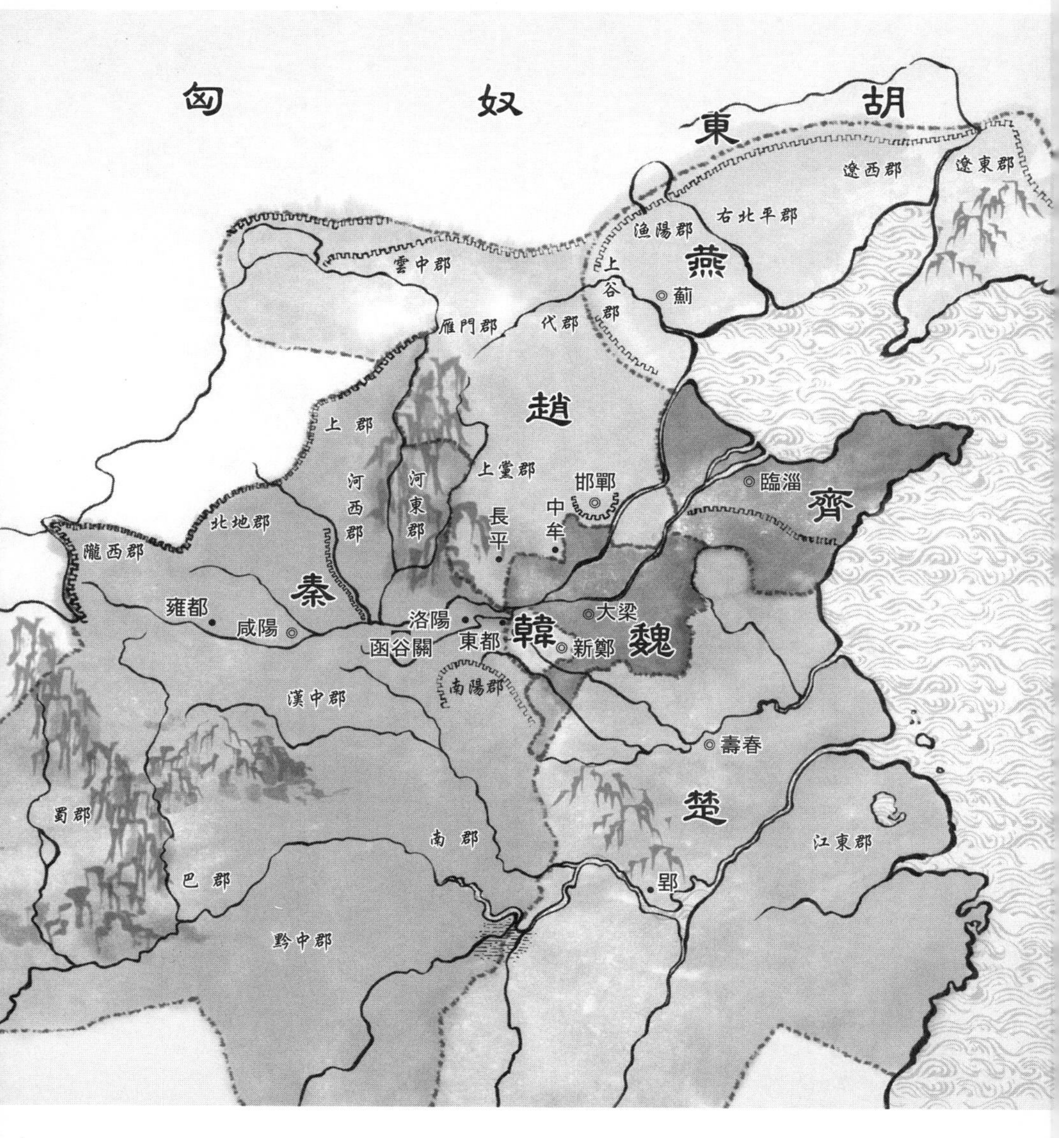

匈　奴
東　胡
遼西郡
遼東郡
右北平郡
漁陽郡
燕
上谷郡
薊
雲中郡
雁門郡
代郡
趙
上郡
河西郡
河東郡
上黨郡
邯鄲
中牟
長平
臨淄
齊
北地郡
隴西郡
秦
雍都
咸陽
洛陽
函谷關
東都
韓
大梁
新鄭
魏
南陽郡
漢中郡
壽春
楚
蜀郡
南郡
巴郡
郢
江東郡
黔中郡

戰國七雄分佈簡圖

卷03

目錄

第一章　愛恨情仇

項少龍以特種部隊訓練出來的堅強意志，勉強爬起床來，到客廳去見趙穆。

趙穆神態親切，道：「來！我們好好談談。」

項少龍故作愕然問道：「不是立即要到紀才女那裡嗎？」

趙穆苦笑道：「今早美人兒派人來通知我，說身子有點不適，所以看馬的事要另改時日。唉！女人的心最難測，尤其是這種心高氣傲的絕世美女。」

項少龍心中暗笑，有甚麼難測的？紀嫣然只是依他吩咐，取消了這約會，免得見著尷尬，不過卻想不到趙穆會親自前來通知。

揮退左右後，項少龍在他身旁坐下來，道：「侯爺昨晚睡得好嗎？」

趙穆歎道：「差點沒闔過眼，宴會上太多事發生，叫自己不要去想，腦袋偏不聽話。」再壓低聲音道：「李園今趟原來帶來大批隨從，稱得上高手的就有三十多人，都是新近被他收作家將的楚國著名劍手，平日他在楚國非常低調，以免招惹爹的疑心，一到這裡就露出本來面目。」

項少龍道：「侯爺放心，我有把握教他不能活著回我們大楚去。」

趙穆感動地瞧著他道：「爹沒有揀錯人來，你的眞正身分究竟是誰？爲何我從未聽人提過你。」

項少龍早有腹稿，從容道：「鄙人的眞名叫王卓，是休圖族的獵戶，君上有趟來我家附近打獵，遇上狼群，被鄙人救了。自此君上便刻意栽培我，又使鄙人的家族享盡富貴，對鄙人恩重如山，君上要我完成把你扶助爲趙王的計劃，所以一直不把我帶回府去，今次前來邯鄲，是與侯爺互相呼應，見機行事，這天下還不是你們黃家的嗎？小人的從人全是休圖族人，絕對可靠，侯爺盡可安心。」

趙穆聽得心花怒放，心想爹眞懂用人，王卓智計既高，又有膽識，劍術更是高明，有此人襄助，加上樂乘策應，趙君之位還不是我囊中之物？最大的障礙就只有廉頗和李牧這兩個傢伙了。

趙穆道：「我昨夜思量整晚，終想到一個可行之計，不過現在時機仍未成熟，遲些再和你商量。由於孝成王那昏君對你期望甚殷，你最緊要是盡早有點表現。」

項少龍暗笑最緊要的是有你最後這句話，站起來道：「多謝侯爺提醒，鄙人現在立即領手下到城郊牧場的新址研究一下如何開拓佈置。」

趙穆本是來尋他去敷衍對董匡有意的龍陽君，免致惹得這魏國的權貴人物不滿，聞言無奈陪他站起來，道：「記得今晚郭縱的宴會，黃昏前務必趕回來。」

項少龍答應一聲，把他送出府門，才與烏卓等全體出動，往城郊去也。

烏卓、荊俊和大部分人均留於新牧場所在的藏軍谷，設立營帳，砍伐樹木，搭橋修路，裝模作樣地準備一切，其實只是設立據點，免得有起事來一網成擒，亦怕荊俊耐不住，私自去找趙致。

黃昏前，項少龍、滕翼和三十多名精兵團裡的精銳好手，馬不停蹄的趕返邯鄲。才抵城門，守城官向他道：「大王有諭，命董先生立即進宮參見。」

項少龍與滕翼交換個眼色，均感不妙，趙王絕不會無端召見他的。

兩人說了幾句話後，項少龍在趙兵拱衛下，入宮見孝成王。

成胥親自把他領到孝成王日常起居辦公的文英殿，陪侍他的竟不是趙穆，而是郭開。

項少龍見孝成王神色如常，放下心來，拜禮後遵旨坐在左下首，面對著郭開。

成胥站到孝成王身後。

郭開向他打了個眼色，表示會照顧他。

孝成王隨口問幾句牧場的事後，歎道：「牧場的事，董先生最好暫且放緩下來，盡量不露風聲。」

項少龍愕然道：「大王有命，鄙人自然遵從，不知所爲何由？」

孝成王苦笑道：「拓展牧場是勢在必行，只是忽然有了點波折，讓郭大夫告訴先生吧！」

郭開乾咳一聲，以他那陰陽怪氣的聲調道：「都是那李園弄出來的，不知他由哪裡查得董先生今次是回歸我國，早上見大王，直說先生雖爲趙人，但終屬楚臣，若我們容許先生留在趙國，對兩國邦交會有不良影響。」

項少龍差點氣炸了肺，李園分明因見紀嫣然昨晚與自己同席，又親密對話，所以妒心狂起，故意來破壞他的事。不問可知，他定還說了其他壞話。幸好孝成王實在太需要他，否則說不定會立即將他縛起來，送返楚國去。

孝成王加重語氣道：「寡人自不會把他的話放在心上，只是目前形勢微妙，此人的妹子乃楚王寵妃，正權傾一時，若他在楚王面前說上兩句，勸他不要出兵對付秦人，我們今次的『合縱』將功敗垂成，所以現在仍不得不敷衍他。」

郭開笑道：「待李嫣嫣生了孩兒後，李園就算在楚王前說話，亦沒有作用。」

項少龍陪兩人笑了起來，他自然明白郭開指的是楚王是個天生不能令女人生兒子的人，所以李嫣嫣料亦不會例外。可是他卻知道今次眞正的經手人是春申君而非楚王，而且至少有一半機會生個男孩出來，郭開的推測未必準確。當然難以怪他，誰想得到其中有此奧妙。

項少龍心念一動，道：「鄙人是否應避開一會兒？」

孝成王道：「萬萬不可，那豈非寡人要看李園的臉色做人，寡人當時向李園說，董先生仍未決定去留，就此把事情拖著。所以現在才請先生暫時不要大張旗鼓，待李園走後，始做部署。」

項少龍心中暗喜，故作無奈地道：「如此我要派人出去把正在運送途中的牲口截著，不過恐怕最早上路的一批，應已進入境內。」

孝成王道：「來了的就來吧！我們確須補充戰馬，其他的依先生的主意去辦。」

項少龍正愁沒有藉口派人溜回秦國報訊，連忙答應。

孝成王沉吟片晌，有點難以啓齒地道：「昨晚巨鹿侯宴後把先生留下，說了些甚麼話？」

項少龍心中打了個突兀，暗呼精采，想不到孝成王終對趙穆這「情夫」生出疑心，其中當然有那其奸似鬼的郭開在推波助瀾，裝出驚愕之色道：「侯爺有問題嗎？」

郭開提醒他道：「先生還未答大王的問題。」

項少龍裝作惶然，請罪後道：「巨鹿侯對鄙人推心置腹，說會照顧鄙人，好讓鄙人能大展拳腳，又說，嘿……」

孝成王皺眉道：「縱是有關寡人的壞話，董先生亦請直言無忌。」

項少龍道：「倒不是甚麼壞話，侯爺只是說他若肯在大王面前爲鄙人說幾句好話，包保鄙人富貴榮華。唉！其實鄙人一介莽夫，只希望能安心養馬，為自己深愛的國家盡點力吧！不要說榮華富貴，就連生生死死也視作等閒。」

孝成王聽他說到趙穆籠絡他的話時，冷哼一聲，最後當項少龍「剖白心跡」後，他露出感動神色，連連點首，表示讚賞。

項少龍續道：「侯爺還想把鄙人留在侯府，為我找個歌舞姬陪宿，不過鄙人想到正事要緊，堅決拒絕。」

郭開道：「大王非常欣賞先生的任事精神，不過這幾天先生最好只是四處玩玩，我們邯鄲有幾所著名的官妓院，待小臣明天帶領先生去趁趁熱鬧。」

再閒聊幾句，孝成王叮囑他不可把談話內容向趙穆披露後，郭開陪著項少龍離開文英殿。

踏著熟悉的迴廊宮院，舊地重遊，憶起香魂已杳的妮夫人，項少龍不勝感慨，郭開在耳旁絮絮不休的說話，也只是有一句沒一句地聽著。

郭開見他神態恍惚，還以為他因李園一事鬱鬱不樂，安慰道：「董先生不要為李園這種人介懷。是了！今晚你不是要赴郭縱的晚宴嗎？」

項少龍一震醒過來，暗責怎能在這時刻鬧情緒，訝道：「大夫不是也一道去嗎？」

郭開微笑著道：「我已推掉，自東周君的姬重到邯鄲後，本人忙得喘不過氣來，只是為大王起草那份建議書，我已多天沒能好好睡覺。」

項少龍正要答話，左方御道處一隊人馬護著一輛馬車緩緩開過來，剛好與他們碰上。

郭開臉上現出色迷迷的樣子，低聲道：「雅夫人來了！」

項少龍早認出趙大等人，停下步來，好讓車隊先行。

趙大等紛紛向郭開致敬，眼看馬車轉往廣場，車簾卻掀了起來，露出趙雅因睡眠不足略帶蒼白倦容的俏臉，當她看到項少龍時，沒有顯出驚奇之色，像早知他來了王宮，只是嬌呼道：「停車！」

馬車和隨員停下來。

趙雅那雙仍然明媚動人的美目先落在郭開臉上，笑道：「郭大夫你好！」

郭開色授魂與地道：「這麼久沒有和夫人彈琴下棋，怎還稱得上是好呢？」

項少龍聽得心頭火發，恨不得賞趙雅一記耳光，她實在太不知自愛了。

趙雅見郭開在馬癡面前盡說這種調情的話，尷尬地答道：「郭大夫說笑了。」目光轉到項少龍臉上，柔聲道：「董先生是否要到郭府去，若是不嫌，不若與趙雅一道上路？」

項少龍冷然道：「多謝夫人美意，鄙人只想一個人獨自走走，好思索一些事情。」

郭開以爲他對李園的事仍耿耿於懷，沒感奇怪；趙雅則猜他因昨晚被自己不客氣地拒絕，所以現在還以顏色。暗忖這人的骨頭眞硬，似足項少龍。

心中一軟，輕輕道：「如此便不勉強先生了。」

馬車在前呼後擁下，朝宮門馳去。

項少龍拒絕了郭開同坐馬車的建議，道：「鄙人最愛騎馬，只有在馬背上才感安全滿足，大夫可否著衛士不用跟來，讓鄙人獨自閒逛，趁便想此問題。」

郭開疑惑地道：「先生初來邯鄲，怎知如何到郭家去呢？」

項少龍心中懍然，知道最易在這種無關痛癢的細節上露出破綻，隨口道：「大夫放心，鄙人早問清楚路途。」

飛身上馬，揮手去了。

甫出宮門，項少龍放馬疾馳，片刻後趕上趙雅的車隊。

雅夫人聽得蹄聲，見他雄姿赳赳地策馬而來，雙眸不由閃亮，旋又蒙上茫然之色。

自項少龍離趙後，她嘗到前所未有的折磨，悔疚像毒蛇般嚙噬她的心靈。爲了忘記這佔據她芳心的男子，她的行爲比以前更放浪，但項少龍始終霸佔她內心深處一個不能替代的位置。這一陣子她與韓闖搞上，還以爲可成功忘掉項少龍，可是董匡的出現，卻勾起她微妙的興奮與回憶，使她對韓闖意興索然。

項少龍故意不瞧她，轉瞬間將她拋在後方。

邯鄲城此時萬家燈火，正是晚飯後的時刻，街道上人車不多，清冷疏落。

項少龍想起遠在秦國的嬌妻愛婢，心頭溫暖，恨不得立即活捉趙穆，幹掉樂乘，攜美回師。

走上通往郭縱府的山路時，後方蹄聲驟響，回頭一看，追上來的竟是趙致。

項少龍一見是她，想起荊俊和滕、烏二人不同的提議，立時大感頭痛，放緩速度慢馳。

趙致轉眼來到他身旁，與他並騎而行，一瞬不瞬地深深注視著他道：「董先生像對邯鄲的大街小巷很熟悉呢！」

這麼一說，項少龍立知她跟蹤他有好一段路，到現在才發力追上來，暗叫不妙，道：「剛才來時，有人給鄙人指點過路途，致姑娘是否也到郭府赴宴呢？」

趙致沒有答他，瞪著他道：「先生的聲音怕是故意弄得這麼沙啞低沉的吧！」

項少龍心中叫苦，若她認定自己是項少龍，區區一塊假面皮怎騙得了她，今次想不用愛情手段都不成，暗自歎了一口氣，施出絕技，一按馬背，凌空彈起，在趙致嬌呼聲中，落到她身後，兩手探前，緊緊箍著她沒有半分多餘脂肪的小腹，貼上她臉蛋道：「致姑娘的話眞奇怪？鄙人爲何要故意把聲音弄成這樣子？」

趙致大窘，猛力掙扎兩下，但在這情況下反足以加強兩人間的接觸，驚怒道：「你幹甚麼？」

項少龍哈哈一笑，一手上探，捧著她下頷，轉過她的玉臉，重重吻在她嬌豔欲滴的朱唇上。

趙致「嚶嚀」一聲，似是迷失在他的男性魅力和情挑裡，旋又清醒過來，後肘重重在他脆弱的脅下狠撞一記。

項少龍慘哼一聲，由馬屁股處翻跌下去，其實雖是很痛，他仍未致如此不濟，只不過是給她個下臺階的機會。

趙致嚇得花容失色，勒轉馬頭，馳回項少龍仰臥處，跳下馬來，蹲跪地上，嬌呼道：「董匡！你沒事吧！」

項少龍睜開眼來，猿臂一伸，又把她摟得緊貼身上，然後一個翻身，將她壓在路旁的草叢處。

趙致給他抱壓得身體發軟，又不甘心被他佔便宜，更重要的是到現在仍不敢確定他是否項少龍，若給他這樣再吻一次，豈非對不起自己暗戀的男子，熱淚湧出道：「若你再輕薄我，我便死給你看！」

項少龍想不到她如此貞烈，心生敬意，卻又知道若這麼便離開她，情況會更爲尷尬，而在未知虛實前，更不可揭開自己眞正的身分，惟有仍把她壓個結實，柔聲道：「致姑娘討厭我嗎？」

趙致感到自己的身體一點都沒有拒絕對方的意思，又惱又恨，閉上雙目，任由淚水瀉下，軟弱地道：「還不放開我，若有人路過看到，人家甚麼都完了。」

項少龍俯頭下去，吻掉她流下的一顆淚珠，摟著她站起來，道：「姑娘太動人了，請恕鄙人一時情不自禁。」

趙致崩潰似的淚如泉湧，凄然搖頭道：「你只是在玩弄我，否則爲何要騙人家，我知道你就是他。」

項少龍暗歎一口氣，依然以沙啞的聲音柔聲道：「今晚我到你家找你，好嗎？」

趙致驚喜地睜開烏靈靈的美目，用力點頭。

項少龍舉袖爲她拭去淚漬，心生歉疚，道：「來！我們再不去就要遲到哩！」

趙致掙脫出他的懷抱，垂頭低聲道：「趙致今晚在家等你。」

項少龍愕然道：「你不去了嗎？」

趙致破涕爲笑，微嗔道：「你弄得人家這麼不成樣子，還怎見得人。」躍上馬背，馳出幾步後，仍不忘回頭揮手，送上嫵媚甜笑，那種少女懷春的多情樣兒，害得項少龍的心兒急跳幾下。直至她消失在山路下，項少龍才收拾心情，往郭府赴宴去也。

郭府今晚的宴會，賓客少多了，除趙穆、樂乘、韓闖、趙霸外，就只有項少龍不願見到的李園，若加上趙雅和他，就是那麼七個人，郭縱的兩個兒子均沒有出席，可能是到別處辦事去。

郭縱對他沒有了昨晚的熱情，反對李園特別殷勤招呼，似乎他才是主客。

項少龍早習慣這種世態炎涼，知道郭縱是故意冷淡自己，好爭取李園這可能成爲楚國最有權勢的新貴好感。

李園對他這情敵保持禮貌上的客氣，但項少龍卻清楚感到他對自己的嫉恨。

也難怪他，昨晚他目睹在歌舞表演時，紀嫣然仍對他親密說話，以他的精明和對紀嫣然的熟悉，不難看出端倪，察覺這絕世佳人對他頗有意思。

閒話幾句後，趙穆藉故把他拉到一旁，低聲問道：「大王爲何召見你？」

項少龍正等待他這句話，正中下懷，道：「他們追問昨晚侯爺對我說過甚麼話，我當然不會道出眞相，只說侯爺和鄙人商量開闢新牧場的事。侯爺！不是小人多心，孝成王那昏君似乎在懷疑你，我看郭開定是暗中出賣了你。」

趙穆眼中閃過駭人的寒光，冷哼一聲，道：「遲些我教他們知道厲害！」

項少龍知道已逼著趙穆走上謀反的路，此時趙霸過來，兩人忙改說閒話。

趙穆笑道：「館主的標緻徒兒今晚不陪同出席嗎？」

趙霸道：「她應該來的，我剛派人去找她。」

環珮聲響，趙雅翩然而至。

郭縱向李園、樂乘和韓闖告罪一聲，趨前迎迓。

趙雅目光先落在項少龍身上，再移往韓闖和李園處，猶豫片刻後，朝項少龍走來。

項少龍故意不望她，目光轉往別處打量。

今次設的是像紀嫣然在大粱香居的「聯席」，在廳心擺放一張大圓几，共有十個位子。項少龍心中暗數，就算把趙致包括在內，仍空出個座位出來，只不知還有哪位貴客未至。

香風飄到，趙雅與各人招呼後，向剛把頭轉回來的項少龍道：「董先生的馬真快，比人家還要早到那麼早。」

項少龍瀟灑一笑，算是答覆。

就在此時，有人來了。在兩名侍女扶持下，一位刻意打扮過、華服雲髻的美麗少女婀娜多姿地走進來。趙穆等均面露訝色，顯然不知她是何方神聖。

這謎底由郭縱親手揭盅，大商賈呵呵笑道：「秀兒！快來見過各位貴賓。」又向眾人道：「這是郭某幼女郭秀兒！」

趙穆訝道：「原來是郭公的掌上明珠，為何一直收了起來，到今天才讓我們得見風采。」

項少龍心念一動，想到郭縱是有意把幼女嫁與李園，那將來若趙國有事，亦可避往不是首當秦國鋒銳的楚國，繼續做他的生意。

像郭縱這類冶鐵和鑄造兵器業的大亨，沒有國家不歡迎，但多了李園這種當權大臣的照應，當然更是水到渠成。

現今天下之勢，除三晉外，遠離強秦的樂土首選是楚國。齊國鄰接三晉，有唇亡齒寒之險，燕國被田單所敗後，已一蹶不振。惟有僻處南方的楚國仍是國力雄厚，短期內尚有偏安之力。一天三晉仍在，楚人都不用操心秦人會冒險多闢一條戰線。

烏家成功移居秦國，郭縱這精明的生意人自然要為自己打算了。

此時郭秀兒盈盈來到眾人身前，斂衽施禮。

這年不過十六的少女苗條可人，長著一張清秀的鵝蛋臉兒，那對美眸像會說話般誘人，明淨如秋水，更添嬌媚。嘴角掛著一絲羞澀的甜笑，容光瀲豔處，差點可和烏廷芳相媲美。包括李園在內，眾人無不動容。

郭縱見狀，大爲得意，招手道：「秀兒快來拜見李先生。」

郭秀兒美目看到李園，立時亮了起來，螓首卻含羞垂下，把嬌軀移過去。

眾人登時泛起被冷落的感覺，趙雅的神色亦不自然起來。

趙穆瞥李園一眼，閃過濃烈的殺機，旋即斂沒，卻瞞不過項少龍的銳目。

趙雅現在感到芳心更傾向反覆無常的董匡，往他靠近點道：「先生有空可否來舍下看看蓄養的馬兒，讓趙雅能請教養馬的心得。」

趙穆還以爲她終於肯聽話去接近這「王卓」，笑道：「難得夫人邀約，讓本侯代他答應了。」

項少龍怎也不能當眾丟趙穆的臉，無奈點頭。

趙雅見他答應得這麼勉強，白他一眼，沒有說出日子、時間。

鐘聲響起，入席的時刻到了。

第二章　嫉恨如狂

不知是有心還是無意，項少龍的座位設在趙雅之旁，趙雅那邊接著是韓闖、郭秀兒、李園、郭縱，項少龍右方則是趙霸、樂乘和趙穆，趙致的座位給取消了。

現在誰都知道眞正的主角是坐在郭氏父女間的李園，此人能說善道，不一會兒逗得郭秀兒不斷掩嘴輕笑，非常融洽。看樣子只要李園肯點頭，郭秀兒就是他的人。

韓闖顯然對郭秀兒這出眾的美少女很有興趣，可是爲了他韓國的外交政策，當然不敢與李園爭一日之短長，專心與趙雅喁喁細語，趙雅故意不理會項少龍這個馬癡，親熱地與韓闖說話，不住發出銀鈴般的悅耳笑聲，爲宴會增添不少熱鬧與春色。

郭縱爲了給李園和愛女製造機會，與各人應酬幾句後，別過臉來和左邊的趙穆、樂乘閒聊，話題不離邯鄲達官貴人間的閒話。

趙霸與郭縱私交甚篤，加入這談話的小圈子，項少龍雖裝作興趣盎然地聆聽，但明顯地被郭縱冷落。

項少龍心知肚明郭縱轉舵得這麼快，是受到李園的影響，亦可推知這實業大亨對趙國的形勢較前更悲觀，已萌生離意。

他這心態自然瞞不過趙王和郭開，所以後者才提醒他要小心郭縱。

烏家一去，趙國立時顯露出日暮途窮的窘態。

趙雅又有甚麼打算呢？

侍女上來爲各人斟酒。

李園捨下郭秀兒，朝項少龍看過來，道：「董兄今次不惜萬水千山，遠道來此，只不知是爲了甚麼原因？」

眾人聽他語氣充滿挑惹的意味，都停止說話，看項少龍如何反應。

郭秀兒首次抬起俏臉，打量這比李園更魁梧威武、外表粗豪的大漢。

項少龍好整以暇地瞇起眼睛看他，以不徐不疾的沙啞聲音淡然道：「李兄愛的是美人，董某愛的是駿馬。美人到哪裡去，李兄追到哪裡去，董某則是看哪裡的水草肥茂，就往那兒跑。只要李兄想想自己，當明白董某人的心意。」答話粗野得恰到好處。

郭秀兒還以爲項少龍口中的美人兒是指自己，羞得垂下俏臉。

其他人想不到這老粗的詞鋒可以變得如此凌厲，均心生訝異，亦替李園感到尷尬。只有趙穆心中稱快，他不能開罪李園，董匡代他出手最恰當。

李園臉色微變，眼中掠過殺機，冷冷道：「董兄是否暗示我楚國的水草比不上這裡？」話甫出口已知自己失了方寸，同桌的除韓闖外全是趙人，這句話怎可說出來。

果然樂乘、趙霸和早視自己爲趙人的趙穆皺起眉頭。

項少龍見幾句話就逼得李園左支右絀，心中大樂，像看不到李園的怒意般若無其事地道：「李兄想得太遠了，鄙人只是打個比喻，其實各處的水草各有優點和缺點，南方氣候溫和，養馬容易，不過養出來的馬好看是好看，總不夠粗壯，捱不得風寒雨雪；北方養馬困難，可是養出來的馬刻苦耐勞，發生馬瘟的機會亦少多了。所以匈奴人的戰馬最是著名，正因是苦寒之地，才盛產良馬。」

眾人無不動容，想不到項少龍如此有見地，兼且連消帶打、指桑罵槐的暗諷位於南方的楚國耽於逸樂，不謀進取，反之北方諸國，包括強秦在內，雖是連年征戰，卻培養出不少人才，聲勢蓋過曾一度強大的楚人。

事實亦是如此。

楚國自給小小一個越國攻入郢都後，國威大挫，兼之策略頻出錯誤，國勢每況愈下。

六國的第一次合縱攻秦，以楚懷王為主，但實質參戰的只有韓、趙兩國。韓、趙兩國給秦大敗於韓境內的修魚，齊又倒戈攻趙、魏，自亂陣腳。秦因此乘機滅掉巴、蜀，使國土增加一倍以上，與楚的巫郡、黔中相接，從此開始楚人的噩夢，亦使他們嘗到「坐視」的苦果。

一直以來，秦人最忌的是齊、楚的結合，於是秦人以割地誘得楚懷王與齊絕交，得利後旋即食言，大敗楚軍於丹陽，斬首八萬，並攻佔楚的漢中，接著再取沼陵，使郢都西北屏藩盡失。

楚懷王的愚蠢行事並不止於此，正當他答應與齊的另一次合縱後，再次受到秦人的利誘，又一次忽然變卦，還和秦國互結婚盟。

齊、魏、韓大怒下聯兵討楚背約，懷王吃驚下使太子質於秦，請得秦兵來援，三國被迫無奈退兵，空助長了秦人氣焰。稍後秦人藉口攻楚，軟硬兼施，更騙得這蠢王入秦，給拘押起來，終因逃走不成，病死秦境。

到兒子楚頃襄王登位，欲報仇雪恥，可是給秦人虛言一嚇，立即屁滾尿流，不但求和，還向秦國迎親，與父親懷王同樣為歷史多添一筆糊塗帳。

所以項少龍這一番話正暗示楚人的自毀長城，乃人的問題，非戰之罪也。最厲害處是諷喻李園中看不中用，經不起風浪。

趙雅和郭秀兒憑女性敏銳的直覺打量兩人，都感到李園就似南方好看的馬，而這董匡則是北方經得起風霜的良驥，李園在她們心中的地位不由降低少許。

郭縱亦訝然地瞧著項少龍，重新思索到楚國避秦是否適當的做法。

項少龍從無可辯駁的大處入手，論證楚人優柔寡斷和不夠堅毅耐苦的致命弱點，針針見血。

李園的臉色陣紅陣白，卻是啞口無言。人家表面上只是評馬，他能說甚麼呢？

郭縱哈哈一笑，打圓場道：「董先生眞是句句話不離的把馬掛在口邊，不愧馬癡，來！我們喝一杯。」

眾人紛紛舉杯，只有李園鐵青著臉，沒有附和，使人感到此人心胸狹窄，有欠風度。

趙穆喝罷，再舉起女侍斟滿的美酒，舉杯向李園、韓闖兩人道：「爲韓、楚、趙三國的合縱，我們痛飲一杯！」

李園不知想到甚麼事，神色回復平時的從容灑脫，含笑舉杯，拉緊的氣氛才放鬆了點。

韓闖道：「聽說齊王對今次邯鄲之會非常重視，相國田單已親身趕來，這兩天就要到達。」

趙穆、樂乘兩人早知此事，其他人卻是初次聽聞，無不動容。

田單可說是齊國現今有實無名的統治者，聲名之盛，比之魏國的信陵君毫不遜色。

楚懷王死後八年，楚國國勢疲弱，而齊國則如日方中，隱與秦國分庭抗禮。就在此時，齊竟中了秦人之計，接受秦昭襄王的建議，秦王稱西帝，齊人稱東帝，擺明秦、齊平分天下之局。

雖在稱帝兩日後齊湣王終被大臣勸服取消帝號，卻沒打消他的野心，南征北討，先滅掉宋，又併吞一些小國，侵佔許多土地，但國力卻於征戰中大幅損耗，惹得秦、楚、三晉聯同燕國師出有名，大舉伐齊。燕將樂毅更攻入臨淄，僅六個月佔據齊國七十餘城，只剩下莒和即墨兩座孤城。

田單就是在這艱苦的環境裡冒起來的著名人物。他是齊王室的支裔，初時做臨淄市官底下的小吏，燕軍破城前，他教族人鋸去車軸的末端，奪路逃亡時不致因車軸撞壞而成功逃去，只此一著，使他嶄露頭角，顯出他臨危不亂、足智多謀的資質。

俟燕人圍攻即墨，眾人推舉他爲城守，雙方交戰五年。燕昭王逝世，新即位的燕惠王中了田單的反間計，以一個無能將軍取代樂毅，樂毅一去，田單便似摧枯拉朽般把燕人掃出齊境，最有名就是以火牛陣大破燕軍的一役。

田單雖因此威名遠播，但齊國則從此沉痾難起，直至此時。

項少龍還想聽下去時，身旁的趙雅親自由女侍處取過酒壺，爲項少龍几上的空杯添上美酒，秋波盈盈地含笑輕聲道：「董先生！趙雅或有得罪之處，就借這一杯酒作賠禮吧！」

韓闖正口沫橫飛，沒有在意，只有李園眼中奇光一閃，動起腦筋來。

項少龍心中暗怒，這女人眞是朝秦暮楚，剛剛還與韓闖如膠似漆，現在被他的言詞打動，又來討好自己，不過亦不致沒風度得教她當眾難堪，不冷不熱地舉起酒杯道：「夫人多心，何來得罪之有！鄙人回敬夫人一杯！」

趙雅美目深注地舉杯喝了。

韓闖終於注意到兩人暗通款曲，臉上掠過不快之色，假若是在韓國，以他的權勢，定要教龍少龍好看，現在卻只能鬱在心裡。

李園哈哈一笑道：「夫人！今天在下尚未與你祝酒。」舉起酒杯，遙遙敬祝。

趙雅雖說對他好感略減，仍是頗有情意，昨晚此人對她態度冷淡，現在竟主動來撩撥她，不禁受寵若驚，意亂情迷地舉杯。

項少龍明知李園是藉趙雅來打擊他，仍是心頭發火，既恨李園，又氣趙雅的不知自愛，表面當然不露出絲毫痕跡。

李園並不肯就此罷休，繼續挑逗趙雅道：「夫人酒量眞好，不若找一晚讓在下陪夫人喝酒，看看誰先醉倒。」

這麼一說，同席的九個人裡，倒有四個人的表情不自然起來。

臉色最難看的是郭縱和郭秀兒，大感他公然勾搭這以放蕩名聞天下的美女，太不顧他們的顏面了。

韓闖卻將他對項少龍的嫉妒，轉移到此剛出現的情敵身上。

趙穆的臉色亦很不自然，狠狠瞪著趙雅，要她出言婉拒。

趙雅想不到對方如此大膽，公然在席上約她共度春宵。拒絕嗎？實在有點不捨得，接受嗎？旁邊這似比李園更有魅力的男子就會看不起自己，妙目一轉，道：「李先生如此有興致，趙雅找天在敝府設宴，到時先生莫要推說沒空呢！」

接著美目環視眾人，笑語盈盈道：「各位須來做見證，看看我們誰先醉倒。」

李園微感愕然，想不到趙雅竟不受他勾引，不由首次定神打量她。

他的心神自給紀嫣然佔據後，很少留意別的女性，這刻細看下，發覺趙雅有若一朵盛放的鮮花，說不盡的嬌媚風情，楚楚動人，那種成熟的美態，確是別具一格。而且表面看來，她雖是騷媚入骨，豔光流轉，但卻有著一種綽約雅逸的神韻，教人不敢輕視，不由怦然心動起來，這才明白韓闖爲何那般迷戀她。

李園灑然一笑道：「若定好日子，請通知在下。」

這時趙霸插言進來，各人又轉到別的話題去。

趙雅湊往項少龍處，低聲道：「滿意嗎？」

項少龍大感快意，知道這蕩女終於向他的另一個身分再次投降，尚未有機會說話，郭秀兒站起來，神情木然道：「對不起！秀兒有點不舒服，想回房休息。」

李園臉上泛起不悅之色，沒有作聲。

眾人均心知肚明這千金小姐在發李園的脾氣。

郭縱無奈道：「送小姐回房！」

當下有侍女來把這可人兒送出廳外。

氣氛再度尷尬起來，沒有了郭秀兒，晚宴頓形失色，幸好還有趙雅在撐場面。

趙霸多喝了兩杯，談興忽起，扯著項少龍說起劍術的心得，道：「現在學劍的人，大多急功近利，徒具架勢，卻沒有穩定的身法、馬步去配合，對腰力的練習更不看重，有臂力卻欠腕力，茫不知腰、臂、腕和步法四方面相輔相成，才能發揮劍法的精華，可知氣力的運用乃首要的條件。」

李園心高氣傲，顯然不把趙國的劍術泰斗放在眼裡，淡淡道：「我看空有力氣仍沒有用，否則囂魏牟就不會給項少龍宰掉。」

「項少龍」這名字現在已成城內人人避提的禁忌，除韓闖外，無人不爲之愕然。

項少龍則因有人提到自己的名字而心中懍然，他飛快瞥了趙雅一眼，見她神情一黯，發起怔來。

韓闖傲然道：「只可惜他溜到秦國去，否則定要試試他的劍法厲害至何等程度。」

趙穆咬牙切齒道：「異日攻入咸陽，不是有機會嗎？」

趙霸給李園搶白，心中不忿，但又說不過李園，沉聲道：「李先生以劍法稱雄楚國，不知可否找天到敝館一行？好讓趙某大開眼界。」

李園雙目電芒閃現，點頭道：「在下每到一地，均愛找當地最著名的劍手切磋比試，趙館主有此提議，李園實是正中下懷。」

今次連樂乘對此子的盛氣凌人都看不過眼，笑向趙霸道：「李先生如此豪氣干雲，館主請定下日子、時間，好讓我們欣賞到李先生的絕世劍術。」

趙霸顯是心中怒極，道：「趙某頗有點急不及待，不若就明天吧！看李先生哪個時間最適合？」

李園得意洋洋的道：「明天可不行，皆因在下約了嫣然小姐共遊邯鄲，不如改在後天午後時分如何？」

眾人爲之愕然，均露出既羨慕又嫉妒的神色。

項少龍的心直沉下去，涼了半截。爲何嫣然竟肯接受這人的約會？定要向她問個一清二楚。

趙雅則神色木然，給紀嫣然奪去風光，當然不好受。

宴會的氣氛至此被破壞無遺，趙霸首先藉詞離去，接著輪到趙雅。

韓闖站起來道：「讓本侯陪夫人回府。」

趙雅煩惱得蹙起黛眉，搖頭道：「平山侯的好意心領了，趙雅的腦袋有些昏沉，想獨自一人靜靜。」

平山侯韓闖閃過不悅之色，冷冷道：「夫人愛怎樣便怎樣吧！」

趙穆長身而起道：「一起走吧！我卻是談興正隆，誰願陪我同車。」向項少龍飛個眼色。

項少龍忙點頭道：「橫豎我是一個人來，由鄙人陪侯爺吧！」

趙雅奇怪地看項少龍一眼，對兩人的關係生出疑惑。

眾人紛紛告辭，離開郭府分頭走了。

在車內趙穆道：「想不到先生詞鋒如此凌厲，連一向能言善辯的李園亦招架不來。只不知你有沒有把握戰勝他手中之劍，據悉此人確有眞才實學。」

項少龍皺眉道：「有沒有把握還是其次的問題，不過武場切磋，用的既是鈍口的木劍，又非生死相搏……」

趙穆截斷他道：「我只是想挫他的氣焰，並非要當眾殺他。這小子實在太可恨了，若給我把他拿著，定要操他個生不如死。」

項少龍的皮膚立時起了一個個的疙瘩，打了個寒顫。

第三章　落難姊妹

回到行館，滕翼低聲道：「嫣然在內室等你。」

項少龍正要找她，聞言加快腳步。

滕翼追在身旁道：「趙王找你有甚麼事？」

項少龍不好意思地停下來，扼要說出情況，笑道：「我們尚算有點運道，在邯鄲再多待一、兩個月應沒有問題。」

滕翼推了他一把，道：「快進去吧！你這小子眞的豔福無邊。」

項少龍想不到這鐵漢竟也會爆出這麼一句話來，可見善蘭把他改變了很多。笑應一聲，朝臥室走去。

剛關上門，紀嫣然便夾著一陣香風投入他懷裡，熱情如火，差點把他融掉。

初嘗禁果的女人，分外癡纏，紀才女亦不例外。

雲雨過後，兩人喁喁細語。

項少龍尚未有機會問起她與李園的事，這佳人早一步坦白道：「項郎莫要誤怪嫣然，明天人家答應陪李園到城南的『楓湖』賞紅葉，唉！這人癡心一片，由楚國直追到這裡來，纏著人家苦苦哀求，嫣然不得不應酬他一下，到時我會向他表明心跡，教他絕了對嫣然的妄念。」

項少龍聽得紀嫣然對李園不無情意，默然不語。

紀嫣然微嗔道：「你不高興嗎？只是普通的出遊罷了！若不放心，人家請鄒先生同行好了。」

項少龍歎道：「據我觀察和得來的消息，此君的內在遠不如他外表好看，但若在這時說出來，我便像很沒有風度了。」

紀嫣然脫出他的懷抱，在榻上坐起來，任由無限美好的上身展現在他眼前，不悅地道：「難道嫣然會認爲你是搬弄是非的人嗎？人家早在大梁就是你的人了，有甚麼值得吞吞吐吐的。」

項少龍把她拉得倒入懷裡，翻身壓著，說出了他利用李嫣嫣通過春申君設下的陰謀，又把今晚席上的事告訴她。

當紀嫣然聽到李園向趙王施壓對付她的「項少龍」，又公然在席上宣佈與她的約會，勃然色變道：「想不到他竟是如此淺薄陰險之徒，嫣然眞的有眼無珠。」

項少龍道：「這人可能在楚國隱忍得很辛苦，所以來到趙國，不怕讓別人知道，遂露出眞面目。」

紀嫣然吁出一口涼氣，道：「幸得項郎提醒嫣然，才沒有被他騙了。唉！項郎何時才可帶人家到咸陽呢？這樣偷偷摸摸眞是痛苦。鄒先生亦很仰慕秦國，希望可快點到那裡去呢！」

項少龍歎道：「誰不想快些離開這鬼地方，不過現在仍要等待時機。」

紀嫣然依依不捨坐起來，道：「人家要回去了，今次不用你送我，給人撞破更百辭莫辯。」旋又笑道：「不若我們合演一場戲，劇目就叫『馬癡勇奪紀嫣然』，若能氣死李園，不是挺好玩嗎？我們也不用偷偷摸摸，提心吊膽了。人家還可公然搬來和你住在一起呢！」

項少龍坐起身來，勾著她粉項再嚐她櫻唇的胭脂，笑道：「是『馬癡獨佔紀佳人』，又或『董癡情陷俏嫣然』。這想法眞誘人，只怕惹起龍陽君的疑忌，那就大大不妙。」

紀嫣然笑道：「龍陽君這人最愛自作聰明，只要我們做得恰到好處，似有情若無情，循序漸進，反會釋他之疑，甚至會使他認為人家和那個項少龍沒有關係，否則怎會對別的男人傾心。」再甜笑道：「項郎的說話用詞是這世上最好聽的。」

飄飄然中，項少龍想想亦是道理，精神大振，若能除掉龍陽君對紀嫣然的疑心，日後行動會方便多了。否則如給這半男不女的小人察破他們的私情，可能會立即揭穿他的身分。因為只要仔細驗他的假臉，他就無所遁形了。

對趙人來說，讓他得到紀嫣然，總好過白便宜李園。兩人興奮得又纏綿起來，然後共商細節。

項少龍想起趙致，再三催促下，紀嫣然才難解難分地悄然離開。

項少龍趁紀嫣然走後小睡一個時辰，半夜滕翼才來把他喚醒。

這行館本來是有管家和一批侍婢僕人，但都給他們調到外宅去，免得礙手礙腳。

梳洗時，滕翼在他身後道：「有幾個形跡可疑的人，半個時辰前開始埋伏在前街和後巷處，不知是何方神聖，眞想去教訓他們一頓。」

項少龍道：「教訓他們何其容易，只要明天通知趙穆一聲，奸鬼定有方法查出是甚麼人。」

滕翼道：「你出去時小心點，看來我還是和你一起去好些，至少有個照應。」

項少龍失笑道：「我只是去偷香竊玉，何須照應。」

滕翼不再堅持，改變話題道：「少龍準備何時與蒲布、趙大這兩批人聯絡？」

項少龍戴上假面具，道：「這事要遲一步才可決定，而且不可讓他們知道董匡就是我項少龍，人心難測，誰說得定他們其中一些人不會出賣我們？」

滕翼鬆了一口氣，道：「你懂這麼想我就放心了。」

項少龍用力摟了他的寬肩，由他協助穿上全副裝備，踰牆離府，沒入暗黑的街道裡。

雖是夜深時分，街上仍間有車馬行人和巡夜的城卒。這時代的城市地大人少，治安良好。一路保持警覺，半個時辰後到達目的地。他仍怕有人盯梢，故意躲在一棵樹上，肯定沒有人跟來，才跳了下來，潛進趙致家旁的竹林裡。

那是座普通的住宅，只比一般民居大了一點，特別處是左方有條小河，另一邊則是這片竹林，把宅院和附近的民房分隔開來，而這片竹林是進門必經之路。

項少龍拋開對荊俊的歉意，心想成大事哪能拘小節，安慰了自己後，才走出竹林去。

雄壯的狗吠聲響起，旋又靜下來，顯是趙致喝止了牠。

趙致的宅院分為前、中、後三進，後面是個小院落，植滿花草樹木，環境清幽雅緻。後進的上房與花園毗連，只要爬牆進入後院，可輕易到達趙致的閨房。

就在此時，其中一間房燈火亮起，旋又斂去，如此三次後才再亮著。

項少龍知是趙致的暗號，心中湧起偷情的興奮。趙致勝在夠韻味，有種令人醉心的獨特風情。特別使人印象深刻是她年不過二十，偏有著飽歷人世的滄桑感，看來她定有些傷心的往事。

項少龍知道時間無多，春宵一刻值千金，迅速行動，攀牆入屋，掀簾入內。

原來這是間小書齋，佈置得淡雅舒適，趙致身穿淺絳色的長褂，仰臥在一張長方形臥榻上，几旁擺奉美酒和點心，含笑看著他由窗門爬入。

項少龍正報以微笑時，心中警兆忽現，未來得及反應前，背上已被某種東西抵在腰際。

他之所以沒有更清楚的感覺，是因爲隔著圍在腰間插滿飛針的革囊。

背後傳來低沉但悅耳的女音道：「不要動，除非你可快過機栝發動的特製強弩。」

項少龍感到有點耳熟，偏又想不起在背後威脅他的人是誰。

趙致興奮地跳起來，嬌笑道：「人人都說項少龍如何厲害，還不是著了我們姊妹的道兒。」

項少龍心中苦笑，這是第二次被女人騙，女人肯定是男人最大的弱點，總是對美麗的女子沒有戒心。但又大感奇怪，趙致若要對付他，只要到街上大喊三聲，保證他全軍覆沒，何用大費周章，私下對付他。

難道她對死鬼連晉仍餘情未了，不親自下手不夠痛快？故作驚訝地道：「致姑娘說甚麼呢？誰是項少龍？」

趙致怒道：「還要否認！在往郭家的山路時你不是承認了嗎？」

項少龍故意氣她道：「誰告訴過你鄙人就是項少龍呢？」

趙致回心一想，他的確沒有親口承認過，但當時那一刻他的神態語氣活脫脫就是項少龍，現在他又矢口不認，分明在作弄自己。

身後那不知是趙致的姊姊還是妹子的女子沉聲道：「你若不是項少龍，我惟有立即殺人滅口，以免洩露我們的秘密。」

項少龍心中一震，終認出身後的女子是曾兩次行刺趙穆的女刺客，第一次是差點誤中副車，另一趟則發生在前晚，給自己破壞了。

很多以前想不通的事，至此豁然而悟。難怪女刺客能潛入侯府，全因有趙致這內奸接應。

他歎了一口氣道：「那我死定哩！因爲鄙人根本連項少龍是誰都不知道，還以爲致姑娘對我特別青睞……」

後面的女子厲聲道：「你再說一聲不是項少龍，我立即扳掣機栝！」

項少龍暗笑你若能射穿那些鋼針才怪，冷哼一聲，道：「我『馬癡』董匡從不受人威脅，也不會將生死放在心上，本人不是項少龍就不是項少龍，何須冒認，不信可來檢驗本人的臉是否經過化裝？」

他這叫行險一博，賭她們造夢都想不到世間竟有這種由肖月潭的妙手炮製出來巧奪天工的皮面具，且這面具有天然黏性，與皮膚貼合得緊密無縫，連臉部表情都可顯露出來，不懂手法，想撕脫下來並非易事。

趙致呆了一呆，來到近前，伸手往他臉上撫摸。摸抓幾下，趙致果然臉色遽變，顫聲道：「天啊！你眞不是他！」

項少龍道：「我雖不是項少龍，但千萬勿要發箭，否則定是一矢雙鵰之局。」

兩女同時一呆，知道不妙。

項少龍在兩女之間閃電般脫身出來，轉到趙致身後，順手拔出腰間匕首，橫在趙致頸上，另一手緊箍著她那動人的小腹，控制局面。

女子舉起弩箭，對正兩人，卻不敢發射。

項少龍帶著趙致貼靠後牆，才定神打量這劍術和戰略均厲害得教人吃驚的女刺客。她比趙致矮了少許，容貌與趙致有七、八分相似，但更是白皙清秀。兩眼神光充足，多了趙致沒有的狠辣味兒，年紀亦大了點，身段優美得來充滿了勁和力，此刻活像一頭要擇人而噬的雌豹。

項少龍微笑道：「這位姊姊怎麼稱呼？」

趙致不理利刃加頸，悲叫道：「大姊快放箭，否則不但報不了仇，我們還要生不如死。」

項少龍放下心來，知道趙致眞以爲自己是那「馬癡」董匡，慌忙道：「有事慢慢商量，我可以立誓不洩露你們的秘密，本人一諾千金，絕不食言。」

兩人不由面面相覷，此人既非項少龍，就絕沒有理由肯放過她們，太不合情理了。

項少龍不讓她們有機會說話，先以董匡之名發一個毒無可毒的惡誓，然後道：「大姊放下弩箭，本人立即釋放令妹。」

那美女刺客悻悻然道：「誰是你大姊？」一雙手卻自然地脫開勁箭，把強弩連箭隨手拋往一旁，爽快得有點不合情理。

項少龍心想這頭美麗的雌老虎倒算乾脆，收起橫在趙致粉頸的匕首。就在此時，他看到此女向趙致打了個眼色，心知不妙，忙往橫移，恰恰避開趙致的肘撞。

女子撮唇尖嘯，同時抽出背上長劍往他攻來。

項少龍無名火起，自己爲了不想殺人滅口，才好心發毒誓不洩出她們的秘密，可是她們不但不領情，還反過來要滅掉他這活口，血浪閃電離鞘而出。

驀地門口那方異響傳來，百忙中別頭一看，暗叫了聲我的媽呀，原來是一頭大黃犬，正以驚人高速竄入門來，露出森森白牙，鼻孔噴著氣，喉間「嗚嗚」有似雷鳴，朝他撲到，登時醒起剛才她撮唇尖嘯，是爲喚惡犬來助陣。

幸好項少龍以前受訓項目之一，就是如何應付惡犬，雖未眞的試過，但總嘗過與比這頭黃犬更粗壯的軍犬糾纏的滋味，橫劍一掃，蕩開對方刺來一劍，矮身側踢，剛好正中已撲離地面那惡犬的下顎處。

這頭畜牲一聲慘嘶，側跌開去，滾倒地上，一時爬不起來。

趙致亦不知由哪裡找來佩劍，配合姊姊分由左側和正面攻來，一時盡是森寒劍影。

項少龍深悉兩女厲害，不過他早把《墨氏補遺》的三大殺招融會貫通，劍法再非昔日吳下阿蒙，趁惡犬尚未再次撲來，猛地閃到大姊身側，使出渾身解數，一劍由上劈下。

那大姊大吃一驚，原來項少龍這一招精奧奇妙，竟能在窄小的空間不住變化，教人完全尋不出來龍去脈。猛咬銀牙，以攻制攻，竟不理敵劍，往項少龍心窩閃電刺去，完全是同歸於盡的格局。

項少龍心中暗讚，不過亦是正中下懷。他曾與她交過手，知她劍法走靈奇飄忽的路子，庸手與她對仗，怕連她的劍都未碰著便要一命嗚呼。這也是女性用劍的特點，以免要和天生較強壯的男性比臂力。

當下變招橫劍揮擋。「噹」的一聲脆響過處，美女刺客的劍給項少龍掃個正著。她要以攻制攻，就必須全力出手，有進無退，反予機會讓項少龍全力與她硬拚一劍。

除了囂魏牟和滕翼外，項少龍的臂力可說全無對手，她怎麼厲害仍是個女人，受先天限制，兩劍交擊下，震得她手腕痠麻，駭然退了開去。

項少龍本以爲可使她長劍脫手，豈知她終勉強捱撐過了，冷喝一聲，往地上滾去。

趙致怎也想不到馬癡劍術如此驚人，要衝上助陣時，剛好給退後的姊姊撞個正著，一起踉蹌倒退。

這時那黃狗又回過頭來，想撲向項少龍。

趙致驚叫道：「大黃！不要！」

項少龍此時早右手執起弩弓，左手撈起弩箭，以最敏捷的手法上箭瞄準，對著那頭大黃。

這頭犬非常機靈，亦曾受過兩女訓練，一見弩箭向著自己，低狺一聲，縮退至兩女身後。

項少龍右手持弩，劍交左手，指著驚魂甫定的兩女，微笑道：「大姊叫甚麼名字，讓董某有個稱呼。」

兩女神色驚疑不定，縮在牆角，不敢動彈。在這種窄小的空間和距離內，要撥開以機栝射出的勁箭，簡直是癡人說夢。

那大姊的骨頭很硬，緊抿著嘴，沒有答他，反是趙致衝口答道：「她叫田柔！」

項少龍愕然道：「不是姓趙的嗎？」

趙致知說漏了嘴，臉色蒼白起來。

項少龍與那田柔對視，心想她既姓田，說不定與田單有點親族關係。趙穆一向與田單有勾結，否則不會和囂魏牟暗中往來，想到這裡，有了點眉目，故意扮作睜眉怒目地道：「本人原本有意放過你們兩人，可惜你們竟是姓田的，我最憎惡就是這個姓的人，現在惟有拋開憐香惜玉之心，送你們回出娘胎之前那地方去，這麼給你們一個痛快，應感激我才對。」

趙致盯著他手上的弩箭，顫聲道：「你爲甚麼這麼恨姓田的人？」

田柔怒道：「致致！不要和他說話，他要殺便殺吧！」

項少龍暗怪這房子難道只得她姊妹二人，否則鬧到這麼厲害，仍不見有人出現，趙致那相依爲命的「父親」躲到哪裡去呢？想到這裡，只見那給趙致拉著的黃狗耳朵豎直起來，露出注意的神色。心中了然，喝道：「不准進來，否則本人立即放箭。」

兩女愕然，想不到他竟然能察覺救兵無聲無息的接近，登時泛起無法與這人對抗的軟弱心態。

項少龍望向趙致，道：「橫豎你們死到臨頭，本人不須瞞你們，我之所以憎恨姓田的人，因爲其中有一個人叫田單。」

兩女呆了一呆，定神瞧他。項少龍緩緩移前，弩箭上下移動，教兩女不知他要選擇的位置。

一個誘人的想法在心中升起，只要他射殺田柔，再以飛針對付門外的人和趙致，可有十成把握迅速解決三人，那就一了百了，不用爲她們煩惱。

門外一把蒼老的聲音喝道：「壯士手下留人，我家兩位小姐的大仇人正是田單，大家是同一條路上的人。」

田柔和趙致齊叫道：「正叔！」

項少龍冷笑道：「這話怎知眞假？本人故意告訴你們此事，就是要逼自己狠下心來好殺人滅口，否則若把這事洩出去，給與田單有勾結的趙穆知道，我哪還有命。或者你們尚未知道，田單這兩天便要來邯鄲，本人報仇的唯一機會亦到了，絕不容許給人破壞。」

兩女為之動容，顯是不知田單來趙的事。

田柔杏目圓睜，盯著他道：「你不是趙穆的同黨嗎？」

項少龍喝道：「閉嘴！誰是這奸賊的伙伴，只是為取得他的信任好對付田單，才虛與委蛇。唉！本人從未殺過女人，今晚只好破戒了。」

門外那正叔驚叫道：「壯士萬勿莽撞，我們兩位小姐的親族就是被田單和趙穆兩人害死的，這事千眞萬確，若有虛言，教老僕萬箭穿心，死無葬身之地。」

項少龍扮出沉吟的模樣，道：「你們和趙穆有深仇，此事不容置疑，可是這兩人一在齊一在趙，怎會都成了你們的仇人？」

趙致忍不住熱淚湧出，淒然叫道：「我家為田單所害，逼得逃來邯鄲，哪知趙穆這奸賊竟把我們家族一百八十三人縛了起來，使人押去給田單，給他以酷刑逐一屠宰，這樣說你相信了嗎？」

田柔怒道：「不要求他！」

項少龍笑道：「你的名字雖有個『柔』字，人卻絕不溫柔。」

田柔氣得說不出話來。

項少龍再道：「為何又剩下你們三人？」

正叔的聲音傳入道：「老僕和兩位小姐因來遲幾天，所以得以避過此劫，七年來，我們無時無刻不在立志復仇，壯士請相信我們。」

項少龍鬆了一口氣，有點為自己剛才動了殺機而慚愧，活在這視人命如草芥的戰爭年代裡，實在很容易受到感染。

項少龍一扳機栝，弩箭「呼」的一聲，在兩女臉頰間電掠而過，射進牆內。

兩女目瞪口呆，想不到他在這種時刻發箭，若目標是她們其中一人，定避不開去。

項少龍拋掉弩弓，劍回鞘內，微笑道：「你們的事本人絕沒有興趣去管，但亦請你們勿來破壞本人的計劃。你們的眞正仇人是田單而非趙穆，兼且現在趙穆有了戒備，再動手只是自投羅網，好好想想吧！像你們姊妹那麼漂亮的女孩子，落到壞人手裡，會發生比死還難過的奇恥大辱。言盡於此，告辭了！」

在兩人注視下，項少龍大步朝向門口離開，與那叫正叔的老儒打個照面，才施施然走了。

第四章　如簧之舌

項少龍回到行館時，離日出只剩下個多時辰，等把整件事說給滕翼聽後，伸個懶腰打著呵欠。

滕翼讚歎道：「你這一手非常漂亮，反使趙致不再懷疑你是項少龍。不過照我看這妮子對眞正的你並沒有惡意，只是想要脅你去對付趙穆。」

項少龍失聲道：「好意得要用那弩箭抵著我的背脊？」

滕翼道：「你兩次壞了人家姑娘的行刺大計，那田柔這麼好勝，自是想一挫你的威風。」

項少龍想起在郭家的山路調戲趙致時，她欲拒還迎的神態，確對自己大有情意，現在若她「誤以爲」佔了她便宜的人是「董匡」而非項少龍，會是怎樣的一番感受呢？

想起她「發覺」項少龍竟是「董匡」時，那失望的樣子絕非佯裝出來的。

滕翼笑道：「既是奉旨不用裝勤力，不若大家都去好好睡一覺，管他娘的會發生甚麼事。」

項少龍一想也是，返回寢室倒頭大睡，到烏果來喚醒他時，竟過了午飯的時刻，太陽都快下山。這些天來，還是首次睡得這麼酣暢。烏果道：「二爺在廳內等三爺吃飯！」

項少龍精神抖擻地爬起來，梳洗更衣後出去與滕翼相見，兩人據案大嚼。

烏果在旁道：「雅夫人派人傳來口訊，請三爺明晚到她的夫人府赴宴，到時她會派人來接你，希望你早點到她那兒去。」

項少龍這才記起她昨晚答應李園的宴會，當時還以爲她隨口說說，想不到竟認眞起來。苦笑道：

「你看我們來邯鄲是幹甚麼，差點晚晚都要去和那些人應酬。」

滕翼笑道：「應付趙穆不難，應付這些女人可就教你吃足苦頭。」

項少龍道：「我眞想大幹趙雅一場，好洩心頭之恨，可是這樣定會給她把我認出來。正如你所說，只要她用鼻子一嗅，小弟便無所遁形，更何況這位男人的專家那麼熟悉我的身體。」

滕翼搖頭道：「我也爲你的處境難過……唔！」神情一動道：「也不是全無辦法，昨天我閒著無聊，到後園走了一轉，其中有種草樹，若把汁液榨出來，塗少許在身上，可發出近乎人體的氣味，嗅起來相當不錯，比女人用來薰衣的香料自然多了，這可解決氣味的問題，假若你身上沒有黑痣那類的特徵，吹熄燈在黑暗中幹她，說不定能瞞混過去。」

在一旁的烏果忍不住道：「三爺的傢伙必然大異常人，一進去趙雅便會知道。」

滕翼和項少龍給他說得捧腹狂笑起來。

項少龍喘著氣道：「你這麼懂拍馬屁，不過我只是說著玩兒，並非眞要幹她，更不值得如此冒險玩命。唉！那樣把她當作洩憤、洩慾的對象，終是有點不妥。」

滕翼強忍著笑道：「不過那種叫『情種』的草樹汁，搽一點也無妨，那你就算和趙雅親熱些都沒有問題，我立即著手炮製。」

烏果一呆道：「竟有個這麼香豔的名字。」

滕翼自娶得善蘭後，人變得開朗隨和許多，伸手過去拍拍他肩頭，歎道：「小子可學得東西了，這『情種』有輕微的催情效用，女人很喜歡嗅，鄉間小子如荊俊之輩，約會人家閨女時都愛塗在身上，不過必須以米水中和，否則會惹來全身斑點疹痕。你要試試嗎？」

烏果興奮地道：「回咸陽後定要找個美人兒試試。」

項少龍道：「還有甚麼事？」

烏果道：「武士行館的趙館主遣人送帖來，說明天的論劍會改在後天午時舉行，請三爺務要出席。」

項少龍向滕翼道：「那另一個奸鬼李園太可惡，說不定我眞要狠狠教訓他一頓。」

這時有人進來道：「龍陽君來見三爺，正在外廳等候。」

項少龍愕然，苦著臉向滕翼道：「有沒有甚麼叫『驅妖』的汁液，讓他一嗅便要避往天邊去？」

滕翼啞然失笑道：「今次是老哥第一次不會羨慕三弟的豔福！」

見到威武的董馬癡大步走出來，龍陽君以一個「他」以爲最美的姿態盈盈起立，還照足女性儀態對他襝衽爲禮。

項少龍看得啼笑皆非，又是暗自叫苦，笑著迎上去，道：「君上大駕光臨，鄙人眞是受寵若驚。」

龍陽君那對也似會說話的眼睛往他瞟來，從容笑道：「本君今天來找董先生，實有事耿耿於懷，不吐不快。」

今天他回復男裝打扮，不過衣飾仍然彩色繽紛，若他眞是女子，項少龍定要讚她嫵媚動人，現在則是心驚膽戰，若他的不吐不快是一籮筐的綿綿情話，天才曉得怎樣去應付。

兩人坐好後，龍陽君正容道：「本君認爲董先生回歸趙國的決定，實在太莽撞。」

項少龍爲之愕然，但也暗中鬆了一口氣，不解道：「君上何有此言？」

龍陽君見左右無人，才柔情似水地道：「我是愛惜董先生的人才，方不顧一切說出心中想法，趙國現在好比一口接近乾枯的水井，無論先生的力氣有多大，盛水的器皿和淘井的工具多麼完善充足，若只死守著這口井，最終仍難逃井枯人亡的結果。」

項少龍心中一震，一向以來，他都不大看得起這以男色迷惑魏王而得居高位的傢伙，現在聽他比喻生動，一針見血指出趙國的形勢，不由對他刮目相看。

故作訝然道：「趙國新近才大勝燕人，怎會是一口快將枯竭的水井？」

龍陽君微笑道：「垂死的人，也有迴光反照的時候，太陽下山前，更最是豔麗。而這全因爲趙國仍有兩大名將硬撐大局，若此二人一去，你說趙國還能拿得出甚麼靈丹妙藥來續命？」

項少龍道：「君上說的是否廉頗和李牧？」

龍陽君道：「正是此二人，廉頗年事已高，守成有餘，進取不足，近日便有謠言說他攻燕不力，孝成王一向對他心病甚重，所以目下邯鄲正有陣前易將之說，誰都不知會否重演長平一役以趙括換廉頗的舊事。」

不容他插話，龍陽君口若懸河續道：「至於李牧則忠直而不懂逢迎，做人不夠圓滑，若遇上明主，此乃能得天下的猛將，可惜遇上孝成王這多疑善忌、好大喜功的人，又有巨鹿侯左右他的意向，最終不會有好結果。只可惜他漠視生死，仍戀棧不去，否則我大魏上下君臣，必會倒屣相迎。」

他這麼一說，項少龍立知魏人定曾與兩大名將接觸過，李牧拒絕了，卻不知廉頗如何。這龍陽君眞厲害，若只憑一番話便去了趙國軍方兩大臺柱，趙國還不是任魏人魚肉嗎？

龍陽君見他聽得入神，以爲打動了他，再鼓其如簧之舌道：「董先生或者會奇怪本君爲何如此斗膽，竟在趙人的首都批評他們。一來本君並不把他們放在眼內，諒他們不敢動我半根毫毛，更重要是本君對董先生非常欣賞，不忍見你將來一番心血盡付東流，還要淪爲亡國之奴。況且秦王與趙人間有深仇大恨，絕不會放過他們。良禽擇木而棲，若先生肯來我大魏效力，本君保證優渥禮遇非是趙國可及，至少不會因李園這麼一個尙未得勢、在春申君下面做個小跑腿的傢伙幾句話，竟慌得差點要把先生逐走。」

項少龍心叫厲害，知道龍陽君在趙王身邊佈有眼線，所以才懂得把握時機，乘虛而入，遊說他改投魏國。

不禁佩服岳丈烏應元的眼光，給了自己這馬癡的身分。現時各國皆重馬戰，他這董匡正是各國夢寐以求的人才。

佯裝感動地道：「君上這番話的確發人深省，鄙人定會仔細思量，還要向族人解說，但暫時……」

龍陽君見他沒有斷然拒絕，喜上眉梢，送他一個「媚眼」道：「奴家最明白男人的心事，董先生不用心急，最好探清趙國情況，當知奴家沒有半字虛語。」

項少龍不由佩服他的遊說功夫，寥寥幾句話便道盡趙國的問題。歎道：「若董某不是趙人，這刻便可一口答應。」

龍陽君柔聲道：「對孝成王來說，除趙家外，誰會是趙人呢？若換了不是趙穆和趙雅，於烏家一役之失利，早被他五馬分屍。有才而不懂愛才，項少龍正是最好的例子，若非先生送來一千匹上等戰馬，不出一年，趙國再無可用之馬。」

項少龍心想你的心眞夠狠毒，把我拉走，等若打斷趙人的腿。

龍陽君壓低聲音道：「聽說趙霸應李園這不知天高地厚的小子要求，後天午時在行館舉行論劍會，只要先生點頭，奴家可使人到時挫他威風，看他還敢否這麼盛氣凌人。」

項少龍心中大訝，每次說起李園，龍陽君都是咬牙切齒，照理李園這麼高大俊秀，沒理由得不到龍陽君的青睞，看來是李園曾嚴詞拒絕過他，令他因愛成恨。又或是他不喜歡李園那種斯文俊俏型的美男子，而歡喜自己這陽剛粗豪的……嘿！自己想到哪裡去了？

意外地龍陽君站起來，辭別道：「先生請好好想想，有答案便告訴奴家，那時再研究細節，務使先生走得歡歡喜喜。」

項少龍給他一忽兒「本君」、一忽兒「奴家」弄得頭大如斗，忙把他送出大門，看著他登上馬車，在數十名隨從前呼後擁下去了，才苦笑回頭。

無論如何，他再不敢小覷這不男不女的人。

龍陽君走後，項少龍偷得浮生半日閒，獨個兒在大宅的院落園林間漫步，回想當日偷入此處初遇朱姬的醉人情景。

不論朱姬是怎樣的人，他眞的感到她對自己很有好感，那是裝不來的。

忽然間，他有點惆悵和失落，也感到寂寞，而事實上他應比任何人都更滿足才對，以一個現代人來到這陌生又非常熟悉的古戰國時代裡，他的生命比任何一個時代的人至少豐富一倍，因爲他經驗多了一個時代。

經過這幾年驚濤駭浪的日子後，他連想東西的方式，所有的措辭和文字，都大致與這時代的人相若。

昨晚他想殺人滅口，辣手摧花，正是烏卓和滕翼兩人認爲是最合理的做法。幸好懸崖勒馬，否則這輩子良心都要受到懲罰。想到這裡，不禁暗自抹一把冷汗。

時值深秋，天氣清寒，園內鋪滿落葉，在黃昏的暗沉裡分外有肅殺凋零的氣氛。

宴會有時也不錯，在那些無謂的應酬和庸俗的歡樂裡，很容易就可在自我麻醉中渾然忘我。

無由地，他強烈思念著遠在秦國的嬌妻美婢，想著她們朝夕盼望他歸去的情景，不禁魂爲之銷。忍不住隨口拈來李白的名詩，唸道：「棄我去者，昨日之日不可留；亂我心者，今日之日多煩憂。」

鼓掌聲在後方近處響起。

項少龍嚇了一跳，猛然回過身來，見到滕翼伴著一身盛裝，美得像天上明月的紀嫣然，一起瞪大眼睛看著自己。

這俏佳人秀目異采連閃，美麗的小嘴正喃喃重複這兩句絕詩。

項少龍大感尷尬，迎了上去，道：「嫣然你這個樣兒來見我，怎瞞得過別人的耳目？」

滕翼道：「嫣然現在是到王宮赴趙王的宴會，路過行館忍不住進來看你，根本沒打算瞞人。嘿！你剛才唸出來那兩句詩歌眞是精采絕倫，好了！你們談談吧！」識趣地避開。

紀嫣然嫵媚一笑，投入他的懷抱，讚歎道：「今天李園拿了他作的詩歌出來給我看，嫣然已非常驚異他的天分，甚爲讚賞，可是比起你剛才那兩句，李園的就像小孩子的無聊玩意，有誰比你剖畫得更深刻動人呢？嫣然甘拜下風。」

項少龍老臉一紅，幸好紀嫣然看不見，緊接著她的話道：「不要誇獎我了，這叫『情人眼裡出西施』。」

紀嫣然心中劇震，離開他懷抱，定神看著他道：「天啊！你隨口說出來的話總是這麼精采奇特，還記得你那句『絕對的權力，使人絕對的腐化』，一句話道盡了現今所有國家的問題，連韓非公子都沒有這麼深刻的警句。」說罷情不自禁獻上熱吻，差點把他融化。

唇分後，紀嫣然神魂顛倒地道：「項郎啊！作一首詩歌送給人家吧！由人家配上樂章，勢將成千古絕唱。」

項少龍心中苦笑，恐怕沒有哪首詩他能由頭唸到尾，怎能拿來應酬美人兒，而且佔別人的創作爲己有，等同侵犯版權，用口說說也還罷了，若眞傳誦千古，豈非預先盜了別人的創作，苦笑道：「世上無一物事不是過眼雲煙，千古傳誦又如何？」

紀嫣然嬌歎一聲，伏倒他身上，嬌嗔道：「少龍呀！你眞害死人家哩！今晚嫣然除了想著你外，還有甚麼好想呢？偏又不可和你在一起。人家不理你了，由明天開始，你要公開來追求我，讓嫣然正式向你投降和屈服，這事你絕不可當作是過眼雲煙。」

再歎道：「過眼雲煙！多麼淒美迷人，只有你才能如此隨手拈來便成天然妙句。」

項少龍心中叫苦，這叫愈弄愈糟，異日她逼自己不斷作詩填詞，自己豈非成了文壇大盜。

紀嫣然戚然道：「嫣然走哩！鄒先生在馬車上等我，這樣吧！你若作好詩文，我便配樂，只唱給你一個人聽，我知嫣然的夫婿既不好名，也不好利。唉！名利的確教人煩惱，若沒有人認識紀嫣然，我便可終日纏在你身旁。」又微微一笑道：「不准動！」

蜻蜓點水般吻他一下，翩然去了，還不忘回眸一笑，教項少龍三魂七魄全部離竅至不知所終的境地。

回到內宅，滕翼道：「現在我才明白爲何紀才女給你手到擒來，那兩句實是無可比擬的傑作，比之《詩經》更教人感動。那些詩歌你定然很熟悉了。」

項少龍暗忖除了「窈窕淑女，君子好逑」兩句外，老子對《詩經》一竅不通，只好唯唯諾諾應了。

滕翼道：「孝成王這昏君眞教人心灰，若你眞是『馬癡』董匡，現在應立即溜掉。你看他因怕了李園，今晚宴請嫣然，有點頭面的人都在邀請之列，獨把你漏了。」

項少龍恍然大悟，難怪龍陽君匆匆走了，原來是要到趙宮赴宴。笑道：「難得有這樣的閒暇，我們不若到這裡的官妓院逛逛，不醉無歸。」

滕翼肅容道：「官妓院內大多是可憐女子，三弟忍心去狎弄她們嗎？」

項少龍想起素女，大感慚愧道：「二哥教訓得好！」

滕翼點頭道：「你眞是難得的人，這麼肯接受別人的意見，來吧！我們出去隨便走走看看，亦是一樂。」

兩人坐言起行，出宅去了。步出行館後，兩人朝邯鄲城最熱鬧的區域悠然閒逛。

街上行人稀疏，有點暮氣沉沉的樣子，比他們離邯鄲前更是不如。

烏家事件對趙人的打擊深遠之極，而這趙人的首都則直接把事實反映出來。

趙人對秦人的恐懼是可以理解的，長平一役的大屠殺早把他們嚇破了膽。

郭縱家業雄厚，當然不可說走就走，但平民百姓哪理會得這麼多，找個藉口溜出城外，可逃到鄉間或索性到別國去。

這種遷徙對中華民族的團結有正面的作用，使「國家」的觀念日趨薄弱，有利大一統局面的出現。

現在的七國爭雄，有點異姓王族各爭短長的意味。

滕翼的話驚醒了他的馳想，只聽他道：「有人在跟蹤我們。」

項少龍機警地沒有回頭，沉聲道：「多少人？」

滕翼冷靜地道：「至少七至八人，身手相當不錯。」

項少龍苦思道：「怕就是昨晚在宅外監視我們的人，邯鄲誰會這麼做呢？」

滕翼微笑道：「抓一個來拷問幾句不就清楚了嗎？」

項少龍會意，隨他轉進一條僻靜的小路去，兩旁是楓樹林，前方有條石拱橋，跨越橫流而過的小河，對岸才再見疏落有致的院落平房。

尚未走到小橋處，後方急遽的足音響起，有人喝道：「董匡停步！」

項少龍和滕翼相視一笑，悠閒停步轉身。

只見二十多名驃悍的劍手，扇形包圍過來，有些由楓林繞往後方和兩側，把他們圈在中心。

項少龍定神一看，沒有一個是他認識的，心中一動，喝道：「李園有本事就自己來殺我，爲何卻要派你們這些小嘍囉來送死？」

眾劍手齊感愕然，看樣子是給項少龍一語中的，揭破他們的身分。

那些人仍未有機會反駁，兩人趁對方心分神搖的好時機，拔劍撲出。劍嘯驟起。

那些人想不到對方要打就打，先發制人，倉卒拔劍招架。

項少龍一聲冷哼，發揮全力施展殺招，首當其衝的敵人給他盪開長劍時，立中一腳，正踢在小腹處，那人慘嘶中似彎了的河蝦般倒跌開去。

滕翼那方響起連串金鐵交鳴的清音，兵刃墜地和慘叫接連響起，自是又有人吃了大虧。

項少龍一招得手，卻不敢怠慢，這些人都是經驗豐富的好手，雖交鋒之始失利，卻無人退縮，兩把長劍如風雷疾發般由左右兩側攻來。

項少龍繼續逞威，移往右側向那特別粗壯的大漢橫劍疾掃，「噹」的一聲，那大漢毫不遜色硬擋他一劍。

項少龍心叫痛快，使出《墨氏補遺》三大殺招的「以攻代守」，猛劈入對方劍光裡，那人亦是了得，移後避了開去。

左方長劍貫胸而來，項少龍使個身法，避過對方凌厲的一擊。此刻他若拔出飛針施放，敵人定難逃大劫，可是他卻要克制這誘人的想法，因爲除非能盡殲敵人，再毀屍滅跡，否則可能會給趙人在這方面識破他是項少龍。

這個想法閃電般掠過心頭的當兒，長劍在腰後掠至，項少龍反手迴劍，重重砍在對方長劍近把手處。那人遠比不上剛才的壯漢，虎口爆裂，長劍亦給鋒利的血浪砍開一個缺口，脫手墜地。

項少龍硬撞入他懷裡，好避過壯漢再次掃來的一劍，手肘重擊在那人胸脅處。

肋骨斷折的聲音隨肘傳來，敵人口鼻同時濺出鮮血，拋跌往外，撞倒斜刺裡衝上來的另一敵人。

「噹！」

項少龍架著了壯漢的一劍，忽地矮身蹲下，橫腳急掃。

壯漢哪想得到有此奇招，慘呼一聲，先是兩腳離地而起，變成凌空橫斜，再重重往地上掉去。

此時又有長劍交擊而至，戮力圍攻。這批人確是悍勇非常，教他應付得非常吃力。

若沒有滕翼在旁，只他一人，可就勝敗難測。

他無暇再傷那壯漢，展開墨子劍法的守勢，硬把另三人迫在劍光之外。

此時滕翼悶哼一聲，撞在他背脊處，顯是吃了點虧。

項少龍百忙中回頭一看，見到他那方面的敵人已有三個倒在地上，但仍有五、六人狀如瘋虎般撲上來，猛攻滕翼，喝道：「進林內去！」

一劍掃開眾敵，飛腳再傷一人時，給人在左肩劃了一劍，雖沒傷及筋骨，但血如泉湧，染紅了衣衫。

滕翼一聲暴喝，磕飛其中一人的兵刃，鐵拳揮打，那人面門中招，立時暈倒。

危機驟減，兩人殺開血路閃入林內。

眾敵給他們殺得心膽俱寒，哪敢追去，一聲呼嘯，扶起傷者，逃往小橋另一方。

滕翼待要追去，給項少龍拉著，笑道：「由他們走吧！抓到人還要多做一番無謂功夫，最後還不是動不了李園嗎？」

滕翼道：「你受傷哩！」

項少龍也查看他左腿的傷口，笑道：「只比你嚴重少許，算甚麼呢！不過這批劍手的確厲害，難怪李園如此氣焰逼人。」

滕翼哈哈一笑，道：「我們是有點輕敵了。」

項少龍搭著他肩頭，嘻嘻哈哈回家去也。心中卻想著李園看到手下折兵損將而回的難看臉色。

第五章　倩女多情

項少龍包紮好肩頭的傷口，索性不穿上衣，只在外面披著一件長褂，在書齋的長几上練字。

來到這時代，首先要克服的是語言、口音和說話方式、習慣、遣詞用字等問題，不知是否他特別有天分，又或是別無選擇，半年多他便可應付過來。

不過寫字嘛！到幾年後的今天他的書法仍不可見人，這種介乎篆、隸之間的古文字，確實把他難倒，尤其要在竹簡和布帛上書寫，更是個大問題。

幸好練書法可以視爲樂趣，趁現在沒有烏廷芳等纏他，正好偷閒練習。

當完全沉醉在那筆畫的世界中時，烏果進來道：「趙致姑娘找三爺。」

項少龍早猜到她會來找他，欣然道：「請她進來吧！」

烏果眼睛落到他歪歪斜斜、忽粗忽細、有如小孩練字的書體處，猶豫著道：「要不要小人先給三爺收拾好東西，才請她進來。」

項少龍知他已很謹慎地用最婉轉的方法提醒他，這手字絕不可讓人看見，笑了起來，道：「我是故意寫得這麼難看的，好讓人知道董匡是個老粗，我眞正的字鳳舞龍翔，你見到包準要叫絕呢！」

烏果一拍額頭道：「三爺想得眞周到，否則就算未寫過字的人拿起筆來，也不至於寫成這樣子。」又猶豫道：「三爺是否過分了點？」

項少龍爲之氣結，烏果確相當有趣，笑罵道：「快給我去請人家姑娘進來！讓人久等就不好了。」

烏果知他生性隨和，從不擺架子，對上下每個人都是那麼好，早和他笑鬧慣了，聞言施禮退了出去。

不一會兒，烏果領著趙致來到他身後，項少龍仍背著門口，向著窗外月夜下的花園，先吩咐烏果關門離開，才向趙致道：「來！坐到我對面來。」

他專心寫字，趙致在他几子對面盈盈席地坐下，一對美目落到他蟲走蛇遊的歪斜字體上，「啊」的一聲叫了起來。

項少龍擲筆笑道：「老粗的字就是那樣子的了！趙姑娘切勿見笑，噢！鄙人應稱你田姑娘才對。」

趙致垂下臉，有點不敢和他對視，旋又嗔怪地白他一眼道：「你這人眞糊塗，誰說人家姓田呢？」

項少龍愕然道：「不是姑娘親口告訴我的嗎？爲何這麼快忘記，不要明天連董某都不記得了！」

趙致橫他一眼後，拿起筆來疾書了一個「善」字，秀麗端正，與出自項少龍手筆的那些字體有若天壤雲泥之別。

項少龍尷尬地道：「原來是我聽錯了。不過卻是錯有錯著。」接著虎軀一震，像是想起甚麼重要的事來。

趙致卻誤會了他的意思，淒然道：「你終於知道我爹是齊國的大夫善勤，他一心想助大王理好朝政，卻被田單這奸賊認爲爹要削他的權，隨便弄些證據說他謀反，害得我們全家連夜逃來邯鄲，以爲趙穆會念著一向的交情收容我們，豈知……」

項少龍想到的卻是嫁了滕翼的善蘭，她的身世滕翼自然一清二楚，不用直接問趙致，以免洩出秘密。

項少龍道：「趙霸和你是甚麼關係？」

趙致拭去眼角的淚珠，道：「甚麼關係都沒有，不過他是正叔的好朋友，正叔乃趙國大儒，幼年時曾隨他親娘在我家為僕，到今天仍以僕人自居，若非他收容我們姊妹，我們都不知會變成甚麼樣子。我早當他是爹，你還是當人家是趙致吧！」

項少龍索性問個一清二楚，道：「為何姑娘竟會為趙穆訓練歌姬？」

趙致道：「師父與郭縱有深厚的交情，郭縱想找人教她的歌舞姬劍舞，師父推薦我，趙穆見我教得不錯，要我也到他侯府去訓練他的歌舞姬。我們還以為有機會報仇，卻給你救了他。」

項少龍道：「你那大姊的身手這麼厲害，是否趙霸教出來的？」

趙致搖頭道：「大姊自小便是有『稷下劍聖』之稱、自號『忘憂先生』的曹秋道大宗師的關門弟子，我留下來跟正叔，她卻潛回齊國隨曹公習藝，曾兩次刺殺田單都沒成功，給逼緊了，最近才避到這裡來，今次田單來趙，真是天賜的良機。」

項少龍奇道：「姑娘今次為何這麼合作，有問必答，還言無不盡？」

趙致俏臉微紅道：「因為人家感激你哩！竟以德報怨，你是個好人嘛！」

項少龍笑了起來，挨到椅背，伸個懶腰，立時展露壯健結實的胸肌和纏紮肩脅的多層藥帛。

趙致駭然道：「你受了傷！」接著別過臉去赧然道：「你在家總是不愛穿衣服嗎？」

項少龍若無其事地道：「姑娘不慣面對我這種粗人哩！」

趙致下了決心似的轉過臉來，含羞瞧著他道：「不！先生智計、身手均高人一等，我們姊妹都很佩服你。」

項少龍失笑道：「不要代乃姊說話，我才不信她會佩服人。」

趙致露出訝然之色，點頭道：「你眞了得，一眼看穿她的性格，她的確沒有說佩服你，不過我卻知道她心底裡對你另眼相看，只是嘴巴仍硬撐著罷了。人家來找你，她也沒有反對。」

項少龍不解道：「你不用陪師父出席趙王的宴會嗎？爲何還有空來找我？」

趙致道：「正因所有人都到了王宮，我才要溜了來，那紀嫣然魅力驚人，人人均爲她神魂顚倒，若她眞肯彈奏一曲，或唱一闋歌，我看更不得了。」

項少龍馳想著刻下正在王宮內上演的好戲，暗忖若由我這老粗公然追求紀嫣然，結果又得了手，定然是滿地破碎的眼鏡片，假若古人亦會戴上在這個時代不會存在的眼鏡的話。

趙致見他現出古怪笑容，忍不住問道：「你在想甚麼？噢！爲何今晚宴會沒你的分兒？人家仍未問你，田單和你有甚麼深仇呢？」

項少龍攤手苦笑道：「你想我先答你哪個問題？」

趙致眼光不由又落到他墳起閃亮的胸肌，嚇得忙把目光移開，歎道：「你這人就像一個謎，教人摸不清、猜不透，假若你是項少龍，則一切都合理了。」

項少龍道：「我知項少龍是誰哩！只想不到致姑娘也是他的女人，這人眞是風流。」

趙致俏臉轉紅，白他一眼道：「人家不單和他沒有關係，他最初還可說是我的仇人，唉！」

項少龍奇道：「致姑娘爲何歎氣呢？」

趙致意興索然道：「我也不知道，總之是有些心煩。」

項少龍若無其事地道：「你既不是他的女人，就不要想他好了，横豎董某人既抱過你又親過你，致姑娘不如從我吧！」

趙致爲之愕然，接著整張臉熊熊燒了起來，「啊」的一聲後猛搖頭道：「不！不！唉！對不起！」

項少龍皺眉道：「我是老粗一名，不懂討好女人，初時還以爲致姑娘對我有意，豈知是一場誤會。有甚麼對不起的，不愛從我便算了。」

趙致垂下頭去，神情不安，玩弄著衣角，輕輕道：「你不會因此事惱人家嗎？」

項少龍哈哈一笑，道：「他娘的！我老董怎會是這種人。不過你既不是我的女人，便是外人，爹教過我逢外人絕不可說眞話，你休想董某告訴你甚麼事。」

趙致給他弄得糊塗起來，無可奈何負氣道：「不說便算，我要走哩！」

項少龍再次提筆寫字，心不在焉地道：「致姑娘請！不送了！」

趙致像身子生了根般動也不動，大感有趣地看著他，道：「你生氣了！」

項少龍故意不望她，道：「給女人拒絕難道還要慶祝嗎？致姑娘若再不走，說不定我會強把你抱入房內，那時你不願意都沒辦法。」

趙致嚇得站了起來，嗔道：「你這人哩！哪有這麼蠻不講理的，人家是低聲下氣來向你道歉和商量，你卻這般待人。」

項少龍擱筆停書，抬頭瞧著這人比花更嬌、色比胭脂更豔的美女，瞇著眼上下打量道：「我是個正常的男人，你是個可滴出蜜來的甜妞兒，這處是個無人的靜室，你說董某應怎樣待你才對？」

趙致受不住他的目光，氣鼓鼓道：「你再這樣，人家眞的要走了！」

項少龍放下筆來，笑道：「我明白姑娘的心意，難怪人家說女人無論心內怎麼千肯萬肯，但嘴巴只會說奴家不肯。」

趙致駭然離座移到門旁，才鬆了一口氣道：「你再這樣對我，趙致會恨死你的。」

項少龍轉過身來，灑然道：「恨即是愛，唔！這名句是誰教我的，想不到我董匡終於成功了。唉！以前想找個恨我的女人都沒找到。」

趙致大嗔道：「除了馬外，你還懂甚麼呢？」

項少龍定神想了想，道：「本來除了馬外我眞的對甚麼都沒有興趣，不過那晚抱過姑娘後，才知女人的身體這麼柔軟迷人，嘿！」

趙致終於吃不消，猛一跺足，惱道：「人家恨死你哩！」推門逃去。

項少龍看著關上的門，歎了一口氣。

他是故意氣走趙致，否則說不定會給她揭破他的秘密，尤其當荊俊回來後，這小子定會在她面前露出馬腳。

縱使荊俊神態沒有問題，可是趙致曾與他多次接觸，很容易可看穿他只是多了個面具，其他身形、動作均會露出破綻。

她不像田貞，想的只是要和他在一起，若被她姊妹利用感情來要脅，要他助她們完成願望，那就糟了。

不過若她兩姊妹冒險去行刺田單，亦是非常頭痛的事，但一時亦想不到兩全其美的方法。

想到這裡，站了起來，往找滕翼，好弄清楚善蘭與她們的關係。

次日項少龍起床後，仍是清閒如故。心中好笑，自己一下子由炙手可熱的大紅人，變成個閒角色，門庭冷落，想不到李園這人如此有影響力。若他是眞的董匡，還不萌生去意才怪。

與滕翼談過後，果然證實善蘭是趙致的二姊，齊人見她生得美貌，收入宮院，加以訓練，用來當作禮物送人。

午飯後，趙穆赴宮見孝成王，路經行館順便進來見面。

在幽靜的內軒裡，項少龍說出被襲的事。趙穆沉吟片晌，道：「定是李園遣人做的，別的人都沒有理由要對付你。」

項少龍早猜到這點，只是希望由趙穆自己口中說出來。

趙穆道：「李園爲紀嫣然神魂顚倒，最不好是那天紀才女與你同席，又言談融洽，已招他妒忌，故在孝成王面前大施壓力排擠你，這事牽涉到兩國邦交，偏又在這種要命的時刻，我也很難說話。唉！紀才女昨天又來找過你，不要說李園妒忌得要命，邯鄲城中自問有點資格追求她的人亦無不眼熱呢！」

再歎道：「這美人兒確是人間極品，昨天一曲洞簫，與席者無不傾倒，李園還哭了出來，若能把她收到私房，你說一個男人還能有甚麼更大的奢求呢？」

項少龍默然無語。

趙穆忍不住問道：「她昨天來找你有甚麼事？」

項少龍故作苦笑道：「若我說她看上我，侯爺相信嗎？」

趙穆嘿然道：「當然不信。」

項少龍頹然道：「我也很想她來找我是因情不自禁，可惜只是因馬兒病了才來請教鄙人。」

趙穆暗忖這才合理，釋然道：「我也要走了，這幾天出外多帶幾個人，莫要讓李園有機可乘。我們的事亦要待六國合縱的事定下來後才能進行，暫時不要有任何行動。」

項少龍陪他往府門走去。

趙穆顯然心情甚佳，笑道：「紀才女不知是否動了春心，這兩天更是嬌豔欲滴。最想不到的是今晚雅夫人的宴會她竟肯賞臉，與她在大梁時躲在閨中半步不離的情況大相逕庭。現在邯鄲人人摩拳擦掌，希望能奪美而回，這比在戰場大勝一場更使人渴想。」

項少龍皺眉道：「那今晚豈非又是人頭攢動？」

趙穆啞然失笑道：「人頭攢動？這形容非常精采。你的詞鋒可能比蘇秦、張儀兩位著名雄辯之士更了得。那天一番話逼得李園無辭以對，人人對你刮目相看，那騷蹄子趙雅都給你撩起春心，只要加把勁，今晚說不定可登堂入室呢！嘿！這蕩女在榻上的迷人處，只有試過的才知道。」

項少龍差點想掩耳不聽，幸好已來到主府前的廣場，只見侯府的家將足有過百人，蒲布等人首次出現其中。

趙穆冷哼道：「終有一天會給本侯拿著那女刺客，那時我會要她求生不得，求死不能。這批人都是我調陞的近衛，忠誠方面絕無問題，不過若有失職，我會像以前那批飯桶般把他們全部處死。」

項少龍心中懍然，此人生性殘忍，教人駭慄。所有人包括自己在內，只是他可隨意捨棄的工具，若讓他當上一國之君，臣子和人民都有得好受。

不過今次卻是有利無害，至少使蒲布等人更接近他。

趙穆走後不久，雅夫人派來接他的馬車到達，來的還是趙大。

對趙大他比對蒲布等人更信任，把他請入內軒，笑道：「趙大你不認得我了嗎？」

趙大心中劇震，往他瞧來，失聲道：「項爺！」慌忙跪下。

兩人這時相認，均有恍若隔世的感覺，趙大感激涕零，唏噓道：「小人們一直在盼項爺回來，本想溜去咸陽尋項爺，但又捨不下夫人。」

項少龍要他坐下後，道：「今次我絕不可洩露身分，否則必是全軍覆沒，所以你要連幾位兄弟都瞞過。」

趙大道：「項爺放心，就算把我趙大千刀萬剮，絕不會吐半句關於項爺的話出來。項爺這麼信任小人……」說到這裡，眼都紅了，再說不下去。

項少龍道：「今次事成，你們隨我回咸陽吧！邯鄲再非你們久留之地。」

趙大先是大喜，隨之神情一黯，猛下決心似的跪下去，嗚咽道：「項爺請原諒夫人！她心中到現在仍只有你一個人，她……」

項少龍把他扶起來，感動地道：「我明白你的忠義，不過有很多事情是勉強不來，看事情怎麼發展吧！是了！韓闖這兩天有沒有在夫人處留宿？」

趙大的表情不自然起來，道：「夫人這兩天沒有見韓侯，但楚國的李園先生卻來了一趟，夫人請他到小樓說話，他盤桓個多時辰才走。項爺！夫人這麼做，只是想藉別人來忘記你，這些日子來，我們從沒有見過她眞正的笑容。」

項少龍心中大怒，李園根本心不在趙雅，只是藉她來宣洩紀嫣然對自己另眼相看的仇恨，而趙雅則是不知自愛。

趙大惶然道：「項爺！小人說的都是眞話。」

項少龍正容道：「一對腳踏兩條船最是危險，趙大你最好由今天開始，全心全意跟隨我項少龍。趙雅善變難測，我總不能把所有人的生命拿去放在她手裡，若她再出賣我們，今次哪還有翻身的機會。」

趙大嚇得跪下去，惶然請罪。

項少龍又把他拉起來，勸勉一番後，過去找滕翼幫忙他塗上「情種」的藥液，才隨趙大往夫人府去。

途中愈想愈恨。現在除趙穆外，他最憎厭的就是李園這個卑鄙惡毒的小人。忍不住又怪趙雅稟性淫蕩，意志不夠堅定。既向他這馬癡示好，又不斷與別的男人勾三搭四，禁不住下了懲戒她的心。

對付兩人最好的方法，自然是心中的女神紀嫣然。想到這裡，整個人又再度充滿勃勃生機。

第六章　卑鄙奸人

項少龍抵達那天初次來夫人府時等候趙雅的大廳，那些珍玩飾物依然如前佈列櫃內架上，但他已換過完全另一種心境。

她爲何不把他請到那清幽雅靜的園內小樓處，厚李園而薄待自己，那不如索性不要他這麼早到。若不論人格，李園確是女人理想的深閨夢裡人，紀嫣然亦曾被他的文采打動，可惜他卻是這麼樣的人。

思索間，雅夫人盈盈而至，伺候身旁的女侍施禮告退。

項少龍這時心中想著爲何小昭等諸女一個不見，雅夫人來到他身旁席地坐下道：「董先生賞臉早臨，舍下蓬蓽生輝。」

項少龍往她看去。這成熟的美女容光煥發，眉眼間春意撩人，體態嬌柔，引人至極。

她愈是美豔動人，他心中愈有氣，猜到是因受到李園的滋潤，回復了春意生機。

粗聲粗氣地道：「夫人的府第勝過王公侯爵居所，何來蓬蓽之可言。」

趙雅聽得皺起秀眉，哪有人會把禮貌的客氣話當是眞的，雖心中微有不悅，卻沒有像以前般輕易被他氣壞，當然是因爲這時內心還充滿李園的愛情，不以爲意道：「先生在藏軍谷的牧場進行得如何？」

項少龍爲之愕然，他何等靈銳，一看趙雅這時神態，便知李園已成功奪得她的芳心，甚至把「項少龍」都暫時忘掉，所以才回復了以前的風采。

這本應是值得高興的事，至少趙雅因心有所屬暫時不會來纏他，偏是心中很不舒服，很想傷害她，看她難過。

旋又壓下這衝動，微笑道：「今天不談公事，夫人為何著鄙人早點來此呢？」

這回輪到趙雅無辭以對。

她這樣做自是因為對這馬癡頗有點意思，只不過目下因李園的忽然闖入，獨霸了她的芳心，至少在此刻是如此，所以再沒有原先那種貪慾的心情。

她仍派人去將馬癡早點接來相見，是因內心深處渴望能與他在一起。這董匡別有一股粗豪又充滿哲理思想的獨特氣質，既霸道又溫柔，合起來形成一股對她非常新鮮刺激的感覺。和他在一起，從不知他下一刻會說些甚麼話，或做出甚麼出人意表的行為。而他對自己又是若即若離，似不把她放在心上，但又像對她很有興趣。總言之，有他在身旁，她再沒有餘暇去想別的事。

這種感覺，李園亦無法給她。

與李園胡混廝磨，她總忍不住要把他當成項少龍，但這個在某方面酷肖項少龍的粗漢，反使她忘記一切。

若與他歡好親熱，會是甚麼滋味呢？

想到這裡，自己都嚇了一跳，暗裡自責，為何見到他後，李園本來強烈的印象立時轉淡了出去？

項少龍見她臉色明暗不定，怒氣上湧，霍地起立。

趙雅嚇了一跳，抬頭不解地往他望去。

項少龍沉聲道：「夫人是否愛上李園那小子，所以現在對鄙人才變得那麼冷淡？」

趙雅嬌軀一震，驚呼道：「噢！不！」此刻她已無暇推斷對方為何能一針見血地說出她的心事。

項少龍微笑道：「那也沒有甚麼關係，但假設李園偷的是董某人的寶馬，我絕不放過他。」一伸懶腰，「哈」一聲笑道：「我還是先到街上逛逛，待會再來參加晚宴，免得大家你眼望我眼，不知說甚麼話題才好。」

趙雅給他弄得六神無主，站起來嬌嗔道：「董先生！你留點面子給趙雅好嗎？人家在你心中竟及不上一匹馬兒嗎？」話才出口始知犯了語病，這豈非把自己當作是他的馬兒嗎？

項少龍淡淡看她一眼，暗感快意，轉身朝廳門舉步，若無其事地道：「那小子偏愛和老子作對，好！便讓董某人一顯手段，把紀嫣然搶過來，讓他嘗嘗被人橫刀奪愛的味兒。」

趙雅本要追他，聽到紀嫣然三字後愕然停下。

可是她卻不敢取笑他，因為他語氣裡透出強大無比的信心，教人感到他說得出來，一定可以做得到。

到項少龍消失門外，她心中仍唸著「橫刀奪愛」四個字。

唉！他用語的新鮮和精采，確可與項少龍平分春色。忽然間，她知道李園仍未可完全代替項少龍。

想到這裡，意興索然，再不願想下去。

置身邯鄲的街道上，項少龍想起小盤登位後接踵而來的戰亂，禁不住心生感慨。

於廣闊的土地上，經過數百年的亂局後，終到了歷史上分久必合的大變時刻，而他這「外來人」卻一手促成轉變。假設他沒有來，這些事會否不發生呢？任他如何智計過人，光是此問題想想都教他頭痛。

「董兄！」

聽到呼喚，項少龍先是心中茫然，一時想不起董匡是自己，然後始醒覺過來，回頭望去。

原來是來自韓國的平山侯韓闖，身旁還有七、八名親隨，一看便知是高手，人人精神飽滿，體型驃悍，雖及不上項少龍的高度，但已極是中看。

項少龍訝道：「鄙人還以爲只有我愛逛街，想不到平山侯亦有此雅興。」

韓闖臉色陰沉，沒有立即答他，等來到他身旁時，親切地挽著他手臂，邊走邊道：「來！我的行館就在轉角處，到我處再說。」

項少龍受寵若驚，想不到他對自己原本冷淡的態度會來個一百八十度的轉變，由南轅到了北轍。身不由己隨他進入行館，到廳裡坐下後，十多名劍手仍立在四周沒有離開，弄得氣氛嚴肅，頗有點黑社會大哥談判的味兒。

韓闖連一般斟茶遞酒的禮貌招呼都省去，沉聲道：「李園眞混帳，半點面子都不給我們，公然來剃本侯的眼眉，可惡之極。」

項少龍恍然大悟，原來他一直派人留心趙雅，見李園主動去找她，逗留一段足夠做任何事的時間後，才肯出來，故而暴怒如狂，竟把自己這另一情敵當作是同一陣線的人，不過亦可說韓闖自問外貌、身分、權勢均勝過他董匡，所以並不將他視作勁敵，李園卻是另一回事了。

由此看來，韓闖對趙雅是認眞的，甚至想把她帶回韓國，好在私房隨意享用，不過這理想如今被李園破壞。一時間找不到可說的話回答。

韓闖眼內凶光閃閃道：「董兄爲何不到一盞熱茶的工夫就溜出來？」

項少龍暗忖他定是正要去趙雅處興問罪之師時，見到自己神情恍惚的走出來，才改變心意，追著扯了他回來。

冷哼一聲，道：「董某最受不得別人冷淡和白眼，不走留在那裡幹啥，操他奶奶的娘！」

韓闖感同身受，悶哼道：「我平山侯一生不知見過多少人物，卻未見過這麼囂張的小子，他算甚麼呢？還不是憑妹子的姻親關係。眞不明白春申君爲何這麼看重他，若李嫣嫣生不出兒子來，我看他還有甚麼可憑恃的？」

項少龍到現在仍不明白他扯自己到這裡來有甚麼用意，以他這類位高權重的人，實不用找他這種閒人來吐苦水。

韓闖臉上陰霾密佈，狠狠地道：「本侯爲了不開罪楚人，免影響合縱大計，已克制著自己不去和他爭紀才女，豈知他連趙雅都不放過，難怪自他來後，趙雅這淫婦便對我愛理不理。」

項少龍這才知道韓闖竟迷戀得趙雅這般厲害，歎道：「天下美女多的是，侯爺不要理她好了。所以鄙人偏愛養馬，你對馬兒好，牠們也就對你好，絕無異心，不像女人和小人般難養也。」

韓闖默然頃刻，竟笑了起來，拍拍他肩頭道：「和你說話眞有趣，不過這一口氣定要爭回來。李園大言不慚，我倒要看看他的劍法如何厲害？」

項少龍吃了一驚道：「侯爺明天不是親自下場吧？」

韓闖嘴角逸出一絲陰險的奸笑，雙目寒光爍動，壓低聲音道：「本侯怎會做此蠢事，我是早有部署，就算教訓了李園，也教他不會知道是我出的手。」

項少龍知他這類玩慣陰謀手段的人，絕不會把細節和盤托出，肯把心意告訴自己已是視他為同路人，故意捧他道：「開罪侯爺的人眞是不智。」

韓闖頹然挨在椅背上，無奈道：「我們對楚人早死心了。一直以來，我們三晉與秦國打生打死，他們總是在扯我們後腿，誰說得定李園會否將我們合縱的事通知秦人，那時若秦國先發制人，首當其衝的就是敝國。唉！我實在不明白趙王為何這麼巴結他？」

接著瞧著他道：「董兄是否明白為何孝成王忽然對你冷淡起來，昨天的宴會都沒有請你出席？」

項少龍故意現出忿然之色，點頭道：「還不是因李園這小子！」

韓闖親熱地一拍他肩頭道：「此地不留人，自有留人處，敝國的歡迎之門，永遠為董先生打開，若要對付李園，本侯可為先生做後盾。」

項少龍心中暗笑，他籠絡自己的目的，是要借他之手對付李園，佯裝感激道：「鄙人會記著侯爺這番話。」

韓闖沉吟道：「我看紀嫣然終究會給他弄上手，若能把這絕世美女由他手上搶過來，那會比殺他更令他難受。」

項少龍歎道：「紀才女豈是這麼易與，我看李園亦未必穩操勝券。」

韓闖陰陰笑道：「若要使女人就範，方法可多著哩！例如給她嚐點春藥，哪怕她不投懷送抱。不過想要和紀嫣然有單獨相處的機會絕不容易。但她似乎對董兄的養馬之術另眼相看，說不定……嘿！

董兄明白我的意思哩！」

項少龍心中大怒，暗叫卑鄙，這事不但害了紀嫣然，也害了自己。當然！那只是指他眞是董匡而言。

像紀嫣然這天下人人尊敬崇慕的才女，若有人對她做出禽獸行爲，還不變成人人喊打的過街老鼠？那時韓闖肯收留他才怪。

只看此借刀殺人之計，便知韓闖心術是如何壞了。

現在他開始明白六國爲何終要被秦國所滅，像韓闖這種國家重臣，代表本國來邯鄲密議謀秦，卻盡把心思花在爭風吃醋上，置正事於次要地位，怎算得上是個人物。

縱觀所接觸的韓、魏、趙、楚四國，盡是小人當道，空有李牧、廉頗、信陵君等雄才大略之士而不用。只不知燕、齊的情況又是如何？

韓闖打了個手勢，立即有人遞上一個小瓶子，韓闖把它塞入項少龍手內，以最誠懇的表情道：「本侯這口氣全賴先生去爭回來，女人很奇怪，縱是三貞九烈，若讓你得到她身體，大多會變得對你千依百順，紀嫣然是女人，自然亦不會例外。嘿！我眞羨慕董兄哩！」

項少龍心中暗罵，卻問明用法，把小瓶塞入懷裡道：「我要看情況而定，唉！我對女人的興趣其實不是那麼大，女人怎及得馬兒好？」

韓闖又再激勵一番，說盡好話，才與他同往夫人府赴宴去。

項少龍待韓闖進府，在外面閒逛一會兒，遲了少許大模大樣地步進夫人府。

夫人府主宅的廣場停滿馬車，趙大把他領進府內，低聲道：「剛才你走後，夫人悶悶不樂呆坐了很久，郭開來找她都不肯見，董爺眞行。」

項少龍知他仍是死心不息，希望他對趙雅覆水重收，不過既是傾覆的水，怎還收得回來？

宴會設在主宅旁一座雅緻的平房裡，擺的是郭家那晚的「共席」，一張大圓几放在廳心，圍佈十多個位子。

郭家晚宴有分出席的人全部在場，包括那嬌豔欲滴的郭家小姐。

項少龍本以爲郭秀兒經過那晚後，再不肯見李園，現在看來又像個沒事人似的。

除這批人外，還多出四個人來。

第一個當然是紀嫣然，還有趙致和郭開，另有一個四十歲左右的男人，衣飾華貴，氣度逼人，只是雙目閃爍不定，予人愛用機心的印象。

尚未到入席的時間，大廳一邊的八扇連門全張開來，毫無阻隔地看到外面花木繁茂的大花園，數十盞綵燈利用樹的枝幹掛垂下來，照得整座花園五光十色，有點疑眞似幻般的感覺。

項少龍是最後抵達的賓客，大部分人都到園中賞燈飾，廳內只有趙穆、郭縱、樂乘、趙霸和那身分不明的人在交頭接耳。

趙穆見到項少龍，哈哈笑道：「董先生何故來遲，待會定要罰你三杯，來！見過姬重先生。」

項少龍心中懍然，原來這就是代表東周君來聯結六國，合縱攻秦的特使，忙迎上去。

姬重非常著重禮節，累得項少龍也要和他行正官禮，客氣兩句，姬重雖看似畢恭畢敬，但顯然並不把個養馬的人放在眼內，逕自回到剛說的話題去，大談秦莊襄王乃無能之人，重用呂不韋，必會令秦國生出內亂諸如此類的話。

項少龍哪有心情聽他，告罪一聲，往花園走去。他才步入園裡，三對妙目立時飄向他來。

紀嫣然一看到他秀眸便不受控制地亮了起來；趙致狠狠盯他一眼後就別過俏臉，顯是餘怒未消；趙雅卻似一直在等候他的出現，玉臉綻出笑容，欣然道：「董先生快來，我們正在討論很有趣的問題哩！」

項少龍一眼掃過去，見眾人集中到園心寬敞的石橋上，下面一道引來山泉的清溪蜿蜒流過，到離橋丈許處，聚成一個中心放置一塊奇石的荷池，極具意趣，可看出趙雅除行爲浪蕩外，實在是有文采的女子。

紀嫣然怡然自得地倚欄下望，旁邊的李園正向她指點下面悠游的各種魚兒，大獻殷勤。

郭秀兒和趙致最是熟絡，齊坐在橋頭不遠處一塊光滑的大石上，看樣子很欣賞這綵燈炫目的美麗花園，前者此時正打量他。

韓闖和郭開兩人則伴著趙雅站在橋心，剛好在紀嫣然和李園的背後。

項少龍往石橋走去，先向郭秀兒和趙致見禮。趙致勉強還禮，郭秀兒則多贈他一個少女甜蜜的笑容。

項少龍雖有點心癢，卻知此女絕對碰不得，說到底烏家和郭家是誓不兩立的大仇人。

當他步上石橋時，紀嫣然不理李園，轉過身來笑道：「董先生啊！我們正談論生死的意義，不知你對此有何高見？」

項少龍知道這俏佳人最愛討論問題，上至經世之道，下至此類的生命有甚麼意義等等，總愛討論一番。而此正是百家爭鳴、思想爆炸的大時代，這種清談的風氣盛行於權貴和名士間，像不久前的老莊、孔丘等人，便終日好談人生道理。可惜他對這方面認識不多，雖明知紀嫣然在給機會讓自己去表現，好順利展開對她的追求，卻是有心無力。

苦笑道：「鄙人老粗一名，怎懂得這麼深奧的道理呢？」

紀嫣然還以為他以退為進，尚未有機會答話，李園插言道：「可惜鄒先生沒有來，否則由他來說，必然非常精采。嘻！不若我們請教董先生養馬的心得吧！」

有心人一聽都知他在暗損項少龍，說他除馬兒外，其他一無所知。而在這年代，養馬只屬一種賤業，所以他是故意貶低項少龍的身分。

項少龍心中暗怒，不過更怕他追問有關養馬的問題，他雖曾惡補這方面的知識，始終有限得很，佯作不以為意地道：「你們談了這麼久，定然得出了結論，不若讓董某一開茅塞。」

郭開這壞鬼儒生道：「我仍是孔丘那句『未能事人，焉能事鬼』，索性不去想生死以外的事。」

趙雅顯然興致極高，笑道：「郭大夫最狡猾，只懂逃避，不肯面對人生最重要的課題。」

李園傲然道：「我們做甚麼事都要講求目的，為何獨是對自己的存在不聞不問，上天既賦予我們寶貴的生命，就像這些高掛樹上的綵燈般，燃燒著五光十色的光和熱，如此才能不負此生。」

項少龍亦不得不承認他的說話很有內容和想像力，再看諸女，趙雅固是雙目露出迷醉的神色，紀嫣然也聽得非常入神，橋頭的趙致和郭秀兒則停止私語，留心聆聽。

項少龍心叫不妙，搜索枯腸後道：「李兄說的只是一種對待生命的態度，而非對生死的意義得出甚麼結論。」

郭開和韓闖同時露出訝異之色，想不到這粗人的心思和觀察力如此精到細密。

李園哈哈一笑，道：「董先生說得好，不過正如莊周所說的，『以其至小求窮其至大之域，是故迷亂而不能自得也』，一天我們給局限在生死裡，始終不能求得有關生死的答案，就像夏天的蟲，不知冬天的冰雪是甚麼一回事，所以我們唯一之計，就是確立一種積極的態度，免得把有若白駒過隙的生命白白浪費。」

他口若懸河，抑揚頓挫，配合感情說出來，確有雄辯之士使人傾倒感佩的魅力，難怪紀嫣然都對他另眼相看。項少龍一時啞口無言，乏辭以對。

李園看他神色，心中好笑，豈肯放過他，故示謙虛求教似的道：「董兄對人生的態度又是如何呢？」

項少龍自可隨便找些話來說，但要說得比他更深刻動人，卻是有心無力。

韓闖現在和他站在同一戰線上，替他解圍道：「今晚的討論既特別又精采，不若就此打住，到席上再說吧。」

趙雅怨道：「說得這麼高興，竟要趕著入席，趙雅還要多聽些李先生的高論哩！」

紀嫣然輕柔地道：「尚未給董先生機會說呢！」

看著紀嫣然期待的目光，記起自己要公開追求她的任務，怎可表現得如此窩囊？正叫苦時，腦中靈光一現，想起在自己那個時代曾聽來的一個故事，或可扳回此局。

遂走上橋去，來到紀嫣然身旁，先深深看她一眼，再向趙雅露出雪白整齊的牙齒，微微一笑，才轉過身去，雙手按在橋欄，仰首望往夜空。天上的明月皎潔明亮，又圓又遠。

眾人均知他有話說，只是想不到他會說出甚麼比李園在此論題上更高明的見解，都屏息靜氣，全神傾聽。

李園嘴角掛著一絲不屑的笑意。

紀嫣然閉上雙眸，她有信心項少龍必可說出發人深省的哲理。對她來說，沒有比思索人生問題更有趣味了，這亦是她與鄒衍結成好友的原因。她愛上項少龍，便是由於他說話新穎精警，有異於其他人。

項少龍沙啞著聲音，緩緩道：「有個旅客在沙漠裡走著，忽然後面出現一群餓狼，追著他要來群起而噬。」

眾人為之愕然，同時大感興趣，想不到他忽然會說起故事來，活似莊周以寓言來演繹思想般。

項少龍的聲音在寂靜的夜空裡迴蕩著，分外有一種難以言喻的詭秘和感染力，尤其內容正是有關秘不可測的生死問題。

只聽他以非常緩慢的節奏續道：「他大吃一驚，拚命狂奔，為生命而奮鬥。」

郭秀兒「啊」的一聲叫了起來，道：「在沙漠怎跑得快過餓狼，他定要死啦！」

眾人為之莞爾，卻沒有答話，因為想聽下去，連李園都不例外。不過當他看到紀嫣然閉上美目那又乖又專心的俏樣兒，禁不住妒火狂燃。

項少龍微微一笑，道：「不用慌！就在餓狼快追上他時，他見到前面一口不知多深的井，遂不顧一切跳了進去。」

趙雅鬆了一口氣道：「那口井定是有水的，對嗎？」

項少龍望往下面的小溪流，搖頭道：「不但沒有水，還有很多毒蛇，見到有食物送上門來，昂首吐信，熱切引頸以待。」

今次輪到紀嫣然「啊」的一聲叫起來，睜開美目，別過嬌軀來，看著他道：「怎辦好呢？不若回過頭來和餓狼搏鬥好了，毒蛇比狼可怕多了。」

韓闖笑道：「女孩子都是怕蛇的，紀小姐亦不例外。」

項少龍望往紀嫣然，柔聲道：「他大驚失神下，胡亂伸手想去抓到點甚麼可以救命的東西，想不到天從人願，給他抓到一棵在井中間橫伸出來的小樹，把他穩在半空中。」

眾人沒有作聲，知道這故事仍有下文。

趙雅的眼睛亮了起來，在這一刻，她的心中只有這個比李園更特別難測的豪漢。

項少龍道：「於是乎上有餓狼，下有毒蛇，不過那人雖陷身在進退兩難的絕境，暫時總仍是安全的。」

眾人開始有點明白過來。項少龍說的正是人的寫照，試問在生死之間，誰不是進退兩難呢？

只聽他說下去道：「就在他鬆了一口氣的時刻，奇怪的異響傳入他的耳內。他駭然循聲望去，魂飛魄散地發覺有一隻大老鼠正以尖利的牙齒咬著樹根，這救命的樹已是時日無多。」

郭秀兒和趙致同時驚呼起來。

項少龍深深瞧著紀嫣然，像只說給她一個人聽似的道：「在這生死一瞬的時刻，他忽然發覺到眼前樹葉上有一滴蜜糖，於是他忘記了上面的餓狼、下面的毒蛇，也忘掉快要給老鼠咬斷的小樹，閉上眼睛，伸出舌頭，全心全意去舐嚐那滴蜜糖。」

小橋上靜得沒有半點聲息，只有溪水流過的淙淙細響。

項少龍伸個懶腰道：「對老子來說，那滴蜜糖就是生命的意義！」

沒有人說話，連郭開和韓闖這種只知追求功利名位的人都給勾起心事，生出共鳴。

李園見諸人均被項少龍含有無比深刻思想的妙喻打動，心中不服，打破沉默道：「這寓言出自何處呢？」

項少龍微笑道：「是馬兒告訴我的！」接著哈哈一笑道：「鄙人肚子餓了！」

第七章　一滴蜜糖

紀嫣然親提酒壺，盈盈起立，來到對面的項少龍旁跪下，眼中射出不用裝姿作態、自然流露的崇慕之色，柔聲道：「嫣然剛聽到一生中最動人的寓言，無以爲報，借一杯美酒多謝董先生。」以一個優美得使人屏息的姿態，把酒注進項少龍几上的酒杯去。

與席者無不哄然。

趙穆大奇道：「董先生說了個怎麼樣的精采寓言，竟教我們的紀才女紆尊降貴，親自爲他斟酒勸飲？」

姬重亦露出驚異之色。

李園則臉色陰沉，眼中閃動掩不住妒恨的光芒。

趙雅露出顚倒迷醉的神情，把那故事娓娓道出，未聽過的人都爲之折服。

回到座位裡的紀嫣然舉杯道：「嫣然敬董先生一杯。」

韓闖心裡雖妒忌得要命，但亦喜可打擊李園這更可恨的人，附和道：「大家喝一杯！」

眾人起鬨祝酒，李園雖千萬個不願意，亦惟有勉強喝下這杯苦酒。

項少龍細看諸女，紀嫣然固是遏不住被他激起的滔天愛意，趙雅更是不住向他送來媚眼，妙目傳情，連正生他氣的趙致亦神態改變，不時偷看他，最意外是郭秀兒也對他黛眉含春。暗叫僥倖，若非自己可隨手借用別人的智慧，今晚定要當場出醜，絕不會是眼前這一矢四鵰之局。

姬重道：「想不到董先生聽過這麼深刻感人的寓言，教我們拍案叫絕。」轉向李園道：「李先生才高八斗，對此自有另一番見地。」

他這番話是暗貶項少龍，明捧李園，由此可見此人爲求目的，不擇手段。對他來說，能影響楚王的李園，自然比項少龍重要多了。

韓闖哈哈一笑，插話道：「那是董兄由馬兒領悟回來的寓言，不過我卻有另一個看法，假設我們六國每個人都不再忘情於那滴只能甜上一刻的蜜糖，聯手對付虎狼之國的秦人，自可從絕境中脫身出來。」

這幾句話明顯是針對楚人來說，只因他們數次被秦國給的少許甜頭而背棄其他合縱國，弄致自己折兵損地，得不償失。

趙穆等暗暗稱快，坐觀李園臉色微變。

有紀嫣然在場，李園怎肯失態，轉瞬回復正常，把話題扯開去。

項少龍知道言多必失，故埋頭吃喝。

不旋踵李園向紀嫣然大獻殷勤，又不時向趙雅等三女撩撥，一副風流名士的氣派，若非剛受挫於項少龍，他確是女人的理想情人。

紀嫣然卻是無心理會，不時把目光飄往項少龍，恨不得立刻倒入他的懷抱裡。

坐在李園身旁的女主人趙雅給他逼著連乾三杯後，臉上升起誘人的紅霞，發出一陣浪蕩的笑聲，道：「今天你還逼人家喝得不夠嗎？」

眾人爲之愕然，往兩人望來。

趙雅知道說漏了嘴，赧然垂下頭去。

李園大感尷尬，他今天私下來找趙雅，一方面是爲向董匡示威，更主要是好色，趙雅雖比不上紀嫣然的獨特氣質，終是不可多得的美女，放過實在可惜。只是想不到趙雅會在席上洩出口風。

乾咳一聲，道：「不是說過要比酒力的嗎？」

趙雅偷看項少龍一眼，見他凝望著杯內的美酒，似是毫不在意，內心好過些兒，同時有點後悔，恨自己受不住李園的引誘。

除項少龍外，李園乃連晉後最使他動心的男人，又說可把她帶離這傷心地，遠赴楚國。只是不知如何，眼前滿腦子奇特思想的馬癡，無論舉手投足，均混雜著智慧和粗野的霸道方式，予她的刺激更勝於長得遠比他好看的李園，使她不時在反抗和屈服兩個矛盾的極端間掙扎，既痛苦又快樂。

紀嫣然看了項少龍一眼，向李園淡淡道：「這叫『自古名士皆多情』吧！」

李園心中叫糟，尚未來得及解說，趙雅抬起俏臉，微笑道：「嫣然小姐誤會哩！李先生只是來與趙雅討論詩篇，喝酒不過是助興吧！」

郭秀兒顯然極愛詩歌，向心目中的大哲人項少龍道：「董先生對詩歌有些甚麼心得呢？」

這話一出，眾人的注意力均集中到項少龍身上。

郭縱則暗叫不妙，難道乖女兒竟對這粗人生出情意？

趙致想起項少龍難以入目的書法，心中暗自感歎。

紀嫣然和趙雅均精神一振，熱切期待他說出另一番有見地的話來。

自古流傳下來的詩歌，經孔子和他的信徒陸續修改，共有三百餘篇。這些詩歌在這時代有著無比實用的價值，特別在權貴間，更成生活的一部分，交際時若不能引詩作裝飾，會給人鄙視。甚至有純以詩文命樂工歌誦作爲歡迎詞，名之爲「賦詩」，回敬的詩歌叫「答賦」。所以對詩篇生疏者很易當場出醜，所謂「不學詩，無以言」。

項少龍尚算幸運，不過他的運氣顯然到此爲止，終於正面遇上無法解決的問題。

詩篇不單是裝飾的門面功夫和表達修養內涵的工具，時人還有「論詩」的風氣，例如詩文：「巧笑倩兮，美目盼兮，素以爲絢兮。」大意在描述一個美女，因其姣好的姿容，而展現美好的風情。子夏曾就此問道於孔子，因而得到孔子的稱讚，說他有談詩的資格。

所以論詩乃宴席間的常事，郭秀兒並非故意爲難使她大生興趣的男人。

項少龍差點要叫救命，表面從容地道：「董某終是老粗一名，怎有資格說甚麼心得？」

郭秀兒想不到此位與眾不同的人物給她一個這麼令人失望的答案，垂下臉，不再說話。

紀嫣然亦露出錯愕神色。對她來說，項少龍公開追求自己實是個非常有趣的遊戲，亦可使她進一步了解愛郎的本領，哪知他剛露鋒芒，又退縮回去，使她欣賞不到他以豪放不羈的風格表達出來的才情，怎知項少龍在這方面比草包還要不如。

姬重臉上露出鄙夷之色，更肯定那寓言是董匡由別人處偷來私用的。

郭開、韓闖等均露出訝色，董匡的父祖輩終是當官的人，董匡怎會對詩歌毫不認識？

趙穆則猜他不想在目下情況露一手，哈哈一笑向趙雅道：「不知李先生和夫人今天討論的是甚麼題目呢？」

李園見項少龍發窘，心中大喜，答道：「在下和夫人談到『詩』和『樂』的關係，所謂『興於詩、立於禮、成於樂』，在下又把所作的樂章奏給夫人指教，幸得夫人沒有見笑。」

一般貴族大臣的交往，離不開詩和樂，李園藉此向紀嫣然表明他和趙雅沒有涉及其他。

一直沒有說話的趙致出言道：「董先生似乎把禮、樂、詩、書都不放在眼內哩！」

項少龍差點想把她掐死，她自是暗諷他昨晚對她無禮，也是妒忌紀嫣然對他的示好，有意無意地加以陰損。

李園一聽大樂，笑道：「董先生自小便與馬為伍，以馬為樂，對其他事自然不放在心上了。」

姬重一向自重身分，逼不得已要和一個養馬的粗人同席，心中早已不喜。不過他為人深沉，不會露出心中的想法，這時乘機巴結李園道：「董先生養馬天下聞名，李先生詩、樂精湛，都是各有所長。」

項少龍本不想多事，聞言無名火起，道：「請恕我這粗人不懂，七國之中，若論講學的風氣，禮、樂的被看重，秦人實瞠乎其後，為何獨能成為我們六國最大的威脅？」

此語一出，眾人先是色變，接著卻無言以對，因為這是個不容爭辯的事實。

項少龍冷然道：「有人或者看不起我這種養馬的人，對董某不懂詩、書感到鄙夷，不過董某卻可藉畜牧使得國富家強，抵抗外敵。秦人的強大，是因以軍功為首，其他一切擺在一旁。」

眾人知他動了氣，默默聽著。

項少龍續道：「作為生活的一部分，詩、書、禮、樂自有其陶冶性情、美化一切的積極作用。但在現今的情況下，更重要的是富國強兵，衣食足始知榮辱，若連國家都難保，還談甚麼詩、書、禮、樂。想當年越王勾踐，臥薪嘗膽，勵志奮發，最後得報大仇。本人來邯鄲後，發覺人人皆醉心於吃喝玩樂，如此風氣，縱盛倡禮、樂，終有一日會成亡國之奴。」

最難受的是趙致，給他這麼當面痛斥，黯然垂下俏臉。

李園、韓闖的表情都不自然起來，他們確是縱情聲色，置對付強秦的大事於不顧。

趙穆想起「他」出身荒野山區，所以並不為怪，還暗忖將來若自己當上趙國之主，定要重用這只求實際的人。

其他三女的感受卻非那麼直接，在這男性爲尊的世界裡，捍衛國土自是男兒的責任，反覺得眾人皆醉，惟此君獨醒，感到他與眾不同。

姬重冷笑一聲，道：「鹿死誰手，未至最後，誰人可知？」

項少龍對這東周君派來的人已感到極度憎厭，雙目寒芒一閃，盯著他道：「人說凡人只想今天的事，愚人則只記昨天的事，惟有智者胸懷廣闊，想著明天，以至一年或十年後可能發生的事，從而爲今天定計。若要等到分出勝負、錯恨難返時才去看那結果，不若回家摟著自己的女人多睡幾覺好了。」

姬重變色怒道：「董先生這話是甚麼意思？誰不爲將來籌謀，獨有先生是智者嗎？」

趙雅欲出言緩和氣氛，給項少龍伸手阻止，從容一笑，道：「姬先生言重，本人只是以事論事，先生千萬不要以爲本人出言是針對姬先生，我這人直腸直肚，現在亦是和各位禍福與共，希望獻出力量，保國衛民。可是看看我得到的是甚麼待遇，見微知著，鹿死誰手，已可預期。這不是爭論的時候，而是要各棄成見，知彼知己，我們才能與秦人一較短長。」

郭開和樂乘對望一眼，始明白他滿腹怨氣的原因，是怪趙王因李園而冷落他。

趙霸喝了一聲「好」，轉向姬重道：「董馬癡快人快語，聽得趙某非常痛快。姬先生不要怪他，他這番話罵盡座上諸人，包括本人在內，不過卻罵得發人深省。」

李園哪會服氣，冷笑道：「既是如此，董先生可索性不來出席縱情逸樂的宴會，爲何說的是一套，做的又是另一套？」

項少龍微笑道：「李先生誤會了，宴會乃社交的正常活動，秦人亦不曾禁絕宴會，本人只是借題發揮，指出有些人放開最重要的大事不去理，卻只懂玩物喪志，甚或爲私慾專做些損人利己的事而已。」兩眼一瞪，舉手拉著襟頭，一把扯下，露出包紮的肩膊，若無其事道：「李先生可否告訴本人，這劍傷是誰人幹的好事？」

紀嫣然「啊」一聲叫了起來，望往李園。

李園猝不及防，頓時愣住，出不了聲。

眾人這才明白兩人間怨隙之深，竟到了要動刀掄劍的階段。

項少龍又拉好衣襟，微笑道：「李先生當然不會知道是誰幹的，本人也不將偷襲的卑鄙之輩放在心上，只不過想以事實證明給各位看，董某並非無的放矢。」

項少龍這一番說話，是要建立他率直豪放的形象，同時亦在打擊李園，教這人再不敢對他動手，否則要想再洗脫，亦是頭痛的事，因他嫌疑最大。

李園的臉色變得有那麼難看就有那麼難看。

趙穆道：「董先生可把受襲的事詳細告訴樂將軍，他定可還你一個公道。」

項少龍啞然失笑道：「些微小事，何足掛齒，來！讓我敬姬先生和李先生一杯，謝他們肯聽我董老粗的嘮叨。」

眾人舉起杯來，姬、李兩人無奈下惟有舉杯飲了。

眾人才放下杯子，趙致便向項少龍敬酒，道：「小女子無知，惹得董先生生氣，就借這杯酒道歉。」

趙致一向以脾氣硬著名，如此低聲下氣，熟悉她的人尚是第一次見到。

項少龍飲罷，笑道：「是我不好才對，哪關致姑娘的事。」

紀嫣然目閃異采，向他祝酒，道：「董先生說話不但出人意表，還啓人深思，將來定非池中之物。」

接著杯來酒往，氣氛復常，至少表面如此。

李園今晚頻頻失利，給項少龍佔盡上風，連忙極力向另一邊的紀嫣然說話，力圖爭取好感。可惜紀嫣然知他竟卑鄙得派人偷襲項少龍，恨不得把他殺了，只是禮貌上冷淡地應付著他。

坐在項少龍旁的韓闖在几下暗拍他兩下，表示讚賞。

趙穆則向他打了個眼色，表示對他的表現滿意。

郭開露出深思的神色，顯是因項少龍並不如他想像般簡單，對他重新評估。

趙雅則沉默下來，她也想不到李園和董匡有甚麼深仇大恨，竟要派人去殺他。她是機靈多智的人，隱隱猜到是因妒成仇，而李園來討好自己，說不定有藉以報復董匡的含意，雖然她和董匡至今沒有半點關係，但卻擺著被李園利用。想到這裡，不由有點後悔。

驀地見到項少龍長身而起，愕然往他望去。

項少龍瀟灑施禮，道：「多謝夫人與眾不同的綵燈夜宴，不過董某人習慣早睡，故不得不先行告退。」

眾人均出言挽留，姬重和李園當然是例外的兩個。

項少龍再度施禮，退出座位外。

趙霸站起來，道：「明天的論劍會，董兄記得準時來。」

項少龍望往以熱烈眼神看他的紀嫣然，道：「在論劍會上會見到小姐的芳駕嗎？」

紀嫣然柔聲答道：「既有董先生出席，嫣然怎能不奉陪。」

此語一出，立時氣壞李園，其他男人無不現出豔羨之色。

項少龍再向眾人逐一告辭，輪到郭秀兒時，這嬌嬌女嚷道：「明天秀兒都要去一開眼界。」

聽得項少龍和郭縱同時眉頭大皺。

對趙致他卻是故意不去接觸她的眼神，匆匆施禮後，轉身朝大門走去。

衣袂環珮聲直追而來，趙雅趕到他旁邊，道：「讓趙雅送先生一程吧！」

項少龍知道推不掉，大方地道：「夫人客氣了！」

趙雅默默伴他在通往主宅的長廊走著，她不說話，項少龍自不會找話來說。

趙雅忽然輕扯他衣袖，停下步來。

項少龍訝然止步，低頭往她望去。

趙雅一臉茫然，雙眸淒迷，仰起俏臉細心打量他的臉龐。

項少龍給她看得心中發毛，奇道：「夫人怎麼了？」

趙雅輕搖螓首，落寞地道：「我總是不自禁地把你當作是另一個人，看清楚後才知錯了。」

項少龍心中抹了把冷汗，乘機岔開話題冷然道：「鄙人和李園沒有多少相似的地方吧！不過也幸好如此。」

趙雅仍牽著他衣袖不放，黯然垂首道：「董先生莫要見笑，趙雅只是正不斷找尋那滴蜜糖的可憐女子吧！先生爲何總是對人家這麼殘忍？」

項少龍怒火騰升，暗忖你既找到老子這滴蜜糖，爲何又忍心把我出賣，嘿然道：「你那兩滴蜜糖都在大廳裡面，恕在下失陪了。」揮手甩脫她的牽扯，大步走了。

趙雅呆看著他背影消失在入門處，天地彷彿忽然失去應有的顏色，就在此刻，她知道自項少龍後，首次對另一個男人動了眞情，旋又心生怨怒，管你是誰人，我趙雅豈是這麼可隨便給你拒絕的？猛一跺足，回廳去了。

項少龍走出夫人府，夜風迎面吹來，精神爲之一振。

剛才他是眞的動氣，這些六國的蠢人，終日只懂明爭暗鬥，茫不知大禍將至。卻也是心情矛盾，他現在雖成爲六國的敵人，可是仍對邯鄲有著一定的感情，使他爲這古城未來的命運擔憂。

接著想到自己的問題，原本看來很輕易的事，已變得複雜無比。在現今的形勢下，想生擒趙穆後再把他運回咸陽，只屬天方夜譚而已。若還要殺死樂乘這手握邯鄲軍權的大將，那更是難比登天。來時的堅強信心，不由動搖起來。

在邯鄲多留一天，便多增一天的危險。最大的問題自然因其他五國的大臣、名將均集中到這裡來，使邯鄲的保安和警戒以倍數升級，擒趙穆不是難事，但要把他運走卻是困難重重。

想到這裡，不由重重歎了一口氣。蹄聲自後方由遠而近，由快轉緩。

項少龍早猜到是誰追來，頭也不回道：「致姑娘你好！」

趙致清脆的聲音應道：「你怎知是人家跟來？」

項少龍側頭望往馬上英姿凜凜的趙致，微笑道：「若非是趙致，誰敢單劍匹馬來尋董某人晦氣。」

趙致本俯頭盯著他，聞言忿然把俏臉仰起，翹首望著邯鄲城長街上的星空，嬌哼道：「猜錯了！趙致沒有閒情和你這種人計較。」

項少龍知她的芳心早向他投了一半降，只是面子放不下來，不過現在他的心只容得下紀嫣然一個人，況且趙致又是荊俊的心上人，他怎麼都不可橫刀奪人所愛，他實在沒法對自己兄弟做出這種事來。日後他和荊俊間是多麼難堪呢？他昨晚那樣逼她走，其實心底絕不好受。

這一刻的趙致，特別迷人。哈哈一笑，道：「為何又有閒情陪董某人夜遊邯鄲呢？」

此時一隊城兵在寂靜無人的長街馳來，提醒他們綿延數百年未有休止希望的戰爭，時刻仍會發生。那些巡兵見到趙致，恭敬地致禮。

趙致策馬與項少龍並排而進，漫不經意地道：「你不覺得今晚開罪了所有人嗎？」

項少龍哂道：「那又有甚麼相干，你們的孟軻不是說過『雖千萬人吾往矣』嗎？」

趙致訝然望下來道：「為何孟軻是我們的呢？」

項少龍差點要刮自己兩巴掌，直到這刻仍把自己當作外來人，尷尬地道：「沒有甚麼意思，只是說溜了口吧！」

趙致驚疑不定的瞪著他，好一會兒後低呼道：「上我的馬來！」

項少龍一呆道：「到哪裡去？」

趙致冷冷道：「怕了嗎？」

項少龍失聲道：「如此共擠一騎，怕的應是致姑娘才對。」

趙致惡兮兮地道：「又不見得那晚你會這般爲人設想？你是否沒男人氣概，快給本小姐滾上來！」

項少龍知她在諷刺那晚自己跳上她馬背向她輕薄的事，搖頭苦笑道：「你的小嘴很厲害，不過你既有前車之鑑，當知董某人並非坐懷不亂的君子，這樣軟玉溫香，我那對手定會不聽指揮，在致姑娘動人的身體上享受一番呢！」

趙致緊繃著俏臉，修長的美目狠狠盯著他道：「管得你要做甚麼，快滾上馬背來！」

項少龍叫了聲「我的天啊」，一個女人若明知你對她會恣意輕薄，仍堅持予你機會，儘管外貌凶神惡煞，還不是芳心暗許。確是誘人至極，亦使他頭痛得要命。

現在是勢成騎虎，進退兩難，歎道：「這麼夜了！有事明天才說好嗎？老子還是回家睡覺算了！」

趙致氣得俏臉煞白，一抽馬韁，攔在路前，一手扠腰，大發嬌嗔道：「想不到你這人如此婆媽，你若不上來，我便整晚纏著你，教你沒有一覺好睡！」

女人發起蠻來，最是不可理喻，項少龍停下步來，歎道：「姑娘不是心有所屬嗎？如此便宜鄙人，怕是有點……嘿！有點甚麼那個吧！」

趙致聞言嬌軀一震，俏臉忽明忽暗，好一會兒後咬牙道：「本姑娘並非屬於任何人的，董匡！你究竟上不上馬來？」

項少龍心中叫苦，看來趙致已把她的芳心，由「那個項少龍」轉移到「這個項少龍」來，今次眞是弄巧反拙，攤手擺出個無可奈何的姿勢，把心一橫，嘿然道：「是你自己討來的！」話尚未完，飛身上馬，來到她背後。

趙致一聲輕呼，長腿輕夾馬腹，駿驥放蹄奔去。項少龍兩手探前，緊摟著她沒有半分多餘脂肪的小腹處，身體同時貼上她的粉背，那種刺激的感覺，令項少龍立即慾火狂升。

趙致卻像半點感覺都欠奉，仍是面容冰冷，全神策馳，在寂靜的古城大道左穿右插，往某一不知名的目的地前進。

項少龍俯頭過去，先在她的粉頸大力嗅幾下，然後貼上她的臉蛋，道：「姑娘的身體眞香！」

趙致神情木然，卻沒有任何不滿或拒絕的表示，當然也沒有贊成或鼓勵的意思，緊抿著小嘴，像打定了主意不說話。

項少龍放肆地用嘴巴揩擦著她嫩滑的臉蛋，狠狠道：「你再不說話，董某人便要冒犯你哩！」

趙致冷冷道：「你不是正在這樣做嗎？」

項少龍雖是慾火大盛，可是荊俊的影子始終鬼魂般攔在兩人之間，頹然歎了一口氣，放棄侵犯她的舉動，只摟著她小腹，坐直身體。竹林在望，原來趙致是帶他回家。

趙致默然策騎，到達竹林時，勒馬停定，凝望前方家中隱隱透出的昏暗燈火，嘲弄著道：「原來董先生這麼正人君子呢？」

項少龍為之氣結，用力一箍，趙致輕呼一聲，倒入他懷裡去。

在竹林的黑暗裡，大家都看不到對方，但氣息相聞，肉體貼觸的感覺，刺激性反因這「暗室」般的情況而加倍劇增。

趙致柔軟無力地把後頸枕在他的寬肩上，緊張得不住急促喘氣，項少龍只要俯頭下移，定可享受到她香唇的滋味，而且可肯定她不會有任何反抗的行動。

這想法誘人至極，項少龍的理智正徘徊在崩潰的危險邊緣，頹然道：「你不是項少龍的小情人嗎？這樣和董某……嘿……」

趙致仍是那冷冰冰的語調道：「我又不是愛上你，有甚麼關係？」

項少龍失聲道：「致姑娘好像不知自己正倒在本人懷抱裡，竟可說出這樣的話來。」

趙致針鋒相對的道：「我不夠你力大，你硬要抱人，教人家有甚麼法子？」

項少龍嘿然道：「那為何又要在這裡停馬呢？我可沒有逼姑娘這麼做吧！」

趙致刁蠻到底，若無其事地道：「本小姐愛停就停，歡喜幹甚麼就幹甚麼，與你無關。」

項少龍差點給氣得掉下馬去，伸出一手，移前摸上她渾圓的大腿，嘖嘖讚道：「致姑娘的玉腿又結實又充滿彈力。」

趙致一言不發，由他輕薄。

項少龍猛一咬牙，暗忖橫豎開了頭，不若繼續做下去，他本是風流慣的人，美色當前，怎還有那坐懷不亂的定力，正要行動，狗吠聲在前方響起，還有輕巧的足音。

項少龍忙把怪手收回來，趙致低呼一聲，坐直嬌軀，驅馬出林。

兩人都沒有說話，但那種銷魂蝕骨的感覺，卻強烈得可把任何男女的身心融掉。

第八章　難以消受

在趙致雅緻的小築裡，項少龍輕鬆自在地挨在臥几上，善柔和趙致兩姊妹則坐在他對面。前者狠狠看著他，後者則仍神情寒若冰雪，垂著頭不知芳心所想何事。

善柔硬梆梆地道：「我要妹子請你來，是希望和閣下合作，對付田單！」

項少龍早知會遇上這個棘手的問題，抱頭道：「你們既是想在邯鄲刺殺他，休想老子會陪你們做這蠢事，就算得了手都逃不出去。」

善柔玉臉一寒道：「你才是蠢人，我們已打聽清楚，田單今天黃昏時抵達城外，只是尚未進城。護送他來的是齊國名將旦楚，兵員達萬人之眾。所以唯一殺他的機會，是趁他輕車簡從來到城內的時刻。這大奸賊身邊的幾個人，特別是叫劉中夏和劉中石的兩兄弟，不但身手高明，且力能生裂獅虎，你看！」伸手拉下衣襟，露出大半截豐滿皙白的胸肌，只是上面有道令人觸目驚心的劍痕。

項少龍想不到她如此大膽，眼光徘徊在她飽滿的酥胸上，點頭道：「你能活著算走運的了。」

善柔拉回衣襟，雙目爍光閃閃道：「田單不是你的大仇人嗎？沒有人比我更清楚田單的事了，我曾在他府中當過婢僕，這樣說你明白與我們合作的好處吧！」

項少龍不想再和她們糾纏不清，歎道：「其實我和田單沒有半點關係，只是那晚不想傷害你們兩姊妹，才順著你們口氣這麼說。」

善柔和趙致同時愕然。

善柔眼中寒芒亮起，項少龍心叫不妙時，她已迅速由懷裡拔出匕首，雌老虎般往他撲來，匕首朝他胸膛插下。

項少龍的徒手搏擊何等厲害，一個閃身，不但抓著她握著凶器的手腕，還把她帶得滾往臥几另一邊的蓆上，虎軀將她壓個結實。

善柔不住掙扎，還想用牙來咬他。

項少龍把頭仰起，將她兩手按實，大腿則纏緊她那對美腿，同時警戒地望往趙致，見她一臉茫然，呆看乃姊在他的身體下叫罵反抗。

項少龍雖放下心來，享受著身下因肉體激烈摩擦而意外得來的豔福，但也不知如何收拾這殘局。最大問題是他不能置她們姊妹於不顧，因爲已證實此兩女確是善蘭的親姊妹。

善柔雖比一般女子力氣大得多，可是怎及得上項少龍這勁量級的壯男，再掙扎一會兒，軟化下來，只是胸脯不住高低起伏，兩眼狠狠盯著項少龍，另是一番誘人神態。

趙致仍坐在原位，沒有行動，亦沒有作聲。

項少龍俯頭看這刁蠻的美女，笑道：「我的出發點是善意的，爲何姑娘如此待我？」

善柔罵道：「騙子！」

項少龍明白過來，原來她是因被騙而暴怒得想殺他，當然亦因爲失去他的協助而引來的失望，由此可見她很看得起自己。

他清楚聽到她的心跳聲，感覺著她充滿活力的血肉在體下脈動，嗅著她嬌軀發出的幽香。搖頭苦笑道：「還不肯放開匕首嗎？」

善柔狠狠與他對視頃刻後，嘴角不屑地牽了牽，鬆手放開利器。

緊張的氣氛鬆弛下來，項少龍立即感到肉體緊貼的強烈滋味。善柔本是瞪著他的，忽地俏臉一紅，星眸半閉，自是毫無保留地感受到他男性的壓迫。

項少龍大感尷尬，低聲道：「只要你答應不再攻擊我，便立即放開你。」

善柔勉強嗯了一聲，那種玉女思春的情態，出現在這堅強狠辣的美女臉上，分外引人遐想。

項少龍先把她的匕首撥往牆角，才緩緩蹲了起來，移到牆壁處，靠在那裡。

善柔仍平臥蓆上，像失去起來的能力。衣裳下襬敞了開來，露出雪白修長的美腿。

項少龍往趙致望去，這動人的妹妹別轉俏臉，不去看他。

善柔貓兒般敏捷跳起來，看也不看項少龍，從牙縫裡吐出一個字：「滾！」

項少龍不以為忤，笑道：「柔姑娘若趕走鄙人，定要抱憾終身。」

善柔來到乃妹身旁坐下，杏目圓瞪道：「你算甚麼東西，見到你這騙子就令人生厭。」

趙致垂下臉，沒有附和，看樣子她絕不想項少龍就此離去。

項少龍歎道：「兩位姑娘愛你們慘遭不幸的父母嗎？」

善柔怒道：「豈非多此一問？」

她雖不客氣，終肯回答問題，所以她要項少龍滾只是氣話而已。

項少龍盡量平心靜氣地道：「可以報仇而不去報仇，可以說是不孝。但明知報仇只是去送死，使父母在天之靈惋惜悲痛，也是另一種不孝。在這情況下，雖說忍辱偷生，卻是克制自己、報答父母的另一種形式。」

善柔微感愕然，低聲道：「不用你來教訓我們，回去享受你的富貴榮華吧！」

項少龍心頭微震，知道此女實在對自己頗有情意，所以才會因被騙而勃然大怒，此刻語氣間又充滿怨懟之意。

趙致往他望來，冷冷道：「現在一切都弄清楚了，我們兩姊妹和你再沒有甚麼相干，董先生請回家睡你的大覺吧！我們就算死了，都不關你的事。」

她的語調與乃姊如出一轍，項少龍心生憐意，柔聲道：「你們不想再見善蘭嗎？」

兩女同時嬌軀劇震，難以置信地朝他瞪視。

善柔尖叫道：「你說甚麼？」

項少龍長身而起，來到這對美麗姊妹花前單膝跪下，俯頭看著兩張清麗的臉，誠懇地道：「請信任我吧！善蘭現正在一個非常安全的地方，還有了好歸宿，等著你們去會她。」

趙致玉容解寒，顫聲道：「不是又在騙我們吧！她怎會還未遭劫呢？」

項少龍又以董匡的名字立下毒誓。

兩女對望一眼，然後緊擁在一起，又是悽然，又是歡欣雀躍。

待兩女平復了點後，項少龍道：「董某絕不會把富貴榮華看作是甚麼一回事，至於田單的事，因爲我本身與他沒有仇怨，很難處心積慮去殺死他，亦屬不智的行爲。在現今的情勢下，有命殺人都沒命逃走，而且成功的機會這麼小，何不先好好活著，再想辦法對付他呢？」

善柔別轉俏臉，望往窗外，雖看似聽不入耳，但以她的性格來說，肯不惡言相向，已是有點心動了。

趙致哀求般道：「蘭姊現時在哪裡？你怎會遇到她的。她……她是否入了你的家門？」

項少龍微笑道：「致姑娘想鄙人再騙你們嗎？」

趙致氣得狠狠瞪他一眼，嗔道：「我也很想再插你兩刀！」

項少龍嬉皮笑臉道：「不若打我兩拳吧！」

善柔回過頭來，控制著情緒道：「你怎樣才肯助我們刺殺田單？」

項少龍大感頭痛，剛才那番話就像白說似的，一拍額頭道：「天啊！原來董某的話你完全聽不入耳。」

趙致咬牙道：「假設我們姊妹同時獻身給你，你肯改變主意嗎？」

善柔嬌軀輕顫，卻沒有作聲，咬著下唇垂下俏臉，首次露出嬌羞的罕有神態。

項少龍想不到她竟有此石破天驚的提議，呆愣愣的瞧著正目不轉睛瞪他的趙致，目光不由在兩女玲瓏有致的胴體上下做一番巡視，只感喉嚨乾燥，咳一聲道：「致姑娘說笑了，我眞的不是不肯幫忙，而是有說不出來的苦衷，不能分神到別的事上。」

趙致柔聲道：「這樣好嗎！假若眞的是毫無機會，我們姊妹絕不會勉強先生和我們一起去送死，但若有機會功成身退，先生可否爲我們完成企盼了七年的心願呢？我們既成爲先生的人，自不是與先生全無關係。」

項少龍看看善柔，望望趙致，心中叫苦，慘在他若嚴詞拒絕，定會傷透她們的自尊。歎道：「唉！我眞的給你們不惜犧牲的誠意打動了，不過卻不想乘人之危，在這時刻得到兩位小姐嬌貴的身體，這樣吧！先看看情形，再從長計議！是了，爲何見不到你們那位正叔呢？」

善柔見他回心轉意，容色大見緩和。心忖這董匡身分特別，人又精明，身手厲害，下面又有大批手下，若有他幫手，何愁不能成事。

趙致道：「他的身體不大好，所以除打探消息外，其他事我們不想讓他勞心。」

項少龍伸個懶腰，打著呵欠道：「夜深了！我要回去睡覺哩。」

兩女陪他站起來，忽地三人都為各人間曖昧難明的關係感到手足無措。

項少龍暗忖還是早溜為妙，道：「不必送了！」往門口走去。

兩女使個眼色，由趙致陪他走出大門外，道：「用人家的馬兒好嗎？」

項少龍記起她渾圓結實的大腿，差點要摟著她親熱一番，保證她不會拒絕，卻是無心再闖情關，加上荊俊的因素，強壓下這股衝動，道：「不用了，橫豎不大遠。」

往竹林走去，見趙致仍跟在身旁，奇道：「致姑娘請回吧！不用送了。」

趙致一言不發，到進入竹林的暗黑裡時，才低聲道：「你可以不回去的。」

項少龍的心「霍霍」躍動起來，趙致這麼說，等於明示要向他獻出寶貴的貞操，對她這麼一個心高氣傲的人，是多麼難開口的話。不過他卻是無福消受，雖然想得要命。

歎了一口氣，硬著心腸道：「姑娘不須這麼做的，假若你眞傾心董某，我是求之不得，可是姑娘既心有所屬，又不是眞的愛上我這不知詩、禮的粗人，何苦這般作踐自己？我幫你們絕不是為了甚麼報酬哩！」

趙致猛地握拳重重在他背脊狠擂兩拳，大嗔道：「人家恨死你了！」說完掉頭便走。

項少龍苦笑搖頭，發一會兒怔後，收拾情懷，回家去也。

想到明天的論劍大會，又振奮起來。前路仍是茫不可測，但他卻有信心去解決一切。

他雖知道這時代一些人的命運，但對自己的將來則是一無所知。

無論如何，在古戰國的大時代裡，生命實比二十一世紀的他所能經驗的多姿多采得多了。

第九章　趙氏行館

項少龍回到行館，滕翼等候已久，道：「嫣然在房中等你。」

聽得他眉頭大皺，擔心地道：「李園和龍陽君均會派人監視她的動靜，這麼貿然來找我，遲早會給人發覺。」

滕翼笑道：「我早問過她這一問題，她說給人偷盯慣了，所以特別訓練兩名替身，好讓她可避開那些癡纏的人去做自己歡喜的事。除非有人敢闖入她閨房裡，否則絕不知誰才是假貨，著我放心。」接著再壓低聲音道：「三弟眞行，我看她愛得你癡了，完全沒法控制自己。美人傾心，你還不盡享人間豔福？」

項少龍感到紀嫣然的驚人魅力，連這鐵漢都難以倖免被吸引，笑了笑，正要趕回房裡，好把被趙致姊妹挑起的情慾移到紀嫣然美麗的胴體上，卻給滕翼在通往寢室的長廊扯著。

他訝然往滕翼瞧去，後者臉上現出堅決的神情道：「我很想宰了田單。」

項少龍大吃一驚，想起滕翼的滅家之禍，實是由於囂魏牟背後的主使者田單間接促成，現在滕翼的愛妻善蘭又與田單有亡族之恨，在情在理滕翼都難嚥下這口氣，不禁大感頭痛。

誰都知田單是戰國時代最厲害的人物之一，不會比信陵君差多少，要殺他眞是難比登天。兼之他們現正自顧不暇，實在沒有節外生枝的條件。

滕翼搭上他肩頭，肅容道：「我知三弟爲難處，這事看機會吧！我並非那種不知輕重的魯莽之徒。」

項少龍鬆了口氣道：「二哥的事就是我的事，就算要我兩脅插刀，絕不會計較。」

滕翼感動的拍拍他肩頭，轉身走了。

項少龍加快腳步，到了內宅，紀嫣然帶著一陣香風投入他懷裡，獻上熱情無比的香吻。

項少龍待要脫下面具，紀嫣然赧然道：「不！人家要你以董匡的身分來與嫣然親熱，你今晚的表現令嫣然心醉不已，唉！要熬到現在才可和你親熱，人家早苦透哩！」

項少龍把她橫抱起來，往榻子走去，坐在榻沿，讓她偎在懷中。

紀嫣然的熱情熔岩般爆發開來。

項少龍微笑道：「董某怕是天下間唯一可以肯定嫣然不但不是石女，還比任何美女更奔放迷人的幸運兒。」

紀嫣然勉強睜開美目，道：「儘管取笑人家吧！唉！真想不到你不用靠漂亮的臉孔，仍是所有女人的剋星，剛才我看趙雅、趙致和那郭秀兒，無不被你那使人感動得想哭的寓言打動芳心，多麼精采和生動的故事啊！李園嫉忌得要發狂哩！」

項少龍暗叫慚愧，想起一事，道：「你和李園交過手沒有？」

紀嫣然從情慾迷惘裡清醒過來，微一點頭，道：「嫣然真糊塗，見到你時甚麼正事都忘掉。項郎要非常小心這個人，他的劍法靈奇飄逸，既好看又厲害，嫣然雖未曾與他分出勝負，但已知不是他的對手，兼且他是故意留手讓我，所以他的劍術只可以深不可測來形容，我看……唔！」

項少龍愈聽愈驚心，上趟他險勝紀嫣然，不要說留手，事實上是拚盡全力亦無法在劍術上佔到上風。如此比較，李園的劍術應比以前的自己更厲害。幸好他得到《墨氏補遺》後，劍法突飛猛進，否則眼前已可認輸。

紀嫣然言雖未盡，其意卻是項少龍及不上李園，只是不忍說出來，心中亦抹了把汗。

這李園無論文才、武藝，都有使紀嫣然傾心相許的條件。只是自己比他先行一步，又藉二十一世紀人的識見把他壓了下去。否則在爭奪紀嫣然那彷如戰場的情場上，他必是飲恨的敗將。

紀嫣然見他默然不語，還以爲他自尊心受損，歉然道：「高手較量，未至最後難知勝負，但嫣然眞不希望你和他交手，不是因認爲項郎必敗無疑，而是人家不希望你冒這個險。唉！匹夫之勇算得甚麼呢？能決勝沙場的方是眞英雄。」

這叫越描越黑，更使項少龍知道紀嫣然在兩人間不看好自己，苦笑道：「情場如戰場，李園文來不成，便會來武的，以達到在你面前折辱我的目的。誰都知紀才女要挑個文武均是天下無雙的夫婿，李園正要證明自己是這麼的一個理想人選。」

紀嫣然媚笑道：「情場如戰場，說得眞好。人家現在除你外，對其他人再沒有任何興趣，你當紀嫣然是三心兩意的蕩婦嗎？」

項少龍欣然道：「你當然不會三心兩意，卻是項某和董馬癡共同擁有的蕩婦，想不淫蕩都不行，紀才女反對嗎？」

紀嫣然俏臉飛紅，橫他一眼，湊到他耳旁道：「那嫣然只好認命，出嫁從夫，夫君既要人家一女事二夫，要不浪蕩都不行，嫣然惟有逆來順受哩！」

項少龍哈哈一笑，摟著她躺倒榻上，一番施爲下，紀嫣然果然甚麼矜持都解脫了，變成他專用的蕩婦。

雲收雨歇後，佳人像頭白綿羊般蜷伏在他的懷抱裡，嘴角掛著滿足歡娛的笑意，聽著項少龍溫柔地在她耳邊說她永遠不會嫌多的迷人情話。

項少龍身為二十一世紀的人，絕沒有這時代視女性為奴僕的大男人習氣，深知女人需要熨貼的至理，所以與他相戀的女子，無不享盡這時代難以得到的幸福。

聽著他「你是我的靈魂」、「你是我的生命」等諸如此類的話，紀嫣然喜得不住獻上香吻，以示感激。

項少龍確是愛煞了這嬌嬈。

再一次熱吻後，紀嫣然歎息道：「若能快點懷有項郎的骨肉，那嫣然就更感圓滿無缺了。」

項少龍登時冒出一身冷汗，暗忖這眞是個大問題，惟有支吾以對。

紀嫣然正沉醉在憧憬和歡樂中，並沒有覺察到他異樣的神態。想起一事，問道：「趙雅和你究竟是怎麼一回事？為甚麼李園會認為得到她可打擊你呢？」

項少龍想起與趙雅愛恨難分、情仇不辨那種糾纏不清的關係，苦笑道：「李園或者見到我不時留心和注意她，以為我對她很有意思，其實卻是另一回事，我已告訴你整件事的經過了。」

紀嫣然道：「妾身自然明白夫郎心意，也知夫君是個念舊的人，始終對趙雅留下三分愛意。她眞不懂愛惜自己，落到人盡可夫的田地，不過這種女人反特別能吸引男人，我看李園和韓闖都對她很著迷。」

忽然用力抓他肩頭，正容道：「你得留意趙致，我看李園和韓闖對她很有野心，他們那種人若想得到一個女人，會有很多卑鄙的手段。」

項少龍知道她有很敏銳的觀察力，聞言暗吃一驚。若發生那種事，荊俊會受不起打擊的。

紀嫣然羞澀地垂頭看自己的胸口，咬著唇皮道：「好不好讓項少龍又或是董匡再來疼愛人家一次呢？」

項少龍失笑道：「兩個一起來好了！看來不用教你也可名副此蕩婦之實了。」

紀嫣然大羞下撒起嬌來，登時一室皆春，說不出的恩愛纏綿。

次晨項少龍睡至太陽過了第二竿才勉強醒來，往旁一探，摸了個空，一驚下完全醒過來，才發覺佳人已去。

爬起床來，看到榻旁紀嫣然以她清秀灑逸的字體，留下一帛香箋，大意說不忍把他吵醒，故自行離去，其中不免有幾句輕訴難忍分離之苦，希望有一天能永遠相擁至天明那類香豔旖旎的纏綿情話。

項少龍揉著腰骨，想起昨夜的荒唐，又喜又驚。喜的是回味無窮，驚的是自己疲累得連對方離去都不知道。

昨夜在與紀嫣然廝纏前跟趙致姊妹的一番糾纏，雖沒有眞箇銷魂，卻不斷被挑起情慾，亦是很易使人勞累的事。

梳洗間，韓闖到來找他。

項少龍在外廳接見，坐好後，韓闖拍案笑道：「董兄昨晚表現得眞箇精采，說不定不靠春藥亦可一親紀才女芳澤，假若事成，可否分本侯一杯羹，使本侯可一償夙願？」

項少龍差點想把這無恥的色鬼一拳轟斃，表面敷衍道：「侯爺說笑，紀才女只是對鄗人略感興趣，哪稱得上有甚麼機會。」

不待對方有機會說話，問道：「鄗人走後，李園有甚麼反應？」

韓闖欣然道：「這小子的表情才精采，不住轉眼睛，看來是對你恨之入骨。董兄前腳才走，趙致那標緻妞兒就匆匆告辭，她是否要去追董兄呢？」

項少龍暗責趙致，想起曾遇過幾起趙兵，要不承認都不行，擺出苦惱的樣子，道：「不要以為有甚麼豔福飛到鄗人這裡來。追確是給她追上，卻是痛罵我一頓，差點拔劍動手，不過鄗人最厭惡與婦人、孺子糾纏，才勉強忍了她。唉！不要再提了。」

韓闖聽得鬆了一口氣，道：「想不到邯鄲會有這麼多頂尖兒的美女，郭秀兒亦相當不錯，便宜李園真是可惜。」

項少龍暗歎難怪韓國積弱至此，全因朝政把持在眼前似此君這類沉迷酒色的人手裡。道：「待會的論劍會，侯爺有甚麼可教訓李園的部署？」

韓闖興奮地道：「說來好笑，今次可說是三晉聯合起來對付無情無義的楚人。原來趙穆、龍陽君和本侯都不約而同派出麾下的絕佳好手，混在趙霸的人中好教訓李園，看這小子如何能避過當場受辱的厄運。」

項少龍想起紀嫣然昨夜與他榻上私語時對李園劍術的高度評價，暗歎結果可能會難如韓闖所願時，烏果來報，趙雅來找他。

項少龍自是大感尷尬，韓闖的臉色亦不自然起來，道：「看來趙雅對董兄頗有點意思。嘿！這騷婦非常動人，本侯得先走一步。」

項少龍當然恨不得他立即滾蛋，但卻知如此做法，韓闖定會心存芥蒂，笑道：「侯爺請留下，好予夫人一個意外驚喜。」著烏果把趙雅請來。

韓闖哪有離去之意，不再堅持，連表面的客氣都欠奉，可見他如何迷戀趙雅。

趙雅在烏果引領下，笑意盈盈的闖進來，令項少龍都摸不著頭腦，難道經昨夜送別時自己的橫眉冷目，反使她更迷上自己嗎？

兩人起立歡迎。

趙雅見到韓闖，微一錯愕，不悅之色一閃即逝，依然微笑道：「原來侯爺也到了這裡來。」

韓闖笑道：「早知夫人亦要來此，就一道來好了，好多點相聚光陰。」

項少龍一聽便知兩人昨晚又搞在一起，氣得想賞趙雅兩記耳光，只恨除了只能在心中想想外，別無他計。

趙雅想不到韓闖會當著董馬癡自曝私情，既尷尬羞慚，又心中怨恨。昨晚她肯讓韓闖留下，實有點是對董匡的作爲報復的下意識行爲。今早清醒過來，早感後悔，現在被韓闖當董匡面前揭破，確是難堪至極，垂下螓首。

項少龍勉強擠出點笑容，道：「既是如此，鄙人不如讓夫人和侯爺再藉此行館，做多點相聚的歡娛。」

韓闖見他擺明姿態要退出這場爭逐，大爲感激，笑道：「董兄萬勿如此，夫人今次是專程來訪，本侯最多算個陪客。」

趙雅回復常態，偷看項少龍一眼，道：「我也沒有甚麼特別事，只是路過此地，怕董先生不懂到趙氏行館的路途，故來與先生一道前去吧！」

接著狠狠瞪了韓闖一眼，語氣轉冷，道：「侯爺若另外有事，請自便吧！趙雅有些養馬的問題想向董先生請教呢！」

韓闖想不到昨夜恩愛若夫妻，轉眼間此女便翻臉無情，不留餘地。心中大怒，回敬道：「原來夫人白天時竟會變成另一個人，既然如此，本侯只好熬到晚上才找夫人了。」不理項少龍的挽留，拂袖走了。

剩下兩人，氣氛更是難堪。

趙雅給氣得俏臉發白，坐下後喝了一盅熱茶，仍說不出話來。

項少龍則是故意默不作聲，悠閒地品嚐著熱茶。

一會兒後趙雅忍不住道：「董先生是否在惱趙雅的不自檢點？」

項少龍慢條斯理地再呷一口茶，眼中射出銳利的光芒，凝視著她，緩緩道：「夫人多心了，夫人昨夜歡喜陪哪個人，只屬夫人私事，鄙人何來過問的資格，更不用說惱怪夫人。」

趙雅一對好看的秀眉蹙了起來，苦惱地道：「都是你不好，人家昨晚一心想陪你，卻給你那樣無情對待，人家心中淒苦，便……」

項少龍無名火起，插言道：「夫人的話眞奇怪，晝間與李園鬼混，竟叫一心相陪嗎？董某雖非自命清高的人，亦不會犯賤得去蹚這渾水。」

這幾句話含有對趙雅極大的侮辱，可是她不但沒有發怒，還秀目微紅，道：「趙雅知錯，假若董先生不嫌人家，趙雅以後會謹守婦道，先生能體會趙雅的心意嗎？」

項少龍想不到她如此低聲下氣，屈膝投降，心中掠過快意，冷笑道：「夫人言重，鄙人何來嫌棄夫人的資格，縱有此資格，亦不會相信徒說空言呢！」

霍地立起，淡淡道：「夫人明知李園是要藉夫人來打擊董某，仍忍不住對他投懷送抱，誰敢擔保這種事不會再發生。董某若歡喜一個人，絕不會朝李暮韓，三心兩意，夫人請回吧！董某還有很多事等著要辦。」

趙雅被他冷嘲熱諷，句句椎心，終於忍無可忍，憤然起立，怒道：「好你個董匡！侮辱得趙雅夠了吧！天下間只有你一個男人嗎？我倒要看看你有甚麼好下場。」轉身憤然離去，沒有再回過頭來。

項少龍大感痛快，不過亦暗責自己爲感情作祟，在現今的情況下，開罪這在邯鄲極有影響力的女人，確是有害無利，不過這時亦顧不得那麼多了。

找著滕翼說了一會兒話後，他才動程往趙氏行館。

趙氏行館位於邯鄲城東，佔地甚廣，除由幾個院落組成的主建築群外，還有練武場、騎射場，專爲訓練武士而設，經篩選後由行館按才能高下推薦給趙國軍方，所以趙霸無疑是趙國的總教練，有著崇高的地位和實權。

論劍會在主宅前的大校場舉行，項少龍抵達時，正有行館的武士分作三對以木劍和包紮著鋒尖的長矛在練習，一邊立有二百多名武士，另一邊是個大看臺，上面設有坐席。

項少龍來遲了少許，龍陽君、趙穆、樂乘、郭開、韓闖、郭縱、郭秀兒等早來了，卻仍未見被他氣走的趙雅，李園和紀嫣然亦未出現。

另外還有幾名軍方將領和數十名似是家將的武士，分作幾組閒聊，誰都沒有留心場上的表演。

趙霸正與趙穆和郭縱說話，見到項少龍，欣然迎來道：「有董先生在的場合，從不會出現冷場，來！讓我給先生引見本館的四位教席。」

領著項少龍往正與趙致站在看臺上的四名武士走去。

趙致見到項少龍，小嘴不屑地嘟起來，故意走開去找郭秀兒說話，女兒家的氣惱情態，看得項少龍心生歉意。

四位行館的教席見到項少龍，均露出注意神情，全神打量他。

趙霸對那四人笑道：「這位是我多次向你們提起的董匡先生。」

四人連忙施禮。

項少龍客氣兩句後，趙霸介紹其中身材最高大魁梧，只比項少龍矮上少許的漢子道：「戴奉是我們行館的第一好手，劍法在趙境亦大大有名，今天將由他來試那大言不慚的小子，看他如何厲害。」

這戴奉體型驃悍，虎背熊腰，年紀在三十左右，神態亦以他最是沉穩，其他三人均有些許緊張，遠及不上他的冷狠。

項少龍見他劍掛右腰，左手亦比右手來得有力粗壯，顯是慣於以左手應敵。對右手使劍的人來說，左手劍最是難防，反過來左手使劍者卻習慣和右手用劍者對陣。只是這點，左手劍便佔上便宜。

另外三人分別是黃岩、成亨和陸志榮，均對項少龍很客氣。

成亨低聲道：「聽說董先生曾被李園的人暗襲受創，戴奉會給先生爭回這口氣。」

項少龍暗忖他們定以爲自己劍術平平，不過只會是好事，連忙謝過。

此時李園來了，伴著他的竟是趙雅，後面還跟了十多個李園的家將，那個偷襲項少龍時使他印象深刻的大漢，赫然竟是其中一人。

項少龍心中大怒，李園如此毫無避忌，擺明不把他放在眼內，亦知項少龍奈何他不得。

趙雅對李園神態親熱，看得那邊正與趙致和郭秀兒說話的韓闖臉色大變。

趙霸向項少龍告罪一聲後，領著戴奉等四位教席迎了過去。

李園一身武士服，配上肩甲、腕箍和護著胸口及背心的皮革，確是威風凜凜，有不可一世的氣概。

趙致等諸女都看呆了眼。

項少龍雖心叫不妙，卻是無可奈何。

趙穆來到他身旁低聲道：「看這小子能威風到幾時？」

項少龍沉聲道：「對付他的有甚麼人？」

趙穆得意地道：「本侯派出的劍手叫駱翔，只他一人，應可足夠收拾李園有餘。何況還有龍陽君家將裡的第一高手焦旭，以及跟韓闖來的韓國著名劍手伏建寅，定要教李園吃不完兜著走。」然後逐一把他們指點出來，都是年輕勇悍的豪漢。

項少龍卻沒有他如此樂觀，若讓這小子或他的手下大獲全勝，那時誰都要丟盡面子。連他自己也有點難以在紀嫣然跟前抬頭做人，想到這裡，不由有點後悔忘記邀滕翼同來。

李園含笑逐一與趙霸介紹的人寒暄客套，一副穩操勝券的樣子。

他那批家將則無人不瞪視項少龍，擺出挑釁鬧事的模樣。

項少龍心中暗懍，知道他們今天主要的目標是自己，就算用的是木劍，假若有心施辣手，隨時可把對手弄成殘廢，李園不用說亦是對自己有此心意。

趙穆也發現此點，狠狠道：「那些人中是否有伏擊你的人在內？」

項少龍冷哼一聲，沒有說話。

趙穆怒道：「我從未見過比他更囂張的人了。」

項少龍壓低聲音，道：「小不忍則亂大謀，我們犯不著與他意氣相爭，正事要緊。」

趙穆欣賞地看他一眼，點頭同意。

兩人見到趙雅在李園旁笑語盈盈，均心頭火發，趙穆更低罵了聲「賤婦」。

李園一直注意項少龍，還故意逗得趙雅花枝亂顫，好向他示威。

趙穆待要招呼項少龍到看臺坐下，李園排眾而出，往他們大步走來，施禮後瞅著項少龍道：「董兄劍術出眾，可有興趣和我的手下玩一局？」

他特別抬高聲音，好讓其他人聽到他蓄意侮辱的挑戰。

其他人全靜了下來，全神察看項少龍的反應。

趙雅這時和李園的家將來到李園身後，均以不屑的眼光盯著項少龍。

項少龍分外受不得趙雅故示輕蔑的目光，勉強壓下怒火，瞪著李園身後曾伏擊他的壯漢微笑道：「這位仁兄高姓大名？」

見到李園頷首示意，壯漢大喝道：「小人樓無心，董先生是否有意賜教？」

項少龍淡淡道：「眼前高手滿座，哪輪得到我這只懂養馬的人，所謂獻醜不如藏拙了。」

李園等還是首次聽到「獻醜不如藏拙」這語句，略一思索才明白，均發出嘲弄的聲音。

趙雅插言不屑地道：「董先生這麼有自知之明，眞是難得。」

項少龍雙目神光一閃，冷然看了趙雅一眼，這美女一陣心悸，竟說不下去。她也不是這麼膽小的人，只是董匡的眼神在剎那間極似是項少龍，使她泛起非常異樣的感覺。

樓無心見狀，暴喝道：「誰敢對夫人無禮？」

趙穆爲之色變，正要喝罵，李園知機喝道：「無心退下，這裡哪輪得到你說話？」

樓無心退後一步，默然無語，但兩眼仍凶光閃閃的瞪著項少龍，似乎對那天殺不了他極不服氣。

李園堆出虛僞的笑容道：「我這家將就是那麼直言無忌，董先生切勿介懷。」

眾人均聽出他明是責怪手下，其實卻暗示手下做得極對。

一時火藥味濃重之極。

趙霸此時來到充滿敵意的兩組人間，打圓場道：「各位不若先上看臺，喝杯熱茶如何？」

李園向旁邊的趙雅柔聲道：「夫人請先到臺上去，在下尚未與郭先生打招呼呢！」

趙雅柔順地點頭，與李園的家將到看臺去了。

李園告聲罪，往郭縱旁的趙致和郭秀兒走去。

趙穆向趙霸使個眼色，才拉項少龍登上看臺。

韓闖把兩人招呼到身旁坐下，冷哼道：「這小子愈來愈放肆，眞想看到他慘敗後的樣子。」

項少龍本已心平氣和，但看到趙致不知是有意還是無意，竟與李園在遠處談笑風生，又多添另外的一分擔心。

除紀嫣然外，所有被邀的人均已到達。

蹄聲響起。

高牆大門開處，這以才藝、劍術名聞天下的絕代佳人，一身雪白的武士服，策騎奔進來。

李園連忙拋下郭秀兒和趙致，迎了上去。

紀嫣然不待李園爲她牽著馬首，便以一個無比優美輕盈的姿態躍下馬來，一步不停的由李園身旁走過，朝看臺走去。

李園追在她身旁，大獻殷勤，她只是有一句沒一句應著，登上看臺，含笑與各人打過招呼，筆直走到項少龍面前，笑道：「董先生原來早到了，累得嫣然撲了個空呢！」

此語一出，旁邊的李園立時臉若死灰，雙目亮起惡毒的神色。

韓闖大樂，連忙起身讓出空位，紀嫣然毫不推辭，喜孜孜坐到項少龍一旁，看得另一端的趙雅臉色也不自然起來，項少龍頓有吐氣揚眉的感覺。

此時眾人紛紛登上看臺，把近百個位子塡滿，趙致和郭秀兒隨郭縱到李園那方去了，李園悻悻然回到趙雅身旁。

趙霸拍兩下手掌，吸引所有人的注意後，笑道：「各位請先看敝館兒郎們的表演，多多指點。」

一聲令下，那邊等待良久的行館武士左手持盾，右手持劍，衝到場中，排開陣勢，在鼓聲中表演各種衝刺、制敵的模擬動作，立時引來一片掌聲。

不過眾人卻知眞正的好戲，尙未上演。

第十章　行館爭雄

接下來是騎射表演，均精采悅目，看出趙霸為訓練他的兒郎們，下了一番心血。項少龍暗叫可惜，若非趙國出了個孝成王這樣的昏君，應是大有可為的。

紀嫣然湊到項少龍耳旁親切地道：「人家再顧不得了，由現在起跟定你了。」

項少龍暗吃一驚，道：「是否快了點呢？你看龍陽君正盯著我們呢！」

紀嫣然笑道：「他不是懷疑我們，而是妒忌嫣然，誰都知道那不男不女的傢伙最愛像董先生般的粗豪漢子，你對他多說幾句粗話，他才興奮哩！」

項少龍苦笑搖頭，道：「讓董某多追求你兩三天吧！否則堂堂美人兒，兩三下子便給男人收拾，實有損才女美人兒的聲望。」

紀嫣然嗔道：「你說怎樣就怎樣吧！不過我要你每晚都陪人家。」

項少龍欣然道：「董某正求之不得哩！」

鼓聲忽地響個不停，行館武士們紛紛回到看臺對面那片地蓆坐下，只有趙霸立在場心。所有人停止了說話，看著武士行館的館主。

鼓聲倏歇。

趙霸揚聲道：「敝館今天請得名聞天下的劍術大師李園先生，到來指點兒郎們的功課，實在不勝榮幸，萬望李園先生不吝賜教。」

面。」

郭縱呵呵一笑，插言道：「今次是切磋性質，各位點到即止，老夫絕不想看到骨折肉破的驚心場面。」

他與趙霸最是深交，自然看出趙霸對李園的狂傲動了眞火，所以恃著身分，勸諭雙方諸人。

李園笑道：「郭先生放心，我只是抱著遊戲的心情來玩玩，何況還有四位美人兒在座哩！郭先生不用擔心。」

他這麼一說，行館的人都露出憤然之色。要知這時代武風極盛，人人均視比武論劍爲至關聲譽的神聖大事，他卻說只當作是遊戲，分明不把對手看在眼內。

趙穆探頭過來探詢紀嫣然的心意，道：「紀小姐對李園先生的話是否以爲過分呢？」

另一邊的韓闖悶哼道：「李先生太狂了。」

紀嫣然微笑道：「不過他確有非凡本領，非是口出狂言。」

兩人想不到她對這馬癡公然示好後，仍幫李園說話，一時啞口無言。

項少龍卻想到紀嫣然思想獨立，不會因任何人而改變觀感，所以除非自己明刀明槍勝過李園，否則於她芳心中他項少龍在這方面始終及不上李園。如此一來，會使這對自己夫婿要求嚴謹的美女，終引爲一種遺憾。

在他思忖間，行館的第一教席已步出場來，向李園拱手施禮道：「小人戴奉，請李先生賜教。」

李園上下打量戴奉幾眼，淡淡道：「東閭子，落場陪戴奉兄玩兩手！」

眾人哄聲四起，想不到李園只派手下應戰，擺明戴奉尚未有挑戰他的資格。

行館由趙霸以下，無不露出憤然之色。

趙穆在項少龍旁低聲道：「糟了！戴奉若輸了，趙霸可能沉不住氣親自向李園挑戰。」

紀嫣然則在項少龍耳旁道：「這東閭子和樓無心乃李園手下最負盛名的劍手，在楚國有很大的名氣。」

後面的樂乘湊上來道：「我也聽過這東閭子，據說出身於楚墨行會，曾周遊列國，尋師訪友，想不到竟成了李園的人。」

這時一個高瘦如鐵，臉白無鬚，二十來歲的漢子由李園那邊坐席走下臺來，直抵戴奉身前，溫和有禮地道：「戴兄指點！」

戴奉施禮後，自有兒郎拿來木劍，又爲兩人穿上甲冑，護著頭臉、胸脅和下身的要害，以免刀劍無情，帶來殘體之禍。不過這只能在手下留情的情況下生出作用，對用劍的高手來說，縱是木劍，仍有很大的殺傷力，甲冑都擋不了。

兩把劍先在空中一記交擊，試過對方臂力，退了開去，擺出門戶架勢。

鼓聲忽響，再又歇止。

眾人均屏息靜氣，凝神觀看。

戴奉踏著戰步，試探地往對手移去，木劍有力地揮動，頗有威勢。反之東閭子抱劍屹立，不動如山，只是冷冷看著戴奉。

戴奉疾退兩步，忽然一聲暴喝，閃電衝前，劍刃彈上半空，迅急砸掃，發出破空的呼嘯聲，威不可當。

韓闖等均喝起采來，爲他助威，武士行館的人更是采聲雷動，反而李園方面的人個個臉含冷笑，一副胸有成竹的樣子。

這時坐在李園另一邊的趙致不禁後悔起來，她對李園故示親熱，固然是被李園的風采、談吐吸引，更主要是為氣項少龍。但她終是行館的人，自然不希望己方落敗，偏又坐在李園身旁，不好意思吶喊助威，矛盾之極。

李園顯然明白她的心事，趁所有人目光落到場上，悄悄伸手過去，握著她放在腿上的柔荑，湊在她小耳旁柔聲道：「看在小姐分上，李園絕不會傷害貴館的人。」

趙致嬌軀一顫，心頭模糊，竟任由他把纖手握著。

趙雅發覺兩人異樣的情況，挨了過去微嗔道：「李先生你真多心！」

李園偎紅倚翠，心中大樂，笑道：「夫人不是喜愛李園的風流倜儻嗎？」

趙雅白他一眼，坐直嬌軀，芳心又湧起董匡那英雄蓋世的威武氣概，不由歎了一口氣。暗忖為何自己看到李園與別的美女胡混，竟不怎麼放在心上，偏只是看到紀嫣然坐到董匡之旁，心中便不舒服呢？

「篤」的一聲，東閭子橫劍化解，同時跨步橫挪，避過戴奉接踵而來的第二劍。

趙穆、韓闖、樂乘等均是用劍的大行家，一看便知這東閭子不但臂力不遜於戴奉，戰略上還非常高明，故意不以硬碰硬，好洩戴奉的銳氣。

果然東閭子接著全採守勢，在對方連環狂攻下，不住移閃，表面看來戴奉佔盡上風，其實東閭子有驚無險，只等待反攻的好時機。

采聲四起，都在為戴奉打氣。

趙致忽然清醒過來，想抽回玉手，豈知李園緊抓不放，掌背還貼在她大腿處，嘴唇揩擦她耳朵，道：「致小姐討厭李某嗎？」

趙致生出背叛了項少龍和董匡的犯罪感，垂下臉道：「別人會看到的呢！」

李園傲然道：「大丈夫立身處世，何懼他人閒言，只要小姐不嫌李園，李某甚麼都可擔當。」此人善於辭令，又懂討好女人，連紀嫣然都差點迷上他，趙致男女經驗尚淺，又怪董匡的無情，一時芳心大亂，任他輕薄。

李園亦知這是公開場合，不宜過分，暗忖待會把她弄回行館，才爲所欲爲，故沒有再做進一步行動。

趙致旁的郭秀兒一直留心李園，見到他情挑趙致，俏臉變色，心中不悅。戰國時代男女之防，遠不像漢代以後儒家盛行的嚴謹，但男女當眾調情，終是於禮不合，郭秀兒不由對李園的印象更打了個折扣。

此時項少龍心念一動，往李園望過去，恰好李園亦往他瞧來，雖是隔了十多個座位，項少龍仍可清晰地看到李園握著趙致的柔荑，禁不住雙目厲芒一閃，勃然大怒。

李園見狀大感得意，微笑點頭。

趙致循李園的目光望去，接觸到董匡的眼神，忽然聯想起項少龍，芳心劇顫，猛一抽手，由李園的魔爪脫出來。

李園當然不知她和項少龍複雜的感情關係，還以爲她只是臉嫩著窘，反手在她豐滿的大腿撫了兩把，才坐好身體，不再理會項少龍，繼續觀戰。

項少龍鐵青著臉，把目光投到場上的戰況去，心中湧起怒火，首次生出挑戰李園之意。

紀嫣然把一切看在眼裡，耳語道：「萬勿意氣用事，若你給李園傷了，那就因小失大。」

這幾句猶如火上添油，項少龍勉強壓下怒氣，默然半晌後，向趙穆道：「可否派人把鄙人一個家將召來呢？」

趙穆一聽便明白，問清傳召的是誰人後，命人去了。

此時戴奉最少發出四十多劍，仍奈何不了東閭子，連打氣的喝采聲都逐漸弱了下去。

東閭子知時機已至，仰天一笑，由守改攻，挺著木劍搶入對方劍圈之內，使出一手細膩精緻的劍法，見招破招，且劍圈收得極小，令戴奉專走粗豪路線、大開大闔的劍法更是有力難施。

趙穆等固是看得唉聲歎氣，連對戴奉有絕對信心的趙霸都不禁眉頭大皺。

坐在李園旁的趙致見己方勢危，完全清醒過來，暗責自己如此不分敵我，還給李園佔便宜，真是愧對師門。可是這時離開又太過著跡，一時進退兩難。

場上兩人再激鬥幾招，戴奉早先的威風已不復見，節節敗退。

東閭子大喝一聲，劍影一閃，覷準對方破綻，破入對方劍網裡，直取戴奉胸口。

戴奉大吃一驚，迴劍不及，猛地往後一仰，勉強避過凌厲的一劍。

哪知東閭子得勢不饒人，飛起一腳，踢在對方小腹下，若非有護甲，這一腳定教戴奉做不了男人，不過亦要教他好受，痛得他慘叫一聲，長劍脫手，踉蹌墜地，兩手按在要害處。

眾人均想不到東閭子看來斯文秀氣，但在佔盡上風時下手竟這麼狠辣，呆了起來，一時全場靜至落針可聞，只有戴奉的呻吟聲。

趙霸色變起立，向左右喝道：「還不把教席扶進去看治傷勢？」

當下有人奔出來扶走戴奉。

東閭子沒有半絲愧色，得意洋洋向兩方施禮，交出木劍，回席去了。

趙致一向和戴奉友好，再顧不得李園，狠狠瞪他一眼後，追著被扶走的戴奉去了。

李園半點不把趙致放在心上，灑然笑道：「比武交手，傷亡難免，館主若怕再有意外，不若就此作罷，今晚由在下做個小東道，以為賠禮如何？」

今次連紀嫣然都看不過眼，低罵道：「李園你太狂了！」

趙霸那對銅鈴般的巨目凶光閃閃，顯是動了眞火，項少龍眞怕他親身犯險，推韓闖一把。

韓闖會意，向後面自己那預派出戰的手下打個手勢。

叫伏建寅的劍手應命跳下臺去，高聲搦戰道：「伏建寅請李園先生指點！」

全場肅然無聲，看李園會否親自出手。

伏建寅個子不高，卻強橫扎實，臉上有幾條縱橫交錯的劍疤，樣子有點可怖，但亦正是身經百戰的鐵證。

李園擺出一副不把天下人放在眼內的姿態，懶洋洋地把半邊身挨在身旁的小几上，漫不經意地道：「無心！你去領教高明吧！」

眾人早預料他不屑出手，均毫無驚異。

那叫樓無心的驃悍壯漢慢吞吞的走下臺去，略一施禮，傲然而立，接過木劍後，把要為他戴上護甲的人揮開，道：「又不是上沙場，要這笨東西幹啥？」

伏建寅見狀喝道：「樓兄既不披甲，伏某也免了。」

龍陽君這時來到項少龍和紀嫣然間的背後，陰聲細氣道：「天下間還有比楚人更狂的人嗎？對秦人時又不見他們這麼囂張，嫣然妹會下場嗎？」

紀嫣然歎道：「嫣然也很不服氣，只是自問勝不過李園，沒有辦法。」

龍陽君冷哼一聲，沒有說話，退回席位。他自問劍術與紀嫣然相若，若這俏佳人不及李園，他亦難以討好。同時下決定，不讓焦旭出戰，以免徒招敗辱。

趙穆唉聲歎氣地對後面的郭開和樂乘道：「若伏建寅都敗北，惟有靠駱翔爲我們挽回顏面，否則只有讓館主出手，但本侯眞不願看到那種情況出現。」

郭開道：「李園爲楚國第一用劍高手，下面那些人已那麼厲害，他的劍法更可想而知了。」

各人一時均感無可奈何。

趙穆雖是一流劍手，但他的身分卻不宜下場，因這很容易釀成兩國間的不和。

李園好在沒有官爵在身，否則亦不可在沒有王命下隨便與人私鬥。

場上的兩人同時大喝一聲，向對方放手猛攻，只見樓無心運劍如風，大開大闔，劍氣如山，凌厲威猛之極，幾乎甫一交戰，伏建寅便陷入捱打之局。

項少龍這時瞥見滕翼正策騎入門，伸手去推韓闖一把道：「快終止這場比武！」

韓闖臉現難色，因爲伏建寅是冒趙人的身分落場，若他發言，豈非明示伏建寅是他的人。

雙方的人都在沉著觀戰，沒有像剛才般揚聲打氣，氣氛緊張得有若拉滿的弦。

韓闖這一猶豫，勝負已分。

伏建寅輸在後力不繼，稍一遲滯下，給樓無心一劍掃在肩頭處，骨折聲起，慘哼聲中，伏建寅橫跌開去，爬起來時早痛得滿臉淌著冷汗。

樓無心大笑道：「承讓！」

項少龍向下馬走來的滕翼打個手勢，後者會意，隔遠大喝道：「小人龍善，乃董匡門下家將，這位仁兄非常眼熟，未知肯否賜教。」

眾人這時均無暇理會伏建寅如何被扶走，也沒注意趙致回到場內，坐到同門師兄弟那方的席裡，用神打量不請自來的豪漢。

樓無心不屑地打量滕翼，冷冷道：「若要動手，須用眞劍方可顯出眞本領。」

滕翼大笑道：「有何不可，不過李先生最好先派另一個人上場，待本人也耗了點氣力後，跟你拚起來才公平。」

趙穆歎道：「你的家將是否呆子，有便宜都不懂撿？」

紀嫣然笑道：「有其主故有其僕，這才是眞英雄。」

趙穆不由尷尬一笑，暗責自己露出不是英雄的面目。

李園亦怕樓無心未回過氣來，見項少龍沒做任何反應，喜道：「確是好漢子！」打個手勢，他身後另一名臉若古銅的大漢領命出戰。

項少龍向紀嫣然道：「此人是誰？」

在眾人的期待裡，紀嫣然茫然搖頭。

那人來到滕翼前，靜若止水般道：「本人也不愛用假劍，閣下意下如何？」

滕翼冷然道：「兄臺高姓大名？」

那人好整以暇道：「本人言復，只是個無名小卒而已！」

眾人一聽無不動容。

項少龍當然不知他是誰，詢問的目光轉向紀嫣然求教。

紀嫣然神色凝重道：「他本是秦國的著名劍手，因殺了人託庇於楚國，想不到也投到李園門下，可見李園在楚國的勢力膨脹得何等厲害，難怪他這麼驕狂。」

韓闖等又爲滕翼擔心起來。

「鏘！」

言復拔出芒光閃爍的利劍，退開兩步，遙指滕翼喝道：「還不拔劍？」

滕翼木無表情，一對巨目射出森森寒光，緩緩道：「到時候劍自會出鞘！」

言復大怒，狂喝一聲，挺劍攻上。

一時寒光大盛，耀人眼目。

誰都想不到權貴間的切磋比武，變成眞刀、眞槍的生死決鬥。

第十一章　教場揚威

言復這一出劍，眾人立知他了得。

無論角度與速度、手法或步法，都在此看似簡單但卻矯若遊龍的一劍顯示出來，不愧是負有盛名的劍手。

最精采處是他藉腰腿扭動之力發勁，使這下猛刺能滙聚全身的氣力，迅若閃電，事前又不見徵兆，眞的是說來就來，有如猛爆火山，霎眼間劍鋒直抵凝然不動的滕翼胸前尺許處。

眾人代滕翼設想，眼前唯一方法，是退後拔劍，不過這會徒令對手氣勢暴漲，殺著更滾滾而來，直至斃命劍下。換言之，無論如何，滕翼已因自恃不先行拔劍而失了先機。

但見滕翼嘴角逸出一絲笑意，倏地拔劍，卻沒有後退。

眾人心中暗自感歎，郭秀兒和趙雅更嚇得閉上美眸，不忍目睹這大漢濺血倒地的慘況。

「噹！」

在全場目瞪口呆時，滕翼抽離劍鞘只有兩尺的劍柄，竟毫釐無誤地猛撞在言復劍鋒處。

儘管言復的力氣要比滕翼大，劍鋒怎也及不上劍柄用得出來的力道，何況言復的手勁根本不是滕翼對手。

言復出道以來，從未見過有人能打開始便以劍柄克敵，整把劍竟給硬盪上半天，可是前衝的去勢卻沒法停下來，投懷送抱般往滕翼湊去。

正叫糟時，滕翼的鐵拳在眼前由小變大。

「砰！」

言復口鼻鮮血狂濺，往後拋跌，竟給滕翼出的左拳活生生打暈，而滕翼的劍仍只是出了半鞘。

「鏘」的一聲，劍又滑回鞘內。

全場鴉雀無聲，好一會兒行館的武士爆起漫天喝采聲，為滕翼驚人的技藝和替他們爭回一口氣歡叫如狂。

李園哪想得到滕翼厲害至此，鐵青著臉喝道：「把那沒用的傢伙抬走！」

此語一出，連他旁邊的趙雅都蹙起眉頭，感到李園此人寡恩薄情，對失敗的手下半點同情也欠奉。

言復被迅速移離廣場。

滕翼戟指向樓無心喝道：「輪到閣下了！」

眾人目光全落到樓無心身上，看他有否應戰的膽量。

項少龍是場內唯一能預知戰果的人，滕翼自得到他的《墨氏補遺》後，劍術與武術修養無不更上一層樓，連自己都沒有把握穩勝他，何況是言復。

此時滕翼大笑道：「樓兄若因休息時間太短，氣力尚未回復過來，大可讓東閭子兄或其他人先戰一場。」

這話一出，樓無心推無可推，霍地起立，冷哼一聲，走入場內。

全場霎時靜了下來。

紀嫣然湊到項少龍耳旁道：「我從未見過比你二兄更詭奇的劍法，比起李園恐亦毫不遜色。」

趙穆則是心花怒放，暗忖難怪「馬癡」如此大言不慚，原來隨從裡有這能以一擋百的不世劍手。

樓無心「鏘」的拔出長劍，擺開架勢，卻不搶攻，好先認清對方劍路和手法。

滕翼仰天一陣大笑，右手按在劍把上，踏前一步，作勢拔劍。

樓無心受他氣勢所懾，竟往後退了一步，使兩人間仍保持著七至八步的距離。

滕翼閃電移前，搶到樓無心左側，長劍離鞘而出，幻出令人難以相信、無數朵似有實質的劍花，若攻非攻，有若盤蜷毒蛇，昂首吐信，隨時可猛噬敵人一口，且必是無可解救的殺招。

項少龍拍腿叫好，滕翼這招「以守代攻」，確使得出神入化，盡得《墨氏補遺》的精髓。

樓無心完全看不透對手的劍路，雖叱喝作勢，卻再退一步，任誰都看出他是心生怯意。

高手對壘，豈容一再退避。

在微妙的感應裡，滕翼驀地劍勢大盛，由「以守代攻」化作「以攻代守」，長劍振處，有似長虹，隨著精奇偏險的步法，搶到樓無心左側，強攻過去。

「鏘」的一聲，樓無心吃力地硬架滕翼這無論氣勢、力道均臻達巔峰的一劍。

滕翼冷笑道：「不過如是乎！」

長劍滑了出來，迅又改為橫掃。

「噹！」

樓無心惶亂下仗劍一擋，竟給滕翼掃得橫跌開去，全無還手之力。

李園方面的人無不色變，要知這樓無心在他們間臂力堪稱第一，哪知遇上龍善，卻給比了下去。

這時眾人無不知滕翼要在力道上挫辱此人。

趙霸看得心花怒放，也是心中暗驚，他一向自恃力大過人，見到滕翼的威勢，始知一山還有一山高。

後面的樂乘湊上來道：「你這家將神力驚人，怕可和囂魏牟媲美。」

項少龍心中暗笑，若樂乘知道囂魏牟是給滕翼活活打死，不知會有何想法。

歷史在重演著，剛才是伏建寅被樓無心以一輪重手硬拚，殺得全無還擊之力，直至落敗；今次卻是滕翼步步進逼，殺得樓無心汗流浹背，不斷退避。

樓無心亦算了得，到擋得滕翼變化無窮的第二十五劍，才門戶失守，空門大露。

滕翼閃電飛出一腳，踢在對方小腹處。

樓無心連人帶劍往後拋跌，痛得蜷曲地上，除呻吟外再無力爬起來。

眾人受慘厲的戰氣所懾，竟忘了喝采。

李園丟盡面子，命人移走樓無心，見眾人和龍善的目光全集中到自己身上，心中叫苦。若自己落場，雖非必敗無疑，卻亦沒有制勝的把握，不過此時勢成騎虎，冷哼道：「董先生手下原來有此能人，由此推之，先生必然也是高手，爲何不讓我們玩上一場，免得別人說在下趁貴僕力戰身疲時去撿便宜。」

他雖是言之成理，但無人不知他其實是對滕翼顧忌非常。

項少龍先招手喚滕翼上到看臺來，才悠然起立，慢條斯理道：「董某的深淺，李兄早應由你的家將知個一清二楚，不過耳聞怎及眼見，李兄既有此雅興，董某自當奉陪。」

李園想不到他竟肯動手，大喜落場。

這時除李園方面的人和滕翼外，無不為項少龍暗暗擔心。李園號稱楚國第一名劍手，觀之樓無心等人的身手，便可推知他的厲害。董匡這馬癡則並不以劍知名，高下可想而知。

紀嫣然擔憂得黛眉緊蹙，若項少龍落敗，李園雖未必敢公然取他一命，但傷肢殘體，必不能免。

項少龍解下血浪寶劍，交給旁人，笑向李園道：「我們怎可學兒郎般以命拚命，甲冑大可免了，但仍是用木劍較宜，大家點到即止，貫徹以武會友的精神。」

李園雖不情願，總不能擺明要殺死對方，表面從容笑道：「董先生既有此提議，在下自然遵從。」

項少龍心中暗笑，自己是用慣木劍的人，只此一項，李園便註定有敗無勝，接過木劍後，試試重量，雖只及得墨劍的七成，已比一般鐵劍重上許多。

李園隨手揮動木劍，暗忖若能刺瞎對方一目，那就最理想了。

項少龍忽地喝道：「趙館主，給我們來點鼓聲助興！」

眾人愕然，那負責擊鼓力士的鼓棍已狂雨般擊下，生出震耳的鼓聲。

李園英俊的臉龐冷狠下來，抱劍卓立，配合他高秀挺拔、玉樹臨風的體型，確有非凡的姿態。

項少龍劍柱身前，凝然如山，雙目射出鷹隼般的光芒，罩定對手。

兩人這一對峙，立顯高手風範，場內各人受風雨來臨前緊張的氣氛所懾，頓時全場無聲。

經過大半年的潛心修劍，項少龍由鋒芒畢露轉為氣定神閒，連多次看過他動手的趙穆等人，亦不能由他的動靜聯想起以前的項少龍來。

紀嫣然是用劍的大行家，只看項少龍隨便一站，有如崇山峻嶽的氣度，心中大訝，難道上次和自己交手，他竟是未盡全力嗎？

怎知項少龍是因得到《墨氏補遺》，劍法大進。

趙致此刻眼中只有一個董馬癡，那種自然流露的英雄氣質，縱是外型比他更悅目好看的李園，亦要稍有遜色。

趙雅看看李園，又看看董馬癡，感覺雙方均對她生出強大的吸引力，但董匡那種永不給人摸著底子和酷肖項少龍的氣概，卻非李園能及。

郭秀兒則是另一番感受，李園正是她憧憬中的理想夫婿，文武全才，既軒昂又文秀，兼且有身分、有地位，雖明知他風流好色，可是所知的男人誰不如此，故亦只好逆來順受，遵從父命，嫁與此君。

但董匡的出現卻使她受到另一類男人的誘惑力，粗豪奔放中卻顯出扣人心弦的智慧和與眾不同的識見，令她願意被他征服，這處於兩個選擇間的矛盾，使這美少女心亂如麻，取捨兩難。

現在兩人終於要一較高低了，這是否能予她一個決定的機會呢？在這戰爭的年代裡，無人不習技擊，劍法早成爲量度一個人本領的標準，劍法高明者，自然會得人看重和欣賞。

李園目不轉睛和項少龍對視，冷然道：「董兄養馬之技自是天下無雙，在下倒要看看董兄的劍技是否比得上你養馬的本領了。」

矮身作勢，木劍遙指項少龍，不住顫震。

觀者無不爲項少龍揑把冷汗，想不到李園劍法高明至此，竟能氣貫木劍，生出微妙的變化，使人不能捉摸到他出劍的角度。

項少龍仍是劍杜地面，嘴角露出一絲高深莫測的笑意，淡淡應道：「李兄還在等待甚麼呢？」他的語氣透出強大的信心，使人清楚感到他沒有半點虛怯。

李園不愧楚國第一劍手，絲毫不被他言詞惹怒，微微一笑，倏地衝前，當項少龍木劍揚起，斜指往他時，又退了回去，回復先前對峙之勢，距離竟無半分改變，可見李園進退的步法是如何準確，只是這點，已知紀嫣然對李園劍術的評價高於項少龍，是有根有據的。

趙致心中想的是只要董匡劍法可比得上龍善，這兩個人加起來足可進行刺殺任何人的密謀行動，不禁暗怨董匡的無情。

滕翼目不轉睛看著正在劍拔弩張、蓄勢待發的場中兩人，他本有信心項少龍必勝無疑，但當看到李園先作試探的高明戰略和深合法度的步法，也不由有點擔心起來。

最有信心的反是項少龍本人，卻絕非輕敵，而是進入墨氏守心的狀態裡，無人無我，可是敵手的意向卻沒有半絲能逃過他洞識無遺的觀察。

他知道李園在引他出擊，但他卻絕不爲所動，若雙方均不出手，那丟臉的當然不會是他這個馬癡，而是誇下海口、心狂氣傲的李園。

在二十一世紀受訓時，他一向很注重戰鬥心理學，現在是活學活用，要從李園的性格把握他的弱點。

李園對峙一會兒後，果然耐不住顏面和性子，冷喝一聲，單手舉劍過頭，大步撲前，到長劍猛劈往項少龍時，左手亦握上劍柄，變成雙手全力運劍，力道陡增。

雖是痛恨李園的人，對他奇峰突出的一著，亦無不叫好，而且他這一劍凌厲狂猛至極，把全身功力盡聚於一劈之內，若項少龍以單手挺劍招架，極可能一招便分出強弱勝敗。

項少龍仍是那副靜如止水的神情，只是雙眉揚起，健腕一翻，竟單手橫架李園此劍。

紀嫣然駭得芳心劇跳，纖手掩上張開欲叫的檀口。

她曾分別與兩人交手，自然知道兩人臂力不相伯仲。但現在李園是雙手使劍，兼且佔上前衝主動之勢，高下不言可知。

唉！項少龍怎會如此不智。

在場諸人只聽李園這一劍當頭劈下的破風聲，就知其力道的狂猛，都有不欲再看結果的慘然感覺。

李園見項少龍單手持劍來架，心中暗喜，全力重劈。

哪知項少龍的木劍忽由橫架變成上挑，重重側撞到對方若泰山壓頂的劍身處，硬架變成借力化解。

李園眼看萬無一失的一劍被項少龍卸往一旁，滑偏少許，只能砍往項少龍左肩旁的空位去。

采聲轟然響起，連痛恨項少龍的趙雅和趙致兩個美女都忘情地歡呼鼓掌，幸好李園無暇分神，否則必給活活氣死。

人人均以為項少龍會乘機搶先主攻，豈知他反退後一步，木劍循著奇異玄妙的路線，在身前似吞似吐，飄遊不定。

以李園的劍法和眼光，亦摸不出他的虛實，無奈下退了開去，擺出森嚴門戶，但氣勢明顯地比不上先前。

滕翼放下心來，知道項少龍看準李園要在紀嫣然面前大顯神威的心態，故意丟他的臉，好教他心浮氣躁，冒進失利，戰略上確是高明至極。

紀嫣然再不爲愛郎擔心，秀眸射出迷亂傾心的神色，看著項少龍那動人的虎軀，散發著無與倫比的氣勢和陽剛的魅力。

秋陽高懸空中，照得廣場的地面耀目生輝。

還有一個對項少龍「情不自禁」的是龍陽君，由第一眼見到這粗豪大漢，「他」便爲之心動，到此刻目睹其精采絕倫的劍法，更是顚倒，暗下決心，怎也要把項少龍迷倒成爲他的情俘。

反之李園那些家將卻愕然無聲，想不到李園這麼厲害的劍法，仍不能佔到絲毫上風。

李園勉強收攝心神，木劍上下擺動，組織第二輪攻勢。

項少龍回劍柱地，穩立如山，動也不動。

不過再沒有人認爲他是托大輕敵了。

李園輕喝道：「想不到董兄如此高明，小心了！」斜衝往前，倏忽間繞往項少龍身後。

項少龍不但沒有轉身迎去，還反疾步往前，直抵李園剛才的位置，始轉過身來，木劍遙指對手，前後弓步立定，意態自若，眞有淵渟嶽峙的氣度，一望而知他並沒有因對手的戰術致亂了陣腳。

李園撲了個空，來到項少龍的原站處，等若兩人約好了般互換位置。

觀戰的人大氣都不敢透出一口，免得影響場上兩人僵持不下的氣勢。

項少龍亦有他的苦處，就是很難放手大幹，如此勢難有任何隱藏，說不定會給看過他出手的人，勾起對他的回憶，那時就算宰了李園都得不償失。

李園見兩攻不下，失去耐性，再揮劍攻去，鋒寒如電，狠辣無倫，又沒有半絲破綻。

項少龍知他是求勝心切，暗裡叫妙，在劍鋒及身前，間不容髮中往旁一閃，眞個靜若處子，動若脫兔，且又動作瀟灑，意態超逸，惹來一陣采聲。

李園見他躲閃，喜出望外，叱喝一聲，揮劍疾劈。

項少龍哈哈一笑，木劍電掣而出，泱蕩翻飛，一步不讓地連擋對手五劍，守得穩如鐵桶，且招招暗含後續變化，使李園不敢冒進。

木劍交擊聲連串響起。

眾人均看得忘了爲己方打氣，只見兩人劍法若天馬行空，飄閃不定，既驚歎李園莫可抗禦的不世劍法，更訝異項少龍鬼神莫測的招式。

趙雅感到這馬癡就像他的爲人般，教人莫測高深，從外貌判斷，事先誰也會猜想董馬癡是力求主動的人，豈知眞實的情況恰恰掉轉過來。

李園雖是主動狂攻，卻給對方似守若攻的劍招制得無法用上全力，同時對手流露出來那種堅強莫匹的鬥志和韌力，更使他不禁氣餒，這當然也是兩攻不果，氣勢減弱的負面後遺症，否則他絕不會有這種洩氣的感覺。

第六劍尚未擊出，對方木劍忽地幻出數道虛影，也不知要攻向己方何處，李園心膽已怯，自然往後退避。

項少龍哈哈一笑，木劍反放肩上，意態自若地扛劍而立，向退至十步外的李園道：「李兄劍法果是高明，鄙人自問難以取勝，故想見好就收，就此鳴金收兵，李兄意下如何？」

李園愣在當場，俊臉陣紅陣白，雖說未分勝負，但人人都見到他三次被馬癡擊退，面子怎放得下來。但若堅持再戰，一來有欠風度，更要命是信心大失，已鬥志全消。

猶豫不定間，正擔心項少龍眞箇打傷李園的郭開長身而起道：「這一戰就以不分勝負論，今天我等確是大開眼界。」

李園心中暗恨，表面惟有堆起笑容，與項少龍同時接受各人的道賀。

紀嫣然迎上項少龍，嬌聲嚦嚦道：「董先生自今開始，養馬技術與劍法可並稱雙絕，不知可否撥冗到嫣然落腳處，爲病了的馬兒調治？」

人人聽得豔羨不已，雖是打著看馬的旗號，但際此大展神威之後公然邀約，誰都知此有石女之名的絕代紅粉，再不爲自己對這馬癡芳心大動之情作掩飾了。

正趕上來要向項少龍道賀的其他三女，給紀嫣然搶先一步，都大感沒趣，悄悄退開。

李園卻是最難受的一個，本以爲今天可在比武場上威風八面，卻落得兩名得力手下重傷，自己則是求勝不得、面目無光之局。最大的打擊是紀嫣然當著他面前約會這大情敵，心中大恨，匆匆率眾離去。

趙霸開心得不得了，扯著項少龍和滕翼道：「無論如何我也要請兩位當行館的客席教座，千萬不要推辭！」

趙穆歎道：「董先生和龍兄若能早到一年，項少龍那小子就休想生離邯鄲了。」

項少龍和滕翼交換個眼色，都暗感好笑。

擾擾攘攘裡，項少龍終脫身出來，在眾人嫉妒如狂的目光相送下，隨紀嫣然去了。

第十二章　孤立無援

紀嫣然在項少龍、滕翼左右相伴下，策騎離開行館。

項少龍記起趙霸力邀他們做客席教座一事，不由想起連晉生前必是有同樣待遇，所以有親近趙致的機會，惹起一段短暫的愛情。

趙致不知是否福薄，初戀的情郎給人殺了，卻又愛上殺她情郎的自己，而他偏因荊俊的關係，不敢接受她的愛意，可是若因此使她憤而投入李園的懷抱，卻又是令人惱恨的事。

李園絕不會是個憐香惜玉的人，這人太自私了。

回到熱鬧的市中心，滕翼道：「我想到藏軍谷看看他們，今晚可能趕不及回來。」

項少龍點頭答應，順口問道：「派了人回去見老爹沒有？」

「老爹」是呂不韋的代號。

滕翼答道：「前天就去了！」向紀嫣然告罪後，逕自往城門方向馳去，他們持有通行令，隨時出入城門都不會有問題。

紀嫣然遊興大發，撒嬌道：「人家要你陪我漫步逛街，你會答應嗎？」

項少龍欣然應諾，先策馬回府，然後並肩步出府門，隨意漫步。

走了半晌，紀嫣然便大吃不消，皆因街上無人不見而驚豔，使她很不自在，逼得扯著項少龍溜返借作居住的大宅。

主人邯鄲大儒劉華生正和鄒衍下棋，見兩人回來，均非常歡喜。

劉華生和鄒衍原來是認識了三十多年的老朋友，當紀嫣然像女兒般，大家言笑甚歡。

鄒衍一直未有機會與項少龍敘舊，囑紀嫣然代他接下棋局，與項少龍步入幽靜的後園裡，歎道：「自平王東遷，群龍無首的局面已有五百多年，兵燹連綿，受苦的還不是平民百姓，幸好出了你這新聖人，才有偃兵之望。」

項少龍現在再不敢以胡說八道對待這智者的五德終始說，因爲的確若沒有他項少龍，根本不會有統一六國的秦始皇，但亦不知如何回答他，惟有默言無語。

鄒衍沉醉在浩瀚的歷史視野裡，柔聲道：「我知少龍是個追求和平的人，但若要得到眞正的和平，則只能以戰爭來達致目標，捨此再無他途，否則七國如此轉戰不休，遲早會給在西北虎視眈眈的外族再逞凶威，入侵中原，像蝗蟲般摧毀我們的文明。」

項少龍怵然一震，鄒衍這番話就像當頭棒喝，使他想起以前未想過的問題。一直以來，他都在蓄意逃避參與任何攻城掠地的戰爭，卻沒有想過長痛不如短痛，以戰爭爲大地帶來和平，這還有點是基於自己是外來人的心理。

問題是事實上他的而且確已成爲這時代的一分子，自然應負起對這時代的責任。

就算秦國不出兵征戰，六國亦不會放過秦人，這根本是個弱肉強食的時代。

與其任由戰火無限期地蔓延下去，甚且引致外族入侵，不如利用秦人的強勢，及早一統天下，若由他領兵征戰，至少可把無謂的殺戮減至最少，人民受的苦楚亦減輕多了。

想到這裡，不由心動起來。

鄒衍凝神打量他一會兒後，微笑道：「天地間千變萬化，始終離不開金、木、水、火、土五行的運動，輪流興替。天是五行，人亦是五行，外象功用雖千變萬化，骨子裡仍是同一物事。故而天人交感，每當有新興力量，兩德交替時，必見符瑞，符瑞所在，便是新時代的主人所在。例如周文王時，有赤雀銜丹書飛落周社，開展周室大一統的霸業，正是應時運而來之祥瑞。」

項少龍忍不住道：「然則現在又有甚麼符瑞出現？」

鄒衍欣然道：「記得老夫曾向你提過新星的出現嗎？半年前少龍離趙往秦，那粒星立即消失無蹤，在老夫大惑不解時，天圖上秦境的位置竟出現另一粒更大更明亮的新星，光耀夜空。現在老夫已能肯定統一天下者必是秦人，且與少龍有直接關係。」

項少龍愕然無語，愈發不敢輕視這位古代的天文學權威了。

鄒衍伸手搭在他肩頭，語重心長地道：「爲了天下萬民的福祉，少龍你必須促成秦人的霸業，否則說不定那顆新星又會暗淡下來。不要理會別人如何看你，只要抓緊理想，盡力而爲，才不致辜負上天對你的期望。一統天下必是由你而來，老夫可以一言斷之。」

項少龍心頭一陣激動，至此明白鄒衍的襟懷是多麼擴闊，充滿悲天憫人的熱情。他的想法是針對實際的情況出發，不像孔、孟般整天只論仁義道德，而鐵般的事實正指出「周禮盡在魯矣」的魯國，最後只落得亡國之恨。

在戰爭的年代裡，只有以武止武一途。

鄒衍道：「嫣然一直有一個念頭，希望能扶助明主，統一天下，達到偃兵息戈的目標。」

項少龍心中苦笑，要達到目標的路途漫長而艱苦，不過沒有大秦，亦不會有接踵而來的兩漢昇平局面，更不會有強大的中國出現在二十一世紀裡。想到這裡，猛下決心，決意拋開獨善其身的想法，看看是否可爲小盤幫上點忙。

同時亦暗自感歎，對他這視戰爭爲罪惡的人來說，要一下子把思想改變過來，眞不容易。

這時紀嫣然和劉華生並肩走出來。

鄒衍笑問道：「此局勝負如何？」

紀嫣然赧然道：「劉大儒見嫣然無心戀戰，放了人家一馬！」

眾人笑了起來。

那劉華生並不知項少龍底細，只當他是「馬癡」董匡，笑談兩句後，與鄒衍回去繼續棋盤爭霸，紀嫣然則喜孜孜地領項少龍回她寄居的小樓去。

兩名婢女啓門迎接，項少龍認得她們，湧起親切的感覺。

紀嫣然帶他登樓入室，揮退侍女後，坐入他懷裡，送上熱辣辣的香吻。

兩人均湧起銷魂蝕骨的感覺。

紀嫣然故作肅容道：「董兄！敢問何時可正式迎娶嫣然過門？」

項少龍笑著答道：「紀小姐既有此一問，唔！讓我先驗明是否正身？」

紀嫣然軟倒入他懷裡，不依道：「人家是說正經的，見不到你時那種牽腸掛肚實在太折磨人了。」

項少龍深切感受到她對自己的愛戀，歎道：「若所有人均知道我得到了你，甚至與你雙宿雙棲，我會變得寸步難行。那時人人都會注意著我們，嫣然你也勢將失去超然於男女情慾的地位和身分，對我今次來邯戰的行動將會大大不利。」

紀嫣然這些日子來爲情顛倒，其他都拋諸腦後，這刻得項少龍提醒，思索起來，點頭道：「嫣然太疏忽了，完全忘了你是身處險境，人家現在明白哩！」

兩人商量一會兒後，依依分手。

項少龍安步當車，回到行館。

烏果在入門處把他截住道：「雅夫人和致姑娘都在等候三爺，我把她們分別安置到東軒和西軒。」

項少龍一聽下立時頭大如斗，正事尚未有任何頭緒，但男女間的事卻是糾纏不清，不禁英雄氣短。

思忖片刻，決定先見趙致。

他步入西軒，趙致又乖又靜地坐在一角發怔，聽到足音垂下頭去，不知是表示仍在惱他，還是因被他目睹任李園輕狂而羞愧。

項少龍來到她身旁隔几坐下，道：「致姑娘不用陪李園嗎？」

趙致臉色變得蒼白無比，咬著嘴唇答非所問，道：「師父著趙致來請董先生到武士行館一敘。」

項少龍心內明白她只是藉口來找自己，否則趙霸怎會遣個美麗的女徒獨自來約他，那並不合乎禮節。歎道：「過兩天好嗎？現在我的心很煩。」

趙致仍低垂俏臉，以蚊蚋般的聲音道：「有甚麼好煩呢？今天你既大顯威風，又贏得紀才女的青睞，我還以爲你不會那麼早回來呢！」

項少龍忽然明白她來找自己的心意，是要向他顯示並沒有從了李園，對這心高氣傲的美女來說，實是最大的讓步，亦可見她對自己是到了不克自持的地步。

趙致緩緩抬起俏臉，淒然地看著他道：「打我罵我都可以，因爲是趙致不對。」

項少龍心中叫糟，當一個美人兒心甘情願讓你打罵時，等如是任君處置。假若自己仍斷然拒絕，她除了自殺外再沒有可挽回顏面的方法。不禁頭痛起來，長身而起。

趙致惶然看著他。

項少龍道：「致姑娘在這裡坐坐，我頃刻再來。」

匆匆離開往東軒去。

趙雅正憑窗呆望著外面的花園，夕照下花木更帶著濃重的秋意。聽到他的足音，趙雅嬌軀微顫，轉過身來，含笑看著他道：「紀才女沒有請先生留宿度夜嗎？」

項少龍冷哼道：「你當她是那麼隨便的人嗎？老子連她的小指頭都沒機會碰過呢！」

趙雅知他是借題發揮，暗諷自己對李園隨便，心生羞愧，垂頭歎道：「人家現在來向你賠罪，先生肯接受嗎？」

項少龍心中叫苦，今天實在不應出手，在這重武輕文的時代裡，美女無不愛慕劍術高強的英雄，自己逞一時快意，雖挫了李園的威風，亦使兩女同時向他傾倒，令他窮於應付。

在正有那麼多急待完成的事情等著他之際，哪還有空去應付她們。

趙致還易應付一點，趙雅則使他大傷腦筋，矛盾不已。

最大的問題是他對趙雅仍有點愛意，仍迷戀她的肉體，所以很易生出妒恨的情緒。而基本上趙雅並非壞人，只是意志不夠堅定。但要原諒她是沒有可能的，且亦不敢再信任她，只是過分傷害她有時又於心不忍。

歎道：「夫人說笑，你又沒有開罪鄙人，有甚麼須賠罪的地方呢？」

趙雅婀娜多姿地往他走來，到快碰上他時，仰臉望著他無限溫柔地道：「趙雅今晚留下不走好嗎？」

看著她檀口吐出這麼誘人的話，感受她如蘭的氣息，項少龍像回到昔日與她恩愛纏綿的快樂時光中，一時不知身在何處。

趙雅見他神色迷惘，踏前小半步，嬌軀立時貼入他懷裡，緊逼著他，意亂情迷地道：「先生對趙雅眞是不屑一顧嗎？」

項少龍一震醒來，暗忖幸好身上塗了點「情種」的汁液，否則說不定趙雅已把他辨認出來。伸手抓著她的香肩，振起堅強的意志，硬著心腸把她推開少許，免得受不了她驚人的誘惑。

眼中射出銳利的神色，哈哈一笑道：「夫人怎會有此想法，只要是正常男人，就不會放過夫人。」

趙雅含羞道：「那你還等待甚麼呢？」

看著她擺明車馬，任君品嘗的浪蕩樣兒，項少龍既心動又有氣，眼光放肆地落到她不住起伏聳動的美麗胸脯上，苦笑道：「若李園要你明晚陪他，夫人能拒絕嗎？」

沒有人比他更明白趙雅放浪多情、意志不堅的性格。縱使以前深愛他時，仍忍不住齊雨的引誘而和他鬼混。與趙穆決裂後，現在又甘被奸賊狎弄。所以這句話是重重擊在她要害上。

趙雅果然立即花容慘淡，垂頭道：「不要問這種問題好嗎？人家很難答你的。」

項少龍無名火起，掉頭便走，冷冷道：「夫人回府吧！董某還有客人要招呼！」

趙雅淒然叫道：「董匡！」

項少龍聽她叫得淒涼悲慼，心中一軟，停了下來，沉聲道：「夫人還有甚麼指教？」

趙雅來到他背後，不顧一切地摟著他的熊腰，貼上他的虎背，忽地痛哭起來，說不盡的淒涼苦楚。

項少龍天不怕、地不怕，卻最怕女人流眼淚。想起往日的恩情，把她摟到身前來，手忙腳亂地以衣袖為她拭淚。

豈知趙雅愈哭愈厲害，一發不可收拾，把他衣襟全染濕了。

無論項少龍如何恨她，在這一刻再不忍苛責。

好一會兒後，趙雅平靜下來，輕輕離開他的懷抱，紅腫的秀眸幽幽看他一眼後，低聲道：「趙雅走了！」

項少龍大感愕然，隱隱感到她的失常是因為憶起他項少龍，故悲從中來，並且對其他男人意興索然，一時不知是何滋味。

點頭道：「我送夫人到大門吧！」

趙雅神情木然，道：「先生不用多禮了！」扭轉嬌軀，匆匆離去。

項少龍回內宅更衣，同時使人把久候的趙致請入內堂。他有點口渴，著人沖兩盅熱茶，與趙致對坐廳中品茗。

趙致有點受寵若驚，不時偷看他。

項少龍心中一熱，暗忖若要佔有她，她定然不會拒絕，只這個誘惑的想法，他便要費很大的理性才能勉強克制內心的衝動。

此刻的趙致，另有一股楚楚可憐的神態。事實上連他亦不明白爲何自己沒有動這美女，只是爲了荊俊的理由似未夠充分，因爲她顯然沒有愛上這小子。

趙致輕輕地道：「那奸賊入城了！」

項少龍一時沒會意過來，不解地道：「奸賊？噢！你在說田單？」

趙致垂頭道：「我眞怕柔姊會不顧一切去行刺他。」

項少龍嚇了一跳道：「你須勸她千萬不要魯莽行事，否則會悔之不及。」

趙致喜道：「原來你是關心我們的。」

項少龍知道無意間洩露了心意，苦笑道：「由始至終董某都關心著你們。」

趙致臉上重現生機，白他一眼道：「但爲何你又處處要對人家冷淡無情呢？」

項少龍沒好氣道：「那晚鄙人一心以爲可與致姑娘共嚐交歡美酒，卻落得弩箭指背，差點小命不保，還要我對你怎樣多情呢？」

趙致乃黃花閨女，聽他說得如此坦白，俏頰生霞，但又是芳心竊喜，赧然道：「對不起！那只是一場誤會，趙致現在向你叩頭賠罪好嗎？」

竟眞的跪下來，嚇得項少龍走了過去，一把將她扶起。

趙致任他抓著香肩逼著坐了起來，滿臉紅暈地橫他無比嬌媚的一眼，幽幽道：「不再惱人家了嗎？」

項少龍感到她的嬌軀在他手裡像吃驚的小鳥般顫抖，憐意大生，柔聲道：「姑娘何苦如此？」

趙致兩眼一紅，淒然道：「趙致幼逢不幸，家破人亡，柔姊又整天想著報仇雪恨，所以人家的脾氣有時不大好，以致開罪先生。」

項少龍更是心生愛憐，暗忖其實她所有無情硬話，全是給自己逼出來的，忍不住一陣歉疚，騰出右手捧起她巧俏的下頷，微笑道：「不要說誰對不起誰了，總之由現在開始，舊恨新仇，全部一筆勾銷如何？」

趙致臉上紅霞更盛，垂下秀長的睫毛，半遮著美眸，在他手上輕輕頷首答允。那種少女的嬌態，誰能不怦然心動。

項少龍忍不住湊過去，在她香唇上淺淺一吻。

趙致嬌軀劇震，連耳根都紅透了，反應比項少龍那天在馬背上輕薄她還要激烈。

項少龍衝動得差點要把她按倒蓆上合體交歡，不過靈臺尚有一絲清明，勉強放開她，問道：「田單在甚麼地方落腳，跟他入城的有多少人？」

趙致聽到田單之名，冷靜過來道：「他住進趙宮裡，多少隨從就不清楚，不過通常無論到哪裡去，總有很多親衛貼身保護他。」又道：「今晚趙王會設宴歡迎這奸賊，各國使節都在被邀之列。」

項少龍立知又沒有自己的分兒，現在趙王是擺明礙著李園，要故意冷落他了。

趙致有點羞澀地道：「先生可否去勸柔姊，我看她肯聽先生的話。」

項少龍無論如何，絕不能讓善柔冒險去行刺田單，爽快地站起來，道：「好吧！我們這就去見你姊姊。」

項少龍與趙致策馬馳出行館，一騎由遠而近，大叫道：「董爺留步！」

兩人愕然望去，赫然是蒲布。

項少龍趁機向趙致道：「你先返回家中等我！」

趙致柔順地點頭，逕自離去。

蒲布來至身旁，喘氣道：「侯爺請董先生立即往見！」

項少龍點頭答應，隨他往侯府趕去。

他幾次想向蒲布表露身分，但最後都苦忍住了。半年前和半年後，人的心態說不定會起變化。

項少龍在侯府的密議室見到趙穆。

這奸賊神色凝重，劈頭就道：「李嫣嫣真的生了個太子出來！」

項少龍好半晌才會意過來，一震叫道：「不好！」

趙穆握拳頓足道：「今趟真是給這小賊佔盡便宜，他可以公然成為國舅爺，爹爹卻要擔心給楚王知道那是他的兒子，就此一點，爹已盡處下風。更何況李嫣嫣對爹根本只是利用而沒有任何情義，現在她登上后座，要操縱楚王更是易如反掌。李園在楚國就可要風得風、要雨得雨了。」

項少龍想起李園的人格和心術，駭然道：「君上危險了！」

趙穆憂心忡忡地道：「你也看出這點，現在李園最大的絆腳石是爹，若我是李園，首先要對付的人是楚王。大王體質一向不好，只要李嫣嫣誘得他夜夜縱慾，保證他捱不了多久。楚王一去，李嫣嫣和李園可名正言順通過小雜種把持朝政。爹又沒有防備之心，還以為他兩兄妹仍是任他擺佈的棋子，那對狗兄妹要害他眞是易如反掌。」

項少龍冷然道：「唯一之法，是趁李園回國之際，由我假扮馬賊把他幹掉，那就一乾二淨了。」

趙穆臉上陰霾密佈，久久沒有說話，最後才吐出一口氣道：「恐怕沒有那麼容易，李園本身劍術高強，今次隨來的家將侍從接近五百人，實力比你更雄厚，而且他現在身價十倍，孝成王必會派軍送他回楚，途經魏國時魏人也不會疏於照顧，你若魯莽動手，必不能討得好處。」

項少龍心中暗笑，你這奸賊既有此說，自是最好，省卻老子不少麻煩。

趙穆顯然非常苦惱，唉聲歎氣後，斷然道：「你有沒有其他應付良方？」

項少龍故意道：「讓我立即趕回楚國，向君上痛陳利害，好教他妥爲防備。」

趙穆不悅道：「那這裡的事誰給我辦？而且爹連我這親兒的話也經常不聽，怎會聽你一個外人的。」

項少龍早知他是個自私得只認利害、不顧親情的人，所以絕不肯放他走。但如此擺擺姿態，可令趙穆更信任他。沉聲道：「那我們須加快行動，否則沒有君上的支持，侯爺縱使登上王位也會惹來別國干預。」

趙穆面容深沉，皺眉道：「本侯想要你爲我查清楚一件事。」

項少龍道：「侯爺請吩咐。」

趙穆頹然道：「孝成王近半年來對我冷淡多了，像最近幾次和李園密議，又如今天接見田單，都不讓我參與，其中自是出了點問題。」

項少龍對此也感奇怪，只是沒有深思，隨口道：「是否因郭開在搬弄是非？」

趙穆不屑地道：「郭開算是甚麼東西，哪有能力離間我和孝成王，我懷疑的是趙雅。因我壞了她和項少龍的好事，所以一直含恨在心，只是想不到有甚麼把柄落到她手裡，使孝成王對她深信不疑。」

項少龍渾身冒出冷汗，知道自己千思萬慮，卻忽略了一個最重要的問題，是曾告訴趙雅，趙穆乃楚人派來的間諜這件事。看現在的情況，自然是趙雅把此事密告孝成王，使孝成王動了疑心，於是把郭開由趙穆處收買過來，讓他掉轉槍頭對付趙穆。說不定連樂乘都背叛趙穆，否則孝成王怎安心讓樂乘繼續掌握邯鄲城的軍權。

原本簡單的事，忽地變得複雜無比。

像趙穆這種長期掌握實權的大臣，即使趙王要動他，亦非一蹴而就的事，必須按部就班的削去他的權力，不讓他參與機密，離間依附他的其他大臣將領，否則會橫生禍亂。尤其在烏家一役後，趙國再經不起另一次打擊。

項少龍自問若與孝成王掉換位置，最佳方法莫如拋除成見，設法把廉頗或李牧其中之一調回邯鄲，才可穩操勝券。趙國一天有這兩位蓋世名將在，誰想對付趙人恐都要付出慘痛代價。

不過李牧和廉頗一在北疆與匈奴作戰，一個則正與燕人交鋒，誰都難以抽身，否則趙穆早就完蛋了。

可以說廉、李任何一人回邯鄲之日，就是孝成王對付趙穆的時刻。

自己的處境亦非常危險，郭開並非虛言恫嚇，趙穆確是連邊兒都不可沾上的人，否則動輒有抄家滅族之禍，那就眞是無辜。

形勢的複雜還不止於此，李園現在榮陞國舅，身價一日間暴漲百倍，孝成王更要看他臉色做人，誰說得準這昏君會不會忍痛犧牲自己這養馬人來討好他呢？想到這裡，更是頭痛。

趙穆見他神色凝重，忽明忽暗，還以爲他與自己憂戚與共，壓低聲音道：「我看趙雅對你動了春心，以你的才智，定可由她那裡探出口風，看她究竟抓著我甚麼破綻，若事情不能補救，我們只好殺掉那昏君，只要能控制邯鄲，就可以從容對付李牧和廉頗兩人。」

項少龍心中懍然，聽這奸賊的口氣，似乎頗有一套把持朝政的方法，並不急於自己登上王位，心中一動，立時想起晶王后。

趙穆既懂用藥，又能隨意進出深宮，把這久曠怨婦弄上手可說是輕而易舉的事，有她與趙穆狼狽爲奸，把持朝政，確非難事。

乘機問道：「眞箇有起事來，邯鄲有甚麼人會站在侯爺這一方？」

趙穆猶豫片刻，道：「眞能助我的人只有樂乘和幾個由我一手提拔的大臣將領，幸好有你來了，加上我的二千家將，要攻入王宮應不大困難，不過這只是下下之策，若換了以前，我要殺孝成王是舉手之勞，包保事後沒有人知道是我做的手腳，現在他處處防我，就不是那麼容易了。」接著興奮起來道：「你現在應清楚項少龍是誰了吧！」

項少龍吃了一驚，點頭應是，不知他爲何忽然提起自己。

趙穆道：「我剛接獲秦國來的密告，項少龍正率人來此報仇，待會我入宮見孝成王陳告此事。任項少龍其奸似鬼，也猜不到咸陽竟有與我互通消息的人。」

項少龍很想問他那告密的人是誰，隨即壓下這不智的衝動，故作驚奇道：「項少龍和我們的事有甚麼關係？」

趙穆道：「關係大哩！像你和那龍善兩人，體型均與項少龍非常相近，只要佩把木劍，便可冒充他刺殺孝成王，倘再解決了逃走的路線與時間，那事後誰都以爲是項少龍幹的好事，我們就可開脫嫌疑了。」

項少龍暗呼好險，表面上則拍案叫絕道：「君上想得周到，只要孝成王離開王宮，讓我預先知道時間、地點，鄙人必能做得妥妥當當，包保不留下任何把柄。」

趙穆興奮起來道：「由今天開始，我們若無必要，盡量不要碰頭。你也要小心李園，現在不但孝成王對他另眼相看，田單知他成爲國舅後，也撇開我而轉和他接近。你或者尚未清楚田單，這人比信陵君更要精明厲害，絕非易與。」

項少龍今趟眞是煩上加煩，在爭奪《魯公秘錄》一事上，他早察覺到楚人和齊人一直秘密勾結，力圖瓜分三晉，現在李園既有機會成爲楚國最有權勢的人，田單自因利害關係加以籠絡巴結，這亦使自己的處境更是危險。若被李園和田單兩人一起向孝成王施壓，他的小命更是隨時不保。

有甚麼方法可應付這艱難的險局呢？

趙穆又再千叮萬囑他去向趙雅探詢口風，才讓他離開。

項少龍心內暗歎，今次想不再與趙雅糾纏不清怕都不行，趙穆在邯鄲廣佈眼線，若知他從沒有找過趙雅，必會心中起疑。

同時更另有隱憂，若趙雅把他上次離邯鄲前曾將與趙穆聯絡的楚使抓起來一事洩露出來，輾轉傳入趙穆之耳，以他的精明厲害，必可從中看出自己很有問題。又想起郭開，他曾說過找自己去逛官妓院，但卻一直沒有實踐諾言，可能正因李園成了新貴，所以孝成王態度再改，郭開是趨炎附勢之徒，對他自是避之則吉。

忽然間，他感到在邯鄲的優勢盡失，變成四面受敵、孤立無援的人。

第十三章　坦然相對

項少龍策騎離開侯府，心中一片茫然。

此時正是華燈初上的時刻，秋風吹來，不由湧起一陣寒意。

滕翼已離城到了藏軍谷，想找個商量的人都欠奉，又不宜去見紀嫣然，怎麼辦才好呢？想起趙致的約會，心情好了點。對他來說，每逢在心情苦惱的時候，唯一的避難所就是美女動人的肉體。

旋即靈光一閃，暗忖自己雖不可公然去找紀嫣然，總可偷偷地前去會她。旁觀者清，她說不定可為自己想到辦法，好安度目前的險境。

想到這裡，忙策馬回府，換過衣裝，輕易地溜入劉府，在紀嫣然的小樓找到俏佳人。

紀嫣然見到他，歡喜若狂，一番唇舌交纏後，項少龍把從趙穆處聽來的事，不厭其詳地告訴她。

美女伏在他懷裡苦思良久，坐直嬌軀道：「嫣然想到一個辦法，雖是不大甘願，卻感到是應付目前難關的唯一可行之道。」

項少龍心感不妙，連忙問計。

紀嫣然道：「最近李園行為失常，全是因嫣然之故，他對你的最大心結，亦因嫣然而起，所以只要我明示對你沒有興趣，還與他虛與委蛇，再設法使他感到若以卑鄙手段對付你，我會以後都不再理睬他，那他雖然恨你，也不敢貿然加害你。」

項少龍大感洩氣，道：「這怎麼行，最怕是弄假成真，李園這種人為求目的，往往不擇手段，像韓闖便給了我一瓶春藥，要我用來對付你。」

紀嫣然怒道：「韓闖竟然這麼無恥！」

定了定神後，摟緊他道：「放心吧！嫣然早應付慣各種心懷不軌的男人，對付用藥更別有心得，包保不會讓李園得逞。何況人人均知嫣然不肯與人苟合，李園若想得到我，只有明媒正娶一途，那應是到楚國後的事了。」

項少龍更感不妥，道：「現在他成爲國舅，自然急於回楚培植勢力，好對付春申君黃歇，若他提出要把你帶回楚國，你若不肯依從，便會露出底細。」

紀嫣然道：「拖得一天是一天，現在邯鄲人人爭著巴結李園，你的境況亦愈來愈危險，若不急急穩住李園，可能明天都過不了。希望合縱之約沒有這麼快擬好，那李園就不能在短期內離趙回楚。」

項少龍暗忖最佳之策，莫如立即逃走，不過活擒趙穆的任務勢將沒法完成，回去怎樣向呂不韋和莊襄王交代？自己的血仇亦沒有昭雪，爲公爲私，他也不可在眼看要成功的時刻打起退堂鼓。

猛一咬牙，道：「如此難爲嫣然了！」

話尚未完，女婢來報，李園來找嫣然一道往趙宮赴宴。

項少龍感到不舒服之極，心頭滴血的溜出去。

項少龍剛抵竹林，那頭大黃犬吠了起來。

他今次循正門入屋，由趙正迎他進內，老儒扯著他喟然道：「勸勸小柔吧！她從不肯聽任何人的話，田單的運勢如日中天，老夫實不願見小柔做飛蛾撲火的愚蠢行爲。」

項少龍歎道：「我也沒勸服她的把握。」

趙正道：「她表面雖擺出惱恨你的樣子，但老夫卻看出她常在想念你，近幾天她不時露出前所未有的惆悵神色，更會不時使性子，顯然是爲你氣惱呢！」

項少龍想起那晚她被自己壓伏地上，下裳敞開，露出一對雪白渾圓的美腿時，不由吞了口涎沫，朝後進走去，奇道：「你們沒有書僮婢僕的嗎？」

趙正道：「老夫愛靜，晚飯後婢僕都到書院那邊留宿，這對小柔也方便點，她是不可以露面的。」

項少龍這才恍然而悟。

趙正把他送到天井處，著他自己進去。

項少龍拋開煩惱，收攝心神，來到門前，剛要拍門，門已拉了開來，換上荊釵裙布，又是另一番動人風姿的趙致，像守候夫郎回家的小賢妻般，喜孜孜道：「董爺請進來！」

他忍不住狠狠打量她幾眼，舉步進入小樓的廳堂。

趙致給他行了一輪注目禮，不但沒有怪他無禮，還喜翻了心兒的扯扯他的衣袖，指指樓上道：「姊姊在上面，你去找她好嗎？」

項少龍忍住先與她親熱一番的強烈衝動，奇道：「你不陪我上去嗎？」

趙致嫵媚地笑道：「人家正在弄糕點來侍奉你這位貴客，希望藉此使你高抬貴手，再不要懲治得人家太厲害，別忘了趙致曾說過任你打罵嘛！」

項少龍給她的媚態柔情弄得慾火大作，更不忍再次傷害她，並知道自己對趙致兩姊妹愈來愈泥足深陷。這叫「人非草木，孰能無情」。兩女的遭遇又這麼令人生憐，只是男人保護女人的天性，已足令他疼惜她們。

罷了！既來之，則安之。

項少龍忍不住順手在趙致臉蛋輕輕地擰一把，才拾級登樓。

趙致則紅著俏臉回去弄她的糕點。

他來到那天與兩女糾纏的樓上小廳，卻看不到善柔，目光掃處，右方兩間房子，其一門簾深垂，另一顯是無人在內。

項少龍故意脫掉長靴，往門簾處走去。

房內傳來善柔冰冷的聲音道：「誰？」

項少龍應了聲「我」後，掀簾進房。

善柔只是靠在秀榻另一邊的長几上，正坐起身來，在燭光的映照中，玉頰朱唇，加上有點散亂的秀髮，竟有股從未在她身上得見的嬌怯慵懶的動人美態。項少龍雖見慣美女，也不由雙目一亮。

善柔望往他時的眼神很複雜，自然地舉手掠鬢，站起身來，有點不好意思道：「這幾晚睡得不好，剛才靠著小歇一會兒，竟睡著了。」

項少龍還是首次看到這美女風情無限的一面，暗忖在她堅強的外表下，實是另有眞貌。若非親耳聽到，誰猜得出她能以如許溫柔的語調說話。

善柔見他目不轉睛看自己，俏臉微泛紅霞，語氣卻回復平時的冰冷，不悅道：「董先生請在外面稍等，待我梳理好後……」

項少龍打斷她道：「哪用梳理，柔姑娘現在這樣子最好看了。」

善柔美麗的大眼睛不解地眨了幾下，卻沒有堅持，冷冷道：「你眞是個怪人，衣髮不整還說更好看。好吧！到外面才說吧。」

正要跨過門檻，步出廳堂，倏地停下，原來項少龍大手一伸，攔著去路，若她再前移兩寸，酥胸就要撞上對方粗壯的手臂。

善柔一點都不明白他爲何攔著房門不讓她走出去，一時忘掉抗議，只是愕然望著他。

項少龍自己也不明白爲何對她如此放肆，卻知道若沒有合理解釋，這美女刺客絕不肯放過他。隨口道：「是否無論我怎麼說，都不能打消你行刺田單的決定？」

善柔果然給他分了心神，徐徐道：「你並不是我，怎會明白我的感受？那時趙致還年幼，印象不深，但我卻親眼看到爹娘兄姊和所有平時愛護我的親人忠僕，給鐵鍊像豬狗般鎖成里許長一串的長隊，被那些狗賊兵趕押回齊國去，由那時起，我心中只有一個願望，就是殺死趙穆和田單。」

項少龍點頭道：「確是人間慘事，假如你只可殺死趙穆或田單其中一人，你會選誰？」

善柔顯然從未想過這問題，秀眸忽明忽暗，好一會兒才道：「我會殺死趙穆。」

項少龍鬆了口氣，但也大惑不解，道：「田單不是罪魁禍首嗎？」

善柔露出悲憤的神色，咬牙切齒道：「若非趙穆，我的親族不會遭此滅門慘禍，最可恨他是以朋友的身分出賣我們，行爲卑鄙，只爲討好田單，做出了這傷天害理的事。」

項少龍柔聲道：「好吧！假若你答應沒有我同意，絕不輕舉妄動，我就助你刺殺趙穆，又讓你們姊妹重聚，你肯答應嗎？」

善柔大感意外，現出迷惑之色，打量他好一會兒後，忽地向他直瞪眼睛，射出冰冷的寒芒，冷冷道：「你根本沒有理由來幫助我們，上趟連小致在未得我同意下，提出兩姊妹從你的條件都不能打動你，爲何現在突然改變了心意，你不怕毀掉你在邯鄲剛開始的事業嗎？」

項少龍大感難以招架，善柔因己身的遭遇，長期處於戒備的狀態中，絕不輕易信人。自己若沒有令她滿意的答案，怎能取得她信服，遑論還要得到她的合作。看來唯一之法，是揭開自己是項少龍的身分。但那會帶來甚麼後果，他真的無法知道。

思忖間，他的目光無意間落到她一對赤裸的纖足上，只見膚色圓潤，粉緻生光，極具動人美態，不由發起怔來。

就在此刻，一把鋒利的匕首抵在他脅下，善柔寒若霜雪的聲音在他耳邊響起道：「你連騙人的話都找不到嗎？我早和致致說過，你只是垂涎我們姊妹的美色，才不將我們舉報，現在終洩出底細。哼！她還爲你辯護呢！」

項少龍知她爲了報仇，心態有異常人，但仍想不到她會動輒就出刀子，不過此刻卻有直覺感到她不會不給他辯白機會便殺死自己。搖頭苦笑道：「若你知道趙穆怎樣在趙王跟前搬弄是非，說我會影響趙、楚的邦交，弄到現在我投閒置散，一心要離開趙國，當知我絕對有助你對付趙穆的理由。」

善柔一瞬不瞬瞪了他半晌後，收起匕首。

項少龍這番話眞眞假假，但孝成王冷落董匡的事，善柔早從趙致那裡得到消息，只想不到是和趙穆有關，倒相信了大半。

善柔忽地把嬌軀前移少許，讓充盈生命感覺的豐滿酥胸輕輕地抵在這男人的手臂上，帶點羞澀地道：「若你眞能助我們殺死趙穆，善柔便是你的人。」

項少龍感到無比的刺激，他和這美女並不存在與趙致間的「荊俊問題」，使他可放心享受與她任何肉體的接觸。更要命的是善柔平時既冷又狠，一副永不肯馴服的樣兒，這時忽然萬般柔情地來引誘他，格外使人魂爲之銷。

但他若按捺不住，立即和她成其好事，她定會瞧不起自己。

強裝作不爲所動地道：「董某首先要作出申明，除非是柔姑娘心甘情願從我，否則我絕不會佔姑娘便宜，若作爲一種交易，更可免了，我董匡豈是這種乘人之危的卑鄙之徒。」

善柔呆了一呆，並沒有移開酥胸，反不自覺的更擠緊了點，項少龍雖很想挪開手臂，可是卻欠缺那種超人的意志和定力。

一時兩人處於一種非常微妙和香豔的接觸裡，誰都不願分開或改變。

善柔皺眉道：「那你究竟爲何要陪我們幹這麼危險的事？」

項少龍愛憐地瞧她輪廓若清山秀水般美麗的容顏，柔聲道：「主要是我眞心歡喜你們，也爲了我的好朋友，他是善蘭的夫婿，將來你們見到善蘭時，就會明白一切的了。」

足音響起。

兩人齊嚇了一跳，項少龍挪開手臂，善柔則乘勢走出房外。項少龍隨在善柔背後，見到趙致捧著煮熱的酒和香氣四溢的糕點，笑意盈盈登上樓來。

善柔把一個几子移到小廳堂中間，項少龍見兩女人比花嬌，大動浪漫之情，把掛牆的油燈摘下，放在几心，儼如燭光晚會。

三人圍几而坐，趙致殷勤地爲各人斟上熱氣騰升的醇酒，登時香氣四溢。

趙致再遞上糕點，甜笑道：「董先生嚐嚐趙致的廚藝，趁熱吃最好。」

項少龍記起尙未吃晚飯，忙把糕點送入嘴裡，不知是否因飢腸轆轆，只覺美味無比，讚不絕口，趙致的笑容更明媚了。

善柔吃了一小塊便停下來，待項少龍大吃大喝一輪後，以出奇溫和的口氣道：「董先生可是已有定計？」

項少龍知道若不顯露一手，善柔絕不肯相信他，淡淡道：「趙穆正密謀造反，你們知道嗎？」

兩女面面相覷。

善柔道：「你怎會知道，不是剛說趙穆要陷害你嗎？」

項少龍暗忖要騙這頭雌老虎眞不容易，故作從容道：「其中情況，異常複雜。」

忽地皺起眉頭，默然不語。

兩女大感奇怪，呆看著他。

項少龍心中所想的是應否索性向她們揭露身分，既不用大費唇舌，又免將來誤會叢生。現在形勢已非常明顯，只憑善蘭的關係，兩女絕不會出賣他們，何況這對姊妹花對他大有情意，趙致更是同時愛上他兩個不同的身分。

善柔懷疑地道：「你是否仍在騙我們，所以一時不能自圓其說。」

趙致道：「柔姊，董先生不是那種人的。」

善柔怒道：「你讓他自己解釋。」

項少龍猛然下了決定，只覺輕鬆無比，仰後翻倒，躺在地蓆上，搓揉肚皮，道：「致致的糕點是天下間最可口的美食。」

善柔沒好氣地道：「不要顧左右而言他，快回答我的問題。」

項少龍兩手攤開，伸展長腿，由几下穿了過去，剛好碰到善柔盤坐著的一對小腿。

善柔移開，嗔道：「再不答我便殺了你。」

項少龍指著脖子道：「你拿劍架在這裡，我才把眞相說出來。」

兩姊妹對望一眼，大感摸不著頭腦，這人的行事總是出人意表，教人莫測高深。

項少龍乘兩女視線難及，先背轉身，伏地撕下面具，倏地坐了起來，若無其事地伸手拿起另一塊糕點，大嚼起來。

兩女初時仍不爲意，待到看清楚他時，均駭得尖叫起來。

善柔往後退開，拔出匕首，回復了那似要擇人而噬的雌豹惡樣兒。

趙致則目瞪口呆，不能相信地看著他。

項少龍一膝曲起，支著手肘，悠閒自若地拿起酒杯，瞇著眼懶洋洋地看著兩女道：「我的確一直在騙你們，但應諒解我的苦衷吧！」

趙致平復下來，代之而起是滿臉紅霞，直透耳根，垂頭不勝嬌羞地大嗔道：「項少龍，你害慘人了，趙致還有臉對著你嗎？」

項少龍當然明白她的意思，笑道：「放心吧！我絕不會妒忌董匡的，更何況他尙未眞對你做過甚麼壞事。」

趙致又氣又羞，說不出話來，但誰都看出她是芳心暗喜。

善柔忽地嬌笑起來，收起匕首，坐下來道：「你這人眞厲害，整個邯鄲的人都給你騙了。」

項少龍又把面具戴上，回復董匡的樣子，兩女驚歎不已。

善柔向趙致道：「他這個樣子似乎順眼一點。」

項少龍啼笑皆非，伸個懶腰道：「現在不用懷疑我爲何要殺趙穆了吧！不過我卻覺得一劍把他幹掉實在太便宜他了，所以要把他活捉回咸陽受刑，希望兩位姑娘不會反對。」

兩女愕然望著他。

項少龍道：「善蘭被齊人當禮物般送給呂不韋，幸好呂不韋轉贈給我，她和我的好兄弟滕翼一見鍾情，已結成夫婦，非常恩愛。」轉向趙致道：「今天連敗李園兩名手下的就是滕翼，現在你應明白他爲何叫龍善了。」

善柔喃喃唸著「一見鍾情」，顯是覺得這詞語新鮮動人。

趙致恍然，又垂下螓首道：「荊俊在哪裡？」

項少龍爲荊俊燃起一絲希望，誠懇地道：「致姑娘是否對我這兄弟很有好感呢？」

趙致嚇得抬起頭來，怕項少龍誤會似的脫口道：「不！人家只當他是個愛玩的頑童罷了！但他是個很熱心的人哩！」

項少龍的心直沉下去，亦知愛情無法勉強，荊俊只好死了這條心。

善柔知他是項少龍後，大感興趣，不住瞧著他道：「下一步該怎樣走呢？」

項少龍扼要把形勢說出來，道：「趙穆、田單二人我們只能選擇其一，柔姑娘剛才揀了趙穆，我們便以此爲目標，只要逼得趙穆眞的造反，我們便大有機會把他擒離邯鄲。」

趙致已沒有那麼害羞，欣然道：「我們姊妹可以負責些甚麼？」

項少龍心念一動，說出田貞的事，道：「致姑娘可否代我聯絡她，好令她安心。由今天開始，若非必要，不要來找我，我會差荊俊和你們聯絡。」

兩女同時露出失望神色。

善柔倔強地道：「沒有人見過我，不若你設法把我安排在身邊，好和你共同策力。」

項少龍大感頭痛，道：「這可能會惹起懷疑，讓我想想好嗎？」

善柔冷冷道：「若兩天內不見你回覆，我便扮作你的夫人，到邯鄲來找你。」

項少龍失聲道：「甚麼？」

善柔傲然仰起俏臉，撒野道：「聽不到就算了！」

趙致楚楚可憐地道：「那人家又怎辦呢？」

項少龍此時悔之已晚，苦笑著站起來，無奈地聳肩道：「給我點時間想想吧！」

趙致駭然道：「你要到哪裡去？」

這回輪到項少龍大奇道：「自然是回家哪！」

善柔冷哼道：「不解溫柔的男人，致致是想你留下陪她共度春宵呀！還在裝糊塗。」

趙致嬌吟一聲，羞得垂下頭去，卻沒有出言抗議。

項少龍終是情場老手，跪了下來，坐在腳踝上，向善柔微笑道：「柔姑娘是否一起陪我呢？」

善柔長身而起，往房間走去，到了簾前，才停步轉身，倚著房門道：「我的房就在隔壁，只有這道簾子隔著房門，若你不怕吃刀子，就過來找我善柔吧！」

言罷「噗哧」嬌笑，俏臉微紅的掀簾溜了進去。

項少龍打量霞燒玉頰、羞不自勝的趙致，禁不住色心大動，暗忖事已至此，自己不用客氣，何況趙致身世淒涼，愛情方面又不如意，自己豈無憐惜之意。

橫豎這時代誰不是三妻四妾，歌姬成群，只要你情我願，誰可怪我。不過又想到在此留宿有點不妥，輕輕道：「隨我回去好嗎？」

趙致羞得額頭差點藏在胸脯裡，微一點頭，無限溫馨湧上心頭。

項少龍朝善柔的香閨喚道：「致致隨我回去，姊姊有何打算？」

善柔的聲音傳來道：「人家很睏，你們去吧！記得你只有兩天時間爲我安排。」

項少龍搖頭失笑，挽著趙致下樓去了。

第十四章　置諸死地

回到住處，又給烏果截著。

這愛開玩笑的人神色凝重地道：「雅夫人剛來找你，神色很不對勁，堅持要在內堂等你回來。」

項少龍想不到趙雅芳駕再臨，現在那特為歡迎田單而設的宴會應尚未完畢，為何她會半席中途溜來找他？

柔聲向趙致道：「致致先到東軒等我！」

趙致此時對他千依百順，毫無異議隨烏果去了。

項少龍直赴內堂，才跨入門檻，趙雅霍地轉過身來，俏臉不見半點血色，一對美眸充滿徬徨絕望的神色。

他看得心頭一震，迎過去道：「究竟發生甚麼事，為何夫人臉色如此難看？」

趙雅像變了另一個人般，以冷靜得使人吃驚的聲音沉聲道：「董匡！趙雅來和你做個你難以拒絕的交易。」

項少龍生出戒心，眼中射出凌厲的神色，嘴角偏逸出一絲笑意，若無其事地道：「就算與董某生死有關，董某也可以拒絕。」

趙雅深切感受到對手的難惹，歎了一口氣，軟化下來，道：「那我換一種形式，算是求你幫一個忙。只要你肯答應，由此刻起趙雅惟你之命是從。董先生意下如何？」

項少龍大惑不解，有甚麼事可使這蕩女不惜犧牲一切，拚死相求？皺眉道：「先說出來聽聽。」

趙雅以跟她蒼白淒惶的玉容絕不相襯的平靜語氣溫柔地道：「董匡你或者不知道你已身陷險境，李園得悉自己成爲國舅後，正式向大王提出要把你押回楚國，否則休想他會贊成合縱之議。」

項少龍心中大怒，若今午一劍把他殺了，便乾手淨腳，除去後患。

趙雅見他沉吟不語，但神色冷靜，絲毫不露出內心想法，心中佩服，柔聲道：「王兄仍是猶豫不決，他最怕是即使犧牲了你，楚人仍會像前幾次般臨陣悔約，那就兩邊都有損失。」

項少龍忽然很想大笑一場，天下間荒謬之事莫過於此。由此可知孝成王是多麼自私的一個人，從不當別人是一個「人」般來看待的。若他現在手頭上有支精銳的秦兵，定會立即去找孝成王和李園晦氣，這兩個都是卑鄙小人。

趙雅續道：「現在只有我一個人可以影響王兄，使你能快活地在邯鄲活下去，所以若趙雅死心塌地的跟隨你，可令董先生得到很多好處。」

項少龍記起當日擊敗連晉，趙雅來找他談判時痛陳利害的神情，正是眼前這副樣子，失笑道：「我知夫人在榻上、榻外都是妙用無窮，只不過你仍未說出求本人做甚麼事。」

趙雅雙眼射出堅決的神色，淡淡道：「我要你給我截著一個人，警告他不要來邯鄲，因爲大王已得到密報，知道他正在來邯鄲的途上，佈下天羅地網等他送上門來。」

項少龍虎軀劇震，瞪大眼睛看著趙雅，他終於弄清楚是甚麼一回事。

趙大說得對，趙雅終不能忘情於他項少龍，所以當知道趙穆得到秦人的秘密消息後，竟不惜一切要他向項少龍發出警告，免致落入趙人的陷阱裡。

趙雅再鎮定地道：「現在邯鄲只有你董匡一人有那膽識和力量達成此事，你的手下長駐城外，又擅於荒野活動，故惟有你們才有本領截著項少龍和他的隨從。」

項少龍差點想把她摟入懷裡，告訴她自己正是她要去拯救的項少龍。

趙雅有點受不了他的眼光，垂頭道：「董匡，你快給我一個答案，不過卻要提醒你，若趙雅被拒絕，自己也不知道會做出甚麼事來的。」

項少龍領教過她厲害的一面，歎道：「早知如此，何必當初？」

趙雅呆了一呆，喃喃把兩句話唸幾遍，淚水再忍不住，掛滿臉頰，淒然悲歎道：「因爲趙雅再不想第二次出賣他。」

項少龍心頭一陣激動，衝上前一把摟住她的香肩，激動地道：「看著我！」

趙雅吃了一驚，愕然望著他道：「董先生爲何這麼激動？」

「我就是項少龍」這六個字立時給吞回肚內去。項少龍頹然道：「夫人放心吧！我絕不是因受你的威脅而答應你，而是被你對項少龍那種不顧一切的愛感動。我董匡可在此立誓，若讓項少龍踏入邯鄲半步，我董匡絕子絕孫，不得好死！」

趙雅顫聲道：「董匡！你知否趙雅是如何感激你。」由懷內掏出一卷帛畫，遞給項少龍道：「這是他的畫像，不過他當然會用其他身分和化裝掩人耳目的。」

項少龍接過攤開一看，那形神兼備的傳神肖像，連自己都嚇了一跳，道：「誰畫的？」

趙雅道：「當然是趙雅畫的。」

項少龍道：「看這張畫就像看著一個眞的人，由此可見項少龍在夫人腦海裡是多麼深刻了。」

趙雅目射奇光，仔細打量看了他好一會兒後，緩緩道：「你這人的眼力，怕可與少龍相媲美了。」

項少龍微笑道：「夫人毫不掩飾對項少龍的愛意，不怕鄙人妒忌嗎？」

趙雅悲戚不已地道：「你是個很特別的人，在趙雅所遇的男人中，只有你可使我暫時忘掉項少龍，這樣說，先生滿意了嗎？」

項少龍淡淡道：「非常滿意，夫人請回了，我還要安排人手，察看地形，好完成夫人的請求。總之我有絕對把握將項少龍截著，請他返回咸陽去。」

趙雅首次欣然接受他客氣的逐客令，因為芳心內除項少龍的安危外，她再容不下任何其他事物。但若董匡要她留下，她卻不能拒絕。

項少龍此時對她恨意全消，陪她往大門走去，一路上兩人均默默無言。

到了等候的馬車旁，趙雅忍不住低聲問道：「董先生似是一點不把自己的安危放在心頭。」

項少龍哂道：「生死有命，擔心有他娘的用！」

大笑聲中，回宅去了。

趙雅直到他背影消失在入門處時，才驚醒過來，進入馬車內，心中仍迴蕩著「生死有命」四個字。

解開了趙雅這心結，項少龍完全回復對自己的信心，有把握去應付強大如李園或趙王般的敵人。整個特種部隊的觀念是以奇兵制勝，以少勝多，以精銳勝平庸。憑著高效率的組織，他有把握沒有人可以攔得住他們。只要離開邯鄲城，在曠野裡他們更有自保和逃生的能力。

忽然間他拋開一切顧慮，以無所畏懼的態度去迎接茫不可測的將來。

今晚他還要去找紀嫣然，告訴她不用敷衍李園這小賊了。

到了東軒，趙致托著香腮，苦苦候他。

見到項少龍虎虎生威地踏入軒來，大喜迎上前去，欣然道：「趙雅走了嗎？」

項少龍拉起她的柔荑，穿房過舍，往內宅走去，半路上烏果追上來，偷看含羞答答的趙致兩眼，才報告道：「自黃昏開始，府外再次出現監視偷窺的人，我們已摸清他們藏身的位置，共有四個人，分佈在宅前和宅後。」

項少龍冷哼道：「給我把他們生擒回來，加以拷問，我想知道他們的身分。」

趙致大吃一驚，瞪大美目瞧他。

烏果則大感興奮，匆匆去了。

項少龍伸手擰了擰趙致臉蛋，拖著她繼續未竟之路，微笑道：「致姑娘知否鄙人要帶你到哪裡去和幹些甚麼事？」

趙致漲紅臉蛋，低聲道：「知道！」

項少龍笑道：「知道甚麼？」

趙致大窘，不依地嗔望了他嬌媚橫生的一眼，含羞道：「你這人的手段眞厲害，無論化成甚麼樣貌身分，也可把人家制得貼貼伏伏，害得人家這幾天不知多麼慘呢！」

項少龍帶她直抵澡房，早有人爲他們燒好熱水，注進池內，另外還有三個大銅煲的熱水，預作添加之需。

趙致怎猜到目的地竟是澡房，一時手足無措，不知如何是好，那欲拒還迎的羞樣兒，看得項少龍熱血上湧。

遣走手下，關好木門後，項少龍解下血浪寶劍，放在池邊，又脫下外袍，露出攀爬的裝備和圍在腰間的飛針囊。

趙致感到他只一個人便像一隊軍隊般可怕，壓下害羞之情，溫柔地爲他解下裝備。

項少龍柔聲道：「你若後悔，現在仍可拒絕我！」

趙致心如鹿撞，但神情卻非常堅決，肯定地用力搖頭。

澡房兩邊牆上的燈臺，被蒸騰的水氣弄得光線迷濛，別具浪漫的情調。

經過了重重波折後，他們的愛戀終轉上了平坦的康莊大道。

在趙致熱烈多情的反應下，項少龍不由憶起當日在趙宮與諸女鴛鴦戲水的醉人情景，現在趙妮香魂已杳，趙雅則關係遽轉，前塵往事，襲上心頭，滿懷感觸！

於這種情緒下，他感到強烈的需要，對象當然是眼前的可人兒，現在即使有人拿刀架在脖項處，也難阻他佔有對方的衝動。

項少龍輕巧地翻進紀嫣然的閨房內，她剛卸下了盛裝，坐在梳妝銅鏡前發呆，見到心中苦思的人出現，大喜撲入他懷裡。

項少龍吹熄油燈，擁她登上秀榻，親熱一番後，才把趙雅與他的交易說出來。

紀嫣然道：「看來她仍未能對你忘情呢！嫣然一直在奇怪，怎有女人捨得把你出賣？」

項少龍迴避這方面的問題，笑道：「不要再與李園那奸徒糾纏不清，這會影響我的情緒，使我難以應付眼前的形勢。」

紀嫣然欣然道：「看到你信心十足，嫣然愛煞了呢！你抓起郭開派來監視你的四個人，準備怎樣處置？」

項少龍若無其事地道：「明早我會施展手段，逼孝成王表態，這昏君一向優柔寡斷，若不給他當頭棒喝，說不定眞會依了李園的提議。」

紀嫣然對他說的「當頭棒喝」非常欣賞，同時感歎道：「起始時我還以爲李園是個人才，原來只是不顧大局的卑鄙之徒，楚政若落入這種小人手裡，楚國還有甚麼希望？」

項少龍想起一事，問道：「你見過田單，他是怎樣的一個人？」

紀嫣然沉吟片晌，輕輕道：「他是個很有氣魄和魅力的人，卻非常好色，看人時那種眼光像要把你立即呑進肚子裡去，但比起李園，他確有大將之風。」

項少龍笑道：「這麼說，他對你也頗有吸引力。」

紀嫣然道：「可以這麼說，卻與男女私情無關，只是人與人間的一種觀感。」

項少龍失笑道：「不用這麼快表達心跡，我豈是心胸狹窄之人。」

紀嫣然歡喜地吻了他一口，嗔道：「你當然不是那種人，但人家是你的女人，理應有交代清楚的必要。」

項少龍想起李園，皺眉道：「李小賊又如何？」

紀嫣然順著他的語氣道：「只是人家巧妙地暗示那小賊，讓他覺得嫣然仍未與你有任何關係，已使他精神大振，說話也神氣起來，一路上侃侃而談他將來施於楚國的治理之道，聽來似是很有道理，卻忽略了秦人的威脅，只是妄想如何擴張領土，重外輕內，教人感歎。」

項少龍道：「是否仍由他送你回來？」

紀嫣然道：「嫣然才不肯這麼作賤自己，與他共乘一車往王宮已很難受，這人眞是金玉其外，敗絮其中。」

項少龍放下心頭大石，纏綿一番後依依惜別。

偷回府邸，帳內的趙致肉體橫陳，擁被而眠，嘴角猶掛著無比幸福滿足的笑意。

項少龍暗笑自己荒唐。不知是否被重重危險包圍，又或敵人的可恨激起滔天戰意，情場、戰場均放手大幹，今晚還連御兩個心愛的人兒。但這刻亦疲倦欲死，索性甚麼都不去想，擁著趙致抱頭大睡。

日上三竿，他才醒轉過來，見到趙致閉上了的秀目上的長睫毛不住抖動，知她定是見自己醒來嚇得立即闔上眼，故意道：「噢！原來尚未醒，那就再來歡好一次吧！」

翻身就把她壓個正著，趙致嚇得忙睜目求饒。

項少龍哈哈笑道：「看你還敢騙我嗎？」從床上彈起，意氣高昂地去盥洗更衣，任得趙致賴在榻上。

步出內堂，滕翼、烏卓、荊俊三人遵照他的吩咐，早率領全體「精兵團」三百人回到府邸。

荊俊不知是否因滕翼的囑咐，見他出來立即跪伏地上，感激地道：「荊俊知道三哥為五弟照顧致姊，對致姊一事，只有歡喜之心，絕無絲毫妒忌之意。」

項少龍這才恍然滕翼為何要趕往藏軍谷，是要荊俊再一次表態，好解開自己的心結。趙致乃滕翼小姨，愛屋及烏，他自然不想她們姊妹因曖昧的形勢受到傷害。

項少龍把荊俊扶起來，烏卓在旁笑道：「你不用為小俊煩心，他藉口去打獵，卻把附近一條村落內美得可滴出花蜜來的村姑娘弄上手，這幾天不知多麼快活逍遙呢！」

荊俊尷尬不已。

滕翼道：「究竟發生了甚麼事，今早我們接到消息，立即動程回來。」

項少龍先不答他，望往一旁欲言又止的烏果道：「郭開來了多久？」

烏果歎道：「三爺眞是料事如神，郭大夫在外廳已苦候了大半個時辰。」

項少龍向滕翼等說出計劃，又入房吩咐趙致幾句，才出廳見郭開。

這滿肚子壞心術的人見到項少龍，堆起笑容道：「董先生恐怕有些誤會，那四人只是派來負責你們的安全而已！」

項少龍哈哈笑道：「要這麼四個蠢材來保護我董馬癡，郭大夫眞懂開玩笑，不過我豈會和這些人計較，更何況本人現在要立即離開邯鄲，亦無暇計較。」

郭開失聲道：「先生為何要走？」

項少龍冷然道：「此地不留人，自有留人處，除趙、楚兩地外，天下誰不歡迎我這養馬人？」

郭開變色冷哼道：「董先生既歸我大趙，這麼說走便走，等同叛變，先生最好三思而行。」

項少龍雙目寒芒一閃，瞪眼直視郭開，以最強硬的語氣道：「董某手下有三百死士，都是長年與外族馬賊拚死作戰之輩，無一不以一擋百，現在我們就闖出城門去，大王儘管派出大軍，看看我手下有沒有半個是貪生畏死之徒，也好讓邯鄲城和天下人民看看大王以怨報德的手段。」

言罷不理郭開呼喚，往府邸的大廣場走去，滕翼等和三百精兵團員，早全副武裝，人人荷戈備箭，整裝待發。

項少龍跨上戰馬時，郭開衝過來，牽著馬頭，以近乎哀求的語氣道：「董先生萬勿如此，無事不可商量，現在我立刻和先生到宮內見駕，把誤會解開。」

項少龍冷笑道：「郭大夫若仍想保住雙手完好無缺，請立即放手。」

郭開知他劍術厲害，嚇得連忙縮手。

項少龍暴喝道：「趙王如此對待董匡，教人齒冷。呸！」吐出一口唾沫，再大喝道：「我們立即出城，誰敢擋路，我們就殺誰！」

三百精兵團的弟兄轟然應諾，遠近皆聞，聲勢駭人之極。

府門大開，滕翼一馬當先，領著大隊出府而去。

郭開心叫不妙，連忙溜出去，往王宮向孝成王告急。

大隊人馬，緩緩向最接近的東門開去。

在項少龍的刻意安排下，消息迅速傳開，忽然間整個邯鄲城都知道他們的離去，沿途人人爭相圍觀，不少人更哀求他們留下來。

烏氏一去，人人視這董馬癡爲他們的新希望，那千頭戰馬的大禮，像給趙人送了一顆定心丸，現在忽然離開，誰不倉皇失措。

東門的守將早接到消息，慌忙關上城門，在牆頭佈下箭手，又列兵城門內，準備應付項少龍的闖關。

不過城門的設計是防外而非防內，籠裡雞造反時，並不能佔多大優勢。

樂乘最先率兵趕至，增強城防，同時策馬守在通往城門的路上，準備與這馬癡談判。

滕翼等見到大軍攔路，一聲令下，人人右手持巨盾，左手持弩，純以雙腳策馬，那種氣勢和顯示出來的強大攻擊力，令人見之心寒。

樂乘大喝道：「董先生請來和樂乘對話。」

滕翼一聲令下，三百多人分作兩組，馳往兩旁，各自找屋簷、樹木等作掩護物，準備作戰，一時氣氛如箭在弦，一觸即發。

只留下項少龍一人高踞馬上，昂然馳向樂乘，大喝道：「董某雖然敬重樂將軍，可是現在情勢有變，將軍若要阻董某離去，惟有兵戎相見，絕不留情！」

樂乘苦惱地道：「先生何事如此大動肝火，萬事可商量解決，不若先和末將往見大王，若得大王點頭，先生自可安然離去，勝過血染城門。」

這時來看熱鬧的人愈聚愈多，擠滿附近的橫街窄巷，當然沒有人敢闖進戰雲密佈的出城大道。

項少龍眼利，見到樂乘身後近城門處忽地出現大批禁衛軍，知道趙王由順貼著城牆的馳道來了。心中暗笑，大喝道：「樂將軍是否說笑，董某若貿然入宮，不給縛起來當禮物送回楚國才怪，只恨我老粗一名，有眼無珠，不惜千里迢迢回大趙效力，以爲大趙會秉承孝靈王的傳統，以馬戰震懾天下，自強不息，豈知趙非亡於戰場上，而是亡在與楚人的談判桌之上，董某現在心灰意冷，縱使戰死邯鄲，亦要表現出我董某不屈的氣概。」

樂乘一時啞口無言，身後的將領和趙兵無不露出同情之色，士氣低落之極，反之項少龍方面人人露出視死如歸的神情，戰意高昂，只等攻擊令下。

趙兵一陣騷動，孝成王在郭開和成胥的左右陪伴下，策騎而出，一臉堅決的神情，來到樂乘身旁，高呼道：「董先生萬勿誤聽謠言，寡人絕無把先生送回楚國之意，只是一場誤會罷了。」

項少龍仰天長嘯道：「大王勿怪鄙人直言無忌，現在秦人枕兵邊區，匈奴又在北方虎視眈眈，國情危殆，可是我董馬癡卻終日閒蕩，只爲了不得開罪那些反覆無義的小人。歷史早告訴了我們，自毀長城者，最後只是國破家亡之局，勝者爲王，豈是可乞求回來的。」

群眾裡竟有人喝起采來，其他人立時受到感染，一時掌聲四起，爲項少龍這番話叫好。

項少龍裝出義憤塡膺的樣子，高喝道：「大王請移龍駕，鄙人這就要率兒郎們硬闖突圍，如不幸戰死，就當是以死諫大王，若大趙能因董匡之死發奮圖強，不再被心懷叵測的外人左右趙政，董某縱死亦可瞑目。」

這番話硬中帶軟，正是好給趙王下臺階的機會。

孝成王卻是心情矛盾，對董馬癡又愛又恨，更是心中有愧，因爲他確有打算犧牲董匡，以換取李園說服楚王合縱對付秦國的意思。

孝成王環顧遠近軍民，無不露出對董匡同情之意，暗自歎了一口氣，道：「董先生這番話發人深省，寡人完全同意，由今天開始，董兄請放開心懷替我大趙養馬蕃息，先生請留下，寡人絕不會薄待先生。」

四周軍民立時歡聲雷動，首次為孝成王喝采呼嚷。

項少龍大喜，道：「君無戲言！」

孝成王無奈道：「絕無戲言！」

項少龍知道戲演到這裡已差不多，翻下馬背，跪叩謝恩。

滕翼一聲令下，三百精兵團的子弟兵以最整齊的姿態和一致的速度，躍下馬來，跪伏地上，大呼「我王萬歲」，給足孝成王面子。

一場風波，至此圓滿結束。

當下孝成王和項少龍並騎返宮歡敘，滕翼則率眾返藏軍谷。

是日下午，項少龍第二批也是最後一批五百頭戰馬抵達牧場，立時聲勢大壯，教趙王更不敢小覷他這馬癡的功用。

憑著膽識和機會，項少龍一舉化解因李園而來、迫在眉睫的危機。

第十五章　便宜夫人

經此一役，項少龍聲威倍增，當晚趙王特別設宴安撫他，與會的全是趙國的大臣將領。趙雅、趙致均有出席，兩女現在和他關係大是不同，反不用像以前般藉故向他糾纏。

趙穆覷了個空檔，向他低聲責道：「這麼重要的事，爲何不和我先作個商量？」

項少龍早擬好說詞，懇切答道：「一來情勢危急，二來我是故意不讓侯爺知道此事，那反應起來就與侯爺完全無涉，不會惹起懷疑。」

趙穆雖仍有點不舒服，也不得不讚歎道：「你這一手很漂亮，有你如此人才助我，何愁大事不成？」

項少龍爲增加他對自己的信任，同時逼他叛變，低聲道：「我由趙雅處探出口風，事情應是與齊人有關，詳情卻仍未探得清楚，趙雅究竟與哪個齊人關係最爲密切？」

趙穆立即爲之色變，冷哼道：「定是齊雨，今次他也隨田單來此，哼！枉我還對田單推心置腹，他竟然敢出賣我！」

項少龍這才知齊雨來了，乘機道：「侯爺爲何如此不智，竟把秘密洩露給田單知道？」

趙穆道：「還不是爲了《魯公秘錄》和那項少龍，不過他們並不知道我的眞正身分，只知我和爹有密切聯繫，不過若給孝成王知道此事，我的處境就非常不妙。」

項少龍剛想探問《秘錄》的事，趙霸領著趙致走過來，前者笑道：「董先生何時來敝館指點一下兒郎們？」

項少龍知道欲拒無從，無奈與他定下日子、時間，正含情脈脈看著他的趙致，欣然道：「到時讓趙致來接先生的大駕吧！」

知道有了癡纏項少龍的藉口和機會，這春心大動的美女還不歡喜若狂嗎？

趙穆和趙霸都奇怪地瞥了趙致兩眼。

這時趙雅盈盈而至，把項少龍扯到一旁，讚歎道：「我愈來愈發覺你這人的厲害，不用人家便輕易化解問題，不知你的承諾是否仍然有效？」

項少龍拍胸保證道：「大丈夫一諾千金，怎會欺騙你這麼一位美人兒，只要他眞是來邯鄲，這幾天定有好消息奉上。」

趙雅疑惑地看著他道：「爲何董先生像忽然對趙雅愛護備至呢？」

項少龍呆了一呆，搪塞道：「說眞的，以前董某因聽過項少龍的事，所以不大看得起夫人，到昨晚才知夫人非是狼心狗肺的狠毒婦人，遂對夫人有了新的看法。」

趙雅淒然道：「先生罵得好，趙雅眞的後悔莫及，若不是尙有點心事，早一死了之，免受生不如死的活罪。」

項少龍奇道：「夫人尙有甚麼放不下的心事？」

趙雅瞪他一眼，道：「你好像一點不介意我要尋死的樣子。」

項少龍苦笑道：「最難測是美人心，夫人既覺得生不如死，我若勸你不要去死，豈非等若教你多受活罪？夫人反爲此不滿，算哪門子的道理？」

趙雅嫵媚一笑，道：「和你相處眞是人生快事，夫人府的門現在永遠爲先生敞開，無論先生何時大駕光臨，趙雅必竭誠以待。」

項少龍忍不住道：「那你最好先打跛李園的腳，董某可不願在夫人的寢室外苦候。」

趙雅啞口無言，她自己知自家事，確是很難拒絕李園。昨晚爲了項少龍才會情急下對董匡表示唯命是從，卻知很難眞的辦到。幸好此時趙王駕到，各人紛紛入席，使她避過這難答的問題。

當晚孝成王頻頻向項少龍勸酒，又告誡各大臣盡量協助項少龍發展牧場，到午夜才賓主盡歡散去。

趙致春情難禁，又隨項少龍返回府邸共效于飛，累得項少龍想夜探紀嫣然香閨一事被迫腰斬。

次日清晨，紀嫣然忍不住過來找他。

兩人相見，自有一番歡喜。

紀嫣然扯他到後園，並肩漫步，道：「你那一手不但教李園碰了一鼻子灰，連田單也開始注意你起來，認爲你是個非常不簡單的人才，看樣子頗想籠絡你呢！」

項少龍不悅地道：「你給我的感覺似乎是終日和田單、李園兩人混在一塊兒，所以對他們的反應瞭若指掌。」

紀嫣然嬌笑道：「夫君息怒，嫣然確是有點不聽話。目的只是爲夫君打探消息，現在田單和李園正向孝成王齊施壓力，逼他由燕國退兵，自然是怕趙國滅燕後版圖聲勢均大幅增加，不利齊、楚霸業。田單更是緊張，因爲若讓趙人得到燕地，那齊人的西北部都給趙人包圍了。」

項少龍大吃一驚，忘掉怪責紀嫣然，皺眉道：「那就糟了，趙兵一日不由燕國退回來，合縱之議休想達成，豈非李園等都不會離開邯鄲，那很容易揭穿我吹噓還有大批牲口運來的騙局。」

紀嫣然道：「放心吧！趙穆這兩天頻頻找田單密議，他比你心急多哩！」

項少龍瞪著她道：「這也給你打聽到了！」

紀嫣然笑倒在他懷裡，喘著氣辛苦地道：「夫君嫉忌的樣兒，看得嫣然心花怒放！噢！不！應是惶恐萬分才對。嫣然這樣做，均是為使夫君不致成為眾矢之的。現在嫣然已成功把李園嫉恨的對象移到田單身上，所以兩人是貌合神離，爭著向嫣然暢談治國之道，讓人家可輕易探得動靜，做夫君的情報小兵，若夫君認為嫣然不對，任憑處置。」

項少龍明白紀嫣然性格獨立，雖然迷戀自己，卻不會盲從附和，苦笑道：「你最好小心一點，無論你如何自信，周旋於虎狼之間，終是危險的事，誰不想佔得花魁，享盡豔福。」

紀嫣然嬌癡地道：「項郎眞懂哄人，竟可想出『花魁』這麼討人歡喜的詞語。人家又要走哩！你今晚會否像昨晚那麼狠心，讓嫣然獨守空閨呢？」

項少龍想不到這麼一晚她也會興問罪之師，既頭痛又心甜，再三保證後道：「我現在裝模作樣也要到藏軍谷走一轉，你會到哪裡去？」

紀嫣然道：「晶王后多次約人家入宮，今趟是推無可推，怎也要應酬她一次。」

依依惜別後，兩人分頭去了，趙致則自行回武士行館。

那晚天黑時分，項少龍和滕翼趕回邯鄲，守城者誰不認識他董馬癡，不用看證件便讓他們通過。

荊俊弄上手那美麗的少女果然百媚千嬌，這小子樂不思蜀，項少龍亦放下心事，任他留在牧場。

經過烏卓一番經營，藏軍谷牧場已略見規模，更重要是在各戰略性地區設下據點，又闢了幾條秘密通道，隨時可翻山越嶺，逃進四周的荒山野嶺中，只要能用計把趙穆引到那裡去，他們便有把握將他活擒返秦。

項少龍點頭同意。

回府路上，滕翼道：「我已使人四處搜羅牲口，當牧場規模初備時，就是我們動手的好時機。」

剛進入府門，烏果神色古怪地迎上來，道：「三夫人來了！」

項少龍和滕翼面面相覷，一齊失聲道：「三夫人？」

烏果苦笑道：「三爺的夫人，不是三夫人是誰，三夫人美則美矣，脾氣卻大得可以。」

滕翼不悅地道：「你在胡說甚麼？」

項少龍想起善柔的兩天之限，心中叫苦，這兩天忙個不休，哪還記得她似是戲言的警告。當下拉著滕翼進府，說出此事。

滕翼一聽同感頭痛，歎道：「幸好昨天剛有一批戰馬運來，就當她是隨來的一員好了，這事我自會安排得妥妥貼貼。」

項少龍失聲道：「你不去勸勸這大姨，還要我真當她是夫人嗎？」

滕翼苦笑道：「你先去應付她，不過我看她對你很有意思，只要軟硬兼施，憑你的手段最後還不是可把她收得貼貼伏伏嗎？」言罷不顧兄弟情義，一溜煙的走了。

項少龍硬著頭皮，回到內宅。

尚未進入內堂，傳來善柔的聲音，嬌罵道：「小婢沒有半個，難道要你們這些粗手粗腳的男人來服侍我，成甚麼體統？」

項少龍跨過門檻，腳板尚未落地，善柔已嚷道：「相公回來哩！沒你們的事，快給本夫人滾！」四名可算是勤務兵的精兵團員如獲皇恩大赦，抱頭竄了出去。

善柔換上華麗的盛裝，頭紮燕尾髻，高貴冷豔，明媚照人，看得項少龍睜大的眼再闔不起來，只是她扠腰戟指的模樣令人見而心驚。

善柔「噗哧」一笑，道：「嘻！人家扮你夫人扮得像不像？」

項少龍負手來到她身後，在她皙白的粉項嗅了兩記，暗讚香氣襲人，才皺眉道：「兩天之限尚未過，你便急不及待來當我的夫人，姊姊是否春心動了呢？」

善柔仰起俏臉，眸子溜上眼頂，瞅他一記，輕描淡寫地道：「你怎麼說也好，總之我是跟定了你，好督促你辦事。」

項少龍來到她身旁，故意靠貼著她的肩膊，輕擠了擠她，不懷好意地道：「大姊不怕弄假成真，給我佔便宜嗎？」

善柔故意不望他，威武不能屈的昂然道：「你愛怎樣就怎樣吧！成大事者豈拘於小節，就算給那些乘人之危的小人佔佔便宜，也是無可奈何的事。」

項少龍拿她沒法，恨得牙癢癢地道：「誰是乘人之危，柔小姐自己心中有數吧！」

善柔甜甜一笑，轉身摟上他的脖子，堅挺有勁、曲線迷人的胴體毫無保留地靠貼著他，以撒嗲的語氣道：「好相公！哪裡找兩個小婢來服侍你的夫人好呢？堂堂董馬癡之妻，總不能有失身分，自己服侍自己吧！」

項少龍又好氣又好笑，也給她親暱的行爲迷得方寸大亂，探手箍住她的小蠻腰，苦笑道：「你這小妮子根本一心想嫁我，面子卻放不下來，等多一晚都怕當不成我的夫人，我也只好認命，誰教你的妹夫是老子的二哥。」

善柔含笑不語，沒有爭辯，只是得意洋洋地瞧他，絲毫不懼他的侵犯。

項少龍探手在她高聳的臀部拍了兩記，欣然道：「好吧！我由外宅調兩個丫頭來伺候你，不過你要謹守婦道，不准隨便發脾氣，又或像以前般一言不合亮刀子。唉！有了外人，我恐怕連睡覺時都不能以眞面目示夫人你了。」

善柔見逼得對方貼貼伏伏，歡喜地由他懷裡溜出來，嬌笑道：「誰要陪你睡覺，我就住在隔壁的房間，莫怪本夫人不先警告你，若有無知小賊偷進我的閨房，說不定會吃飛刀呢！」

看著她消失在通往寢室的走道處，項少龍搖頭長歎，多了這永不肯屈服的美女在身旁，以後的煩惱會是層出不窮。

不過看到她現在歡天喜地的樣子，比之以前日夜被仇恨煎熬的陰沉模樣，自己總算做了好事。坦白說，她比趙致更吸引他，或者這就是愈難到手的東西愈珍貴的道理吧！

正猶豫好否跟進去與她戲鬧，烏果來報，趙穆派人來找他。

項少龍心中大奇，趙穆剛和他約好表面上盡量疏遠，爲何忽然又遣人來找他？出到外廳，來的赫然是蒲布。

項少龍奇道：「侯爺找我有何要事？」

蒲布恭敬地道：「小人今早已來過一次，原來董爺到了藏軍谷，幸好董爺回來，今晚侯爺宴請田相國，田相國指定要見董爺，請董爺動身！馬車正候在門外。」

項少龍想到即將見到名傳千古的超卓人物，不由緊張起來，旋又想起英雄慣見亦常人，有誰比秦始皇更出名，還不是由他一手捧出來的。至此放開懷抱，匆匆更衣，來到大門外。

廣場上近五十名親兵護衛著一輛華麗的馬車，極具排場。

項少龍向蒲布笑道：「蒲兄！來！陪我坐車，好有個人聊聊！」

蒲布推辭不得，只好陪他登車。

閒談兩句後，蒲布壓低聲音，道：「董爺眞是好漢子，視生死如等閒，我們整班兄弟很仰慕你呢！」

項少龍想不到如此行險一招，會帶來這麼多良好的副作用，包括田單亦對自己另眼相看，謙虛道：「算得甚麼，只是逼虎跳牆，孤注一擲吧！」

蒲布道：「小人一生人除董爺外，只遇過一位眞英雄，請恕小人不能說出那人的名字。」

項少龍心中恍然，知道他仍是忠於自己。

蒲布忽道：「董爺爲何會挑選趙國作投身之地？」

項少龍訝道：「蒲兄知否若讓這句話傳了出去，你立即人頭落地呢？」

蒲布咬牙道：「當然知道，可是小人亦知董爺不會是這種人，故有不吐不快之感。」

項少龍伸手摟他肩頭，湊到他耳旁道：「好兄弟！你看人眞有一套，因爲我正是項少龍！」

蒲布心中劇震，呆了半晌，就要俯身叩頭。

項少龍當然不容他如此做，利用機會，向他說出此行目的，同時共商大計。

蒲布歡喜若狂，最後狠聲道：「趙穆這奸賊根本不配做人，暴虐凶殘，動輒害得人家破人亡，我們不知等得項爺多麼痛苦！」

項少龍淡淡道：「他就快要報應臨頭了。」

這時馬車抵達侯府，兩人約定聯絡之法後，才步下車去。

設宴的地方是那次初遇趙墨鉅子嚴平的內軒，到邯鄲後，再未聽過有關此人的消息，心忖再見到趙致時定要順口問上一聲。

剛想起趙致，便看到趙致在上次訓練歌舞姬的地方，對一群姿色極佳的歌舞姬說話。

趙致見到他，打了個眼色，表示有話要跟他說。

項少龍會意，著領路的蒲布在一旁等他，朝趙致走過去，道：「致姑娘你好！」

那些歌舞姬見到項少龍威武的形態，美目都亮了起來，絲毫不掩飾對男性的崇慕。

趙致捨下歌舞姬們，迎了過來，和他並肩走往一旁，低聲道：「田貞姊妹昨晚給趙穆送入宮予奸相陪夜，田單對她們讚不絕口，說不定會向趙穆要人，田貞求你救她們呢！」

項少龍點頭道：「知道了！告訴她們，我怎也不會袖手旁觀的。」話雖如此，他卻全不知道如何拯救她們。

趙致差點把項少龍當作活神仙，認爲只要他答應的事必可做到，歡喜地道：「我早告訴她你是情深義重的人，定會幫助她們。」

項少龍心中苦笑，再迅速說出善柔的事。

趙致掩嘴嬌笑道：「項郎眞厲害，我看姊姊是愛得你發狂哩！」

項少龍心中一蕩，道：「那你呢？」

趙致俏臉一紅，故意擺出思索的姿態，道：「人家嘛！唔！一刻都不想離開你。」

項少龍本應心情暢美，但想起那對美麗的孿生姊妹，立即大打折扣，勉強收攝心神，回到長廊，朝內軒走去。

第十六章　齊相田單

內軒燈火通明，樂聲隱隱傳來。守衛出奇地森嚴，遠近人影幢幢。

只是內軒門外，有十五、六名身形魁梧、態度沉著的齊國武士，如此陣仗，項少龍還是初次在宴會的場地見到。

其中一名身材特別雄偉，神態軒昂，虎背熊腰，相貌頗爲俊朗的青年劍手，忽由迴廊外的花園大步走來，躬身施禮，客氣地道：「這位當是田相急欲一睹風采的董匡先生了，在下齊人旦楚，乃田相親衛統軍，乘此向先生問好。」

項少龍心中一懍，連忙還禮。

善柔姊妹曾向他提過此人，說他是齊國名將，劍法高明，果是名不虛傳，此人有種由骨子裡透出來的威霸之氣，非常罕見。

客氣兩句後，旦楚向蒲布微笑道：「蒲兄請把先生交給末將好了。」

蒲布受他氣度所懾，連忙答應。

旦楚擺出引路姿態，請項少龍先行。

前方把門的武士退至兩旁，讓項少龍進入內軒。同時有人高聲向內通傳道：「董匡先生到！」

項少龍想起善柔豐滿胸脯上那道觸目驚心的劍痕，暗忖她能兩次行刺田單仍然活著，實屬奇蹟。

項少龍跨過門檻，第一眼便瞥見田單。

這不是因他身後佇立著兩名矮壯強橫、面貌酷肖，一瞧便知是善柔姊妹提及過，叫劉中夏和劉中石這對兄弟；也不是因他一身白衣，在其他人的華衣美服比對下特別搶眼，而是因他的氣度和容貌，均使人一見難忘。

難怪見慣天下英雄人物的紀才女，亦要對他印象深刻。

田單年紀在四十許間，身材頎瘦，鼻梁骨高起，有若鷹喙，可是因高起的兩顴配合得好，不但沒有孤峰獨聳的感覺，還予人一種豐隆逼人的氣勢。再加上濃眉下眼神藏而不露的銳利隼目，確是領袖一方的霸主人物。難怪他能由一個區區小城吏，攀上天下最有權勢人物之一的寶座。

坐在他旁的趙穆雖是一派奸雄模樣，立時給比下去，頗有大巫小巫之別。

圍著大方几而坐的共有十二個人，另一位最使項少龍意外的竟是豔麗的晶王后，除了宮廷內舉行的宴會外，他還是初次在權貴的宴會遇上她。可見田單身分非同小可，連晶王后也要給足他面子。

平時慣見的郭開、樂乘、趙霸等均沒有出席，反是郭縱攜同郭秀兒來了。

其他人是姬重、李園、韓闖、龍陽君和趙雅。還有兩位齊人，其中一個是「老朋友」齊雨，正坐在趙雅左旁大獻殷勤，不過趙雅卻不大睬他，任他說話，了無反應。

另一人是個智囊型的文士，外貌文秀俊俏，前額豐隆寬廣，予人天賦才智的好印象。

一隊女樂師本在一旁起勁地演奏著，當趙穆聽到董匡抵達的通報，一下掌擊，十多位女樂師立即由偏門離去，內軒倏地靜下來。

田單的眼神如利箭般向項少龍射過來，見到他時，明顯被他的風采、體態打動，隼目亮起，竟長身而起，遙遙向他伸出手來，呵呵笑道：「人說見面不如聞名，我卻要說聞名怎如一見，終於得睹董兄風采，幸會之至！」

其他人除晶王后、郭秀兒和趙雅三女外，見田單起立，皆被迫站起來歡迎項少龍，最不服氣的當然是李園，不過他的態度明顯改善了點，大概是因紀嫣然的策略奏效。

項少龍對田單的泱泱大度、毫無架子大感心折，若與信陵君相比，純以氣派風度而論，這田單還要勝上半籌。

他加快腳步，先向晶王后遙施敬禮，來到田單身前，伸出兩手和他緊握。

田單的手寬厚不見骨，溫暖有力。

這名傳千古的人物上下打量著他，微笑道：「想不到先生不但養馬有心得，劍術亦高明之極，國舅爺曾向我多次提及！」

項少龍不由往李園望去，後者勉強擠出一絲笑容，略一點頭。

田單向劉氏兄弟溫和地吩咐道：「給董兄在我身旁加個位子！」同時向項少龍介紹齊雨和那叫田安的軍師智囊型人物，看來應是田單的親族。

一番擾攘後，眾人才坐好下來。

足音響起，田貞、田鳳不知由哪裡鑽出來，爲各人添酒。趙穆出動兩女來侍客，可見他多麼看重田單。

田鳳顯然不知項少龍眞正身分，雖忍不住偷看項少龍兩眼，但絕無半點異樣神態。可知田貞對項少龍唯命是從，連親妹子都苦忍著不透露秘密。只從這點，項少龍已感到要對她負上責任。

田貞爲項少龍斟酒時，纖手竟抖顫起來。

其他人都正和旁邊的人交談，卻瞞不過田單的眼睛，奇道：「小貞因何如此緊張？」

他這麼一說，眾人的眼光全集中到田貞身上。

田貞見到項少龍，就像苦海裡見到明燈，淒苦狂湧心頭，心慌意亂，現在給田單一問，還以爲自己洩露出項少龍的底細，魂飛魄散下，銅壺脫手掉在几上，酒花濺上項少龍的前襟。

趙穆臉色一變，正要喝罵。

項少龍哈哈一笑，扶著嚇得渾身發抖的田貞，欣然道：「小事小事，美人兒萬勿介意。」接著低頭一嗅，驚歎道：「好酒！」

眾人被他引得笑了起來。

晶王后莞爾道：「別人是喝酒，董先生卻是嗅酒。」

田貞給項少龍一手托著粉背，一手抓緊柔荑，情緒回復過來，感到她這苦苦相思的男子，定能予她有力的保護。

趙穆心知此時不宜責怪她，輕喝道：「還不給我退下去。」

兩女跪地施禮，暫退下去。

趙穆不知是否有話要說，站起來笑道：「董先生且隨本侯來，我看本侯的衣服也應適合你的身材。」

項少龍一聲告罪，隨他去了。

才步出內軒，趙穆向他低聲道：「我探聽過田單口氣，他對孝成王甚具惡感，還暗示若我能登上寶座，定會全力支持。」

項少龍暗罵蠢材，對田單來說，趙國是愈亂愈好，那他就有機可乘了。

口上卻道：「齊雨又是甚麼一回事，怎會把你們的關係洩露給趙雅知道？」這叫先發制人。

趙穆歎道：「不要看趙雅風流浪蕩，事實上她比任何人都精明厲害，齊雨只要說錯一句話，就會給她抓住尾巴。」

到了內堂，趙穆使人拿來尙未穿過的新衣給他換上。

項少龍乘機道：「侯爺眞夠本事，竟能弄來如此美豔、容貌身材無不相同的姊妹花，確是難得的尤物。」

趙穆臉露難色，歎道：「你何不早說？田單昨晚嘗過滋味後讚不絕口，不用他說，我已答應把兩女送他，爲今怎能反悔？」

項少龍的心直沉下去，失望之色絕不是裝出來的。

趙穆現在已視他爲頭號心腹和得力手下，皺眉道：「卻非沒有辦法，但能否成功，就要看田單對你看重的程度了。」

兩人回到席上時，歌舞姬剛表演完畢。

龍陽君笑意盈盈地打量項少龍，道：「董先生穿起華衣美服，眞令人耳目一新。」接著向趙穆拋個「媚眼」，道：「侯爺說過要帶董先生來爲人家的馬兒看病，爲何到現在仍未實踐諾言？」

眾人見到項少龍尷尬的樣子，都對他既同情又好笑。

趙穆自知項少龍不好男色，哈哈笑道：「董先生終日往牧場跑，我怎抓得住他呢！」

田單呵呵笑了起來，調侃龍陽君道：「龍陽君若只是爲了馬兒，我手下亦有治馬的能手，當然及不上董兄，不過也可讓低手先出馬，看看可否代高手之勞。」

龍陽君當然知道田單與他開玩笑，「嬌嗔」地瞪他一眼。

叫田安的文士向項少龍道：「敝國有匹名爲『頑童』的駿驥，跑起來像一陣風般迅快，可是卻無人能把牠馴服，軟硬辦法均不行，現在有此良機，故要向先生請教。」

此話一出，連田單都皺起眉頭，知他是有意刁難。

試問連那匹馬都尚未見過，怎可能提出馴治之法？不過若項少龍推說見過才知，便是任何人都可做出的應對，顯不出他馬癡的威風。

豈知項少龍從容不迫，淡淡笑道：「馴畜之道，首要是讓牠們對你沒有防備之心，但這也只是一般人的下乘手法。上乘之法則是使牠們把你視作同類，且是愛護有加，那無論如何野性的馬兒，也會變得既聽話又合作。」

說到這裡，忍不住望了對面坐在齊雨和韓闖間的趙雅一眼，這使他愛恨難分的美女正興致盎然地朝他瞧著，見他目光掃來，想起他曾把自己當作一匹馬，芳心不由蕩起異樣的感覺，白了他一眼。

田單也給他惹出興趣來，道：「人就是人，畜牲就是畜牲，怎會使畜牲當了人是同類？」

項少龍道：「方法多的是，例如畜牲剛出世時首先接觸到的任何生物，牠們會視之如父母，不信可隨便找隻初生的鴨子試試看，當知董某不是虛言。」

這番話並非沒有根據，而是經現代心理學證明的事實。

眾人均嘖嘖稱奇。

韓闖幫腔道：「難怪常有傳聞，說棄在荒野的嬰兒，有被野狼哺乳養大的，竟變成狼人，正因他以爲狼是自己的父母，董先生不愧馴養畜牲的大家。」

李園見人人點頭，心中不服道：「但田大夫所說的『頑童』寶馬，卻是早已出生，似再沒有可能令牠把人視作同類，董先生又有何妙法？」

與席諸人，包括田單在內，均知兩人不和，李園出口爲難，早是意料中事，都想看這馬癡如何應對。

項少龍微俯向前，壓低聲音，故作神秘地道：「鄙人有一馴馬之法，萬試萬靈，一向都是挾技自珍，從沒說出來給人知曉，不過今天如此高興，便讓鄙人掏出來向田相獻醜吧！」

眾人均不自覺地俯前，好聽他說出秘密。

項少龍緩緩道：「這方法一聽就明，但若非眞是愛馬的人，卻不易做到。」

眾人給他頻賣關子，逗得心癢難熬。

項少龍知道吊足了癮，方揭秘道：「就是常陪馬兒睡覺，那牠就會盡去戒備之心，甚至會視你爲同類。」

眾人先是愕然，想了想才知叫絕。

項少龍這番理論亦是有根據出處的，那是他以前在看一個電視訪問一位馴獸師的自白，只有常和猛獸睡在一起，牠們才會眞的當你是族群友類，否則終是有著防備的戒心。

這也是現代人和古代人的識見分別。二十一世紀是資訊爆炸的年代，只要安坐家中，連接通訊網絡，古今中外的資料無不任你予取予求。

古人則罕有離鄉別井者，靠的是珍貴的竹簡、帛書，又或口耳相傳。比起上來，項少龍這在二十一世紀識見普通的人，便成了那時無所不曉的能人異士。

田單拍案叫絕，道：「來！讓我們爲董兄由經驗領悟回來的眞知灼見喝一杯！」

齊雨也歎道：「現在在下始知先生爲何會被冠以『馬癡』之名了。」

眾人舉杯盡歡。

李園屢次碰壁，收斂起來，再不敢小覷對手，心中轉著另外的壞念頭。

田貞、田鳳再次進來添酒。

待她們退開後，趙穆先向項少龍打了個眼色，才笑著對田單道：「田相和董先生不但意氣相投，連愛好都沒有分別，同爲這對越女動心，而董先生得知她們已榮歸田相……」

項少龍哈哈一笑，打斷他道：「美人歸賢主，董某只有恭賀之情，絕無半分妒忌之意。」

趙穆心中叫絕，暗讚他配合得宜，現在就要看田單是否捨得這對姊妹花了。

田單果是非凡人物，大方地微笑道：「董兄既有此情，我就把她們雙雙轉贈，讓董先生在馬兒之外，還另有同眠的伴侶。」

這種互贈姬妾的事，在當時的權貴間是司空慣見，沒有人覺得有何稀奇。

項少龍故作推辭，田單自是不許，於是他渾體輕鬆的拜謝。

趙穆故意向項少龍示好，把兩女召過來，下令道：「由這刻開始，你們兩人由田相改贈董爺，務要悉心侍奉，不准有絲毫抗命。」

兩女均呆了一呆。

田貞也算精靈，垂下頭去，免得給人看出內心的狂喜和激動，下跪謝恩。

田鳳表現得恰如其分，俏臉微紅，含羞瞟新主人一眼，才跪了下去。

趙穆索性道：「你們立即回去收拾衣物，等待董爺領你們回府吧。」

晶王后笑道：「有了這對如花似玉的人兒，董先生莫要忘了再和馬兒睡覺啊！」

項少龍想起曾抱過她，見她說話時眉目含情，不由心中一蕩。

一直沒有說話的郭秀兒，瞪著兩眼好奇地問項少龍，道：「董先生眞的和馬兒睡過覺嗎？」

項少龍聽她語氣天眞，溫柔地答道：「當然，鄙人七歲開始和馬兒睡覺，但卻非在馬廄裡，而是在寢室內。」

眾人聽他說得有趣，均哄笑起來。

李園忽地向龍陽君笑道：「我也要爲君上向董兄說句公道話，那天校場試劍後，紀才女勾勾指頭，董兄便立即跟去爲她診馬，爲何竟對君上卻又薄此厚彼？」

田單顯然不知此事，露出注意的神色。

龍陽君則「幽怨」地瞅了項少龍一眼，害得他的寒毛無不根根豎起。

項少龍歎道：「國舅爺說得對，那天鄙人實不該去的，因紀才女竟和我討論起禮樂詩文，結果自是教她大爲失望，董某亦無顏以對。」

眾人均知紀嫣然情性，不免有人要代他難過，當然大部分人都卸下了妒忌的心。

這董馬癡魅力驚人，無論身在何種場合，總能成爲眾人的核心，幸好他終是老粗一名，否則說不定紀嫣然會被他征服。

李園見他自動打響退堂鼓，敵意大減，首次主動舉杯和他對飲，氣氛融洽起來。

眾人中只有趙雅隱隱感到他和紀嫣然間的事不會是如此簡單。

與會者可說代表了齊、楚、韓、趙、魏和東周的當權人物，話題很自然又回到秦國這共同大敵來。

姬重分析秦人的形勢，道：「我們數次合縱，均攻秦人不下，最主要是因秦人藉地勢建立險要的關塞。他們東有函谷關、虎牢關、殽塞，東南則有武關。但只要攻下其中一關，我們便能長驅直進，那時看秦人還有何憑恃？」

春秋時代，車戰是在平原進行，但自步騎戰成爲主流，關塞的重要性大增，對秦人更是興亡的關鍵。

姬重似是爲秦人吹噓，骨子裡卻點出秦人的最強處，也可以成爲致命的弱點。他這樣說，自然是趁機遊說各人同心協力，聯合起來殲滅秦國。

田單微笑道：「國家的強大，君權、經濟和軍力是絕對分不開來的，不過依我看秦國現在是似強實弱，白起死後，秦國軍方無人能繼，現在莊襄王由呂不韋把持朝政，與軍方絕不投合，田某敢擔保只要此人一日當權，秦人難以合力齊心，但假若我們現在大舉攻秦，則外侮當前，反會逼得秦人合力抵抗，弄巧成拙，各位同意我的看法嗎？」

姬重爲之啞口無言，臉色卻是難看之極。

郭縱道：「然則田相是否不同意這次合縱之議呢？」

今次合縱，可說是郭縱對趙國的最後希望，若此議不成，只好另找地方躲避。

項少龍雖是佩服他的眼光，卻也暗歎，無論一個人具有多麼大的智慧，仍不能透視將來的發展，想不到莊襄王只有三年的壽命，到小盤的秦始皇一出，天下再無可與抗衡之輩。

田單柔聲道：「當然不是這樣，合縱乃勢在必行，但手段策略卻須仔細商榷，否則本人就不須遠道來此了。」

這人說話時自有一種逼人氣勢，教人不敢出言反駁。同時亦怕說出來後，會給他比下去。

龍陽君尖聲細氣道：「田相對秦人的動靜似是知之甚詳，可否告知我們項少龍近況如何，在座很多人都希望聽到他慘遭不幸的消息。」

項少龍心中懍然，回趙以來，雖間中有人提起他的名字，都是點到即止，從沒有人正式把他拿出來當作一個討論的話題。

趙穆一聽下立時雙目凶光閃露。

趙雅雖是神色一黯，但卻現出渴想知道的神色。

晶王后則雙目閃亮，露出留心的表情。

齊雨更冷哼一聲，一副恨不得食其肉、寢其皮之狀。

反是田單不洩半點內心想法，微微一笑，道：「項少龍眞不簡單，每能以寡勝眾，連我的老朋友無忌兄都要陰溝裡翻船，給他漂漂亮亮玩了一手，其他的不用我說出來，各位該非常清楚。」

韓闖看看身旁目透茫然之色的趙雅一眼，吃起乾醋來，不滿道：「田相是否有點長他人志氣呢？

無忌是信陵君的名字。

我看這小賊怕是有點運道吧！」

田單正容道：「知彼知己，百戰不殆。本人雖恨不得把他碎屍萬段，卻絕不敢小覷他。項少龍甫到秦境便大展神威，在秦王和文武大臣前力挫秦國第一悍將王翦，以寶刃連擋他鐵弓射出來能貫牆穿盾的勁箭。依我看，他還是手下留情，不想秦國軍方下不了臺。秦王當場賜他太傅之職，呂不韋亦因他聲威大振。此子不除，呂不韋就若如虎添翼，終有一日能把持秦政。」

姬重冷笑道：「如此聽來，秦人應不會缺乏想置他於死地的人。」

田單亦冷笑道：「項少龍若是如此容易被殺死，他早死過無數次，秦人亦曾對他發動暗襲，卻只鬧個灰頭土臉，還賠上幾個人。現在烏家在秦聲勢日盛，正是拜項少龍所賜，連秦國軍方裡敵視呂不韋的人，亦對此子另眼相看，希望把他爭取過去。」

郭縱露出豔羡懊惱的神色，一時說不出話來。

項少龍則聽得遍體生寒，田單當然不會蠢得把秦國的情報和盤托出，但只是說出來的部分，已極為準確，有如目睹，可知這人多麼厲害。正如他所說的，知彼知己，絕不輕視敵人，才是致勝之道。說不定趙穆有關他來邯鄲的消息，亦是從他那兒得來。

晶王后嬌笑道：「我才不信沒有人對付得了他，他又不是三頭六臂。」語畢故意瞧趙雅一眼。

趙雅美目閃過怒色。

只這兩個表情，項少龍便知兩女正在勾心鬥角。

齊雨道：「當然有對付他的方法，田相……」

田單不悅地冷哼一聲，嚇得齊雨立即噤口不言。

眾人無不盯著田單，知他早有了對付項少龍的計劃。

田單微笑道：「每個人都有他的弱點，項少龍的弱點是過分看重情義，心腸太軟，這將會成為他的致命傷。」

郭秀兒俏目一片茫然，暗忖這應是優點才對，爲何會變成弱點呢？

趙雅想起了項少龍即將前來邯鄲，禁不住又心焦如焚，求助似的瞅了董馬癡一眼。

項少龍則是既心驚又好笑，聽諸人咬牙切齒的談論如何對付自己，眞不是滋味，自己的神情必然相當古怪，幸好沒人注意。

宴會至此也差不多了，田單首先與晶王后和姬重離去，臨行前拉著項少龍殷殷話別，又說找天再與他暢談，這才在大批親衛保護下乘車離府。

趙穆本想留下項少龍說話，但礙於耳目眾多，尤怕趙雅看穿兩人關係，只好道：「那對美人兒正在馬車上等候董先生，趁路上有點時間，先生大可詳細驗貨。」

四周的男人都別有會心地笑起來。

李園本想陪趙雅回府，乘機再親香澤，不過見趙雅神情冷淡，又給郭縱邀往同車，無奈走了。

龍陽君看著他們一起登車，笑道：「看來郭家快要多了個當國舅的嬌婿了。」

這時龍陽君的座駕剛駛到身前，他回眸白了項少龍一眼，嗔怨道：「本想和董先生作伴乘車，不過董先生另有美人相待，不若奴家明天來探望先生吧！」

韓闖立即別過頭去，不忍見項少龍難過之色。

項少龍乾咳一聲，道：「眞不好意思，明天我還要到牧場督工，嘿！」

龍陽君欣然道：「那就更好，整天困在城裡，不若到外邊走走，天亮時奴家來找你。」

不等他答應與否，登車去了。

項少龍頭皮發麻，愣在當場。

趙穆拍他肩頭，道：「要不要本侯傳你兩招，包可收得他貼貼伏伏。」

項少龍苦笑道：「侯爺有心，卻請免矣。」

趙穆和韓闖均為之莞爾。

一直茫然靜立一旁的趙雅輕輕道：「韓侯請先回去吧！」卻沒有解釋原因。

韓闖見她神色冰冷，本是熱情如火的心立時涼了半截，雖心中暗恨，亦苦無別法，惟有失望而去。

最後剩下趙穆、項少龍和她三個人，氣氛頗有點尷尬。

項少龍心知雅夫人聽得有關項少龍的消息後，心亂如麻，很想找他傾吐心事，又或問他關於阻止項少龍來邯鄲的部署，但當他想起在府裡那頭雌老虎，哪還敢招惹趙雅回去，誰能估得到會鬧出甚麼事來？

並且他答應今晚去見紀嫣然，更不可給趙雅纏住，最慘的是明天龍陽君要來找自己，他就算是鐵打的，也不可能接連應付這麼多人。

所以雖是同情趙雅現時的心情，惟有婉轉地道：「夜深了！讓鄙人送夫人上車好嗎？」

趙雅幽幽地瞟他一眼，沒有表示同意或不同意，逕自往恭候她芳駕的隨從和馬車走去。

項少龍連忙追著陪在一旁，可是趙雅直至登上車廂都沒有半言片語。

項少龍怕趙穆留他不放，乘機向趙穆揮手道別，鑽上一廂芳香的馬車，投進因田氏姊妹而化作人間仙界的天地裡。

第十七章　雌威難測

他才鑽入馬車，這對孿生姊妹已不顧一切撲入他懷裡，喜極而泣。

項少龍一時弄不清楚誰是田貞，誰是田鳳？又疼又哄，兩女才沒有那麼激動。

其中之一不依道：「你們瞞得人家很苦。」

項少龍醒覺道：「你是田鳳！」

馬車此時早離開侯府有好一段路，忽然停下。

項少龍教兩女坐好，探頭出窗外問道：「甚麼事？」

負責護送的蒲布由前方馳回來，道：「雅夫人的車隊停在前面，請先生過去。」

項少龍大感頭痛，又無可奈何，伸手安慰地拍拍兩女的臉蛋兒，跳下車去，吩咐道：「你們好好保護馬車，跟著我走。」言罷朝停在前方趙雅的馬車大步走去。

馬車再次開出，取的卻是項少龍府邸的方向。

兩人並排而坐，趙雅神情木然，好一會兒沒有作聲。

項少龍暗叫不妥，趙雅淡淡道：「董匡！告訴我！你絕非好色之人，為何卻對田氏姊妹另眼相看？」

項少龍心中叫苦，知道趙雅對他起了疑心，因為他曾和田氏姊妹有轇轕一事，趙雅知之甚詳。

他雖重建趙雅再不會出賣他的信心，可是事情牽涉到幾百人生死，他總不能因自己一廂情願的想法而孤注一擲，更何況到現在仍摸不清趙雅對孝成王和王族忠心的程度。

趙雅惟恐他不承認，繼續道：「明知她們成了田單的人，你還要和趙穆眉來眼去地把她們要回來，這不大像你一貫的作風吧！否則早該接受王兄贈你的歌姬。」

項少龍一時六神無主，胡亂應道：「我根本不明白你在說甚麼。」

趙雅淒怨地輕聲道：「少龍！你還不肯認人家嗎？是否要雅兒死在你眼前呢？」

項少龍心內惻然，卻知絕不可心軟，因為她太善變了。

硬起心腸，故作驚奇道：「天啊！原來你以為我老董是另一個人扮的，來！檢查一下我的臉，看看是否經過易容化裝？」

這叫重施故技，欺她從未想過有這麼巧奪天工的面具。

趙雅心中劇震，竟心慌得不敢摸他的臉，顫聲道：「你眞不是他？」

項少龍記起身上還塗了「情種」，道：「若還不信，可嗅嗅我的體味，每匹馬氣味不同，人也是那樣的，來！」

把身體移過去，頸項送往她鼻端。

趙雅嗅了兩下，果然發覺一種從未接觸過但又教人有良好深刻印象的氣味，失望得呻吟一聲，如避蛇蠍般退到另一端，靠窗門顫聲道：「那你為何要把她們弄到手？」

項少龍靈機一觸，歎道：「還不是為我那頭雌老虎，我今趟離開楚國，是想把她撇下一會兒，哪知她遠道孤身的追到邯鄲來，還大發雌威，說沒有婢僕差遣，我見那對姊妹花如此可人，便向侯爺要來服侍她，卻不知他早送給了田單，對我來說，揀過另外兩個人就是，豈知侯爺誤會了我的心意，熱心幫忙，才弄出這件事來，教夫人誤會哩。」

又好奇問道：「這對姊妹和項少龍有何關係？」

趙雅俏臉再無半點血色，秀眸塡滿由興奮的高峰直跌下深淵的絕望失落，猛地別過頭去，悲聲道：「你走吧！」

馬車恰於此時停下，剛抵達他府邸的大門前。

項少龍暗歎一口氣，下車去了。

善柔見到項少龍領著兩位容貌相同的絕色美女走進內堂，又臉色陰沉，心中打了個突兀，不悅地道：「你到哪裡去？走也不向人說一聲。」

項少龍正爲趙雅意亂心煩，不耐煩地道：「你明明看到我回房換衣服的，你當我不知道你鬼鬼祟祟地窺探我嗎？」

田貞、田鳳兩姊妹嚇得花容失色，吃驚地看著兩人。

項少龍知道自己語氣重了，尚未有機會補救，善柔果然扠起蠻腰，鐵青著臉，只差未出刀子，嬌叱道：「誰鬼鬼祟祟？若不滾去赴你的鬼宴會，你就永世都不換衫嗎？換衫不可以代表洗澡嗎？不可以代表撒尿嗎？」接著「噗哧」地掩嘴忍不住笑，白他一眼道：「人家不說哩！」

項少龍見狀稍鬆了半口氣，他不想田家兩位姊妹受驚，她們是孤苦無依的人，最受不得驚嚇。失笑道：「柔姊你扮得眞像，連我也當你是我的夫人。」

兩句話出，善柔的臉容又沉下來。

項少龍心中暗喜，故作驚奇地道：「你又不准我碰你，但又要做我的眞夫人，天下間怎會有這麼便宜的事？」

善柔直瞪著他，像受了傷害的猛獸，一副擇人而噬既凶狠又可愛的神情。

項少龍立即軟化下來，聳肩道：「你承認一句愛我，便可海闊天空任我們翱翔。」

田貞、田鳳終醒悟到他們是在耍花槍，開始感到有趣。

善柔容色轉緩，仍扠起蠻腰，眼光落到這對人比花嬌的姊妹花上，戟指道：「她們是誰？」

項少龍怕她拿兩女出氣，忙來到她身後，試探地抓著她香肩，以最溫柔的語氣道：「當然是來服侍我『馬癡』董匡夫人的使女哩！」

田貞、田鳳乖巧地跪地行禮。

善柔受之無愧地道：「起來！」又大嚷道：「烏果！」

烏果差點是應聲滾入來，明顯地他一直在門外偷聽。

善柔發號施令道：「立即把門外那些大箱、小箱搬到我隔壁房間去！」又向田氏姊妹道：「進去教他們放好你們的行李。」

田氏姊妹知道這「夫人」正式批准她們留下，歡天喜地的去了。只要能和項少龍在一起，她們甚麼苦均甘願忍受。

內堂只剩下這對眞假難分的「夫婦」。

項少龍見田氏姊妹過了關，心情轉佳，吻她臉蛋道：「夫人滿意嗎？現在要夫得夫，要婢得婢。」

善柔給他引得笑了起來，卻又苦忍著冷起俏臉道：「又不是要去施美人計，找兩個這麼標緻的人兒來幹甚麼？看她們嬌滴滴的樣子，我善柔來服侍她們倒差不多。」

項少龍皺眉道：「這是否叫妒忌呢？」

善柔那美麗的小嘴不屑的一噘道：「與妒忌無關，而是理性的分析，狼子之心，能變得出甚麼花樣來？」

她雖口氣強硬，卻任由項少龍在她身後挨挨碰碰，對她這種有男兒性格的美女來說，其實已擺明是芳心暗許，只是口頭仍不肯承認罷了。

項少龍看穿她的心意，又好笑又好氣，苦惱地道：「好柔柔！聽話點可以嗎？她姊妹真的很可憐，受盡趙穆的淫辱，現在才能逃出生天，我一定要保證她們以後幸福快樂。不信可問我們的小致致，她會把整件事詳細說與你聽。」

善柔有點被感動，垂下臉，沒再作聲。

項少龍把她扳轉過來，讓她面對自己，湊下嘴去，就要吻她。

善柔猛地一掙，脫身出去，滿臉通紅地跺足道：「你當我是致致，要對你死心塌地嗎？殺了趙穆後我們各走各路，不要以爲我非嫁你不可。」

明知她是口硬心軟，項少龍仍感覺受不了，冷笑道：「各行各路便各行各路，難道我要跪下來求你施捨點愛情嗎？小心我發起狠來一怒把你休了，立即逐出董家，哈！」說到最後自己倒忍不住笑起來。

善柔本是不住色變，但見他一笑，立即忍不住失笑相應，旋又綳起俏臉，故作冷然道：「姑娘再沒興趣應酬你，這就回房安寢，若我發覺有賊子私闖禁室，立殺無赦，莫謂我沒有預作警告。」

言罷挺起酥胸，婀娜多姿地步進通往後進的長廊去。

項少龍心叫謝天謝地，若她扯自己入房才是大事不好，待會怎還有力去服侍剛嘗禁果、愈來愈渴求雨露之情的紀才女？

就在此刻，他才發覺由見到善柔那時開始，竟在毫不察覺下拋開因趙雅而來的煩惱。

善柔的魔力厲害極矣，是最辣的那一種。

項少龍走往田氏姊妹的房間，烏果和一眾親衛正向兩女大獻殷勤，逗得兩女笑靨如花，見項少龍至，各人依依離去。

烏果經過項少龍身旁，低聲道：「想不到天下間竟有像倒模出來的一對美人兒，確是人間極品。」還加上一聲歎息，才領著整隊「搬工」離開。

兩女早跪伏地上，靜候項少龍的指示。

看她們螓首深垂，連著修長玉項由後領口露出來那雪白嬌嫩、我見猶憐的粉背，項少龍湧起一陣強烈的感觸。

縱使自己助小盤一統天下，建立起強大的中國，可是社會上種種風氣和陋習，卻絕沒有方法一下子改變過來。

女性卑微的地位，始終要如此持續下去，直到十九和二十世紀才逐漸平反過來。

自己唯一可以做的事，是好好愛護身邊的女性，由此更可看到墨翟確是照耀這世代的智慧明燈，他的「兼愛」是針對長期以來的社會陋習。只可惜日後當權者打起禮義的幌子，進一步把女性踩在腳下，使這問題給埋葬在二千多年的漫漫黑暗裡，想起也為女性們寒心。

項少龍走過去，把兩女由地上拉起來，愛憐地摟著她們蠻腰，坐到榻沿，柔聲道：「我還未有機會和你們說話，我項少龍並非趙穆，你們不用向我跪拜，在寢室裡更不用執甚麼上下之禮，這是我唯一的命令。」

其中之一赧然道：「項公子折煞我們了，人家是心甘情願希望服侍好公子你，討你歡心的！」

項少龍認得她那對較深的小酒渦，像找到有獎遊戲的答案般，驚喜道：「你是田鳳！」

兩女掩嘴「咭咭」嬌笑，那模樣兒有多嬌美就有多嬌美，尤其她們神態一致，看得項少龍意亂情迷，目不暇給。

田貞嬌癡地道：「公子！」

項少龍糾正道：「暫時叫我董爺，千萬莫要在人前露出馬腳！」

兩女吃了一驚，乖乖答應。

看著她們不堪驚嚇、逆來順受的模樣，項少龍知她們一時很難改變過來，更是憐意大生，對每人來了個長吻。

兩女熱烈綿綿地反應著，果然給他發掘出分別。

田貞溫柔、田鳳狂野，都教他銷魂蝕骨，不知身在何方。

田貞嬌喘細細道：「董爺應累了，讓我們伺候你沐浴更衣，我們都精擅按摩推拿之術。」

項少龍笑道：「我也很想爲你們推拿一番，不過今晚我還有要事，你們洗澡後好好休息，明晚我才和你們同浴共寢，共度春宵。」

兩女聽得喜不自勝，享受著前所未有既安全又幸福的快樂感覺。

田鳳撒嬌道：「董爺可不知人家一直多麼羨慕姊姊，竟能得承董爺恩澤，自你走後，我們均朝夕掛念著你，沒人時便談你，只有在夢中與你相對，才可以快樂一些。」

項少龍既給奉承得飄飄欲仙，又感奇怪地道：「你們和我只有一面之緣，為何卻會對我另眼相看？」

田貞欣然道：「董爺和其他人可不同呢！是真正的愛護人家，而且我們從未見過像董爺般的英雄人物。侯府的人時常私下談論你，當我們知道你大展神威，殺出邯鄲，真是開心死了。」

田鳳接著道：「本以為永遠都見不到董爺，誰知老天爺真的垂聽我們的禱告，使我們終可伺候董爺。」

項少龍差點忍不住想再與兩女親熱，可是想起紀嫣然，只好把衝動壓下，暗忖再和兩女親熱，可能結果甚麼地方都去不了，趁現在仍有點清醒，都是趁勢離開為妙。

正要安撫兩句好抽身而退時，善柔出現在敞開的門口，俏臉生寒，冷冷道：「董匡！你給我滾過來說幾句話。」

田氏姊妹到現在仍弄不清楚善柔和項少龍曖昧難明的關係，嚇得跳下榻來，跪伏地上，向善柔這不知是真是假的夫人請罪。

善柔忙道：「不關你們的事，快起來！」

項少龍無奈下安撫兩女幾句，囑她們沐浴安寢，隨善柔到她隔鄰的香閨去。

這內進共有四間寬大的寢室，給他和三女佔用三間，還有一間騰空出來。

善柔背著他雙手環抱胸前，看著窗外月照下院落間的小花園，冷冷道：「項少龍，人家睡不著！」

項少龍失聲道：「甚麼？」

善柔無理取鬧的跺足道：「聽不到嗎？你快想法子讓我睡個好覺。」

項少龍移上虎軀，緊貼她動人的背臀，兩手用力摟著她纖細卻結實而富有彈性的腰腹，想起初遇她時曾給誤會是趙穆，殺得手忙腳亂的狼狽情景，心內湧起柔情，吻她的玉項道：「讓我爲你寬衣解帶，好哄你這乖寶貝睡個甜覺好嗎？」

善柔任他擠摟輕薄，扭腰嗔道：「誰要你哄？人家只是因你門也不關，親嘴聲連我這裡都聽得見，吵得人家心緒不寧，才睡不著覺吧！」

項少龍愕然道：「你若有把門關上，怎會連親嘴的聲音都可聽到？」

善柔俏臉微紅，蠻不講理地道：「本姑娘關不關門，干你甚麼事？」

項少龍笑道：「好姊姊在妒忌哩！來！讓我們也親個響亮的嘴兒，把她們都給吵得意亂情迷，睡不著覺好了。」

善柔一矮身游魚般從他的掌握下溜開去，大嗔道：「人家正在氣惱上頭，你還要厚臉皮來佔便宜，快給本夫人滾蛋。」

項少龍逐漸習慣了她的喜怒難測，伸個懶腰，記起紀才女之約，走過她身旁時，伸手拍拍她臉蛋，道：「現在我滾蛋去，還要滾到街上去，柔柔滿意嗎？」

善柔不悅道：「你要到哪裡去？」

項少龍苦笑道：「你當我們在這裡是遊山玩水嗎？莫忘你血仇在身，若要達成心願，我這夫君不努力點工作怎成。」

大義壓下，善柔一時無話可說。

項少龍湊過大嘴，蜻蜓點水般在她唇上輕輕一吻，道過晚安，才走出門外。

豈知善柔緊隨身後，他不禁訝然道：「你幹嘛追著我？」

善柔昂然道：「我是你的助手和貼身保鏢，自是要追隨左右。」

項少龍大感頭痛，怎可帶她去見紀嫣然呢？倏地轉身，正想把她攔腰抱起，善柔纖手一揚，鋒利的匕首指著項少龍的咽喉，應變之快，項少龍也爲之大吃一驚。

善柔得意地道：「夠資格當你的助手沒有？」

項少龍當匕首不存在般，探手往她酥胸抓去。

善柔駭然後退，避過他的祿山之爪，大嗔道：「你敢！」

項少龍哂道：「做都做了，還要問老子我敢不敢，你給我乖乖滾回去睡覺，若有違背，我立即把你休掉。大丈夫一言既出，駟馬難追，不要挑戰爲夫的容忍力。」

善柔狠狠地瞪他，研究著他認眞的程度，好一會兒後才可愛的一聳肩，低罵道：「睡便睡吧！有甚麼大不了，爲何開口閉口都要休人呢？」轉身回房。

項少龍感到她善解人意的一面，湧起愛憐，在她跨入門檻前叫道：「柔柔！」

善柔以爲他回心轉意肯帶她同去，旋風般轉過嬌軀，喜孜孜道：「甚麼事？」

項少龍深情地看著這剛強的美女，張開兩手道：「來！給我抱抱方回去睡覺。」

善柔失望地瞪著他，玉頰同時飛起兩朵紅雲，再狠狠瞅他一眼，小嘴不屑地冷哼一聲，回房去了，還大力把門關上。

項少龍看得哈哈大笑，這才離府往紀才女的香閨去了。

第十八章　窮於應付

來到劉府外，大感不妥，原來監視的人手大量增加，附近的幾間民房明顯地被徵用了來作哨崗。單憑能做到這點，可知龍陽君有趙人在背後撐腰，否則憑甚麼隨意徵用民居。

附近的幾個制高點，均埋伏偵兵，非常隱蔽，若非項少龍是這方面的大行家，兼之又對附近地形非常熟悉，真會疏忽過去。

龍陽君看來死心眼之極，認定紀嫣然和項少龍有關係，現在聞得項少龍即將來趙的消息，故加派人手，佈下羅網，等他來自投其中。

不過連自己也不得不承認龍陽君這一注押得非常準確，唯一的問題是他和呂不韋通過陽泉君等愚弄了所有想擒拿他的人，事實上他早已到達，這成了勝敗的關鍵。

他仔細觀察了一會兒後，自知雖有七成把握潛入紀嫣然的香閨而不被人發覺，但這個險卻不值得去冒，正要回去，「嗖」的一聲，一枝勁箭由紀嫣然的小樓射出，橫過後園，正中一個隱在牆外高樹上的伏兵。

那人應箭跌了下來，不知撞斷多少樹幹橫枝，「砰」的一聲掉在街頭，無論準頭和手勁，均教人吃驚。

四周的埋伏者一陣混亂，有點不知如何應付由小樓裡以箭傷人的敵手。接著，另一方向傳來兩聲慘哼，又有兩人中箭，分由不同的樓房上滑跌下來，倒頭栽往行人道上。

在月色迷濛下，紀嫣然一身黑色夜行勁衣，一手持弓，出現在小樓的平臺上，嬌叱道：「若有人敢再窺看我紀嫣然，定殺無赦。」

四周的埋伏者受她氣勢所懾，又見她箭無虛發，特別是伏身高處者，紛紛撤退。

項少龍心中大叫精采，想不到一向溫文爾雅的紀嫣然，發起雌威來竟可直追善柔。哪還猶豫，趁敵人的監察網亂成一片，利用攀索和敏捷如豹的身手，迅速越過高牆，藉暗影來到紀嫣然小樓之下，發出暗號。

接著傳來紀嫣然命婢女回房的聲音。

項少龍知障礙已去，由背街那邊攀上二樓平臺，紀嫣然早啟門歡迎。

美人兒撲個滿懷，又喜又怨道：「見到這麼危險就不要來嘛！難道人家一晚都待不了？」

項少龍笑道：「美人有命，赴湯蹈火，在所不辭，何況一晚等若三秋，假若才女春情難禁，給別人乘虛而入，我去找誰算帳好。」

紀嫣然仍是一身夜行緊身勁裝，把她玲瓏的曲線顯露無遺，惹得項少龍一對手忙個不停，活像個急色鬼。

這美女給弄得目泛春情，呻吟道：「人家不依，我紀嫣然只會對兩個人動情，一是董匡，又或項少龍，你卻這樣低貶人家，哼！」

男女就是這樣，只要衝破最後防線，就算是貞女和君子，必然一動情就是追求肉體關係，此乃人情之道，沒有甚麼好奇怪的。

兩人在高漲的情焰裡抵死相纏，尤其想起外間危機四伏，更感到那種不安全的偷歡特別刺激。

到兩人均筋疲力盡時，劇烈的動作倏然而止。

項少龍仍戴著董匡的面具，仰躺榻上，赤裸的紀嫣然變成溫柔可愛的小羔羊，緊伏在他寬闊的胸膛上，秀髮鋪上他的臉和頸。

兩人不願破壞小樓表面那寧靜的氣氛，細聽對方由急轉緩的喘息聲。

樓外忽地颳起風來，吹得簾子「噼啪」作響，月兒被烏雲蓋過。

紀嫣然嬌喘細細道：「都是你害人家，累得人家愈來愈放任了。嫣然以後不敢再看不起那些淫娃蕩婦。」

項少龍側耳聽外面呼呼風嘯，溫柔地愛撫她嬌嫩的粉背，簡要地向她說出這幾天內發生的事，包括田氏姊妹、善柔、趙雅的事都毫不瞞她。

聽到善柔這送上門來的便宜夫人，以紀嫣然的灑脫超然，仍忍不住吃醋道：「那人應該是嫣然才對，人家也要陪你呢！」

項少龍哄了兩句，道：「我看田單此來是不懷好意，要從內部拖垮趙人。」

紀嫣然忘記撒嬌，由他胸膛爬起來，與他共睡一枕，吻了他後道：「我也有這想法，說不定燕人是被他慫恿來侵趙。齊國國土與燕、趙相鄰，若說田單對燕、趙沒有野心，連小孩都不會相信。只不過現在包括強秦在內，無人不懼李牧和廉頗，田單亦然，若可藉趙穆之手除掉兩人，當然最理想。」

項少龍點頭道：「孝成王雖是昏君，但還有點小智慧，知道廉、李兩人乃國家的杜石棟樑，絕不能動搖。但若害死孝成王，變成由晶王后和趙穆把政，就絕對是另一回事。」

紀嫣然道：「今晚晶王后破例參與趙穆的宴會，說不定是趙穆向田單顯示實力，表示晶王后都要聽他的話。」

再微笑道：「至於嫣然的夫君嘛！更是他要爭取的對象，免得多了另一個李牧或廉頗出來，所以連那雙天下罕有的姊妹，也被迫忍痛轉手。」

項少龍聽她說得有趣，在她粉臂上輕拍兩記，調侃道：「心肝兒你妒忌嗎？」

紀嫣然認真地道：「妒忌得要命，除非你至少隔晚便來陪我，唔！我只是說說而已，那太危險哩！」

項少龍心念一動，道：「說不定我有辦法解決這問題。唉！我又要走了，龍陽君這傢伙明早來找我，我寧願面對千軍萬馬，也不願對著個終日向我拋媚眼和撒嬌的男人，管他多麼像女人。」

紀嫣然失笑道：「在大梁不知有多少好男風者恨不得把他吞入肚子裡，你是否身在福中不知福呢？」

項少龍不滿道：「你還來笑我？」

紀嫣然連忙獻上香吻，以作賠禮。

纏綿一番後，兩人同時穿回衣服，紀嫣然負責引開敵人注意力，好掩護他離去。當這美女策馬持矛，由後門衝出找人晦氣時，他早神不知鬼不覺地溜走。

回到府中，滕翼尚未睡覺，一個人在喝悶酒。

項少龍大奇，陪他喝兩杯，問道：「二哥是否有甚麼心事？」

滕翼歎了一口氣道：「見到善柔，我便想起她妹子，來趙前她有了身孕，你說我應不應該擔心？」

項少龍大喜道賀，歉然道：「是我不好，使你不能留在二嫂身旁，看著孩子誕生。」

滕翼笑道：「兩兄弟還說這些話來幹甚麼，縱使回不了咸陽，我也不會皺半分眉頭，只不過人的情緒總有高低起伏，暫時這裡又是悶局一個，無所用心下，自然會胡思亂想，你當我眞可天天心無旁騖依墨氏之法坐上他幾個時辰嗎？」

項少龍感到這鐵漢自有了善蘭後，的確「人性化」了很多，欣然道：「眼下有一件事要請二哥出手。」

滕翼奇道：「甚麼事？」

項少龍微笑道：「扮我！」

滕翼失聲道：「甚麼？」旋即醒悟道：「要我扮項少龍還是董匡呢？」

項少龍輕鬆地道：「董匡由我自己負責，只要二哥用飛針傷幾個趙人，再佈下逃向魏境的痕跡，便算成功了，如此必會使所有人均爲此疑神疑鬼。」

滕翼點頭道：「你可讓烏果這大個子來扮我，就更天衣無縫，但爲何不是逃返咸陽，而是溜入魏境？」

項少龍道：「這才是我的性格，怎會未成事便回頭走。」

滕翼失笑道：「誰比你更明白自己？一於這麼辦，給我十來天時間，定可辦妥，在山林野地中，誰也奈何不了我。」

兩人再商量一會兒，已是四更時分，項少龍回房休息，到了門外，想起田氏姊妹，忍不住打著呵欠過去探望她們。

兩女並頭酣睡，帳內幽香四溢，若非剛在紀嫣然身上竭盡全力，定會登榻偷香，現在卻只能望帳輕歎。

就在此時，大雨傾盆灑下。

項少龍忙為兩女關上窗戶，隔鄰善柔房裡也傳來關窗的聲響。

項少龍按捺不住對這刁蠻女的愛意，到了善柔房外，先輕叩兩下，全無回應。

項少龍心中好笑，推門而進，順手關上房門，還下了門閂。

繡帳低垂下，善柔正在裝睡。

項少龍大感刺激，慢條斯理地脫衣並解下裝備，直至身上僅餘一條短褲，掀帳登榻。

果如所料，寒氣逼來，善柔一身貼體勁裝，跳將起來，匕首抵著他赤裸的胸膛，怒道：「想對人家施暴嗎？」

項少龍伸手捻著匕首的鋒尖，移往另一方向，微笑道：「施暴嗎？今天不行，快天亮哩，或者明晚吧！現在只想摟著夫人好好睡一小覺。」

善柔眼睜睜看著對方把匕首由自己手上抽出來，放到一旁，接著對方探手過來，把自己摟得靠貼在他近乎全裸的懷裡，竟完全興不起反抗的心。

項少龍摟著她睡在榻上，牽被蓋過身子，吻她的香唇，笑道：「你睡覺也穿勁裝嗎？」

善柔賭氣道：「人家剛才偷偷跟了你出去，你卻走得那麼快，偏找些最難爬的屋簷和高牆，累得人家跟丟了。若你答應給人家那套攀牆越壁的傢伙，善柔可任你摟睡到天明，卻不可壞人家貞節。」

項少龍心中一蕩，再吻她的紅唇，笑道：「無論你答應與否，這一覺是陪定我了。」

善柔嗔道：「你再說一次看看！」

項少龍歎道：「好了！算我投降吧！你要風我便給你風，要雨則外面正下雨，來！親個嘴兒再睡覺，要不要我給你脫下衣服，好睡得舒服點？」

善柔慌亂地道：「你敢！人家每晚都是這身穿著的，跑起來方便點嘛！」

項少龍微感愕然，想起她七年來每天活在逃亡的情況裡，心生憐意，柔聲道：「來！乖乖的在我懷裡睡一覺，那是世上最安全、寫意的地方。」

善柔眞的打了個呵欠，闔上美目，把俏臉埋入他懷裡，不一會兒發出輕微均勻的呼吸聲。

睡意湧襲，不片晌項少龍亦神志模糊，進入夢鄉。

不知過了多久，項少龍驚醒過來。

天尚未亮，懷中善柔淚流滿臉，不住叫爹娘，項少龍淒然爲她吻掉淚珠，半晌後美女平靜下來，原來只是夢囈。

項少龍實在太疲倦了，很快又睡著。

再醒來時，聽到田氏姊妹向善柔請安的聲音，才發覺懷內人兒早已起床。

聽得善柔輕輕道：「讓那龍陽君等個夠吧！我家大爺昨夜很晚才睡，怎也要多躺一會兒的了。」

田氏姊妹哪敢反駁她，乖乖應是。

項少龍跳起床來，天已大白，往門口走去，道：「我睡夠哩！」

溜掉。

三對妙目飄來，見到他半裸的虎軀，三張臉蛋同時紅了起來。

田氏姊妹不知見過多少男人的身體，偏是項少龍使她們意亂情迷，藉口出去取梳洗的皿具，匆匆溜掉。

項少龍一把摟著善柔可愛的小蠻腰，笑道：「陪我到牧場去好嗎？」

善柔搖頭道：「不！今天我有點事。」

項少龍皺眉道：「你想到哪裡去？現在你是我的夫人，若洩出底細，大家都要死在一塊兒。」

善柔杏目圓睜，氣道：「只有你才懂裝模作樣嗎？昨天我是故意先溜出城外，再進城找你，由城衛親自把我送來，打正董匡夫人的旗號。昨晚你到奸賊府飲酒快活，我和滕翼早商量好一切，包保不會給人盤問兩句便壞了你的好事。」

項少龍給她逼得招架不住，吻了她臉蛋道：「你還未說今天要到哪裡去呀？」

善柔俏臉微紅，道：「致致今天來陪我去找人造裙褂，否則怎配得起你這大紅人。」

項少龍一呆時，這妮子趁機溜開，到走廊處還裝腔作態道：「不要一見到人家便摟摟抱抱，我是天生出來給你討便宜的嗎？」

項少龍沒好氣地道：「今晚要不要我來哄你睡覺？」

善柔俏皮地道：「待我稍後想想看！」笑著去了。

看到她充滿歡樂的樣兒，項少龍心中欣慰，同時亦暗暗心驚。

田氏姊妹捧著銅盆，回來服侍他盥洗更衣。

項少龍繼續剛才的思索，想著田單對他的評語。

他的確是太心軟，絕不適合生活在這冷血無情的時代。正因為心軟，所以這些美人兒一個接一個依附在他的護翼下，甚至對趙雅他亦恨意全消，再不計較她曾出賣過他。

雖說在這時代，有點權勢的人都是妻妾姬婢成群，可是他終是來自另一時空的人，思想有異，開始時自是樂此不疲，但當身旁的美女愈來愈多，又不想厚此薄彼，便漸感窮於應付。

若不計包括田氏姊妹在內的美麗婢女，在咸陽便有烏廷芳、趙倩和婷芳氏。這裡則是紀嫣然、趙致和善柔，雖及不上明代風流才子唐寅八妻之眾，但對他來說已滿足得有些消受不了。心中暗自警惕，再不可亂種情緣，免致將來晚晚疲於奔命。李牧曾警告他酒色傷身，自己很多時候都把這好朋友的忠告忘記。

胡思亂想間，善柔的聲音在外進的內堂處響起道：「你是誰？」

烏果的聲音道：「夫人！這是魏國龍陽君，君上要來看大爺醒來了沒有。」

龍陽君那陰柔的聲音道：「原來是剛抵邯鄲的董夫人。」

項少龍怕善柔露出馬腳，匆匆出房迎去。

善柔出乎意外的擺出一副嫻雅溫婉的樣兒，恰到好處的應付著這直闖到禁地來的龍陽君。

項少龍哈哈大笑，隔遠向穿著一身雪白武士服，「人比花嬌」的龍陽君「昧著良心」地欣然施禮。

龍陽君那對鳳眼亮了起來，抱歉道：「奴家忘了夫人剛抵此處，昨晚董兄又得了一雙可人兒，不懂遲點才來，驚擾先生的美夢，請先生見諒。」

項少龍對他的「體貼」暗暗驚心，向善柔道：「為夫要和君上出城，最快也要在黃昏才回來。」

善柔乖乖的答應，項少龍盯了正對他露出同情之色的烏果一眼後，招呼龍陽君往前宅走去。

龍陽君媚笑道：「嫂夫人長得眞標緻，難怪邯鄲美女如雲，卻沒有多少個看得入先生法眼的。」

項少龍不知怎麼答他才好，乾咳兩聲，蒙混過去。

踏出府門，陽光漫天，昨晚被大雨打濕的地面幾乎乾透。外面至少有近百個龍陽君的親衛正牽馬恭候著，看見這般陣勢，項少龍不由發起怔來。

龍陽君的「香肩」挨了過來，輕貼著他柔聲道：「現在道路不安靖，多幾把劍護行，總是安全點！」

嗅著他薰得花香噴噴的衣服，項少龍也不知是何滋味。

重返趙國前怎想得到此行如此多姿多采，不但要應付女的，還要應付身旁這男的，最痛苦是絕不可開罪他。

邯鄲形勢的複雜大大出乎意料之外。甚麼時候才可功成身退呢？

第十九章　峽口遇襲

項少龍和龍陽君並騎出城，前後四周均是護駕高手。

自傳出他項少龍即將前來邯鄲的消息後，趙都原本緊張的氣氛，更如拉滿的弓弦，逼得人透不過氣來。

雖然人人摩拳擦掌，看似胸有成竹，其實人人自危，都怕成爲遭到不幸的一個。

於此亦可見自己建立了「崇高」的聲譽，無人敢輕忽視之。

龍陽君策馬挨近少許，道：「爲何不見貴僕龍善？」

項少龍暗讚龍陽君細心，在這兵凶戰危、人人防備的非常時刻，換了是任何權貴，若有滕翼這種高手，必會著他十二個時辰貼身保護，所以項少龍出門不把他帶在身旁，實在不合常理。

微笑道：「內人還是第一趟來到大城市，購物興濃，沒有人護持總是不大妥當。」

龍陽君只是隨口問問，並非起疑心，改變話題道：「李園視董兄爲頭號情敵，實在是弄錯了目標，教人發噱。」

項少龍奇道：「君上何有此言？」

龍陽君微笑道：「紀嫣然眞正看上的人是項少龍。唉！嫣然自己或者沒有察覺，她看少龍的眼神與看其他人時有很大的分別。在那時她可能仍不知道自己愛上項少龍，但我已肯定地知道了。」

項少龍心中暗懍，龍陽君確是個有敏銳觀察力的人，一不小心會給他由眉梢眼角看破玄虛，自己眞要打醒十二分精神才好。

龍陽君冷哼一聲道：「我才不信紀嫣然和項少龍間沒有密約，只要盯緊紀嫣然，終可由她身上把項少龍挖出來。」

項少龍皺眉道：「君上不是要對付紀才女吧？」

龍陽君歎道：「我一直視她為紅顏知己，她投向項少龍是自然不過的一回事。董先生尙未見過項少龍，這人確是不世的人才，無論談吐見地和襟胸氣概均獨特出眾，本人若非與他站在敵對的立場，招攬他還來不及，但現在卻必須不擇手段，務要把他殺死。」

項少龍故意試探地道：「我雖然自知沒有得到紀才女的希望，可是卻也覺得她頗看得起我老董。嘿！憑君上的眼光，她看我的目光比之看項少龍如何？」

龍陽君點頭道：「她的確很看得起你，問題在她是個相當死心眼的人，絕不會像趙雅般見異思遷，項少龍有先入為主的優勢，你和李園只好死去這條心了。」

項少龍笑道：「事情看來還未絕望，有君上這麼厲害的人對付項少龍，他能活的日子應屈指可數了，那時紀才女不是要再行挑選對象嗎？」

龍陽君苦笑道：「事實早證明所有低估項少龍的人，最後莫不飲恨收場。無論趙人如何佈置，我仍深信項少龍有神不知鬼不覺潛入邯鄲的本領。以呂不韋和項少龍的狡猾，怎會任由行蹤給秦國的敵對派系洩露出來，其中定是有詐。」

項少龍背脊生寒，直沖腦際。

他愈來愈覺得龍陽君不簡單，難怪能成為信陵君的勁敵。

現身在邯鄲的諸國權臣中，除田單這重量級人物外，就要數這不形於外的龍陽君了。不過他的弱點就是……嘿！似乎「愛上」自己，所以推心置腹，希望贏取自己的好感。

我的天！這是如何一場糊塗、錯綜複雜的一回事！

這時人馬遠離邯鄲城廓，沿著官道往藏軍谷馳去。兩旁山野秋意肅殺，樹木枝葉凋零。

龍陽君的親隨似有種到城郊來活動筋骨、輕鬆一下的意味。

龍陽君見項少龍沉吟不語，知他正在思索消化自己的說話，欣然續道：「項少龍最重要的仇人有三個，就是孝成王、趙穆和郭縱，一天項少龍仍在，他們三人恐怕難以安寢。」

項少龍忽地湧起不安的感覺，這是一個職業軍人的警覺，並不需要甚麼實在的理由。

人馬正要進入一道往藏軍谷必經的窄長山峽，四周盡是茂密昏暗的樹林，若有人要偷襲，這裡實是個理想的地方。

項少龍倏地把馬勒停。

龍陽君衝前十多步後，才勒馬回頭來，奇道：「先生有甚麼問題？」

其他人見龍陽君立馬停定，連忙停下來。

項少龍凝視前方山峽的入口，皺眉道：「項少龍與君上是否亦有過節呢？」

龍陽君微感愕然，掉轉馬頭，循他目光望向峽道的入口，向手下喝道：「給我開路！」

當下馳出十多人，朝峽口衝去。

那些人的盾牌仍掛在馬側處，顯然誰也不相信峽道內隱藏著敵人。

項少龍也大惑不解，有誰要對付龍陽君呢？難道只是自己神經過敏，擺了個大烏龍？

龍陽君輕鬆地看著手下馳進峽谷去，微笑道：「項少龍若來對付我，就眞是本末倒置。而且他怎知我今天會到藏軍谷去呢？」

項少龍那種不妥的感覺愈趨強烈，自依《墨氏補遺》的靜養法修練後，他的第六感靈敏多了，屢次助他逃過大難，否則可能已飲恨於咸陽街頭。

秋陽雖掛在天邊，可是他心中卻充滿寒意。

龍陽君忽道：「董先生想清楚本君那天的說話了嗎？」

項少龍大感頭痛，岔開話題道：「爲何貴侍衛們仍未回來？」

話猶未已，蹄聲傳來，龍陽君其中一名手下出現峽口處，遙遙向他們打出一切無恙的手勢。

項少龍頗感尷尬，暗忖自己杯弓蛇影，太多疑了。

反是龍陽君安慰他道：「小心點總是好的！本君對董先生的小心謹愼非常欣賞。」

人馬續往狹谷開去。

龍陽君以他「嬌柔」的甜膩語調道：「先生有沒有想過縱橫戰場，創一番男兒的不朽事業？」

項少龍暗叫厲害，此人確有一般人所欠缺的敏銳，看出自己並非只是甘心一輩子養馬的人，故另找說詞。

此時離峽口只有百多步的距離，項少龍忽然又感覺到某種危機，卻只是隱隱捕捉到點模糊的影子，並不具體。隨口答道：「我除養馬外，對兵法一竅不通，拚拚蠻力或尙可將就，怎能統領三軍，馳騁沙場？」

龍陽君嬌笑道：「先生不用自謙，只看貴屬訓練有素，悍不畏死，便知先生是天生將才，否則田單哪會如此顧忌你。」

現在離峽口只有五十步的遠近，先頭部隊開始進入峽口。

一個念頭電光石火般掠過項少龍腦海，抽韁勒馬，狂叫道：「快掉頭！」

他終於想到不對勁的地方。

剛才龍陽君那個回轉來表示可安全通過的手下，打完招呼後便立即匆匆返回峽道，實是於理不合，因爲峽內已有十多名龍陽君的親衛作爲開路先鋒，自應扼守首尾兩端和峽道內各個重要戰略性據點，好待龍陽君通過，始可撤走。否則若有敵人由兩旁擁出，封死峽口，他們豈非給困死峽道內。

項少龍本亦不會因龍陽君那手下一時疏忽而起疑，但因早生警戒，所以想到對方會有如此造作是爲免處身於埋伏的敵人和他們隊伍中間的險地，才要匆匆避入峽道裡。

此時龍陽君和四周的手下們無不皺起眉頭，覺得他疑神疑鬼得太過分了。

前頭的幾個人竟不理他警告，自行馳進峽道裡。

龍陽君禮貌上勉強勒馬停下，正要說話時，慘叫聲隱隱由峽道內傳出來。

眾人色變，峽內湧出無數敵人，人人手持弩箭，弓弦響處，前方十多人猝不及防，倒栽下馬，同一時間殺聲四起，兩旁茂密的樹林中伏兵衝出，四周盡是如狼似虎的敵人。

這些人全是平民服飾，驟眼看去至少有數百人之眾，龍陽君的手下親隨，雖無一不是身經百戰的精銳，但敵眾我寡，弩箭的威力更是難擋，尚未有機會反抗時早潰不成軍，亂成一片。

項少龍矮身避過兩枝弩箭，但胯下坐騎一聲慘嘶，跳起前蹄。

他連看看戰馬何處中箭的時間也沒有，雙腳猛蹴鞍鐙，側身離開馬背，撲往身旁的龍陽君，摟著他的腰飛躍下馬，落到路旁草叢，龍陽君的坐騎早頹然倒地，渾體插滿勁箭。

龍陽君自是敵人的首要目標。

他的頭號手下焦旭和尚未受傷的親衛亦滾下馬來，搶過來保護龍陽君。

龍陽君想跳起來抗敵時，項少龍摟著他直滾入樹林裡，四周雖刀光劍影，全是喊殺之聲，但受樹木所隔，敵人已射過第一輪的弩箭，匆忙間未及重行裝上弩箭，正是逃命的好時機。

劍風撲面而來，項少龍背靠草地，飛起兩腳，重重踢在敵人下陰要害處。

那兩人慘叫聲中，拋跌開去，撞倒另三個撲來的敵人。

「鏘！」

項少龍長劍出鞘，又有兩人濺血倒地。

當他跳起來時，龍陽君驚魂甫定，拔劍以腰力彈起，一聲「嬌叱」，劍若游龍，撲上來的敵人登時又有兩個仆跌一旁。

焦旭等十多人此時且戰且退，來到樹林之內，護衛他們。

項少龍只見四方八面全是敵人，知道不妙，迅快地作出對敵人包圍網虛實的判斷，狂喝道：「隨我來！」

血浪展現重重劍影，一馬當先衝進林內。

他劍勢凌厲，膂力驚人，兼之在林木間敵人又難發揮以眾凌寡的威力，眞是當者披靡。

「噹！」

一名敵人竟被他連人帶劍劈得飛跌開去，嚇得本要撲上來的其他人立時四散退避。

不過這只是曇花一現的好景，隨著後援不斷擁上，無數敵人再度飛撲而至。

項少龍進入墨氏守心之法，沉著氣領龍陽君等連殺七、八個敵人，深進密林之內。

項少龍趁隙看了龍陽君等一眼，此時剩下來的隨從除焦旭外只有七個人，人人浴血受傷，形勢危殆，但敵人仍是潮水般湧上來。

龍陽君雖奮勇拒敵，亦已渾身鮮血，只不知哪些是由他身上流出來，哪些是由敵人處濺上他的衣服去。

右後肩一陣火辣，項少龍狂喝一聲，反手一劍，透入偷襲者小腹去，接著健腕一抖，架著了由左側劈來的一劍，趁對方退閃時，就在這剎那間的空隙連消帶打，運劍猛刺，硬插進敵人胸膛。

敵人見他如此強橫，均退了開去，使他倏忽間深進數丈。

「砰！」

龍陽君一個踉蹌，撞在他背上，顯然中了敵人毒手。

項少龍伸手把他扶起，龍陽君大喝道：「不要理我！」揮劍殺了另一個撲來的敵人。

「呀！」

己方又有一人重傷倒地，形勢危殆之極。

項少龍血浪劍有若閃電般掣動一下，倏忽間再有一敵倒地斃命，猛扯龍陽君，同時向焦旭等喝道：「隨我來！」

硬撞進左方的敵人裡，重重劍浪，逼得敵人紛紛退避。

在這等浴血苦戰的時刻，項少龍展現出他本身驚人的耐力、悠長的氣脈和多年來接受特種部隊的嚴格訓練，像個永不會勞累的機器，縱橫敵陣。

百忙中他不忘審度四周形勢，見到左方不遠處有道斜坡，立即呼召龍陽君等隨他闖過去。

一招「以攻代守」，疾施狂擊。

「嗆」的一聲，敵人之劍只剩下半截，大駭下早中了項少龍側身狂踢，口噴鮮血重重撞在身後大樹處。

項少龍閃了一閃，再反手一劍，刺入由後側搶上來的敵人左脅處，同時虎軀一移，以肩頭撞得對方帶著一蓬鮮血，仰跌地上。

此時他已成功衝殺到斜坡邊緣，壓力頓減，往下偷隙望了一眼，只見下方是一條河流，滾滾流過。

項少龍大喜過望，衝了回來，閃電出劍，奇準無比地刺入正圍攻龍陽君、焦旭等人其中一個的咽喉去，那人登時氣絕倒地。

項少龍運劍橫掃，迫開敵人，大喝道：「跳下去！這是我們唯一逃生的機會。」轉身撲往龍陽君，摟著他滾下斜坡，也不知撞斷多少矮樹，壓碎多少花葉，往下翻滾而去。

焦旭和另外五名親衛，哪敢猶疑，學他們由斜坡滾下去。

「蓬……蓬……」八個人先後跌進河中，立即染紅一片河水。

項少龍扯著龍陽君，順著湍急的河水向下游泅去，迅即去遠。

敵人喊殺連天的沿河追來，前方水響驟增，有若山洪暴發。

項少龍等還弄不清楚是甚麼一回事時，去勢加速，忽地發覺虛懸半空，原來到達一個高約兩丈的水瀑邊緣，迅即隨著水瀑去勢往下面水潭墜下。

水花高濺，眾人跌得頭昏腦脹，河水又把他們帶往遠方。

敵人的喊殺聲給遠遠拋往後方。

項少龍和龍陽君等由在半途遇上的趙兵護送回邯鄲城，已是三更時分。傷口雖包紮妥當，卻因失血和勞累的關係，眾人臉色蒼白，力盡身疲，其中兩人還發著高熱，急需救治。

趙穆和樂乘等早得飛報，在城門處焦急地等待他們。

趙穆一直與龍陽君私下勾結，項少龍又是他登上王位的希望，自是心焦如焚，樂乘則身爲邯鄲守將，若讓龍陽君這魏國重臣出事，他亦難辭其咎，所以同樣關心。

趙穆和樂乘搶上載著項少龍和龍陽君的馬車，見兩人樣子雖嚇人，卻非是致命之傷，都鬆了一口氣。

龍陽君脈脈含情看了項少龍一眼，費力地道：「若非董先生捨命相救，我如今恐難有命再見兩位了。」

項少龍心中苦笑，算起來龍陽君可算他死敵之一，可是當時卻無暇去想這個問題，就算有此一念亦不會見死不救。正如田單的批評，「心軟」正是他最大的弱點。

樂乘沉聲道：「有沒有見到項少龍？」

項少龍和龍陽君同感愕然。

後者皺眉道：「看來不大像是項少龍，不過當時形勢混亂之極，我們只顧著逃走，藉河而遁，根本未有機會看清楚敵人。」

樂乘道：「我已派出精兵封鎖所有要道，搜索遠近山頭，希望可以有好消息稟知君上。」

龍陽君和項少龍聽他口氣，已知他沒有把握。

偷襲者既能神不知鬼不覺潛至離邯鄲三十多里的近處，自亦有撤離的本事。

但誰要幹掉龍陽君呢？

項少龍當然心知肚明不是自己幹的。

龍陽君不知是否因身上多處創傷，臉色深沉，沒有說話的興趣。

當下趙穆和樂乘親自分頭護送龍陽君和項少龍回府。

善柔和田氏姊妹等早接得消息，在大門處迎他入內。

樂乘匆匆告辭去了。

善柔怨道：「早知我陪你去！」

烏果奇道：「是甚麼人幹的？」

田貞、田鳳用力扶著他返回內宅，兩對俏目早哭得紅腫。

項少龍苦笑道：「讓我醒過來後向你們詳說一切好嗎？」

忽然間，他記起龍陽君那個手下在峽口誘他們入彀的情景。虎軀一震，他已猜到想取龍陽君一命的是何方神聖，難怪龍陽君的臉色如此難看。

第二十章　詐傷不起

田氏姊妹和善柔正心慌意亂爲項少龍敷藥包紮，項少龍心中一動，向烏果道：「有沒有方法把我弄得難看一點，我要讓人以爲我傷重得起不了身來！」

烏果搔了一會兒大頭後，善柔不耐煩地道：「讓我給你弄個死魚般的模樣吧，包可把任何人嚇個半死！」

田貞、田鳳兩人均忍不住掩嘴偷笑。

項少龍道：「這還不夠，最好弄得我的傷口像有血水滲出來的樣子，若身子也發著燒就更精采。」

田鳳笑道：「這個包在我們姊妹身上，只要在被內暗置個暖袋便成。」

善柔和烏果對望一眼後，往他瞧來，均弄不清他葫蘆裡賣的是甚麼藥。

項少龍對烏果道：「待會天亮時，你立即派人出城，請大哥和小俊精挑一半人回來，另外我還要你立刻找一個人來見我。」

當下說出聯絡蒲布的手法。

烏果知道項少龍定有重大行動，爽快地去了，田氏姊妹則去張羅暖袋。

善柔坐到床沿，在爲他的假臉頰抹上一層灰白的粉底前，皺眉道：「你不打算告訴我想幹甚麼嗎？」

項少龍想的卻是另一回事，搖頭道：「不行，若有人摸我的臉，豈非黏得整手粉末，那誰都知我是僞裝的。」

善柔一言不發，走了出去。不一會兒提著個盛滿東西的布囊回來，神色冷然地負氣道：「人家本應不理你的，快告訴我是甚麼一回事，否則本姑娘便不使出看家本領，教你裝病也無從裝起來。」

項少龍苦笑道：「先動手弄好再說，否則時機一過，有人闖進來探我時，妙計便要成空了。」

善柔嘟起嘴兒，氣鼓鼓地由囊內取出七、八個大小瓶子，倒出液狀之物，在一個陶盤子裡調弄著。

項少龍伸手過去，摸上她彈力驚人的美腿，柔聲道：「我要殺一個人！現在仍未到揭曉的時候！」

善柔嬌軀微顫，往他望來。

天尚未亮。

孝成王在御衛擁護下來看他。當他見到剛燙得額頭火熱、臉色難看有若死魚般的項少龍，嚇了一跳道：「董先生！他們又說你傷得並非太重，不行！寡人立即派御醫來爲你診治。」

這回輪到項少龍嚇一大跳，忙沙啞著聲音道：「大王恩重，鄙人不勝感激，我只是因浸了河水，受風寒所侵，兼失血過多，只要躺幾天便沒事。何況我手下裡有精通醫術的人，鄙人吃慣了他開的藥，若驟然換過別人治理，可能會弄巧反拙哩！噢！」

最後那聲自然是故意裝出來的痛哼，還讓孝成王看到他被子滑下來後露出「血水滲出」的肩脅傷口。

孝成王想不到他情況似比龍陽君更嚴重，發一會兒呆後，雙目凶光閃閃，道：「有沒有見到項少龍？」旋又一拍額頭，道：「寡人眞糊塗，忘記先生從未見過這反賊。」

項少龍心中好笑。

沉吟片晌後，孝成王又道：「今趟全仗董先生，若非先生捨命護著龍陽君，他定然沒命，那時怎向失了命根子的安釐交代，今次的和議亦休想達成。」

項少龍心內苦笑，自己來邯鄲本是爲殺人，豈知機緣巧合下，反先後救了趙穆和龍陽君，現在連他也有點不相信自己是項少龍，更遑論其他人。

故意問道：「大王必見過龍陽君，他有沒有說是項少龍幹的呢？」

孝成王搖頭道：「龍陽君只比你好一點，精神萎頓，不願說話。不過若非項少龍，誰人能如此厲害？亦只有他可與藏在邯鄲的餘黨暗通消息，現在他成爲秦人的走狗，自然要對付我們五國的人。」

項少龍聽他口氣，仍不把燕國當作盟友夥伴，由此推之，這昏君尙未向李園和田單的壓力屈服。

孝成王見他兩眼睜不開來的樣子，拍拍他燙熱的肩膀，道：「董卿好好休養，寡人會遣人送來療傷聖藥。」

站起來又道：「原來董卿的本領不只限於養馬，復元後寡人自有安排。」

孝成王走後，項少龍眞的支持不住，勞累欲死沉沉睡去，迷糊間，隱隱感到房內人聲吵雜，不住有人來探望他，烏果自然在旁鼓其如簧之舌，把他的傷勢誇大渲染。其實不用他贅言，只是瀰漫房內的傷藥氣味和「不住滲出血水」的傷口，已是最強有力的說明。

正午時分，蒲布來了。

項少龍抖擻精神，和他商量一番，門人來報趙雅來訪，蒲布忙由後門遁走。

趙雅挨到榻邊，探手摸上項少龍剛燙熱的額角，吃驚地縮手道：「你生病了！」

項少龍半睜著眼道：「沒甚麼事！躺兩天就會好的！」

趙雅細看他的臉色，吁出一口氣，道：「幸好你仍是兩眼有神，否則就糟透了。」

項少龍心中一懍，知道趙雅看出他唯一的漏洞，幸好她尚未起疑，亦奇怪她為何對「項少龍的出現」毫不緊張，試探道：「看來項少龍早來了邯鄲，否則為何老子截不住他呢？」

趙雅垂頭輕輕歎道：「偷襲龍陽君的主使者可以是田單、李園，甚或趙穆又或是信陵君，但絕不會是項少龍。我最清楚他，縱對仇人，亦不濫殺。他和龍陽君並沒有解不開的深仇，怎會幹這種打草驚蛇的蠢事。」

項少龍心中暗驚趙雅縝密的心思，也不無感慨，既知自己是個好人，為何又要助孝成王、趙穆來害他？

項少龍本只疑心信陵君一人，被趙雅這麼一說，信念立時動搖。

他自然知道此事與趙穆無關，而田單和李園均有殺死龍陽君的動機，都是凶嫌。

魏國的權力鬥爭，主要是魏王和龍陽君的一方，跟以信陵君為首那一派系的角力。龍陽君更是安釐的命根子，若他有甚麼三長兩短，安釐定會對信陵君生疑，並要置之死地。

魏國內亂一起，最大的得益者自然是一直想瓜分三晉的齊、楚兩大強國。

現在人人認為秦國內部不穩，無暇外顧，想向外擴張勢力，正是其時。

項少龍想起《魯公秘錄》的事，旁敲側擊道：「項少龍會否與信陵君有勾結，故來對付龍陽君？」

趙雅斷然回答道：「信陵君恨不得剝項少龍的皮，痛飲他的鮮血，項少龍亦絕不會聽他的命令，怎會有這種可能？」

項少龍故作驚奇地道：「他們發生過甚麼不愉快的事呢？」

趙雅露出狡猾之色，柔聲道：「這是個秘密，先生尚未完成對趙雅的承諾，否則人家自是知無不言，言無不盡。」

項少龍爲之氣結，但又爲她對自己的「苦心」有點感動，歎了一口氣後閉上眼睛，道：「我有點累了，多謝夫人賜訪。」

趙雅本捨不得這麼快離去，聞言無奈站起來，裊娜去了。

她前腳才走，紀嫣然芳駕即臨，見到項少龍可怖的模樣，熱淚立時奪眶而出，到知道眞相，始化憂爲喜。

項少龍坐擁著滿懷芳香的美人道：「你見過龍陽君沒有？」

紀嫣然欣然道：「你這人眞厲害！甚麼都瞞不過你。唉！我這做妻子的，竟是最後一個知道自己夫君受傷的人。心焦如焚時，還要強迫自己先去探望那愛扮女人的傢伙，以避嫌疑。這還不止，來見夫君時，又要以野女人的身分拜見自己夫君的如夫人，給她以審犯的目光和語氣攔路盤問，夫君啊！你來給嫣然評評理，還我個公道好嗎？」

項少龍聽得頭大如斗，改變話題道：「遇襲前龍陽君和我大說心事，勸我對你不要癡心妄想，因為紀才女愛上的既不是董匡，也非李園，而是六國的頭號通緝犯項少龍。」

紀嫣然道：「六國頭號通緝犯，少龍你的用語總是新鮮有趣。唔！難怪龍陽君一直盯著人家。」又道：「少龍猜到偷襲者是哪方面的人嗎？」

項少龍撫著她粉背道：「我想聽聽才女的意見。」

紀嫣然沉吟道：「最大的凶嫌當然是信陵君，我不信他今趟沒有派人來邯鄲，好奪回被你偷去的《魯公秘錄》。不要說他，我看誰都在打《秘錄》的主意。」

項少龍苦惱地道：「若《秘錄》是在郭縱手上，那李園和郭秀兒的婚事必可談攏。」

紀嫣然坐直嬌軀，傲然道：「若我即時絕了李園的心，他們的婚事可一說便合。」

項少龍恍然大悟，像郭秀兒這種家世顯赫的絕色美女，沒有男人會嫌棄的，問題只關乎在名分上。

郭縱自然不肯讓女兒屈居人下，更不要說做媵妾了。

但李園的難處卻是必須虛正室之位以待紀嫣然，這就是與郭秀兒婚事尚未能談攏的主要原因。

紀嫣然記起前事，驚疑地道：「我看項郎比魯公更厲害，魯班肯定設計不出你那些使人拍案叫絕的攀爬工具。」

項少龍心叫慚愧，與紀嫣然親熱一番後，烏卓等大隊人馬，以探望他作藉口回來了。

俏佳人難捨難離的告辭，烏卓、荊俊、烏果和善柔聚集到房裡來與他商議。

趙致亦早來了，這時隨眾人來看他。

坐好後，項少龍微笑道：「假設今晚樂乘給一批蒙著頭臉的人斬去首級，你們說別人會懷疑是誰幹的呢？」

眾人無不心頭劇震，瞪大眼看他，他的行事太出人意料了。

善柔姊妹「啊」一聲叫了起來。

趙致探手過去，緊握善柔的手，感動得眼也紅了。

荊俊奇道：「兩位嫂嫂和樂乘有深仇大恨嗎？」

項少龍心中暗歎，樂乘一直是趙穆的頭號爪牙，趙穆那些傷天害理的事怎會欠得他一份。

趙致聽這小子毫無嫌隙地喚她作嫂嫂，欣喜地瞧他一眼，才紅著臉垂下頭去。

善柔對「嫂嫂」之稱自是一副受之無愧的樣兒，雙目寒光一閃道：「當日來捉拿我善家上下的人正是樂乘，他還……唉！」黯然垂首道：「我不想再提！」旋又抬起頭來，咬牙切齒地道：「我要親手把他的人頭砍下來。」

烏卓慎重地道：「三弟有把握嗎？樂乘這人狡猾怕死，出入均有大批好手護衛，現在又正值城內草木皆兵之時，恐怕不易得手。」

項少龍胸有成竹地道：「能人所不能，生命才可顯出眞趣，刺殺講的是策略，只要準確把握到樂乘的行蹤，我們可精心策劃出整個行動，定下掩人耳目的行刺方法。」

烏卓仍猶豫道：「這樣做會否打草驚蛇，教人知道我們眞的到了邯鄲呢？」

善柔不屑地道：「膽小鬼！」

烏卓登時色變，此人極重榮辱，怎受得起這麼一句話，尤其出自女人口中。

趙致大吃一驚，怨怪地搖撼善柔的手臂。

項少龍不悅喝道：「你難道不知我最尊敬烏大哥嗎？竟敢以下犯上，快給我道歉！」

善柔也知自己過分了，竟「噗哧」一笑，道：「我說的不是烏大哥，只是見小俊發抖，才衝口說他是膽小鬼，教烏大哥誤會了。」

荊俊瞪大眼睛，一副被冤枉的神態，卻見趙致向他頻打眼色，惟有把這隻死貓硬吞進肚裡去。

烏卓哪會眞的和她計較，亦知在善柔來說，這可算是變相的道歉，搖頭苦笑著道：「我非是膽怯，而是希望輕重有序，不致因小失大。」

荊俊愛屋及烏，忙打圓場道：「膽小的只是我這小鬼吧！烏大哥神勇無匹，怕過誰來。」

眾人給他誇大的言詞惹得莞爾失笑，氣氛頓時緩和融洽。

項少龍分析道：「樂乘是個非常危險的人物，動輒可使我們全軍覆沒，最大的問題，是誰也弄不清楚他究竟仍忠於趙穆，又或早給孝成王拉攏過去，更大的可能是他只忠於自己，就像牆頭上的草，哪方風大勢強便靠向哪一方。」

待眾人完全消化他的話後，續道：「假設趙穆明天造反，那今天他就必須向樂乘和盤托出我們跟他的關係，好增強樂乘的信心，亦免致在調配上出現問題，那時就非常危險，你們明白我的意思嗎？」

善柔姊妹、烏果和荊俊均眉頭大皺，顯然把握不到項少龍所指的危險。只有烏卓長長吁出一口氣，道：「是的！我明白爲何必須先幹掉樂乘，因爲假若他是孝成王佈置在趙穆陣營內的奸細，自然會立即把我們的底細告知孝成王，那時我們死了都不知是甚麼一回事。」

善柔等這才恍然大悟。

項少龍微笑道：「殺死樂乘，還另有個大大的好處。」

今趟連烏卓都要大惑不解。

項少龍淡然道：「我們把整個刺殺行動弄成似是而非，看似是我項少龍所爲，但細想又覺不像的模樣。憑樂乘牆頭草的特質，趙穆與孝成王必然互相猜疑，均以爲對方是藉我項少龍作掩飾去幹的，你們說會帶來甚麼樣的後果？」

眾人聽得無不傾服，誰人能想得如此周詳呢？

荊俊歎道：「兩人自是疑神疑鬼，摩拳擦掌，立即要來個正面衝突了。」

烏卓點頭道：「最好昏君立即召回廉頗或李牧其中一人，回師勤王保駕，那趙穆便被迫要馬上發兵叛變，我們亦有機可乘，在混水裡捉得趙穆這條大魚。」

善柔皺眉道：「但最大的問題是怎樣可砍下樂乘項上的人頭呢？」

項少龍從容一笑，待要回答，手下來報，田單到了。

項少龍心中懍然，現在邯鄲城內，他最顧忌的人，正是田單。

第二十一章　暗夜殺機

田單進入寢室後，在那劉中夏、劉中石兩兄弟左右隨護下，逕直步至榻旁，親切地道：「董兄貴體如何？」

項少龍見他負手身後，卓立榻旁，自有一股威凌天下的氣勢，更是提高警惕，不敢說錯半句話，點首施禮後道：「由於最近生活荒唐，酒色過度，只浸了一會兒河水，便受寒涼所侵。噢！田相請坐！」

田單微笑搖頭道：「很多時我歡喜站著來說話。嘿！看董兄兩眼神光照人，怎會是酒色過度的人？只是一時用盡力道，故易受濕寒侵體吧！」

項少龍知道難以在此人面前作假，眞正地苦笑道：「看來是這樣了。」

田單定神細審他一會兒後，淡淡道：「董兄手下的兒郎們，是否由董兄一手訓練出來的？」

他這麼一說，項少龍立即知道那天自己硬闖城門逼孝成王表態時，此人必有分在旁觀察，心下懍然，知他動了疑心，卻若無其事地道：「要養馬，首先要防範別人來偷馬，南方多蠻夷，所以鄙人每天都訓練他們，好作防備。」

田單沉吟片晌，點頭道：「若董兄能把我大齊的兵將，練成像董兄手下兒郎們那樣悍不畏死的菁英，虎狼之秦何足懼哉？」

項少龍放下心來，原來田單看上了自己這點長處，暗叫厲害。

著。

他項少龍最大的長處，就是把特種部隊那一套搬到戰國時代來，而這長處一下便給田單抓個正

兩人對視頃刻後，項少龍閉上眼睛，好一會兒才睜開來，瞧著正凝視他的田單道：「鄙人明白，田相請給董某一點時間。」

田單想不到他如此坦白直接，反覺愕然，旋即欣然道：「我明白董兄乃忠於情義的人，否則亦不會捨命救回龍陽君。換了誰在那種情況，都只會自行逃命。」

項少龍裝作因傷口牽扯痛得皺一下眉頭，搖頭道：「當時鄙人絕沒有想過其他事，只知同舟共濟，應付危難。」

田單雙目神光一閃，沉聲道：「聽龍陽君說，董兄當時早有所覺，未知董兄爲何能有此先見之明？」

項少龍給他的眼光和問題弄得渾身不自在，恨不得他快點離開，裝出疲倦神色，淡淡道：「或者是與馬兒相處久矣，沾染了點牠們敏銳的靈覺，其實每逢有大災難來臨，甚或天氣的突然轉變，上至飛禽走獸，下至蛇蟲螻蟻，均有異樣舉動。」

這幾句話似是答案，實在沒有答到田單的問題，儘管精明厲害如田單，也莫奈他何。畢竟項少龍並非犯人，他總不能鍥而不舍的問個不休。

田單歎道：「董兄確是非常之人，今次偷襲的主使者不知走了甚麼倒楣運，竟遇上董兄，致功虧一簣。以董兄如此人才，楚王考烈或者會看走眼，但春申君黃歇怎會把你輕輕放過？」

他雖似在抬捧項少龍，其實步步進逼，誓要摸清對方底細。

項少龍暗叫不妙，此人才智高絕，一不小心，給他抓著尾巴就完蛋。苦笑道：「春申君恐怕連我的樣子是怎樣都記不清楚，有甚麼放過不放過？董某對楚人早已心淡，再不願想起他們。」

今趟輪到田單暗叫厲害，項少龍「閒話家常」式的答話，教他更覺此人高深莫測，使人難以捉摸，點頭道：「楚人目光短淺，只求眼前安逸，又屢錯不改，確是不值一提。但若楚國落入李園掌握中，董兄認爲會出現一番怎樣的局面呢？」

項少龍冷哼一聲，哂道：「李園此人薄情寡恩，心胸狹窄，縱情酒色，靠的是姻親關係，能做出甚麼大事來？」

田單雙目射出如電閃光，凝定在他臉上，啞然失笑道：「董兄確是識見過人，教田某怎能相信你只是個甘於養馬的人？」

項少龍整條脊骨寒慘慘的，乾咳一聲道：「田相太誇獎董某了。」

田單正容道：「董兄若有經世之志，不應留在趙國這垂死之地，應爲伏櫪之驥，其志放於千里之外。董兄乃聰明人，當明田某之意。」

項少龍知他仍只是在招攬自己，反放下心來，頹然挨到枕上，搖頭苦笑，卻不說話。

田單雖乃雄辯滔滔之士，卻拿他沒法，輪到他苦笑道：「董兄可是有甚麼難言之隱？」

項少龍佯裝辛苦的勉強坐高點，挨著榻子捧額沉吟道：「還不是因爲先父遺命，著鄙人回趙設置牧場。生死有命，很多事鄙人並不大放在心上，只不過與田相一見如故，感激田相知遇之恩，才想到應好好思量，希望田相體諒鄙人的苦衷。」

他坦白若此，田單覺察到很難逼他立即表態，深吸一口氣後，奇峰突出道：「偷襲者定然與項少龍全無關係！」

項少龍吃一驚，裝傻道：「田相有何卓見？」

田單踏前一步，輕拍他肩頭，微笑道：「但願有一天董兄能踏足齊境，田某必以上賓之禮款待先生。好好休息吧！過兩天董兄復元時，我希望能到董兄的牧場打個轉。」

竟避而不答項少龍的問題，就那麼走了。累得項少龍滿肚疑問，不知此君葫蘆裡賣甚麼藥。

吃晚飯時，各人因即將來臨事關重大的刺殺行動心事重重，氣氛並不熱烈。

趙致隨便吃了點後，放下筷子，呆看項少龍開懷大吃。

荊俊是唯一神情特別興奮的人，逗趙致道：「致姊啊！不吃飽你哪來力氣呢？」

趙致低聲道：「人家不餓嘛！」

善柔低罵道：「眞沒有用，又不是有人來刺殺你，一副坐立不安的樣子！」

田貞、田鳳過來爲各人添酒，烏卓阻止道：「今晚不宜喝酒！」轉向項少龍笑道：「龍陽君派人送兩罈酒來，一是藥酒，一爲補酒，哈！我看三弟今趟麻煩透頂。」

項少龍對龍陽君的感激和關懷大感頭痛，苦笑無言。

善柔冷哼道：「讓他給人宰掉不是一了百了，偏要捨命救他，惹得一身煩惱。」

趙致惶然道：「大姊啊！」

善柔瞪她一眼道：「你就只懂做應聲蟲。」

項少龍惟有和烏、荊兩人對視苦笑。

善柔拍拍小肚子，伸個懶腰，粗聲粗氣道：「今晚的行動千萬不要漏掉我，現在本夫人先去睡一覺好的，乖乖給我準備一副飛牆攀壁的玩意，我要最好的。」

在眾人目瞪口呆中，說做就做，回房睡覺去也。

田氏姊妹忙分出一人，服侍她去。

趙致戰戰兢兢向各人道：「諸位大人有大量，切勿怪柔姊，她……」

項少龍笑道：「致致放心，沒有人會眞箇怪她的。」

烏卓點頭道：「不愧是慣於刺殺的高手，懂得行動前盡量休息和鬆弛，我們好應向她學習。」

此時烏果領蒲布的拍檔劉巢來到，苦候消息的眾人大喜，請他坐下。

略訴離別衷情後，劉巢道：「小人接到蒲布的通知，立即聯絡刻下正在樂乘府內辦事最可靠的幾位兄弟，做了一番功夫，終有點眉目。」

眾人大喜聆聽。

劉巢道：「樂乘是個非常謹慎的人，兼且做盡壞事，怕人捨死報復，所以行蹤隱秘，出入均有大批高手護駕，到現在仍沒有我們的兄弟打進他內圍的圈子裡。」

荊俊愕然道：「你不是說有點眉目嗎？」

劉巢道：「平時是那情況，但這兩天邯鄲城內形勢緊張，樂乘抽調大批府內家將加入他的親衛隊，因此我們亦有兩個兄弟混進去，否則眞是沒臉來見項爺。」

項少龍皺眉道：「他像是很怕我會對付他似的！」

劉巢愕然道：「項爺和他有深仇大恨，他自該怕得要命。」

這回輪到項少龍奇道：「他和我有何仇恨？」

劉巢一怔道：「甚麼？項爺竟不知舒兒是給他和趙穆輪姦致死嗎？他事後還侃侃而談，自詡曾恣意玩過項爺的女人呢！」

項少龍心中劇震道：「甚麼？」

烏卓怕他過於激動，安慰兩句後問劉巢道：「今晚樂乘會在哪裡？」

劉巢道：「這些天來他為城防問題，大部分時間留在東門旁的指揮所，很少回家，事實上他亦恨不得可以不回將軍府去。」

項少龍壓下心中悲憤，但想起舒兒死狀之慘，又熱血上湧，沉聲道：「他怕甚麼？」

劉巢道：「樂夫人是孝成王的妹子、趙雅的姊姊，非常厲害，樂乘有點怕她，在外面胡搞鬼混都要瞞著她。」

趙致擔心地道：「若他今晚仍留在指揮所，我們哪有機會？」

劉巢道：「他另外還有三處別府，好安置新弄回來的女人和別人贈給他的姬妾，此人殘忍好淫，最愛淫虐美女，給他弄得殘廢或死去的女子數不勝數。最近邯鄲一位大臣開罪了孝成王，由樂乘負責抄家誅族，他私自留下對方兩名美妾準備享用，這幾天他尚未有暇去做此傷天害理的事，所以我們估計他近兩晚定會忍不住溜去一逞獸慾。」

項少龍心下恍然，至此才明白朱姬對樂乘恨怨的起因，不過現在縱沒有朱姬的囑咐，他也絕不會放過樂乘。

烏卓再詢問有關樂乘的一切，包括藏嬌別府的位置、樂乘親衛的情況，以及其他有關的細節，劉巢逐一詳細回答。

烏卓問畢，向項少龍誇獎劉巢道：「劉兄弟確是了得，顯然一直在做功夫。」

劉巢謙虛地道：「自大梁之行後，我們這一批兄弟誰不願為項爺賣命，在我們眼中，天下英雄人物，無一人能及得上項爺。」

項少龍回復冷靜，點頭道：「今次事了，你們隨我回咸陽吧！以後有福同享，客氣話再不說了。」

劉巢大喜謝過。

項少龍親自把他送出去，叮囑他命令混在樂乘親衛內的己方兄弟，今晚千萬要找個藉口不可隨行，才返回內宅。

烏卓等去預備今晚的行動，只剩下趙致和美麗的越國孿生姊妹花。

項少龍定下神來，又想起命薄的舒兒，心如鉛墜，很不好受。

回邯鄲後，他一直接觸到的是樂乘客氣可親的一面，雖明知是虛情假意，總沒有甚麼直接的仇恨，現在當然全改變過來，恨不得把這奸賊碎屍萬段。這種人死了，對人類實有利無害。

項少龍對這時代最看不過眼處，是把女人視作玩物和奴隸的態度，有權勢者若趙雅等，說到底仍是依附著男人而生存。

人的權利應來自比較客觀公平的法律保障，想到這裡，不禁想起法家的李斯和韓非，自己可否設法影響他們，使法治能代替專言人治的儒家。但細心一想，只要一天仍是君權至上，真正的法治始終是水月鏡花，毫不實在。

趙致這時迎上來挽著他道：「董爺啊！你現在的臉色很難看，真教人擔心。」

項少龍心中懍然，自己這種狀態，實不宜進行刺殺的任務，但又無法排遣因舒兒牽起的情緒激盪。

探手摟上趙致的腰肢，柔聲道：「致致今晚留在這裡，好好等我回來。」

趙致一震道：「啊！不！人家要跟在你身旁，不要小覷人家的劍術好嗎？」

項少龍正容道：「你的身手和劍術均非常高明，可是你卻從未試過殺人，那完全是另一回事，乖乖聽我的話，明白嗎？」

趙致想起要殺人，打了個寒噤，垂頭無語。

二更時分，城東指揮衛所大門開處，馳出一隊約二百多人的騎士，佈成陣形，開上長街，再轉左折入靠城牆的快道，沿城巡行。

除頭尾各有四個燈籠作照明外，隊伍中間的部分沒入黑暗裡，教人看不真切。

兩排各四十人的騎士列成長形，一個接一個靠外檔而走，像兩堵活動的牆般護衛著走在中間的五組騎士，人人手持長盾，向著外側，即使有人在屋簷或道旁放箭偷襲，亦休想可一下子射中他們，更不用說中間的騎隊。

中間那組騎士人數特多，足有五十人之眾，外圍者都手持高盾，教人知道這組內有重要的人物。其他四組各約二十人，均手提長矛，既可衝刺，又可作擲擊之用。

在秋風疾吹下，更見肅殺森嚴之氣。

蹄聲踏碎深夜的寧靜，組與組間隔開足有三十多步，就算遇上伏擊，亦很難將他們完全包圍，除非敵人兵力十倍於他們。

走了半里許路後，人馬離開靠城牆的車馬快道，折右回到城裡去。

天上厚雲重重，不見星光月色。

一直追著他們的精兵團隊員，忙攀往高處，藉火光在敵人視線難及處，向最近的隊友發出訊號，指示樂乘隊伍的位置。苦守在樂乘別府外的項少龍等人，迅速判斷出樂乘開來的路線，做出部署。

項少龍等伏在屋簷上，他們頭臉緊裹在黑布裡，只露出一對眼睛，有若一群只在黑夜出動的幽靈。當看到昏暗的燈籠光暈出現在長街遠處時，提到喉嚨的一顆心放了下來。

假若樂乘不是由這方向來到別府，今晚的行動只好作罷。

蹄聲「哃嗒」中，獵物由遠而近。

左旁的烏卓道：「樂乘雖荒淫邪惡，但不愧是趙國名將，只看這兵陣便知他果有實學。」

右旁的善柔低聲道：「樂乘是我的，我要親手割下他的狗頭來。」

項少龍故意挨過去，耳語道：「這是個城市的捕獵賽，誰的本領大，誰就可有最大的斬獲。」

善柔秀眸寒光一閃，別過頭擺出不屑的姿態，卻沒有挪開嬌軀。

項少龍泛起銷魂刺激的感覺。

此時提著燈籠的先頭部隊來到他們埋伏的下方，走了過去。

敵人一組、一組地奔過長街，氣氛愈趨緊張。

項少龍知是時候，輕撞烏卓一下，此時有樂乘在內最多騎士的那組人剛馳至眼下那截街心處。

烏卓發出一下尖嘯，劃破了有規律的馬蹄聲。

敵人無不駭然大驚，往兩旁望去。

「嗖嗖」聲響個不斷，伏在兩旁屋簷上的精銳團員，弩箭齊發，取馬不取人。

戰馬的慘嘶聲，人的怒喝聲，震天響起。

燈籠墜地，黑暗裡戰馬吃驚跳躍，情況混亂。

可是整個隊形仍大致保持完整，足見趙軍確是訓練有素的精兵。

烏卓知是時候，再發出攻擊的暗號。

項少龍仍未動作，善柔已豹子般撲出屋簷，先落下幾尺，然後凌空飛出長索，以扣掛腰間的攀爬工具，天兵般在暗黑中滑到大街的上空，其他人紛紛跟隨。

同一時間兩旁擲出十多個燃著了的火球，隱約裡照出敵人的位置，而此刻敵人仍以爲攻擊者由兩旁攻來，茫不知大群煞星早到了頭上處。

這批天兵擲出的飛刀，準繩、力道均無懈可擊，當敵人驚覺時，最少一半人中刀墜馬，本是完整的隊形，立告潰不成軍。

失了主人的馬兒更是横衝直撞，亂成一團。

樂乘那組人因是眾矢之的，受創最重，五十多人被放倒了近二十人，餘者紛紛翻下馬背。

中刀者多是傷在面門或胸口的要害，剎那間寧靜的長街變成屍横馬倒的修羅地獄。

項少龍等藉腰索從天而降。

項少龍腳未觸地前，左右踢出，兩名來不及下馬的敵人面門中招，飛墜馬下。到他落在地上時，血浪出鞘，三名撲來的敵人登時有兩人了帳，另一人給善柔由後砍了一刀，慘呼著倒向項少龍。

項少龍一閃避開，環目一掃，只見地上燃燒的紅光裡，十多名親衛正護著神色仍算冷靜的樂乘，往一旁的巷口退走。

長街喊殺震天，精兵團員由兩旁撲出，手持巨斧，趕殺潰不成軍的敵人，使樂乘那組人變得孤立無援。

項少龍與烏卓打了個眼色，領四名手下撲殺過去。

善柔有若出柙雌虎，劈翻兩人後，再擲飛刀，後發先至，竟搶在項、烏兩人前頭，射進其中一人咽喉內，不愧第一流的女刺客。

樂乘大喝道：「上！」

登時有五人撲前迎往項、烏等人，他自己卻繼續退走。

項少龍大喝道：「樂乘奸賊，讓我項少龍取你狗命。」

樂乘此時退至巷口，心中大定，獰笑道：「有本事就過來吧！」

善柔從項少龍身側掠過，劍芒猛起，先一步迎上敵人。

項、烏等怕她有失，忙搶前出手。一時刀光劍影，殺氣翻騰。

這批人均是樂乘身邊最優秀的劍手，足堪擋著他們。

樂乘正要轉身逃入橫巷，掩護他的人紛紛中箭倒地。

荊俊領著數人跳將下來，把樂乘等逼得倉皇退回街上。

前方的人再支持不住，紛紛濺血倒地，樂乘無奈下大喝道：「跟我來！」

剩下的六個人隨他往項少龍等處狂奔過去。

樂乘一聲厲叱，「唰」的一劍劈出，快逾電閃，轉眼和項少龍交換了三劍。

他的臂力哪及得上項少龍，到最後一劍時，抵擋不住，震得倒退三步。

荊俊此時清除攔路的敵人，一個空翻，落地前蹴起一雙飛腳，不分先後，「砰」的一聲撐在樂乘背心處。

樂乘踉蹌前仆，頭盔掉地。

劍光一閃，剛腰斬一名敵人的善柔不知由哪裡撲出來，搶在項少龍前，嬌叱聲中，樂乘立即人頭落地，身首異處，慘死當場。

烏卓拾起首級，發出撤退的號令。

橫過長街上空的長索紛被收回，不留半點痕跡。

整個行動，不出半盞熱茶的工夫，徹底體現特種部隊高效率的精神和有若爆炸的攻擊力量。

熊熊火光中，地上全是屍體和在血泊中呻吟的趙兵。

第二十二章　城守之位

趙穆清早便來找項少龍，兩眼佈滿紅筋，眼神閃爍不定，顯是亂了方寸。

項少龍確是仍未睡醒，惺忪中掙扎起來，擁被而坐，問道：「侯爺為何臉色變得比我還要難看？」

趙穆坐到榻沿，定睛打量他好一會兒後，沉聲道：「你的傷勢如何？」

項少龍試著艱難地活動一下兩條手臂，擺出硬漢的樣子，悶哼道：「其實只是皮肉傷，不過受了風寒，躺足一天一夜已好多哩！」

趙穆並沒有懷疑，事實上在此次有命回來的人中，至今尚沒有人能爬起榻來，項少龍假若龍精虎猛，才是怪事。

趙穆「唉」的一聲苦惱道：「樂乘昨晚出事了！」

項少龍「劇震」失聲道：「甚麼？」

看著項少龍瞪大的眼睛，趙穆歎道：「昨晚樂乘返回別府途中遇襲，頭給人砍掉，二百多名親衛非死即傷，唉！」

項少龍駭然道：「那個項少龍真的這麼厲害？」

趙穆冷哼道：「事發時附近民居的人確聽到有人自稱項少龍，不過這批人全體裹頭蒙臉，無人能看到真面目，事後搜捕的人發覺城東一批城兵亦被人幹掉，只留下些攀城的長索，可是城牆外卻不見足印。」

項少龍「精神大振」道：「那麼說項少龍仍應潛伏在城內，侯爺還不趕快挖他出來。」

趙穆氣道：「還用你教嗎？現在整個邯鄲城給翻轉過來，除非項少龍和他的人變成會打洞的耗子，否則定要現形。可是直到此刻，連他的影子都看不到，你能告訴我是甚麼一回事？」他顯然心情惡劣，失去平時對董馬癡的器重和客氣。

項少龍心中好笑，裝出沉思的樣兒，好一會兒後才道：「誰會坐上城守之職？」

趙穆頹然道：「暫時該是成胥！」

項少龍色變，道：「此事相當不妙。」

趙穆道：「你明白哩！樂乘一死，最大的得益者是孝成王，對項少龍有甚麼好處？項少龍若要殺人，何時輪到樂乘？孝成王這一著確是心狠手辣，說不定是趙雅那賤人教他。項少龍若能來去自如，我和孝成王早沒命了。」

項少龍咬牙道：「先下手為強，侯爺若可通過晶王后下毒，豈非可一舉解決所有問題？」

趙穆苦笑道：「你當晶王后是我的手下嗎？她才不會蠢得直接參與弒殺行動。但假若能殺死孝成王那昏君，我會有操縱她的方法，唉！你教我現在該怎麼辦？」

項少龍心中大樂，終弄清楚奸賊和晶王后的關係，看來他們只是互相利用。

趙穆見他沉吟不語，還以為他在動腦筋為自己籌謀，長長吁出一口氣，道：「有些事急也急不來，幸好我尚有你這支無人知道的奇兵，仍未算一敗塗地，但少了樂乘，自是聲勢大弱，田單絕不會像以前般熱心對待我了。」

站起來道：「先養好傷再說吧，我還要見見其他人，好安撫他們的心。你設法再由趙雅那處探聽消息，看孝成王有甚麼動靜。」

項少龍道：「侯爺小心有人會變節，人心叵測，很難說哩！」

趙穆沒好氣地道：「這個本侯怎會不曉得，以後有事再找你。」

趙穆去後，項少龍躺在榻上，思潮起伏。田氏姊妹來為他梳洗更衣，善柔神采飛揚，以輕快的腳步似小女孩般一蹦一跳走了進來，含笑來到他身後，香肩輕碰他一下，得意洋洋道：「最大那頭老虎是誰打的呢？」

項少龍失笑道：「當然是另一頭雌老虎，董某甘拜下風。」伸手往後，把她摟得緊貼背上，香豔刺激。

善柔心情極佳，任他輕薄，出奇溫柔地道：「我們只傷了十多人，眞是奇聞罕事，說出來都沒有人相信。不若索性把田單幹掉，那時你要人家怎樣從你都可以，像她兩姊妹那樣也行。」

田貞、田鳳兩姊妹立時俏臉飛紅。

項少龍大感頭痛，扯開話題道：「你的乖妹子到哪裡去了？」

善柔掙脫他的反抱，嗔道：「不要顧左右而言他！算甚麼好漢子？」

正為他梳頭的田貞輕輕道：「致夫人到外面去探聽消息。哎喲！」當然是給善柔扭了一記。

項少龍轉過身來，捋起衣袖道：「這般霸道的女人，我老董還是首次見到，讓我把馴野馬的功夫搬來對付你！」

善柔挺起酥胸來到他身前，杏目圓瞪道：「你敢！」

田貞、田鳳知他們又大耍花槍，都含笑偷看。

項少龍伸出大手，往她臉蛋擰了一下，在她用手撥來前縮了回去，笑道：「姊姊進步多了，只是動手而不出刀子。」

善柔「噗哧」一笑，白他一眼，那樣子既嬌媚又可愛。

項少龍不由色心大動，想把她抱個滿懷，善柔卻溜了開去，到房門口，才回首嬌笑道：「你還未夠本領令本姑娘心動，回家多學幾年功夫吧！」笑著走了，銀鈴般的笑聲像風般吹回來。

項少龍恨得牙癢癢，田鳳笑道：「柔夫人其實心中愛煞了董爺，平時總愛和我們談著你的。」

項少龍挽起兩女腰肢，柔聲道：「那你們呢？」

兩女嬌羞垂首。

看著兩女同一個模樣卻不同的嬌態，項少龍給善柔撩起的色心化成原始的慾火，暗忖今天邯鄲亂成一片，要探視傷勢的人昨天又來齊了，偷得浮生半日閒，不若和這對玉人兒風流快活一番，也不枉此刻。

心到手到，登時一室春意。

兩女苦候的恩寵，終在這美妙的時光，降臨到她們身上。

項少龍醒來時，田貞、田鳳動人的身體仍像八爪魚般把他纏緊不放，故他只略動一下，立時把姊妹花驚醒過來。

兩女一看窗外，陽光漫天，嚇了一跳，忙爬起身來。

項少龍被她們玉芽般粉嫩雪白的美麗身體弄得意亂情迷，差點壓不下想把她們拉回榻帳內的衝動，不過記掛邯鄲的情況，勉強起床。

兩女欣然爲他再梳洗穿衣。

看著她們玉臉蘊含著的幸福快樂，項少龍心神皆醉。

大廳靜悄悄的，半個人影都見不到。

項少龍甚感寫意，這種寧逸的氣氛，實是罕有，湧起懶洋洋甚麼都不想做的感覺，走到一張臥几躺了下來。

田貞此時整理著衣衫婀娜多姿地走出來，到他身旁盈盈跪下，柔情似水道：「董爺愛吃甚麼東西？奴家去弄來給你。」

項少龍給她一提，肚內頓似餓雷打鼓，伸手摸她臉蛋，道：「隨便好了！嘿！那頭雌老虎到哪裡去了呢？」

田貞忍俊不禁笑道：「老虎白天自然是躲在虎穴裡睡覺！小鳳在服侍她。」言罷歡天喜地去了。

項少龍闔眼假寐，荊俊和趙致聯袂回來，看兩人沒有芥蒂地言談甚歡，他更感天朗氣清，心懷大放。

樂乘一死，整個悶局改變過來，主動權已穩操在自己手上。

荊俊和趙致陪他進膳時，後者道：「我從未見過邯鄲城變成這個樣子，街上處處均是趙兵，逐家逐戶搜查問話，我們行館的武士都被徵召去幫手，弄得人心惶惶。」

項少龍一邊狼吞虎嚥，一邊問道：「是否有人認爲是我幹的呢？」

趙致以崇慕的眼光看著他，道：「董爺你最厲害是沒有出動飛針，那已成爲你的招牌，所以現下人人疑神疑鬼，我師父甚至懷疑是李園幹的，嘿！眞是好笑！」

荊俊道：「我從未見過致姊這麼開心的。」

趙致横了荊俊一眼，嗔道：「眞多事！」

荊俊連忙微笑賠罪。

項少龍心想這就叫「一物治一物」，道：「大哥到哪去了？」

荊俊道：「大哥回牧場去了。」壓低聲音道：「趁趙人把注意力集中在民居時，送那些受傷的兄弟回牧場醫治休息，免得被人發覺出破綻。」

項少龍放下心來，烏卓爲人精明謹愼，必有瞞天過海之法。

荊俊又道：「大哥本來想找三哥說話，但三哥……嘿！」

趙致杏目一瞪，道：「小俊你爲何呑呑吐吐，究竟你三哥怎樣了？」

項少龍哪會怕趙致，由几底探手過去，摸上趙致的大腿，這嬌娃兒立即住口垂頭。

田鳳這時捧著一壺酒由膳室走出來，道：「董爺要不要嚐嚐龍陽君送來的補酒？」

荊俊鼓掌道：「三哥最需要的就是這東西，你也過來陪我們喝兩杯吧！」

兩女的俏臉立時燙起來。

項少龍啼笑皆非，啞然失笑道：「若非虛不受補，凡男人都需要這東西，來！把貞貞喚來，大家高興一下。」

時間就在這種歡樂的氣氛裡度過。

到黃昏時，善柔精神奕奕地離開臥室，與趙致到後園拜祭父母親族的亡魂。

荊俊最愛熱鬧，率領十多名手下，名之爲探聽消息，其實卻是去亂闖閒逛。

項少龍沒有阻止他，因爲這才合理，他們沒理由對邯鄲的事不聞不問的。

心中記掛紀嫣然，卻知自己不宜出門，惟有壓下誘人的想法，找田貞、田鳳閒聊，逗得兩人心花怒放。

其他男人歡喜的只是她們的肉體，哪有人肯聽她們傾吐心事？

趙致現在已成了他半公開的情婦，索性留下不走，他也不忍拂逆。

吃過晚飯，當項少龍以爲將可過一個安靜的晚上時，忽來不速之客，竟是平山侯韓闖。

在廳內坐下後，韓闖細察他的容色，點頭道：「董兄比馬兒還強壯，臉色較昨天好多哩！傷口還痛嗎？」

項少龍道：「侯爺有心，今天確好了很多。唉！想不到樂乘將軍就這麼去了！」

韓闖露出冷酷神色，不屑地道：「這世上有些人假如忽然給人殺掉，事後定沒有人可猜出是誰行凶的，因爲被他害過的人實在太多了。若有機會，我也會砍他兩劍。昔日樂乘駐守趙、韓邊疆，便曾多次侵入我境犯事，兩手染滿血腥，哼！」

項少龍一陣心寒，平日見韓闖與樂乘稱兄道弟，骨子裡卻是這麼一回事。故作訝異道：「原來樂將軍是這樣的一個人嗎？」

韓闖道：「不要再提這個人了，讓我們商量一下將來的事。」

項少龍心中嘀咕，難道他又要慫恿自己去對付李園？

韓闖接過田鳳遞來的香茗，色迷迷地看她的背影，嚥了一口涎沫，才靈魂歸位道：「董兄今次回趙，不外是希望有一番建樹。但養馬終是養馬，頂多變成第二個烏氏倮，與官爵無望，董兄認爲我這番話對嗎？」

項少龍心想就算我眞是董匡，也絕不會到形勢更弱於趙國的韓國等死，表面卻道：「侯爺看得起鄙人，自是不勝感激，只不過……」

韓闖打斷他道：「董兄誤會了，當然哩！若董兄要來敝國，本侯定必倒屣相迎，但今次要商量的，卻是邯鄲城守因樂乘之死騰出來的空缺。」

項少龍呆了起來，韓闖身爲韓人，哪輪得到他來管趙人的事。至於城守一職，等於趙王的護駕大將軍，不是趙王最寵信的人，休想染指，那更是他從沒有想過，包括在夢裡的時刻。

韓闖得意地道：「董兄想不到吧！但若知晶王后乃本侯族姊，便知我對趙國朝政並非沒有影響力。」

項少龍這才記起晶王后乃在三晉合一的大計下，嫁與孝成王的韓國王族，自然與韓闖多少有點關係，不禁暗責自己疏忽，訝然道：「這個鄙人倒不知道哩！」

韓闖傲然道：「只要我在晶王后跟前說上兩句，包保她可影響孝成王的決定。」

自趙穆失勢後，對孝成王最有影響力的人正是晶王后和趙雅。

項少龍心中懍然，知道自己像低估龍陽君般看錯韓闖。此人緊纏趙雅，固是因貪她美色，但更主要的原因可能是要通過趙雅擺佈孝成王，從而兵不血刃的兼併趙國。這麼看，趙穆充其量只是晶王后的一只棋子。

在這戰國時代中，誰不爲生存而竭盡心智，明裡暗裡作各種圖謀。

皺眉道：「孝成王不是挑選成胥代樂乘嗎？」

韓闖不屑地道：「成胥是甚麼東西，硬將項少龍的功勞分一半過去，才混至今天的位置，聲望、能力均不足以服眾，現下是士急馬行田，暫時性的措施吧！」

項少龍大爲心動，若眞的當上城守，趙穆還不是他囊中之物，但想想卻又覺得孝成王絕不會上這個大當，苦笑道：「鄙人來到邯鄲日子尚短，屁股尚未坐暖，連排列隊末的資格都欠缺，韓侯不用費心了。」

韓闖興趣不減道：「董兄太小覷自己，目前的你已是邯鄲臣民中家喻戶曉的人，聲勢如日中天，從千頭戰馬的大禮，以至力挫楚人、硬闖城門、勇救龍陽君，若以你爲城守，誰不認爲最是稱職。」

項少龍搖頭道：「只是硬闖城門一項，休想大王肯點頭。」

韓闖露出個狡猾的微笑道：「黑可以說成白，白可說成黑，靠的仍是一張嘴巴。若孝成王起用你，正可表示出他的豁達大度，用人唯才。董兄是萬事俱備，欠的只是說話的那張嘴巴。我更可以設法影響趙雅，有她兩人爲你說項，何愁大事不成？」

項少龍今次確是目瞪口呆，一顆心活躍起來，怔怔地看著韓闖道：「這番恩德，董某應怎樣報答侯爺？」

韓闖見他意動，比他更爲雀躍，哈哈大笑道：「大家自己人，還要說這種話嗎？來！我先安排你見晶王后一面，其他遲些再說。」長身而起。

項少龍忙裝作勉強撐著陪他起立，送他出門。

韓闖邊走邊道：「記緊絕不要和趙穆或郭縱牽上任何關係，同時不要開罪趙雅或郭開，那樣城守之位，八成會落在你身上。嘿！孝成王對你救回龍陽君一事，確是非常欣賞！」

項少龍道：「龍陽君好了沒有？」

韓闖道：「若你要躺上一天，那他最少要躺十天才行，噢！那對孿生姊妹花如何？」

項少龍哪還不知醉翁之意，心中暗罵，低聲道：「韓侯要她們陪你還不容易，不過最好盡量不讓人懷疑我們間的關係，到我真箇當上城守，便不用懼怕了。」

韓闖無奈歎道：「董兄說得對，應是謹慎點的好。晶王后那處一有消息，我立即通知你。」

送走韓闖後，項少龍差點高聲大叫，以洩心內興奮之情。誰料得到，幹掉樂乘，竟帶來這樣妙不可言的可能性。

第二十三章　掩耳盜鈴

項少龍尚未有機會轉身回府，雅夫人的車隊與韓闖交錯而過，駛進宅前廣場裡。

項少龍暗歎一口氣，迎了上去，親自爲她拉開車門。

趙雅淡淡看他兩眼，柔聲道：「可以起來走動了嗎？」

項少龍陪她登階入府，活動手腳道：「再不爬起來，悶也要悶出病來。」

趙雅笑道：「你的身子比龍陽君好多了。到現在他仍賴在榻上，看來沒有十天、八天，休想復元過來。」接著壓低聲音問道：「韓闖來找你幹嘛？」

項少龍不想她撞上善柔姊妹，領她往外宅的東軒走去，漫不經意地道：「哪會有甚麼好事？這好色的傢伙看上了鄙人那對孿生姊妹花，想借去風流快活，給我回絕。哼！他不高興又怎麼樣，我董某人最不喜歡這調調兒。」

這話眞眞假假，「眞的」當然是韓闖確有此意，「假的」則是此非韓闖來找他的主因。趙雅哪能分辨，釋然點頭，還低罵韓闖兩句。

項少龍暗叫慚愧，認眞來說，他並不比韓闖好多少，因爲田氏姊妹是他由趙穆處接收過來的，分別處只田氏姊妹是甘心從他吧！

趙雅忽地挽起他手臂，由側門穿出軒外的園林，往園心的池塘走去，低聲問道：「你和趙穆究竟是甚麼關係？爲何他對你特別照顧？今早又匆匆前來找你？」

項少龍心中懍然，知道趙雅仍是爲王兄效力，聳肩道：「你問我，我去問誰？本人亦無須向任何人解釋爲何某某人對我特別好，又或對我特別不好！我董匡管他的娘。」

兩人這時步至池邊，趙雅拉他坐下來，笑道：「人家很愛看你生氣的樣子，像個撒野的孩子。」

項少龍沒好氣地看她一眼，其實心底暗驚，以趙雅的仔細，他和趙穆的眉來眼去自是瞞她不過，只不知她有否把情況告訴孝成王。

趙雅小鳥依人般靠著他，皺起鼻子道：「唔！你仍是渾身藥味，眞刺鼻！」

項少龍不悅道：「沒人叫你要黏著我嘛！」

趙雅花枝亂顫般笑起來，狀甚愉快。

項少龍大奇道：「你的舊情人闖進城來行凶，你還像很有閒情逸致的樣子，算他娘的甚麼一回事？」

趙雅隨手摘下石旁矮樹一塊尙未落下的黃葉，送至鼻端嗅著道：「這片葉子比你香多了。」

項少龍一呆道：「你沒有在聽我說話嗎？」

趙雅美目往他瞟來，白他一眼道：「你的嗓子既特別又充滿性格，人家想不聽都不行。」接著「噗哧」笑道：「董馬癡原來也像其他人那樣，以爲是項少龍到來殺人放火。不過不知者無罪，你既然不明白邯鄲的情況，自然像盲人般只懂瞎猜了。」

項少龍心中暗笑，表面則大訝道：「難道不是項少龍嗎？那誰與樂乘有如此深仇大恨，非置他於死地不可？」

趙雅貼得他更緊，誘人的酥胸大半壓在他手臂上，隨手把黃葉拋進池裡，仰望天上明月，柔聲道：「殺人定要有仇恨嗎？想知道是誰有可能殺死樂乘的話，得先告訴我趙穆今早來找你說了甚麼？唉！你難道不知人家關心你嗎？」

項少龍苦笑道：「你眞的對我那麼好嗎？我看是怕我有甚麼三長兩短，截不住項少龍吧！」

趙雅俏臉一紅，微嗔的道：「算是兩樣都有好了，夠坦白吧！快告訴我。」

項少龍見她神態嬌美可人，勾起以前相處時打情罵俏的甜蜜回憶，一時呆了起來。

趙雅斂起笑容，歎道：「你總是獨斷獨行，不理別人，不知現在邯鄲危機四伏，一不小心，就是誅家滅族的大禍，趙雅也保你不住，還要使性子。」

項少龍裝作無奈地道：「他根本沒有甚麼機密，只是來向我詢問楚國的情況。我看巨鹿侯頗有點心事，當時我還猜他是給你那神出鬼沒的舊情人嚇怕了。」

趙雅沉吟片晌後，幽幽一歎道：「這事本不應告訴你，但人家怕你受趙穆牽連，故逼得要說出來。」

項少龍心中大喜，知自己所料不差，樂乘果然是條兩頭蛇，在趙穆和孝成王間左右逢源，所以兩方面均以爲行凶者是對方。

趙雅湊到他耳旁道：「樂乘之死，趙穆的嫌疑最大。」

項少龍裝作大吃一驚，失聲道：「甚麼？」

趙雅道：「你知道這點就夠了，莫再追問究竟。唉！趙穆眞蠢，以己算人，行錯這步棋，王兄對他僅餘的一點顧念都不翼而飛，否則王兄仍會把事情拖著。」

項少龍皺眉道：「大王爲何不立即把趙穆抓起來？」

趙雅冷哼道：「你知不知道樂乘是在怎樣的情況下被殺的，二百多人，在不足半盞熱茶的時間內非死即傷，趙穆的手下還未有這種本事，所以定是有人在背後給他撐腰。而且沒有眞憑實據，仍不可輕舉妄動。王兄雖很想把廉頗或李牧召回來，但這卻正中行凶者的奸計。唉！我也在爲王兄爲難呢！」

項少龍暗叫我的天，原來田單無辜地給捲進事件裡，說不定李園亦難以倖免，樂乘之死，確是影響甚廣。

想到這點，項少龍故作愕然道：「看來明天我還是到牧場去，可以遠離是非之地，以後專心養馬，空閒時抱抱女人，快快樂樂過這一生算了。」

趙雅嬌嗔道：「那人家怎麼辦呢？」

項少龍奇道：「你還你，我還我，夫人的事與鄙人何干？甚麼知無不言，言無不盡，就像老天爺開恩般漏他娘的一句半句來，我才不稀罕呢！若非念在給你挨挨碰碰時亦頗舒服，早把你轟出去了，還來問董某甚麼人家怎辦？」

趙雅不但不以爲忤，還笑得差點氣絕，按著小腹辛苦地道：「你完成承諾了嗎？只懂怨人家，唉！和你一起光陰過得眞快，只恨我還要入宮見王兄，待會人家來陪你好嗎？」

項少龍苦笑道：「你若想我身上大小七處傷口迸裂流血，儘管來找我吧！這叫捨血陪玉人。」

趙雅嗔道：「你總有藉口拒絕人家，趙雅很惹你厭嗎？」

項少龍伸手解衣，哂然道：「不信你查驗一下，順便看看董某的眞正本錢。」

趙雅浪笑著把他拉起來，叫道：「你這人呢！沒有半點羞恥之心，不和你瞎纏了，送人家到門外好嗎？」

項少龍和她手牽手回到東軒，穿過迴廊，往外宅走去。

趙雅心情出奇地暢美，竟哼起項少龍以前聽慣的悅耳小調。

項少龍忍不住問道：「夫人今夜爲何興致特高？」

趙雅忽地容色一黯，垂頭不語，直到步出門外，登上馬車，才掀簾隔窗召他回來輕輕道：「項少龍走後，人家曾多次想過尋死，但卻覺得太便宜趙穆了，且也想爲少龍多做點事，現在成功在望，你說人家應否開懷？」

項少龍對趙雅的惡感再減三分，心內百感交集，脫口而出道：「若趙穆死了，你又怎樣呢？」

趙雅臉上忽地燒紅，含情脈脈看著他，道：「本來還不知道，現在卻曉得自己終找到取代項少龍的人，其他人都不行，這麼說董大人明白嗎？」

簾子放下，隔斷了項少龍的目光。

直至馬車去遠，他仍呆立廣場處，別有一番難以言傳的滋味兒。

回到內宅，廳堂裡只剩下善柔和荊俊，前者正興致勃勃地研究攤開在方几上的地圖，後者頻打呵欠，只是苦於無法脫身。

項少龍奇道：「她們呢？」

善柔不耐煩地道：「誰知你是否捨得回來，我把她們趕入房睡覺。」

荊俊苦著臉道：「我又不像大姊般睡足一整天，爲何不順便趕我去睡覺呢？」

善柔一手把地圖捲起，瞪他一眼道：「你的腳長在我身上嗎？自己不懂回房，怪得誰來。」

荊俊失聲道：「剛才我說要去睡覺，是誰拉著我來看地圖的？」

善柔自知理虧，猛地推荊俊一把，嬌喝道：「快滾！現在有人陪我了。」

荊俊搖頭苦笑，向項少龍投來同情的眼光，一溜煙般遁出內堂去。

項少龍拋開趙雅的事，坐到善柔對面，道：「給我看你畫了些甚麼鬼東西出來？」

善柔正要再把地圖攤開，聞言收到背後，杏目圓瞪，嗔道：「你再說一遍！」

項少龍退讓，道：「好姊姊！請給鄙人欣賞一下你嘔心瀝血的傑作，好嗎？」

善柔化嗔爲喜，把帛圖攤在几面，喃喃的道：「嘔心瀝血？你這人最懂誇大其辭。」

項少龍定神一看，立給吸引。

這張邯鄲城內外一帶的地理形勢圖極爲精細，雖及不上二十一世紀借助空中攝影繪畫的行軍圖，但已是非常難得，想不到善柔有此本領，這亦是一個出色刺客必須具備的基本條件。

善柔見他全神貫注，欣然指手劃腳，解釋起來。

項少龍聽得不住點頭，默默記牢。

到善柔說得小嘴都累了，外面傳來三更的報時聲。

項少龍伸個懶腰，打呵欠道：「今晚陪我睡覺嗎？」

善柔俏臉一紅，橫他一眼，珍而重之收起帛圖，搖頭道：「我現在沒有半絲睡意，你自己回房睡個飽吧！致致在我房裡，倘若歡喜就把我這個將你看得比老天爺還大的妹子抱走好了。」

項少龍故作漫不經心道：「你睡不睡悉隨尊便！」往寢室走去。

善柔跳了起來，扠腰嗔道：「喂！」

項少龍心中好笑，停步而不轉身，背對著她道：「善小姐有何指教？」

善柔道：「你究竟肯不肯助我們姊妹對付田單？」

項少龍這才扭轉虎軀，把手遞向她道：「來！到我的睡榻上好好商量。」

善柔左右臉頰各飛起一朵紅雲，令這別具風格的美女更是明豔照人，狠狠盯他一會兒，跺足道：「去便去吧！若你只是騙人家，我便一刀子幹掉你。」

項少龍笑著走過去，拉起她柔軟溫熱的小手，凱旋回房去也。

才踏入房門，善柔猛力一掙，把纖手由他掌握裡抽脫回來，轉身欲走。

項少龍一個閃身，攔著去路，訝道：「不是說好了嗎？」

善柔臉紅如火，小手按到他胸膛上，以免撞進他懷內去，搖頭道：「不！不成！」這才收回玉手，站直嬌軀，垂頭避開他意圖不軌的灼人目光。

項少龍大感刺激，哈哈笑道：「你又不是未和我在榻上廝混過，有甚麼不成的呢？」

善柔猛搖螓首，赧然道：「不！我知道今趟是不同的。」

項少龍見她仍不敢看自己，失笑道：「原來凶霸如虎的柔姊，竟也有害怕得羞答答的動人時刻！」

善柔勉強仰起滿泛紅霞的粉臉，一觸他的眼神，又嚇得垂下去，跺足嬌嗔道：「你讓不讓路？」

項少龍伸手解她襟結，淡淡道：「你歡喜就動刀子吧！」

善柔給他的手摸上來，不要說動刀子，連站直嬌軀都吃力異常，顫聲道：「啊！饒過我好嗎？」

這時對方熟練的手已解開她上衣的扣子，襟頭敞開來，露出雪白的內裳和隱見乳溝的襟口。

善柔整個人抖顫起來，閉上美目，呼吸急速，誘人的酥胸劇烈起伏著。

項少龍把她內衣襟口再往左右拉開，滑至肩膀停下來，使她那道劍傷和一大截粉嫩豐滿、潔白如雪的胸脯和刀削般的香肩，毫無保留地呈現在他眼前。

項少龍左手按著她赤裸的香肩，騰出右手以指尖輕觸那道劍痕，愛憐地道：「是否仍很痛呢？」

善柔隨他指尖劃過像吃驚的小鳥般顫抖著，「啊」一聲張開小嘴，呻吟道：「當然痛！你……噢！項少龍！你在欺負人家。」

項少龍把手移上，抓緊她另一邊香肩，俯頭吻在她的劍痕上。

善柔哪還支撐得住，發出可令任何男人心動神搖的嬌吟。

項少龍順手脫掉她的下裳，將她攔腰抱起，往臥榻走去。

善柔兩手無力地纏上他脖子，把俏臉埋在他肩頭，劇烈地喘息。

當項少龍揭帳登榻，她才回復了點氣力，由他懷裡滾下來，躲到臥榻靠牆的內沿去。

項少龍慾火狂升，逼了過去，探手去脫她褻衣，想起那晚和她糾纏後，她下襬敞開，美腿畢露的迷人景象，心內便若燃起一團永不熄滅的野火。

在善柔象徵式而無絲毫實際效用的推拒下，這平日刁蠻凶霸的美女只剩下一件單薄的雪白內衣和香豔的短內褲。

善柔忽地清醒了點，死命拉住襟口，以免春光盡洩時，對方的手已撫上她渾圓結實的美腿。

善柔秀眸無力地白他一眼，顫聲求道：「項少龍啊！不能這樣的！你連門都未關好呢！」

項少龍啼笑皆非，遍撫她一對玉腿後，爬起榻來，笑道：「我還以爲大姊你天不怕、地不怕，原來竟怕一道沒有關上的房門，我便順你意思吧！」

當他重回帳內時，善柔坐了起來，狠狠瞪著他。

項少龍嘻嘻一笑，坐到她身前，膝腿交碰，俯前道：「柔柔你忘了帶匕首。」

善柔「噗哧」失笑，橫他嬌媚的一眼，沒好氣地道：「即使有刀在手又如何呢？區區一把匕首，可以阻止你這色鬼嗎？」

項少龍肆無忌憚地探手過去，由襟口滑進去，嘖嘖讚道：「你不但是一流的刺客，還是一流的天生尤物。」

善柔一對秀眸迸出情火，兩手無力地按他肩膀，嬌喘道：「你放肆夠了嗎？」

項少龍大感雄風赳赳，充滿征服難馴美女的快意，反問道：「柔姊又夠了嗎？」

善柔哪還睜得開眼來，忽地回手隔衣緊抓著他的大掌，喘息道：「停一停好嗎？」

項少龍還是首次聽到她以哀求的語氣和自己說話，讓右手留在最戰略性的要塞，才暫停活動，笑道：「又怎樣哩？」

善柔勉力撐起眼簾，盯著他撒嬌道：「人家早說過你今晚要圖謀不軌，你看現在弄得人家成甚麼樣子？」

項少龍故作驚奇道：「甚麼樣子？當然是最誘人可愛的樣子哪！」

又再揉搓不休。

善柔全無抵抗之力，隨著他的動作抖顫呻吟，求道：「讓人家再說幾句話好嗎？」

項少龍得意洋洋暫止干戈，以征服者的雄姿道：「這時候還有甚麼好說的？你應知接著會發生甚麼事。」

善柔嬌羞不勝，垂首點頭，道：「正因知道，所以想和你這大壞蛋作個商量。」

項少龍奇道：「兩軍交戰，一方敗北，除屈服投誠外，還有甚麼可以商量的？」

善柔大嗔道：「誰要投降，你只是小戰得利，人家……」

項少龍更感樂趣盎然，收回右手，笑道：「噢！我差點忘記你仍有土地沒有被佔領，京城尚未失守。」

當他的手沿腿而上，善柔羞急下回復了力氣，一個翻滾，脫出他的魔爪，由他身旁滾至外檔榻沿處，嬌笑道：「不要過來，否則我立即溜到房外去。」

項少龍毫無追趕之意，好整以暇地轉身後移，靠貼著牆舒服地伸展長腿，指頭一勾道：「夫人乖乖的給我過來。」

衣衫不整、釵橫鬢亂、春光大洩的善柔扠腰嗔道：「不！」

見到項少龍胸有成竹地飽餐著自己的無限勝景時，又軟化下來，可憐兮兮地道：「除非你答應不再侵犯人家。」

項少龍沒好氣地道：「在這時代有哪一場仗是剛嘗甜頭，會忽然退兵呢？善柔你已長大成人，應知今晚有些事是無可避免的。」

善柔幽幽地瞟他一眼，然後認命似的移到他身旁，學他般挨牆而坐，伸展一對美腿，出奇地柔順道：「你該心知肚明，從人家要扮你的夫人開始，善柔便拿定主意從你。但你也要體諒人家嘛！我一向看不起男人的自高自大，最不服氣是像我們女兒家天生出來便是供他們淫辱欺壓，動輒施虐，唉！

我不懂再說了。」

項少龍心叫慚愧，原來善柔有著這時代其他女性想也不敢想的看法，伸手摟她香肩，湊過去封上香唇，溫柔地讓雙方默享那會使男女魂爲之銷的接觸。

善柔情意綿綿地反應著。

唇分，項少龍把她的臉移向自己，看著她柔情似水的美目道：「我會尊重柔柔的想法，今晚到此爲止，你睡在我這裡，我自己找地方睡覺好了。」

善柔發呆半晌，幽幽道：「你要找致致還是田家姊妹？」

項少龍道：「我不想弄醒她們，不是還有間空房？我到那裡去好了。」

善柔有點感動地道：「想不到世上有你這種男人，處處爲別人設想，好吧！我們一起到那裡去好了。」

項少龍愕然道：「一起去？」

善柔回復平日刁蠻的樣子，一噘小嘴道：「待會你對人家作惡完畢，立即給本姑娘滾回這裡睡覺。事後絕不准對任何人提起，更休想我會像致致般對你千依百順，若不是我主動就你，否則再不能隨便對我無禮。」

項少龍一呆道：「這是否叫掩耳盜鈴呢？」

今次輪到善柔發怔道：「甚麼是掩耳盜鈴？」

項少龍解釋道：「偷鈴的賊，自己掩上耳朵，聽不到逃走時鈴搖的聲音，便以爲別人也聽不見，不正像小姐現在的行徑嗎？」

善柔笑得彎起蠻腰，嗔道：「那怎麼相同？這裡並沒有供人掩耳的鈴聲！」

項少龍笑道：「柔姑娘似乎忘掉自己懂得呻吟呢？」

善柔大窘，惡兮兮地大力拉他跨下榻去，狠聲道：「來！快天亮哩！」

項少龍忍俊不住捧腹狂笑道：「柔柔你忘了榻上、地下，都有你盜鈴的衣衫物證。」

善柔本想發惡，旋即和他笑作一團，辛苦地由各處撿起衣物，臉紅耳赤地拉他往空房摸去。

兩顆劇烈跳動的心，在恬寧的深夜，就像鈴聲般使他們感到全世界的人都在聆聽和注意，登時泛起作賊偷情的刺激滋味。

第二十四章　各懷異心

次日清晨，初嘗禁果的善柔果然遵守諾言，若無其事地和趙致到花園練劍，荊俊惦記著那美麗村女，天剛亮就回牧場去，剩下田貞、田鳳陪項少龍吃早膳。

烏果此時進來，道：「平山侯使人傳來口訊，請三爺午後時分到他的行館去。」

項少龍心念一動，立知想他做城守的不是韓闖而是晶王后自己，否則韓闖哪能這麼容易約到這趙國的第一夫人。

細心一想，此亦合情合理。現在邯鄲諸將分別隸屬不同派系，只有他仍尚未與各大派系扯上關係，若被封城守，自然對晶王后生出知遇之心。異日孝成王歸天，晶王后成爲掌權的母后，自己立成她最有力的心腹大將。

但她爲何會看上自己呢？

烏果見他沉吟不語，不敢打擾，正要退下，給項少龍召回，問道：「外面的情況如何？」

烏果恭立稟告，道：「平靜多了，但街頭各處仍有趙兵截查行人，孝成王貼出告示，不准居民收留任何陌生人住宿，所有旅館都有趙兵定時盤查。」

田貞、田鳳對烏果很有好感，見他畢恭畢敬的樣子，不住偷笑，烏果每當項少龍看不見時，亦對兩女擠眉弄眼，逗得兩女更是開心。

項少龍忽道：「烏果！」

烏果嚇了一跳，連忙應是。

項少龍道：「你給我找人通知紀才女，說我黃昏時會正式拜會她，希望能和她一起吃晚膳。」

烏果領命去了。

趙致和善柔香汗淋漓地回來，坐到項少龍兩旁，田氏姊妹忙起來伺候。

項少龍想起善柔昨晚動人的肉體、狂野的誘人美態，心中一甜，道：「你們不要先洗個澡嗎？」

善柔不置可否，趙致卻興高采烈道：「餓得要命哩！」邊吃邊道：「柔姊今天的步法慢了很多，我也跟得上。」

項少龍自然明白步法轉慢的原因，差點把口內的饅頭噴出來。

善柔粉臉通紅，狠狠在几下扭項少龍可憐的大腿一把。

趙致先是一呆，旋則似有所悟，俏臉也紅起來，垂首默默吃著。

氣氛尷尬之極。

項少龍心中好笑，在几下各摸兩女一把，拍拍肚子站了起來，道：「我要出外走走，活動一下筋骨。」

趙致「啊」的一聲叫起來，道：「等等人家！我差點忘記師父囑我帶你到武士行館去。」

項少龍歎道：「真的要去嗎？」

趙致左右手各拿一個饅頭，笑道：「當然！唔！人家要到澡房。」

項少龍笑道：「這是否是一個邀請呢？」

趙致俏臉飛紅，橫他一眼，道：「你的腳又不是長在我身上，誰管得你到哪裡去。」甜甜一笑，再送上媚眼，這才去了。

項少龍向低頭大嚼的善柔道：「我們等大姊來！」

善柔大嗔，一腳猛掃過去。

項少龍大笑閃開道：「好柔柔，還以爲自己的腳法像昨晚般厲害，纏得我差點沒命嗎？」

善柔氣得七竅生煙，取起一個饅頭照臉擲過去。項少龍瀟灑從容地一手接過，順便咬了口，若有所思地道：「怎也不夠柔大姊好吃。」

在善柔瘋虎般跳起來前，他早繼趙致之後，溜進澡房裡去。

那天早上在武士行館度過，趙霸問起「龍善」，項少龍推說到牧場去了。

趙致指導行館裡的五十多名女兵在校場操練，趙霸把項少龍拉到一旁，親切地道：「昨晚大王把我召進宮裡，問起你的事。」

項少龍愕然道：「甚麼事？」

趙霸低聲道：「主要是關於你和貴僕龍善那天力挫李園的情況，我當然是讚不絕口哩！」

項少龍連忙道謝，心內卻是七上八下地嘀咕著。

孝成王或者尚沒有那種精明能察覺出他的可疑處，但郭開卻是狡猾多智的人，說不定會對他們這批牧馬大軍生出疑心。當然孝成王可能只是想給他安排一個適合的職位，所以向這趙國的總教練做出探查。

聽趙霸口氣，孝成王似還問他另外一些事，待會定要教趙致打聽一下。

爲了眾人的安危，眞須好好籠絡趙雅，好探察郭開的詭謀，橫豎趙雅曾騙過他，他騙回她，蕩女也只好認命。

吃過午飯，項少龍把趙致留在行館，獨自往韓闖處去。

邯鄲的氣氛大致回復平靜，行人顯著減少，不時碰到巡城的士兵，見到他無不施禮致敬，比以前當禁衛官時更要威風。

韓闖行館四周刁斗森嚴，佈滿趙兵，項少龍推測是晶王后比他早來一步。她爲何如此著緊自己？可見她定是有所圖謀，才急需一個親信爲她抓緊邯鄲城的軍權，而他這新來者最適合了。

記起席間晶王后與趙雅的不和，進一步想到若晶王后推薦其他人，趙雅定會反對，若是他董馬癡嘛，趙雅或會是另一種完全不同的態度。

經通報後，韓闖到大廳歡迎他，先把他引進側廳，神色凝重地道：「待會小心點說話，我的王姊非常精明，說錯半句，你這城守之職便完蛋。」

項少龍忍不住問道：「晶王后這樣與我見面，豈非人盡皆知？」

韓闖道：「今趟我來邯鄲還另有任務，是把敝國的七公主護送來與太子舉行大婚，晶王后藉口來探她，該不會啓人疑竇。」

項少龍心中恍然，此次政治婚姻必是由晶王后一手促成，可見六國裡趙人與韓人特別親近。

趁此機會，項少龍問起合縱一事，韓闖苦惱地道：「還不是田單和李園藉燕國的事大造文章，兩人互相勾結，把我們三晉視爲比秦人更危險的威脅。我和姬重都有點懷疑，偷襲你和龍陽君的主使者是他們兩人，既要殺死龍陽君，亦想把你除掉。」

項少龍心中懍然，事實上經趙雅提醒後，他對初時猜估偷襲者乃信陵君的人的信心已開始動搖。雖說田單想籠絡他，但那只是另一種「除掉」他項少龍的方法。在這時代，不能用者乾脆殺掉，免得便宜別人。

這時有人來報，晶王后可以見他了。

項少龍隨韓闖穿過兩重天井，經過一座大花園，在內軒裡見到趙國的第一夫人。

施禮後，晶王后向韓闖打了個眼色，後者和婢僕侍衛全退出去，剩下兩人對几而坐。

項少龍暗拿她與平原夫人比較，確是各擅勝場，難分軒輊。

華裳美飾襯托下，這一國之后更是雍容華貴，豔色照人。

晶王后目光灼灼打量著他，淡淡道：「董先生知否本后今天為何要約見你？」

聽她語氣，項少龍更肯定看上他的是她本人，而非韓闖，後者只是奉命穿針引線吧，恭敬地答道：「韓侯說過了，晶王后知遇之恩，鄙人日後縱使肝腦塗地，也定要回報。」

晶王后絲毫不為他的明示忠誠所動，冷然道：「本后看得起你，是有兩個原因，先生想知道嗎？」

項少龍愕然抬頭，暗忖難道獨守宮禁的美婦看上他的「男色」？

晶王后美目深注地瞧他，緩緩道：「第一個原因，是因田單很看得起你，所以你董匡絕不應差到哪裡去。」

項少龍露出恍然之色，同時好奇心大起，問道：「敢問晶王后另一個原因是甚麼呢？」

晶王后輕輕一歎道：「因為我在你身上看到另一個人的影子，他也像你般，是那種天不怕、地不怕的人。只可惜時機不巧，他永遠不能爲我所用。」

項少龍心中一震，自然知她說的人，正是自己。

晶王后見他沉吟無語，訝道：「先生不想知道那人是誰嗎？」

項少龍坦白道：「看到晶王后滿懷感觸，鄙人不敢相詢。」

晶王后對他的善解人意滿意地微微點頭，語氣轉冷道：「你和趙穆究竟是甚麼關係，爲何他竟千方百計把已送出的田氏姊妹設法轉贈與你呢？」

項少龍知道此刻絕不可有絲毫猶豫，也不能像答趙雅般答她。聳肩道：「巨鹿侯由鄙人進京開始一直恩寵有加，至於是甚麼原因，鄙人便不知道。」

晶王后瞪他片刻後，沉聲道：「由今天開始，董匡你只能對大王和本后盡忠，否則便會橫禍臨身，莫怪本后沒有提醒你。以先生的才智，不用本后明言，該明白是甚麼一回事吧！」

項少龍暗叫厲害，這女人把孝成王抬出來與她並列，眞眞假假，確教他難以分辨。

她一方面利用趙穆，同時亦暗防趙穆。

晶王后又道：「巨鹿侯有沒有和你說過甚麼特別重要的話？」

項少龍思索半晌，道：「巨鹿侯似乎很不歡喜李園，常問我有甚麼對付他的方法，其他沒有甚麼特別的。」

晶王后滿意地點頭，改變話題道：「趙雅是否常來纏你？她長得不美嗎？爲何你總是對她若即若離。」

項少龍知她是藉問此等私事來測試自己的忠誠，悶哼一聲，道：「鄙人不歡喜朝三暮四的女人。」

晶王后笑道：「本后很歡喜你這種率直的性格，但若你想登上城守之位，便必須與趙雅虛與委蛇，就當作本后對你的第一個吩咐。」

項少龍故作為難之色，歉然道：「請恕董某粗人一個，實很難蓄意去誆騙別人。晶王后若是命鄙人赴戰場與敵決一生死，鄙人絕不會皺半點眉頭。」

這叫以退為進，若他為了城守之位，完全違背一向的作風，反會教這毒辣無情的女人看不起他。

果然晶王后絲毫不以為忤，嬌笑道：「我早知董先生不是這種人，不過蕩婦更易使男人動心，本后不是逼先生去騙她，只是要你向她略顯男性風流本色，當她是個送上門來的歌姬好了。」

項少龍見她媚態畢露，心中一蕩，故意逗她，微笑道：「也是道理，不過我自家知自家事，凡是和鄙人歡好過的女人，事後都難以離開鄙人呢！」

晶王后本是狠狠瞪視他，旋則花枝亂顫地笑起來，大有深意地橫他一眼，道：「為何你們男人說起對女人的本領，總愛自誇自讚，教人怎曉得誰才是有眞材實料？」

項少龍很想說既有懷疑，何妨一試，不過終不敢說出口，啞然失笑道：「聽晶王后這麼說，才知原來其他男人也愛如此自誇。」

晶王后忽地俏臉飛紅，知道說漏了口，這豈非明白告訴對方，自己和很多男人有過一手嗎？

項少龍驀地想起近水樓臺的成胥，這個忘恩背義的小子，說不定亦是藉晶王后的關係扶搖直上，但為何晶王后不保他續代城守，反選上了自己？旋又恍然大悟，若這有野心的女人在朝廷內外都安排有她的人，自然更易操縱政局。一時間兩人相對無言，氣氛尷尬。

晶王后站了起來，臉容回復那凜然不可侵犯的神態，冷然道：「我走了！此事你絕不可以告訴任何人，否則本后定不饒你。」

項少龍心中大罵，表面當然做足逢迎功夫，直至把她恭送出門外，始鬆了一口氣。

向韓闖告辭之時，韓闖大作老朋友狀，堅持要找天和他到官妓院湊熱鬧，這才放他離去。

項少龍閒著無事，早點往找紀嫣然，隔遠看到田單的車隊浩浩蕩蕩開進紀嫣然寄居的劉府，嚇得掉頭便走，先回府去。

善柔和田氏姊妹均不在家，問起來才知善柔去逛街，拉她姊妹倆相陪去了。

烏果陪他來到寢室門前，低聲詢問道：「樂乘的首級已運至牧場，大爺問三爺如何處置。」

項少龍道：「請大哥看著辦！過幾天風聲沒有那麼緊，把這奸賊人頭送返咸陽給呂相，再由他交給姬后。並著他們至緊要不可洩出消息，否則誰都知道樂乘是我們殺的。」

烏果領命去了。

項少龍回房倒頭睡足兩個時辰，善柔等這時仍未回來，遂匆匆趕往劉府去。

日落西山，由於居民沒事的都不敢出門，市容更見慘淡。

項少龍大興感觸，暗忖其實這都是孝成王此昏君一手造成。不過更可能是命運的安排，否則休想有小盤這個未來的秦始皇出現。

唉！這或者就是鄒衍所說的天命。

到達劉府，紀嫣然正苦候著他，使人把他直接領到小樓見面，鄒衍也在那裡，三人相對，自有一番歡喜。

紀嫣然預備了一席精美的酒菜，三人圍几坐下，俏佳人為兩人親自斟酒，對飲一杯後，怨道：「到今天才有你的訊息，累人家想得多了幾根白髮呢！」

鄒衍哈哈笑道：「你的秀髮若眞是這麼不爭氣，我代表天下男人罰少龍一杯。」

兩人碰杯一飲而盡，項少龍向紀嫣然陪罪後，再向美人兒打了個眼色，後者會意，揮退服侍的兩個丫鬟。

項少龍壓低聲音道：「你們應知邯鄲前晚發生的大事吧！」

紀嫣然微感震驚道：「果然是你們做的，眞厲害，二百多人剎那間非死即傷，不但震動全城，連田單、李園等亦驚駭莫名，疑神疑鬼。」

鄒衍皺眉道：「不過這一來也暴露了你們的行藏，剛才田單來拜訪嫣然，說起此事時，他便表示懷疑是項少龍做的。」

項少龍心中一懍，知道縱可騙過孝成王和趙穆，卻絕騙不過這一代梟雄，幸好他還有滕翼這著暗棋，足以惑他耳目，點頭道：「他來找嫣然還有甚麼目的？」

紀嫣然關切他安危，沒有答他，反道：「怎辦好呢？若他眞的懷疑你們？」

項少龍笑著道：「不用擔心，現在邯鄲城內人人互相猜疑，孝成王等便懷疑是田單和趙穆聯手幹的，而且我尚有部署，足可使敵人疲於奔命、草木皆兵。」

鄒衍笑道：「草木皆兵？這句形容對邯鄲確是非常貼切。我和嫣然研究過樂乘被殺一事，還以為非你下的手，一來因你們人手太少，二來均認為你不會在活擒趙穆前，來這麼打草驚蛇的一手。」

紀嫣然關心則亂，怨道：「少龍！你太魯莽了。」

項少龍歎道：「我是經過再三思量，故有此一著。趁力戰受傷的當兒，沒人會懷疑到我身上，才付諸行動。」

接著說出了非殺樂乘不可的原因，與隨之而來的後果。同時道：「若有人事後調查，會發覺當時我府內只有百多人，頭號手下龍善又不在城內，誰會相信我們有能力做出這種事來。而且翌晨整批人又完好無恙地出城返回牧場，更令人想不到他們是伏襲樂乘的人。」

紀、鄒兩人不能置信地瞪著他，以百多人對付二百多人，竟能不損一兵一卒，此事誰會相信。只是此點，就算精明如田單，亦不應懷疑到他們身上。

紀嫣然輕鬆起來，再為他添酒道：「你這人總是能人所不能，教人吃驚。唉！一天不見你，嫣然也覺日子難過哩！」

項少龍歉然道：「可是今天我來找嫣然，卻是要你和我分開一段時間，先一步回咸陽去。」

紀嫣然纖手一震，酒斟到几上去，色變道：「怎也不能答應你的，此事沒得商量，甚麼理由都不聽。」

項少龍求救的望向鄒衍，這大哲學家亦只能報以無奈的苦笑。

紀嫣然為鄒衍的酒杯注滿酒後，甜甜淺笑道：「不講理一次也是沒法子的。」

鄒衍幫腔道：「少龍為何想我們先到咸陽去？」

紀嫣然挾一箸菜餚放進鄒衍碗內，微嗔的道：「以後不准任何人再提起這件事。」

項少龍投降道：「好了！我就打消此意吧！紀才女滿意嗎？」

紀嫣然深情地瞥他一眼，會說話的美眸似在說「算你啦」的樣子。

項少龍惟有與鄒衍對視苦笑。

後者道：「邯鄲非是久留之地，你有甚麼新計劃？」

項少龍道：「若眞能登上城守之位，很多事均可迎刃而解，否則只好用計謀把趙穆騙到牧場去，再強行將他擒回咸陽。」

紀嫣然道：「先不說趙穆是否有膽量離城，就算肯離城，沒有一、二千人護行，他絕不會踏出城門半步，且會步步爲營，所以這只是下下之策。」

項少龍冷哼道：「現在我正與時間競賽，問題是趙人正在等待我不存在的親族和牲口到達邯鄲的一天。所以我必須在短期內逼趙穆謀反，他若變得孤立無援，還不是任我魚肉，現在最大的難題仍是時間。」

兩人均爲他感到煩惱。

項少龍想起田單，再問道：「田單來訪爲的是甚麼呢？」

紀嫣然俏臉微紅道：「還有甚麼好事，他正式向人家提出邀請，要嫣然到齊國作客。」

項少龍暗忖田單倒直截了當，道：「嫣然怎樣答他？」

紀嫣然道：「我告訴他要考慮幾天，因我要問過你才回覆他。」

項少龍沉吟片晌，道：「你和我的關係，看來只有龍陽君一人猜到，此情況對我們大大有利。雖仍未知偷襲龍陽君的人是誰，卻間接幫我們一個大忙，解去龍陽君派人監視你的威脅。」

紀嫣然欣然道：「人家不管了，今晚定要去找你，因人家有很多心事想和你說嘛！」

項少龍奇道：「甚麼心事？現在不可以說嗎？」

鄒衍笑道：「要不要老夫避開一會兒？」

紀嫣然霞燒玉頰，狠狠在几下跺了項少龍一腳，羞嗔道：「鄒先生也在笑人家。」

項少龍心中恍然，明白所謂心事只是說給鄒衍聽的堂皇之詞，其實是奈不住春思，要來和他倒鳳顛鸞。

項少龍看看時間差不多，笑道：「那今晚董某人恭候紀小姐芳駕，噢！你們知否樂乘的葬禮何時舉行？」

兩人均大搖其頭，他思索片晌，問起李園的情況。

紀嫣然道：「他每天都來找人家串門子，聽他口氣，這一輪他和郭縱過從甚密，看來郭縱把女兒嫁他的事已成定局。」

項少龍爲郭秀兒這可愛美女的未來命運歎一口氣，告辭離去。

有很多事目前急也急不來，惟有看看城守之位會否落到他手上。

第二十五章　一著之差

項少龍才踏進府門，烏果便截著他道：「雅夫人來了，我想請她到東軒等你，她卻堅持要到內堂去，她的臉色很難看呢！」

他早看到廣場上趙雅的座駕和趙大等隨從，門外還有隊趙兵，聽到烏果對趙雅的形容，暗呼不妙，道：「柔夫人和致姑娘呢？」

烏果道：「她們回家去探望正叔，今晚不會回來。」

項少龍皺眉道：「她們有沒有碰上頭？」

烏果道：「柔夫人親自接待她，致姑娘則躲了起來。」

項少龍鬆一口氣，逕自往內堂走去。

跨入門檻，憑几獨坐的雅夫人抬起俏臉往他望來，臉色蒼白。

項少龍到她身旁坐下，小心地道：「你的臉色為何如此難看？」

趙雅冷冷道：「董匡！你究竟有沒有派人攔截項少龍？」

項少龍著實地嚇了一跳，故作不悅地道：「夫人何出此言，我董匡難道是輕諾寡信的人嗎？」

趙雅道：「那為何我們接到消息，項少龍扮作行腳商人出現在邯鄲東面三十里的一條小村莊，還與當地的守軍發生激戰呢？」

項少龍放下心來，滕翼終於出手，關心地問道：「有沒有捉到項少龍？」

趙雅搖頭道：「荒山野嶺，誰能拿得住他？」

項少龍奇道：「既是如此，那夫人的臉色爲何這般難看？」

趙雅微微一怔，垂首淒然道：「我也不知道，或者是怕他知道自己行藏敗露，再不會到邯鄲來。」

項少龍明白她心情矛盾，既不想他來，但又希望他來，歎道：「其實前天晚上我的手下便截住他，還告訴他我們是奉夫人之命去警告他，至於他爲何仍會來到離邯鄲這麼近的地方，就非我所能明白，我剛剛收到這消息，故未能通知夫人。」

趙雅懷疑地看他，道：「你不是騙我吧？」

項少龍故作憤然道：「你在這裡稍候片刻，我去拿證物給你過目，然後再把你轟出府門，永遠不再見你。」

在她說話前，溜回寢室去，取了一枝飛針，回到廳內，把飛針放在雅夫人前面的几上去。燈火映照下，鋼針閃閃生輝。

趙雅伸出纖指，指尖輕觸針身，情淚奪眶而出，顫聲道：「天啊！你們眞的找到少龍，他……他有甚麼話說？」

項少龍以衣袖爲她抹掉淚珠，道：「他甚麼話也沒有說，只是當我的人問他要證物，他由掛滿飛針的腰囊挑一根出來，接著離開。想不到現仍未走，確有膽識。」

趙雅再無懷疑，咬著下唇，好一會兒後輕輕道：「董匡你可否再爲趙雅做一件事？」

項少龍奇道：「甚麼事呢？嘿！我差點忘了要把你轟走，你還厚顏來求我做這做那。」

趙雅連他半句話都沒聽進耳內去，以哀求的語氣低聲道：「立即帶我去趕上他好嗎？」

項少龍失聲道：「這怎可能呢！」

趙雅如夢初醒般，嬌軀一震，轉身撲入他懷裡，「嘩」的一聲痛哭起來。

項少龍軟玉溫香滿懷，也感淒然，暗歎早知如此，何必當初？

趙雅哭出心中淒苦，回復了點冷靜，只是香肩仍不住抽搐，默默流淚，累得項少龍胸前濕了一大片。正不知如何收拾善後時，她倏地平靜下來。

哭泣停止頃刻後，趙雅坐直身子，垂下螓首任由項少龍為她拭掉淚痕。

項少龍喟然道：「夫人前世定是欠了那項少龍很多眼淚，所以今世要還個夠本。」

趙雅綻出一絲苦笑，搖首不語，神情異常。

看她哭腫了的秀眸，項少龍歎道：「根本沒有人可代替項少龍在你心中的位置，夫人不要再騙自己和我老董了。」

趙雅歉然地伸手摸上項少龍濕透的襟頭，俏目射出灼熱無比的神色，咬著櫻唇道：「我想試試看，董匡，現在我很需要男人，可否抱趙雅到房裡去？」

項少龍心中叫苦，若他再拒絕趙雅，實在於理不合，而且亦有點不想令她脆弱的心再備受打擊和傷害。況且為了城守之位，實不宜得罪她。可是紀嫣然待會來找他，應付完趙雅後，哪還有餘力慰藉俏佳人呢？

趙雅俏臉燃燒起來，微嗔的道：「你還猶豫甚麼呢？」

項少龍歎了一口氣，把她攔腰抱起來，心神卻回到二十一世紀曾看過的色情電影，憑記憶搜索所有片段，參考各種花式，看看可有特別精采的，否則若仍沿用慣常那一套，定瞞不過曾和自己歡好過無數次而經驗豐富的蕩女。

趙雅不知為何，激動得不住抖顫，似乎只是給壯健若項少龍的男人抱著，且不須有任何動作，已春情澎湃，難以自禁。

項少龍以醜婦終須見翁姑的心情踏進房內，掩上房門，把她橫陳榻上。

趙雅仰望他，臉紅似火，不住喘息，放浪的樣兒，誘人至極點。

項少龍卓立榻旁，心中忽地覺得有點不對勁，一時卻想不起是甚麼事。

趙雅柔聲道：「董郎為何還不上來？」

項少龍臨陣遲疑，故意打岔道：「這幾天李園還有來找夫人嗎？」

趙雅微怔道：「在這時候，還要提起其他人嗎？」

項少龍不悅地道：「先答我的問題。」

趙雅閉上雙眸，輕輕道：「答案是沒有，近幾天我避到宮內去，甚麼人都沒有見，心中只有兩個人，一個是董馬癡，另一個你也知是誰。」

項少龍坐到榻旁，猛咬牙關，為她寬衣解帶，低聲道：「李園在榻上比之項少龍如何？」

趙雅睜開雙眸，苦惱地道：「不要問這種令人難堪的問題好嗎？噢……」

項少龍在她酥胸溫柔地摩挲，柔聲道：「我想知道！」

趙雅被他摸得渾身發顫，扭動著呻吟道：「沒有人及得上項少龍，他是天生最懂愛惜女人的男人，啊！董匡！求你不要再折磨趙雅，好嗎？」

趙雅的反應激烈得近乎瘋狂，事後兩人疲倦欲死。項少龍雖心懸紀嫣然，但一時實無法爬出房門去，幸好雖是荒唐足有半個時辰，但時間尚早，希望她尚未到來就好了。

榻上的趙雅，確是男人無與倫比的恩物，又懂討好男人，比她美的女人不是沒有，比她更狂放嬌癡的女人卻沒有幾個。

趙雅忽然把他纏個結實，當項少龍還駭然以爲她想再來另一個回合時，這美女湊到他耳旁道：「我眞的很開心，開心得縱然立刻死了也無悔！」

項少龍歎道：「我比之項少龍又如何？」

趙雅的香吻雨點般落到他臉上，以令他心顫的眼神深深注視他道：「你是指以前的項少龍嗎？」

項少龍立時遍體生寒，全身發麻，硬著頭皮道：「夫人何出此言？」

趙雅一個翻身，把他壓在身下，香吻再次灑下，熱淚泉湧而出，淒然道：「少龍你不用騙我了！今天你忘記塗上香粉，身上的藥味又不濃重，人家剛才伏在你懷裡，把你認出來，所以要和你合體交歡，好作證實，唉！少龍啊！你雖有通天本領，在榻上又怎瞞得過人家呢？天啊！世上竟有這麼精美的面具，騙得雅兒苦透了。」探手來掀他的面具。

項少龍頹然任由她揭開面具，露出眞面目，趙雅的淚水珍珠串般滴在他臉上，悲喜交集，泣不成聲。

項少龍心中暗歎，愛撫她迷人的香背，一個翻身，把她壓在體下，深深望進她眼內去，苦笑著道：「田單批評得好，我項少龍最大的弱點就是心軟，見到你爲我那樣淒涼無助、不顧一切的樣兒，早拋開往事，否則你怎能投懷送抱，拆穿我的西洋鏡？」

趙雅一怔道：「甚麼西洋鏡？」

項少龍暗罵自己糊塗，這時代哪來西洋鏡，含糊道：「總之是給你拆穿了。」

此刻趙雅哪會深究，狂喜道：「天啊！你眞的原諒雅兒了嗎？少龍！求你吻吻人家啊！」

項少龍暗忖此時想不討好她也不行，低頭重重封上她的香唇。

趙雅狂野地反應，不知由哪裡來的力氣，肢體纏得他差點透不過氣來，陷進歇斯底里的狀態中。

纏綿良久，項少龍終於脫身。

趙雅意亂情迷，喘息著道：「少龍！喚我的名字好嗎？雅兒自從幹了對不起你的蠢事後，從沒有一刻快樂過，苦透慘透哩！」

項少龍暗忖你和齊雨、韓闖和李園在一起時難道一點不快樂嗎？心雖有此想，卻說不出口來。

趙雅見他神色，明白他的心意，幽幽道：「雅兒知錯了，由今晚此刻開始，假若趙雅還敢做出任何背叛項少龍的行爲，教趙雅受盡人間慘刑而亡。」

項少龍不知是何滋味，湊到她耳旁低喚道：「雅兒！雅兒！」

這兩句登時惹起另一場風暴，再雲收雨歇，趙雅伏在項少龍身旁，側頭望他道：「你眞了得，只憑百多人便以迅雷不及掩耳的手法殺死樂乘，弄得我們疑神疑鬼。」

項少龍舒服地伸展仰臥的身體，問道：「你們曾懷疑過我嗎？」

趙雅歎道：「當然有啦！不過你的手下次晨精神抖擻地離城，沒有半個受傷的人，使我們疑心盡釋，唉！誰人鬥得過你呢？」接著低聲道：「人家可求你一件事嗎？」

項少龍不悅地道：「你是否又要和我做交易？」

趙雅惶然道：「不！雅兒不敢，只是求你。」

項少龍冷然道：「說吧！」

趙雅像受驚的小鳥般靠過來，把俏臉埋入他寬闊的胸膛裡，楚楚可憐地道：「求你不要再用這種語氣和人家說話好嗎？那會使雅兒害怕你再次捨棄我。當日雅兒肯答應王兄來對付你，是有個不可以傷害你的協議，否則雅兒寧死也不會出賣你的。」

項少龍臉容稍霽，皺眉道：「你還未說出要求。」

趙雅勉強壓下惶恐的情緒，戰戰兢兢地道：「妮夫人之死實是趙穆一手造成，王兄事後非常內疚，但米已成炊，那亦是他疏遠趙穆的主因。自烏家和你到秦國之後，他整個人像蒼老十多年，且病痛纏身，老天早在折磨他了。」

項少龍哂然道：「他似乎忘掉自己的女兒。」

趙雅一震道：「你不肯放過他嗎？」

項少龍清醒過來，回復理智，壓下逼趙雅在他和孝成王間選擇其一的不智衝動，歎道：「好吧！看在你分上，我不再和他計較。」心忖跟孝成王計較，該是秦始皇的事。

趙雅大喜道：「少龍你眞好，下命令吧！你要人家爲你幹甚麼都可以。」

項少龍暗想這就叫因禍得福，有趙雅做助臂，何愁大事不成。

湊到她小耳旁道：「助我取得城守之位。」

趙雅哪敢開罪他，不住點頭。

項少龍記掛紀嫣然，正要溜出去時，趙雅欣然道：「事不宜遲，現在雅兒立刻去見王兄，城守之位可包在我身上。唯一會反對的人是郭開，他早有心中的人選。」

項少龍見她這麼賣力，今晚又不再纏他，喜出望外，親自為她穿衣著服，弄了一大輪後，把她送出府門。

待她的車隊遠去，掉頭返回府內時，烏果迎過來道：「紀才女剛到，嘿！三爺眞厲害，換了我便應付不來。」

項少龍心中苦笑，今晚不知如何向紀嫣然交差？

項少龍醒來時，早已日上三竿，還是給善柔弄醒的，只覺渾身乏力，不由暗自警惕，如此下去，鐵打的身子也捱不住。

善柔一臉嬌嗔，擰他鼻子道：「看你成甚麼樣子，睡極也不夠，少管你一晚也不成。」

項少龍坐起榻沿，伸手摟她蠻腰笑道：「昨晚若有你在，我想爬起來都不行呢！」

善柔脫身開去，跺足道：「你不守承諾，又與趙雅鬼混，人家恨死你。」

項少龍愕然道：「烏果告訴你的嗎？」

善柔繃緊俏臉道：「他敢不說嗎？趙雅跟著還有紀嫣然，也不顧自己的身體。」

項少龍站起來做幾個舒筋活絡的動作，笑道：「柔柔陪我去練劍好嗎？」

善柔哪曾見過二十一世紀的柔軟體操，驚異地道：「你的練功方法從哪裡學來的？」

項少龍笑指腦袋，問道：「你的妹子呢？」

善柔道：「回武士行館去了，她是教頭來的嘛！」

此時田氏姊妹走進房來，喜道：「董爺終於醒了。」

項少龍心叫慚愧，梳洗更衣，拉著善柔到園中練劍。

正「噼噼啪啪」對打時，滕翼爽朗的笑聲在一旁響起來。

項少龍大喜，著烏果代替自己陪善柔，回內堂與滕翼共進早膳，同時把近幾天的發展毫無遺漏地和盤托出。

滕翼聽到他終被趙雅識破身分，啞口笑道：「我早預估到有此情況，三弟人又心軟，對這蕩女更是餘情未了。不過這事對我們有百利無一害，讓她將功贖罪好了。但你最好要趙大密切監視她，一有不妥，我們立即逃走。」

項少龍見滕翼沒有怪責他，放下心事道：「既有趙雅之助，我們索性大幹一場，首先要破壞六國今次的合縱之勢，說不定可以乘機狠狠挫折一下田單和李園。」

滕翼訝道：「你不是對田單有點好感嗎？」

項少龍給他看穿心事，老臉一紅道：「初時我還肯定偷襲我們的人是信陵君，現在愈想愈不像，極可能眞是李園和田單合謀幹出來的好事，意圖破壞三晉合一。待會我去探訪龍陽君，打聽他的口氣。唉！我很易便會信任人和爲人所惑呢！」

滕翼同意道：「這是你的優點，也是缺點。」

烏果來報，雅夫人來了。

項、滕兩人對望一眼，均想到她定是帶來好消息。

第二十六章　殺機四伏

趙雅像脫胎換骨般，完全沒有了那股淒怨抑鬱的神態，回復往昔黠慧風流的俏樣兒，神采飛揚，笑靨如花，美目盼兮，明豔照人。看得項、滕兩人眼前一亮，難以相信。

她隔遠便欠身施禮，嬌呼道：「董爺、龍爺兩位貴體安康，趙雅專程前來拜晤。」

項、滕兩人面面相覷，這美女像她跟項少龍從沒有發生過任何事般，在小几一旁裊娜多姿地坐下來，向兩人甜甜一笑道：「依董爺吩咐，小女子幸不辱命，不知可否將功抵過？」

項少龍失笑道：「請先自行報上，看你立下些甚麼樣的功勞。」

趙雅巧笑倩兮的橫他風韻迷人的一眼，傲然道：「大小功勞各有其二，且讓小女子一一道來。」

滕翼笑著爲她奉上香茗，歎道：「第一功自然是造就一個董城守出來，對嗎？只此一功，已足抵過。」

趙雅眉開眼笑道：「有龍大哥愛惜，趙雅對未來的擔憂一掃而盡了！」

項少龍心中湧起無限欣慰，寬恕確比仇恨令人愉快和感到生命的意趣。眼前的趙雅比對起之前的樣子，確有天堂地獄之別，含笑道：「快報上其他功勞，看可值得我董馬癡更多予恩寵。」

趙雅俏臉閃耀亮光，喜孜孜道：「人家已說服王兄，把李牧調回京師對付趙穆的奸黨，這可否算另一大功呢？」

滕翼猛地伸出手來一拍小几，低聲道：「如此一來，大事已定，哪到趙穆不立即造反。」

項少龍伸手和他緊握。

當趙雅把纖美的玉手參加這三手的聯盟時，項少龍笑道：「如此大功，足可使董某人患上失憶症，忘了雅兒曾和別的男人鬼混。」

趙雅「啊」的嬌呼一聲，又羞又喜又不依地白他一眼。

三人收回手後，趙雅道：「那女人果然在王兄前推薦過董爺，王兄還來問人家意見，妾身遂痛陳利害，順帶立下另一功勞。」

項、滕兩人訝然望向她。

趙雅像隻快樂的小鳥般，得意洋洋地道：「人家對王兄說，若能以那馬癡做城守，因他不隸屬任何軍方派系，趙穆定會加以籠絡，那時董馬癡便可將計就計，打入趙穆的陣營，盡悉奸黨虛實，說不定可得到他謀反的憑據，屆時待李牧回來，便可將奸黨一網打盡。」

趙雅認眞地道：「董爺勿忘放過王兄的承諾，龍善大哥要做證人呢！」

滕、項兩人大喜，同聲讚歎。此招確是妙不可言，可使他們立即做出各種部署和進行計劃。

滕翼笑道：「忘了我是滕翼嗎？喚我作二哥吧！」

趙雅顯然在高漲至極的情緒裡，甜甜的叫了聲二哥。

項少龍警告道：「雅兒你若以現在的樣子去見人，那等於在臉上寫著我項少龍回來了。」

趙雅飛他一個媚眼道：「董爺不用擔心，本夫人自有分寸的了。」

滕翼忽地低喝道：「大姨子何不出來一敘？」

項少龍早知她在旁偷聽，趙雅卻嚇了一跳，往後廊望去。

善柔換過貴婦式的常服，千嬌百媚地走出來，但俏臉仍綳緊著，顯是不高興項少龍與趙雅重修舊好。

趙雅的臉色亦不自然起來。

善柔木無表情並示威地故意坐到項少龍身旁。

滕翼忙向項少龍打了個眼色，後者早胸有成竹，微笑向趙雅道：「有了雅兒這妙計，假如我真的找到趙穆與田單合謀的證據，雅兒認為你王兄敢否對付田單呢？」

善柔「啊」一聲叫起來，精神大振，看著趙雅。

趙雅乃耳聰目明的精靈美女，除項少龍這命中剋星外，善柔哪是她對手，故意賣個關子，道：「這事到時再看吧！若計策得宜，甚麼不可能的事也可以變成可能的。」

善柔登時落在下風，在几底狠狠扭項少龍一把，要他為她說項。

滕翼先一步道：「齊國怎也比趙國強，此趟田單亦非孤身來邯鄲，過萬精兵佈於城外，我看你王兄只好忍下這口氣。」

趙雅道：「齊國的中興，是因田單而來，此人若去，齊國有何足懼，不過那過萬齊兵，又有旦楚這等絕代名將統率，確非易與，現在隨侍田單身旁的全是能以一擋百的好手，縱使以你們的實力，恐亦難以討好。」

善柔冷哼道：「只要製造出一種形勢，逼得田單須倉皇逃返齊國，我們便有機可乘。」

項少龍道：「此事還須從長計議，現在首先是要找到可令孝成王信服田單確與趙穆合謀的罪證，其他的遲一步再想辦法。」

善柔喜道：「你這回可不准騙人呢！」

項少龍苦笑道：「你最好對雅夫人尊敬點，否則她怎肯為你盡心力。」

趙雅趁機道：「董爺怎可以這樣說柔夫人，她對人家很尊重的！」

善柔俏臉一紅，唯唯諾諾含混過去。

項少龍想起樂乘，趁機問起他的葬禮。

趙雅不屑地道：「頭都沒有，怎宜張揚？」

滕翼問道：「《魯公秘錄》現在是否落在郭縱手上？」

趙雅傲然道：「當然不是！《秘錄》現在宮裡雅兒的夫人府內，由小昭她們日夜趕工，多複製一份出來，完成後會把副本逐一交給郭縱，但仍要看形勢的發展，若郭縱決意離趙，他不但拿不到《魯公秘錄》，還要死無葬身之地。」

項少龍恍然大悟，這才明白為何見不到小昭這群可愛的婢女，同時也知道李園追求趙雅，非只是向他報復那麼簡單，實是另有圖謀，不禁暗責自己心思不夠縝密。向趙雅道：「你要小心點，田單、李園等無不想把《秘錄》弄到手上，說不定信陵君也派人來搶回《秘錄》。他對你恨意甚深，唔！我要派些人貼身保護你才成。」

善柔道：「不若由我們姊妹保護夫人！」

項少龍不悅道：「你是想找機會行刺田單吧！」

善柔氣道：「我善柔是那麼不為大局著想的人嗎？真不識好人心。」

見到三人無不以懷疑的目光瞪她，善柔可愛地聳肩道：「不信就算了。」

項少龍站起來道：「趁我尚未當上城守前，先去找龍陽君探個口風。唉！我復元了仍不去問候他，實在說不過去。」

善柔冷冷道：「不要給他迷倒了。」

項少龍打了個寒噤，狠狠瞪她一眼。

善柔掩嘴偷笑，趙雅盈盈而起道：「雅兒走哩！讓人家順道送你一程吧！」

龍陽君坐在大廳的一端，地蓆上加鋪了厚毛氈，後靠軟枕，以一張繡上美麗圖案的薄被蓋著雙腿，有點兒「花容慘淡」地看著項少龍由家將引領進來，柔聲道：「請恕本君不便施禮，董兄亦不用多禮，坐到奴家身邊來。」

項少龍眼光落到伺候他的四名年輕男僕上，他們都長得出奇地清秀俊俏，充滿脂粉味兒。

龍陽君笑道：「董兄不用奇怪，他們是出色的美女，只不過穿上男裝吧！」

項少龍心中大奇，難道龍陽君也愛女色？這可是「千古奇聞」了。

坐好後，接過香茗，四個男裝美女和十多名親衛默默退出廳外。

龍陽君深深地瞧項少龍一會兒後，眼裡射出感激的神色，輕輕道：「董兄救了奴家一命，奴家應怎樣謝你呢？」

項少龍暗忖你唯一謝我的方法，是千萬莫要用你「那種心意」來報恩。口上卻道：「董某只是爲己及人，何足掛齒？君上好了點嗎？」

龍陽君眼中寒芒一閃，冷哼道：「他們還要不了我的命。」

項少龍壓低聲音，開門見山道：「究竟是誰指使的，有仇不報非君子，我老董絕不會放過害我的人。」

龍陽君閉上眼睛，沒有說話。

項少龍不悅道：「君上是否有事瞞我，那天在峽口詐我們入去的是誰？」

龍陽君睜開眼來，淡淡道：「那人叫夏月，趙人早找到他，只不過給人割斷喉嚨，再不能說出任何話了。」

項少龍一怔道：「好狠辣，竟乾脆殺人滅口。」

龍陽君冷笑道：「殺了他也沒有用，此人本是齊人，投靠我只有兩年，本君見他劍法不錯，人又似乎忠誠可靠，想不到竟是田單派來的奸細。」

項少龍一震道：「眞是田單主使的！」

龍陽君悶哼道：「本君早便奇怪田單爲何親來邯鄲，現在終於明白，他根本對合縱全無誠意，只是希望趁秦政未穩，一舉吞掉我們三晉，他對趙人更是不安好心，想趁李牧到了邊疆，廉頗仍在攻打燕都的有利時刻，進行滅趙的陰謀。說不定他的大軍已分散秘密潛進趙境，甚至以各種身分躲在城裡，準備裡應外合。」

項少龍從沒有把田單的問題想至這麼嚴重的地步，大吃一驚道：「君上已把這推斷告訴了趙王嗎？」

龍陽君搖頭道：「事關重大，我沒有憑據，怎可隨便說出口來。過幾天我身體復元，立刻返回大梁，以免成爲被殃及的池魚，董兄若肯和本君一道離去，本君自有妥善安排。」

項少龍奇道：「君上難道坐看趙國給田單滅掉嗎？」

龍陽君嘴角露出一絲陰寒的笑意，平靜地道：「哪有這般容易？董兄尚未答本君的問題。」

項少龍搖頭道：「君上的好意董某心領，因我的族人和牲口均在來此途中，我怎能說走便走；何況董某始終是趙人，又怎能坐視趙國落入田單之手。而且這個仇我必定要報的。」

龍陽君歎了一口氣，緩緩道：「田單現在實力太強了，恐怕你們大王亦奈何他不得。經烏家堡一役後，邯鄲守兵只在三萬人間，大半還是老弱之兵，李牧、廉頗又遠水難救近火。董兄若想躲過滅族之禍，只有到大梁一途。除非你現在立即向田單投降，否則他定不會放過你，沒有人比他更心狠手辣。」

項少龍被他說得心生寒意，暗想自己確有點低估田單。幸好還有趙穆這只棋子，否則死了都未知是何事。站起來道：「君上好好休息！」

龍陽君知無法說服他，歎了一口氣，閉目再不說話。

項少龍默立片晌，告辭走了。

街上陽光漫天，項少龍卻像浸在冰水裡。

街頭寧靜如昔，但他卻湧起重重危機、殺氣四伏的可怕感覺。

與龍陽君一席話後，項少龍茅塞頓開，想到很多以前沒有想過的可能性，勾畫出一幅完整的圖畫來。

田單是個充滿擴張野心的機會主義者，準確地把握戰國目下的形勢，乘虛而入，希望首先吞併趙國。

烏家堡一役，邯鄲守軍傷亡慘重，根本沒有壯丁補充，只能以老弱及婦女充數。趙國軍方的兩大支柱，廉頗正與燕人交戰，李牧則要應付寇邊的匈奴，無暇分身，故國都空虛，田單遂藉到來商量合縱爲名，帶來一支雖僅萬許人，卻能威脅趙國存亡的精兵。

當然！這萬許人並不足夠亡趙，龍陽君猜測田單另有大軍潛入趙境，項少龍卻不大相信，因爲這只會打草驚蛇。而龍陽君有此想法，只是因他尚不明白田單和趙穆的關係。

通過趙穆，他將可操控趙政。孝成王一死，晶王后自然成爲趙國的幕後操縱者，那時就可用卑鄙手段兵不血刃地害死李牧和廉頗這兩名大將。

兩人一去，趙國還不是田單的囊中物嗎？至於襲殺龍陽君一事，則是出於外交上的考慮。其他五國，必不會坐看齊人擴大勢力、併吞趙國，所以田單須爭取他們的支持。

燕、韓可以不理，前者正與趙人開戰，後者過於積弱，幾乎是每戰必輸的常敗軍，剩下的只有魏、楚兩國有干預能力。

魏、趙唇齒相依，勢不會同意趙人的土地變成齊人的國土。

楚國卻是另一回事，魏國乃楚人北上的最大障礙，一天沒能收拾魏國，楚國難以揮軍中原。於是田單以此與李園作交換條件，由齊、楚分別併吞趙、魏兩國。

所以才有偷襲龍陽君之舉，將項少龍的董匡列入襲殺的對象，自然是李園的主意，可是卻給他破壞，使田、李兩人的如意算盤打不響。

而更使田單亂了陣腳的是樂乘被殺，原本天衣無縫的顚覆大計，立即受到致命的打擊。因爲田單終對公然攻打趙國有很深的顧忌，那是三晉的其他魏、韓兩國絕不容許的事。

現在田單只能靠趙穆操控趙國，除掉李、廉兩名大將，其他都是下下之策。在這種情況下，若項少龍登上城守之位，立成整個鬥爭核心和關鍵人物。

滕翼聽罷項少龍的分析後，搖頭歎道：「這就是所謂合縱，眞教人不勝悲歎。」

項少龍苦笑著道：「我們今次來邯鄲原是要報復，但這樣發展下去，爲公爲私，都先要設法破壞田單和李園的陰謀。難怪趙穆這麼有把握控制晶王后，全因有田單直接的支持。」

兩人又談了一會兒，項少龍回房稍息。黃昏時分，趙王派人來召他入宮，項少龍大喜，立即進宮去見孝成王。

今次趙王在內宮接見他，晶王后、趙雅、郭開和成胥四人都在場，行過君臣之禮，孝成王賜他坐到上座，然後才輪到郭開和成胥。

晶王后和趙雅則坐在對席處，兩女均臉有憂色，顯然這城守之位仍有些障礙。

項少龍心中惴然，孝成王以慰問傷勢作開場白，他一一應對，當然表示已完全康復。

孝成王神色有點凝重，沉聲道：「董卿劍法高明，又深諳兵法之道，只看你手下兒郎，便可窺見端倪。卻不知有否想過從軍報國，若能立下軍功，將來晉爵封侯，可以預期。至於牧場之事，可交由你下面的人去做，董卿只須照顧大局，不必爲餘事分心。」

項少龍眼角掃視郭開和成胥兩人，只見他們均臉有得色，似是知道城守之位沒有他項少龍的分兒。

但爲何孝成王卻透露有個重要的位置給他的語氣呢？腦際靈光一閃，已想到問題所在，及兩女爲何眉頭大皺。

關鍵仍在成胥。

成胥若做了城守，那原本的禁衛頭子之職懸空出來，可以由他擔當。兩個都是重要軍職，但對他項少龍來說卻有天淵之別，相去千里。

項少龍心中惕然，知道若任孝成王把決定說出來，此事勢成定局，沒有人可以在短期內改變過來。

成胥這小子雖藉晶王后和趙雅扶搖直上，但顯然現在已與郭開結成一黨，再不受晶王后控制，難怪晶王后要改爲培植他。

心念電轉間，項少龍感激地道：「多謝大王知遇之恩，臣下即使肝腦塗地，也要報答大王。所以有幾句平時不敢說出來的話，現亦要向大王陳告。」

這一著奇兵突出，包括晶王后和趙雅在內，無不訝異，不知他有甚麼話，要冒死說出來那麼嚴重。

孝成王動容道：「董卿儘管奏來，寡人絕不會怪罪。」

項少龍肅容道：「今次鄙人毅然拋棄一切返國開設牧場，故因自己身爲趙人，亦因承先父遺命，回來落葉歸根，所以義無反顧，只要大王有命，任何安排，絕無怨言。」

孝成王不住點頭，表示讚賞。

項少龍再慷慨陳詞，道：「可是經鄙人這些日子來審度形勢，我大趙情況實勢如累卵，隨時有覆亡之禍。」

眾人無不色變，郭開皺眉道：「董先生是否有點言過其實？」他身為孝成王座前第一謀臣，若看不到項少龍察覺的事，便是有虧孝成王的重用，當然大不高興。

孝成王截入道：「董卿可放膽說出來，不用有任何顧忌。」

項少龍淡淡道：「大王可否請其他伺候的人暫且退下去？」

孝成王微一沉吟，揮退所有宮娥侍衛，殿內只剩下他們六個人。

趙雅眼中射出迷醉神色，她最愛的就是項少龍這種不可一世的英雄氣概。

晶王后亦美目異采連閃，對他更是刮目相看，暗忖自己沒有揀錯人。

郭開和成胥的表情都不自然起來，不過卻不信他能說出甚麼石破天驚的話來。

項少龍沉聲續道：「現時天下大勢清楚分明，因秦政未穩，各國得到喘息之機，力圖擴張勢力，以爭取一統天下的本錢。今趟各國使節雲集邯鄲，名之為謀求合縱，其實卻是以爭霸為實，比之在戰場交鋒更要凶險百倍。」

成胥冷笑道：「董先生是否有點危言聳聽？」

孝成王亦皺眉道：「合縱乃五國之利，縱然有點問題，也不致於壞到這種地步吧！」

晶王后和趙雅不知應如何插言，惟有保持沉默。

項少龍哈哈一笑，道：「誠心謀求合縱的，只是我們大趙和魏、韓兩國，其他齊、楚兩國尚無切膚之痛，何須緊張？」

郭開冷笑道：「即使齊、楚心懷鬼胎，但我大趙剛大敗燕人，聲勢如日中天，韓、魏又不會坐視齊、楚逞威，況且齊、楚始終顧忌秦人，憑甚麼來圖我大趙？」

項少龍微笑道：「憑的當然是陰謀詭計，首當其衝的就是龍陽君，假若他不幸身死，最受懷疑的人當然是信陵君，即使安釐不把帳算到他頭上，但勢力均衡一旦崩頹，魏國必然會出現權力鬥爭，魏人哪還有暇去管國外的事。那時最大的得益者將是齊、楚兩國，使他們瓜分三晉的大計可邁進無可比擬的一大步。」

孝成王爲之動容，他們雖有懷疑過偷襲者可能是田單又或李園，但始終止於揣測，沒有項少龍說得這麼肯定和透徹。

成胥截入道：「董先生最好小心言詞，若讓這番話洩露出去，會惹起軒然大波。」

趙雅冷冷道：「敢問誰會洩露出去呢？」

成胥登時語塞。

孝成王頗不高興地瞪成胥一眼，神色凝重地道：「董卿對此事有甚麼眞憑實據呢？」

項少龍道：「當時鄙人在龍陽君之旁，自然了解整個過程，關鍵是在龍陽君手下有一名叫夏月的侍衛做內應，據龍陽君告訴我夏月乃齊人，投靠他不足兩年，事後此人更被割破喉嚨，主使者爲何要殺人滅口？當然是不想此人被抓到。若他是信陵君的人，大可隨其他人逃回魏境，又或回魏後神不知鬼不覺幹掉他，不用著跡地當場處決，正因行凶者仍須留在我大趙境內。」

這回郭開和成胥均無言以對，事發後行凶者把死傷的人全部挪走，留下遍地魏人的屍骸。但因龍陽君並沒有告訴他們有關夏月的事，所以並不知道其中一具屍體是被滅口的奸細。

好一會兒後，郭開道：「龍陽君爲何獨要把這種機密事告訴董先生呢？」

項少龍淡淡道：「鄙人對他有救命之恩，他又希望把鄙人招攬回魏，故不瞞我。」

孝成王臉色變得有那麼難看便那麼難看，狠狠地道：「好一個田單和李園！」又冷哼道：「董卿須謹記魏人最不可信。」

項少龍道：「其次是樂將軍被刺之事，樂將軍乃邯鄲城防的中流砥柱，樂將軍一去，若沒有德望均足以代替他的人，定會出現軍心不穩的局面。那時只要田單或李園勾結一些懷有異心的當權大臣將領，便可翻手爲雲，覆手爲雨，我們縱有名將如李牧、廉頗之輩，卻遠在外地，勢將回天乏術，所以鄙人有這番陳詞。」

眾人登時想起田單駐在城外的過萬精兵，若邯鄲出現內亂，這批齊兵足可左右整個形勢的發展。假若沒有趙穆和他的奸黨，區區齊兵自不足懼，現在卻是另一回事。

郭開和成胥均啞口無言，他們都像稍前的項少龍般，雖看到危機，卻從沒有想過會嚴重到可立至亡國的地步。

孝成王鐵青著本已蒼白的龍顏道：「董卿有甚麼奇謀妙計，可扭轉危險的局勢呢？」

項少龍以退爲進道：「鄙人一介武夫，哪有甚麼妙策，這種大事還是交由郭大夫和成將軍爲大王運籌帷幄吧！」

郭開和成胥均大感尷尬，一時間教他們拿甚麼出來化解如此錯綜複雜、牽連廣泛的危機？

孝成王不悅道：「難道眞沒有人可給寡人出主意嗎？」

郭開無奈地乾咳一聲道：「當今之法，微臣認爲只有速戰速決，把有嫌疑的反賊秘密處死，免去心腹之患，那時田、李兩人縱有陰謀，將一籌莫展……」

晶王后截斷他道：「那豈非硬逼奸黨立即策反嗎？烏家堡一役後，實不宜再見動亂了。」

成胥道：「此事可交由小將執行，保證可以迅雷不及掩耳的手法，把奸黨一網打盡。」

孝成王不滿地道：「成卿家清楚誰是奸黨嗎？可能仍在部署，賊子們早動手造反了。」

趙雅嬌笑道：「王兄啊！你現在知道王妹的話有道理吧！只有把董先生委爲城守，才能進行計中之計，把奸黨一網成擒。」

孝成王斷然道：「董卿接命，由此刻開始，你就是邯鄲城守，明天早朝，寡人正式把城守軍符賜與董卿，董卿萬勿令寡人失望。」

項少龍裝作呆了一呆，忙叩頭謝恩。

晶王后與趙雅當然歡天喜地，郭開和成胥卻交換了不友善和狠毒的眼神，顯是另有對付項少龍的毒計。

這一切均瞞不過項少龍的銳目，心中暗笑，任你郭開如何奸狡，絕猜不到他和趙穆間的微妙關係。

哈！現在他可公然去和趙穆勾結。

世事之奇，莫過於此。

項少龍又請孝成王一併把滕翼委爲副將，才離宮去了。

第二十七章　處處逢源

趙穆聽畢項少龍半點都沒有隱瞞的話後，興奮得站起來，仰天長笑道：「今回是天助我也，若我有朝一日坐上王位，你就是我的三軍統帥。」

項少龍心中好笑，道：「事不宜遲，我們要立即佈局對付孝成王，否則若李牧率兵回朝就大事不妙。」

趙穆沉吟片晌，問道：「趙雅給你馴服這一點不足爲奇，爲何晶王后也要爲你說話呢？她和成胥早有一手，沒有理由肯平白地助你這個外來人的。」

項少龍笑著把韓闖的事稍作透露，趙穆更是捧腹大笑，愁懷盡解，坐回他身旁道：「本侯須透露點你和我的關係讓田單知曉，好安他的心。」

項少龍色變道：「萬萬不可，除非侯爺肯洩出自己眞正的身分，否則以他的精明，怎肯輕信？不若由我詐作受他籠絡，說不定反可收奇兵之效。與此人共事，等似與虎謀皮，定須防他一手。」

趙穆點頭道：「你想得非常周到，就這麼辦。李牧也不是說回來就可回來的，我們還有充裕的時間。」

項少龍道：「侯爺最好找些人讓我好向那昏君交差，如此才更能得他寵信。」

趙穆笑道：「縱使把所有人讓他知道又如何？不過此事讓我再想想，定下整個策略後，我們才可一步步推動。只要裝成是項少龍刺殺孝成王，兵權又落在我們手上，哪怕晶王后不和我們合作，李牧和廉頗更休想有命再作威作福。哼！樂乘死了亦好，我始終對他有點懷疑。」

項少龍乘機問道：「田單和李園究竟是甚麼關係？」

趙穆道：「我看不外是互相利用吧！」

項少龍暗忖田單顯然在這方面瞞著趙穆，不再追問，道：「趁我還未正式被委任，我要設法與田單見一面，好爭取他的信任，侯爺有甚麼指示？」

趙穆欣然道：「本侯對你信心十足，放膽去隨機應變，待我想通一些環節，再找你商量大計。」頓一頓續道：「田單黃昏時會到郭縱處赴宴，你看看可否在路上截著他說上幾句。」

項少龍湧起一種荒謬絕倫的感覺，欣然去了。

項少龍心情大佳，溜了去見紀嫣然，順便把事情的發展告訴她，親熱一番後，才於黃昏時，策馬截著田單的車隊，登車與他密話。

田單非常小心，那劉中夏和劉中石兩大高手，仍在車內貼身保護他。

項少龍開門見山道：「鄙人想好了，決意爲田相效力，生死不渝。」

田單大喜，旋又奇道：「董兄你不是說要考慮幾天嗎？爲何忽然迅速作出決定？」

項少龍正容道：「因爲鄙人剛見過孝成王，他決意破例委我做城守，代替樂乘之職，逼得鄙人作出取捨，決意今晚乘夜率眾離去，另再派人攔截來趙的親族牲口，轉往貴境，以示對田相的忠誠。」

以田單的厲害，亦要呆了一會兒才定下神來，訝然道：「邯鄲無才至此嗎？爲何孝成王竟會起用你這個全無資歷的人？我不信孝成王有此胸懷和眼光。」

項少龍道：「或許是因爲鄗人和雅夫人的關係吧！她知道鄗人對孝成王相當不滿，故欲藉此職位把我留下來，好教鄗人與她雙宿雙棲。」

他一邊說話，一邊留意對方的神色，只見田單聽到自己與趙雅的關係時，眼中不住閃動寒芒，顯然是想到若能通過他董匡控制趙雅，等若把《秘錄》取到手中。

田單驀地伸出有力的手，抓著項少龍肩膀，正容道：「董兄你千萬勿要這麼溜走，你若眞的坐上城守之位，對我來說更是有利無害，明白嗎？」

項少龍故示猶豫道：「但是……」

田單加重語氣道：「由今天開始董匡就是我田單的好兄弟，禍福與共，決不食言。你安心做邯鄲的城守吧，過兩天我自然會進一步向你解說。」

項少龍心中暗歎，這時代的人個個都睜著眼睛在騙人，田單一方面派人殺他，但一見自己利用價值大增，又再稱兄道弟，若非自己身分特殊，眞是給他騙死仍未覺察。

這時車隊快要開上往郭府的山路，項少龍忙告辭下車，返府去也。

翌晨天尚未亮，項少龍與滕翼入宮參加早朝。

孝成王當著文武百官，正式把項少龍委作城守主將，滕翼爲副將，又把軍符、寶劍和委任狀隆而重之賜與項少龍。

郭開知事情已成定局，當然不敢出言反對。而其他親趙穆的官將，又或屬於晶王后或趙雅系統的人更是齊聲附和。原本沒有可能的事，就這麼決定下來。

事後眾官將紛紛向兩人道賀，著意巴結，使兩人有今非昔比之歎。

早朝後，孝成王親自陪項、滕檢閱城兵，讓三軍上下無不知道兩人得他寵用，不敢不服。

孝成王和他們兩人談起守城之道，滕翼固是出色當行，項少龍亦憑以前學到的知識，加上守城大宗師墨子的兵法一一應付，令孝成王完全放下心來，深慶沒有任用非人。

其他陪侍一旁的將領則無不驚異，皆因兩人隨口道來的守城兵法，很多均是聞所未聞，發前人之所未發，原本心中不服的，此時亦無不折服。

孝成王事了回宮後，項、滕兩人在另一副將趙明雄的陪侍下，回到東門的兵衛指揮所。當項少龍在指揮所大堂高踞北端的將座，百多名偏將、裨將、校尉、隊長等分列兩旁下跪叩禮，項少龍有如活在夢中，不能相信眼前的事實。

接下來的幾天，兩人忙個不停，銳意整頓守城兵將，加強武備和訓練，同時把自己的精兵團員安插進來做兩人的近衛。又把本在城兵中服役的蒲布等四名自己人，雜在一批人中陞爲裨將，以收如臂使指之效。

一切妥當後，項少龍方鬆了一口氣，往見趙穆。

這奸人把他召入密室，坐定後開懷笑道：「董將軍你猜郭開有甚麼對付你的手段呢？原來這忘恩負義的傢伙透過另一人來向本侯告密，說你是孝成王用來對付我的奸細，要我小心防你，教我差點笑破肚皮。」

項少龍心中勃然大怒，郭開這種小人，爲一己私利，妄然置大局於不顧來陷害自己，好讓他一事無成，確是陰險卑鄙之極。冷然道：「我們可否藉此事把郭開扳倒？」

趙穆道：「小不忍則亂大謀，將來趙國落入我們手裡，我們才教他家破人亡，受盡慘刑而死，目下暫讓他得意一時吧！」

項少龍這時才有機會把那天和田單在馬車內的密議說出來。

趙穆歎道：「王卓你這一著非常厲害，難怪這兩天田單轉趨積極，頻頻找本侯商議奪取趙政的事，現在萬事俱備，欠的只是一個刺殺孝成王的機會。唉！我有點迫不及待哩！」

項少龍道：「此事萬勿操之過急，我當城守時日仍淺，尚未能眞正控制大局。但每過多一天，我便多一分把握。目前最緊要是取信孝成王，幹些成績出來給他看。」

趙穆道：「這個容易，現在我們先洩露點部署予孝成王知曉，還怕他不當你如珠如寶嗎？」

當下兩人仔細推敲，好半天趙穆才說出一堆名字，都是趙國邯鄲以外一些城鎭的城守或將領。

項少龍見他眼神閃爍，心知肚明這些人說不定與趙穆毫無關係，只是趙穆想藉他之手陷害他們，心中暗罵，皺眉道：「爲何一個邯鄲城內的人都沒有呢？」

趙穆猶豫半晌，始肯透露兩個卿大夫和四名將領的名字，後四人全是負責邯鄲外圍或長城的守將，項少龍以前往大梁時認識的滋縣城守瓦車，赫然列名單上。

項少龍此時更無疑問奸賊是在借刀殺人，當然不會說破，點頭道：「侯爺在宮中的禁衛軍裡絕不會沒有自己人，最好洩露兩個出來，好教昏君深信不疑。」

趙穆今次爽快地點了兩個人出來，其中一個是曾隨項少龍往大梁的營官查元裕，項少龍更是心中好笑，知趙穆欺他不熟邯鄲的情況，豈知他對查元裕比趙穆更清楚其爲人。故意戲弄他道：「唔！這樣把我們方面的人暴露身分，終是有點不妥當，不若鄙人避開這些人，找幾個替死鬼來頂罪，如此更能打擊將來反抗我們的力量。」

趙穆登時色變，偏又有苦自己知，若此時改口，不是明著在欺騙自己的「親信」嗎？忙道：「我看還是過幾天再說，倘你這麼快得到這麼多準確的情報，實在於理不合。」

項少龍心中暗笑，同意道：「鄙人一切唯侯爺之命是從，侯爺認爲時機到了，便命鄙人去辦吧！」

趙穆鬆了一口氣，又見項少龍當上城守後，仍是如此聽教聽話，欣然道：「本侯知道你最近提拔一批人，我也有幾個名字，你可酌量加以重用，可使你更能控制城衛。」

項少龍知道趙穆愈來愈信任他，所以開始透露點眞實的資料給他，拍胸保證道：「這個包在我身上，明天我立即把他們安插進重要的位置去。」

趙穆大喜，說出四個偏將的名字來。

在城衛的系統裡，最高的官階當然是作爲城守的主將，接著是兩名副將、八名偏將和二十名裨將，均有領兵的權力。

城衛分爲十軍，每軍約三千人，軍以下是裨、校、部、隊和伍。

最小的軍事單位「伍」就是每「伍」五個人，選其一爲伍長，上一級的「隊」是五十人，由隊長率領。

一「裨」則是一千人，由裨將帶領，在軍方已屬上層將領。

偏將的地位更高，有權領「軍」，不過領軍的偏將亦有主、副之別，軍與軍間也有強弱之分，所以只要項少龍把此四人安插到主領軍的位置，又讓他們統率較精銳的城軍，等若間接由趙穆控制城衛。

項少龍自有制衡之策，並不怕他這種安排。

項少龍知道趙穆絕不會將與他勾結的奸黨如數家珍般讓他全盤知悉，心生一計道：「人心難測，侯爺究竟有沒有辦法，可保證下面那些人有起事來，義無反顧地對侯爺做出全力的支持呢？」

趙穆苦笑道：「這種事誰可擔保！」

項少龍這時想到的是二十一世紀的合約，笑道：「鄙人倒有一個愚見，就是效忠書，侯爺可教那些人把效忠之語立下誓狀，交與侯爺，將來萬一侯爺有難，這些效忠誓書勢將落到孝成王手上，爲此他們想不禍福與共也不行，只好全心全意和侯爺造反到底。」

趙穆哪知是計，拍案叫絕，道：「有你此條妙計，何愁大事不成。」

項少龍自動獻身道：「第一封效忠書由我董匡立下給侯爺，以示鄙人對君上的感恩和對侯爺的忠誠。」

趙穆歡喜得差點把項少龍摟著親上兩口，連忙使人取來筆墨帛書。

項少龍暗忖除了簽名還可勉強應付外，他的字怎見得人，不過事已至此，惟有硬著頭皮寫下「董匡效忠趙穆」歪歪斜斜六個字，畫下花押。

趙穆哪會計較，更深信不疑他出身「蠻族」。

兩人關係至此如膠似漆，再無疑忌。

離開侯王府，項少龍忙入宮覲見孝成王，當項少龍稟上有密告後，孝成王把他引入書齋說話。

項少龍還是首次與趙國之主獨對一室，知對方將他視爲心腹，恭敬道：「末將已成功打進趙穆的集團去。」

孝成王大訝道：「趙穆怎會這麼容易相信你？」

項少龍道：「一來因爲我們一直關係良好，更因是我寫下效忠書。」

當下把情況說出來，同時道：「只要我們把這批效忠書取到手，那誰是奸黨，可一清二楚，更不怕殺錯人。」

這回輪到孝成王大笑起來，道：「董將軍此著確是妙絕天下的好計，寡人今趟眞的完全放心，時機一到，董將軍給我把趙穆抄家，搜了這批效忠書出來，看誰還敢造反？」

項少龍道：「此仍非最佳之策，一個不好，立生內亂，何況還有田單在旁虎視眈眈。我以爲先由末將把效忠書弄到手上查看，清除禁衛軍裡的賊黨，無內顧之憂後，再對付軍隊的餘黨，那時就算趙穆有三頭六臂，亦只有俯首伏誅了。」

孝成王興奮地不住點頭道：「將軍看著辦吧！這事全交給你了。」

項少龍又把與田單的關係交代出來，聽得孝成王兩眼寒光閃閃，咬牙切齒道：「果眞想來謀我大趙，給將軍一試便探出來。」

項少龍再與他商議一番，這才告退。

項少龍剛離開書齋，便給一個宮娥截著，說晶王后有請。

他早曾聞得孝成王因自身的「問題」，不大管晶王后的事，仍想不到她如此明目張膽，待他甫見過孝成王，竟派人把他攔路請走，無奈下惟有隨宮娥朝內宮走去。

像上次般無異，路上所遇的鶯鶯燕燕，無不對他投以飢渴之色，大送秋波。

這些天來天未亮他便要入宮早朝，又忙於城務，分身不暇，不但沒有時間見趙雅和紀嫣然，回府後諸女均早已歇息，田氏姊妹雖堅持要候他回來，但他怎忍心這對可愛的人兒捱更抵夜，所以堅持不要她們伺候，更與眾女話也沒有多說幾句。

今天稍有空閒，本想往訪紀才女，或是見見趙雅，只恨給晶王后捷足先登，不禁大感苦惱，卻又無可奈何。

直到此刻，他仍未真正清楚晶王后和趙穆間曖昧難明的關係究竟達至何等地步，藉此機會探探口風也是好的！

宮娥把他直帶至御花園東一座清幽的小樓前，沿途禁衛無不向他肅然敬禮，使他享受到前所未有的虛榮和風光。

另兩名宮娥把門打開，拋媚眼嬌笑道：「王后在樓上等候將軍呢！」

他尚未有機會反應，兩名俏宮娥已跪在兩側，伺候他脫下長靴。

項少龍一顆心跳了起來，暗想人一世，物一世，自己流落到古戰國時代裡，若能與一國之后攜手尋歡，總是難得的奇逢豔遇。

憶起當日她欲拒還迎，最後仍是拒絕他時的媚態，一顆心不由熱起來。

但又是不無顧忌，若給孝成王知道，他會怎樣處置自己？

在這種矛盾的心情中，他登上小樓，每一步像有千斤之重。

晶王后身穿華服，獨自一人斜倚在一張長几之上，背靠軟墊，見到他出現在樓梯盡處，欣然道：「將軍來了，請坐到本后身旁。」

項少龍硬著頭皮，坐到長几旁另一方的邊緣處，吁出一口氣，道：「王后何事相召？」

晶王后修長入鬢的鳳眼眨了一眨，幽幽一歎道：「董將軍剛見過大王嗎？唉！你大王近年的身體差多哩！又不肯多點休息，眞怕他下回發病再起不了榻來。」

項少龍色心立斂，再次領教到她的手段。

她語氣雖像關心孝成王，骨子裡卻在暗示孝成王若死，太子登位，由於年紀只和小盤相若，自然唯她之命是從，那時她成爲項少龍的主子，所以項少龍若懂時務，刻下定須看她臉色做人。

淡淡幾句，便已恩威並施，還加上親切感和色誘，確令人很難抗拒。

項少龍尚未有機會說話，晶王后輕拍手掌，不半刻兩名宮女步上樓來，把燙熱的白酒和酒杯放到兩人間的小几上，又退了下去。

晶王后親自把盞，斟了滿滿兩杯，舉起從未做過半點粗活，活像春蔥並塗上紅脂油的纖手，遞一杯給項少龍，自己再捧起一杯，向項少龍敬道：「謹以此杯祝賀將軍你榮登城守之位！」

項少龍忙道：「多謝王后提拔！」

「噹！」

兩杯在空中相碰，晶王后以袖遮掩，一口氣把酒喝掉，放下杯子時，玉頰升起兩朵紅雲，更是豔色照人。

項少龍再保證道：「董匡絕不會忘記王后恩德，王后放心。」

晶王后嬌媚地瞅他一眼，溫柔地道：「本后自然知道將軍非是忘恩負義的人，呀！你那天的表現非常精采，現在人家對你愈來愈放心。哎！看你這人哪！坐立不安的樣子，是否在怕大王知道你來這裡呢？」

項少龍歎了一口氣，坦然道：「我知王后對鄙人恩寵有加，不過這麼相處一室，似乎有點不妥當，若大王誤會王后，鄙人萬死不足以辭其咎。」

晶王后「噗哧」嬌笑道：「你說話倒婉轉，不像你平時的作風，明明是人家召你來，卻說得此事像由你惹起似的。安心吧！大王從不理本后的事，亦不會因此對你不滿，這樣說你放心嗎？」

項少龍愈來愈弄不懂宮幃內的事，一切似乎均非遵照常理而行，正思忖要怎樣探聽她與趙穆的關係時，晶王后凝視著他道：「趙穆有沒有在你面前提起過我？」

項少龍坦然道：「王后莫怪鄙人直言，趙穆雖沒有明言，卻隱隱暗示王后是他那方的人，此事鄙人當然不敢告訴大王，王后放心好了。」

晶王后雙目閃過冷狠的神色，咬牙道：「告訴他又如何？這都是他一手造成的。」

這麼一說，項少龍自然知道又是與孝成王跟趙穆的性遊戲有關，想不到貴為王后仍不能倖免，可知孝成王是如何荒淫無道。

晶王后幽幽一歎，道：「幸好得董匡你提醒我們，想不到趙穆如此愚蠢，竟然引狼入室，連田單這野心家都去招惹。」

項少龍差點高聲歡呼，這是有心算無心，晶王后淡淡幾句話，立即使他知道晶王后確曾有與趙穆合謀之意，現在只是怕田單的介入，才臨陣退縮，力求自保。

這些人的關係，隨利害衝突不住改變，假若趙穆真的得勢，說不定晶王后又會重投他懷抱。

晶王后瞟他一眼，皺眉道：「你為何不說話呢？」

項少龍聽她語氣愈來愈親切，心中一蕩道：「鄙人心中正想著，若有甚麼事可令王后開懷，即使赴湯蹈火，鄙人在所不辭。」

晶王后咯咯嬌笑起來，好一會兒後才風情無限地瞅他一眼，柔聲道：「你這人粗中有細，很懂討女人歡心，難怪趙雅那騷蹄子給你迷得神魂顛倒，把齊雨、韓闖和李園三人拒於門外，還神采飛揚，更忘掉項少龍。人家也很想試試那種滋味，好了！本后知你貴人事忙，不再留你了。」

項少龍本聽得心花怒放，暗喜終可嘗到高高在上的趙國之后的滋味，哪知對方在最高潮時忽下逐客令，知這狡后又在玩似迎實拒的手段，心中大恨，又無可奈何，惟有施禮告退。

離宮前湧起衝動，想藉見雅夫人一探小昭等諸女，但終把不智的慾望壓下去，逕回指揮所去了。

第二十八章　郭府婚宴

回到東門兵衛指揮所，已是黃昏時分，滕翼剛練兵回來，兩人到放滿竹簡帛書的宗卷室說話。

滕翼大致向他報告城防的情況，結語道：「現在邯鄲可用之兵，實際只約二萬人，其他都是老弱婦孺又或全無訓練的新兵，有起事來，只會礙手礙腳，徒亂士氣軍心。」

項少龍道：「兵貴精不貴多，二哥設法把新兵和老弱者調往城外幾個營地，讓他們接受訓練和做些預防性質的工作好了。」

滕翼道：「若要做這種調動，只是三弟手上的一半兵符仍不行，必須得孝成王把另一半虎符也授你才成。」

項少龍道：「此事包在我身上。」接著說出趙穆提到那四名偏將的事。

滕翼一聽便明白，笑應道：「曉得了！我可保證把他們明陞實降，使之一籌莫展。」

項少龍歎道：「若非有二哥助我，只是城防複雜無比的事務便可把我煩死，真想不通以前樂乘怎可以夜夜笙歌，還藏納這麼多女人？」

滕翼道：「道理很簡單，繁重工作一律由副將趙明雄包辦，功勞當然歸他。這趙明雄確是個人才，只是因由廉頗提拔出來，才一直受到排擠。聽說樂乘數次想換掉他，均被你的雅兒親自向孝成王說項保住，想不到雅兒對孝成王這麼有影響力。」

項少龍沉吟片晌，問起城外的齊軍。

滕翼道：「我派人在駐紮城北二十里的齊軍營地四周設立哨崗，日夜不停監視著他們的動靜。表面看來，營地全無異樣，甚至看不到有加緊訓練的情況，但我卻懷疑他們在暗闢地道，由於他們非常小心，所以才察覺不到。此事我已交由小俊去偵察，很快應有回音。」

滕翼忽又記起一事道：「噢！我差點忘了，龍陽君派人來找你，請你有空到他那裡一敘，還有就是郭縱今晚又在府內大排筵席，這次不但有你的分兒，連我都沒有漏掉。」

項少龍和他對望一眼，均搖頭歎息，不勝感慨。

滕翼道：「我不去了，給你在這裡坐鎮大局，現在邯鄲表面看來風平浪靜，其實內中殺機重重，一下疏忽也會令人悔之已晚。」

項少龍道：「這裡全仗二哥了，唉！你看我們是幹甚麼來的，竟爲趙人化解起危機來。」

滕翼陪他站起身來，道：「孝成王把趙穆拱手送你，三弟自然須做點回報，先回府走一趟吧！我看你這幾天與善柔她們說的話加起來沒有十句呢！」

項少龍苦笑著離開。

與以烏果爲首的眾親衛剛開出指揮所，便遇上田單的車隊，項少龍自然知道田單是特意來找他，連忙鑽上他的馬車去。

劉氏兄弟仍默坐車尾，項少龍坐到田單身旁時，這權傾齊國的人物微笑道：「董兄當城守非常出色，令整個形勢氣象煥然一新。」

項少龍謙讓兩句後道：「爲取信孝成王，我派人監視田相的護駕軍士，請田相見諒。」

田單欣然一拍他肩頭，笑道：「我田單豈是不明事理的人。」接著沉聲道：「查清楚是誰暗殺樂乘了嗎？」

項少龍差點招架不來，忙道：「若我估計無誤，該是項少龍所爲，因爲幾天後便在邯鄲附近一個小村落發現他的行蹤。」

田單高深莫測地微微一笑，淡淡道：「此事定是項少龍所爲，其他人均沒有非殺樂乘不可的理由。而且樂乘只是他第一個目標，第二個目標若非趙穆，就是孝成王。」

項少龍感到整條脊骨涼慘慘的，非常難受。

田單冷哼道：「假設是項少龍所爲，這問題便非常有趣，他究竟潛伏在邯鄲城內哪個秘密處所呢？誰人做他內應，使他可如此精確地把握樂乘的行蹤？董兄可回答這些問題嗎？」

項少龍沉聲道：「若我是項少龍，定不會蠢得躲在城裡，至於內應，對他更是輕而易舉，烏家以前在此根深柢固，自然仍有肯爲他們賣命的人。」

田單微笑道：「可是他爲何要打草驚蛇殺死樂乘呢？若論仇恨之深，何時才輪得到他？」

項少龍心中懍然，完全摸不著田單說起此事的用意，皺眉反問道：「田相有甚麼看法？」

田單望往簾外暗黑的街道，一字一字緩緩道：「項少龍早回來了，我感覺得到。」

項少龍嚇了一跳，低聲道：「田相知否他在哪裡？」暗忖只要他指出自己，立時出手把他殺掉，至於後果如何，再顧不得那麼多了。

田單長長吁出一口氣道：「項少龍是我所知的人中最有本領的一個，孝成王平白把他放過，等若錯過趙國中興的千載良機。」

搖了搖頭，再歎一口氣，拍拍項少龍肩膀道：「記著我這番話，樂乘的近衛家將裡必有奸細，只要詳細調查當晚樂乘的親衛有哪些人藉故沒有隨行，就可知誰是內應，這事你給我去辦好，若能抓得項少龍，我便可以用他來做幾項精采的交易。」

項少龍愕然道：「甚麼交易？」

田單淡淡道：「例如向趙雅交換她手上的《魯公秘錄》。」

項少龍不由心生寒意，這人實在太厲害，若非自己有董馬癡的身分，可以用此妙不可言的方式與他玩這個遊戲，說不定眞會一敗塗地。

此時馬車駛上通往郭府的山路，車廂顚簸，田單看似隨意地道：「董兄的守城法是從哪裡學來的？」

項少龍早預料他有此一問，聳肩道：「我老董每件事都是由實際經驗得來，打得仗多，自然懂練兵；與馬兒相處多，便知道牠們的習性，實在算不了甚麼。」

田單沉吟不語，好一會兒才道：「董兄爲何忽然看得起我田單？」

項少龍裝出誠懇之色道：「養馬的人，首先要懂得相馬，田相請勿見怪，以馬論人，在鄙人所遇的人中，無人及得上田相的馬股。」

田單爲之啼笑皆非，但千穿萬穿，馬屁不穿，遂欣然受落，道：「你小心點李園，此人心胸狹窄，對你恨意甚深，不置你於死地絕不甘心，尤其是近日趙雅投進你的懷抱，使他奪取《魯公秘錄》的好夢成空，更不肯輕易罷休。」

項少龍此時更無懷疑，偷襲龍陽君者，非田單和李園兩人莫屬。

此時郭府在望，項少龍心中暗歎，想回去見善柔和田氏姊妹一面而不得，只不知會否見到紀嫣然、趙雅又或趙致呢？

工作確使人失去很多生活的眞趣。

郭府張燈結綵，賓客盈門，氣氛熱烈。

項少龍在進府前溜出車外，避了與田單並肩而臨的場面。

當他繼田單之後，踏進府內時，田單正在郭縱的殷勤歡迎中，逐一與慕名的趙國權貴行見面禮，吸引了所有人的注意力。

項少龍心中暗喜，辭退引路的府衛，溜到主宅前那美麗的大花園裡，深深吸幾口清涼的空氣之時，香風飄來。

項少龍回過身時，趙雅喜孜孜來到他身旁，一把挽起他膀子，拉著他步往位於園內美景核心的其中一座小亭走去，欣然道：「雅兒還以爲董爺沒空來，唉！董爺眞行，只是幾天工夫，便弄得邯鄲士氣大振，防務周密，現在再沒有人懷念樂乘了。」

步過兩道小橋，他們來到位於小湖之上的亭子，人聲、燈光像由另一個世界傳來，這裡卻似是個隔絕了凡俗的寧恬天地。

項少龍斜挨石欄，伸手摟她的小蠻腰，微笑道：「我決定爲你王兄解掉邯鄲的危機，你該怎麼謝我？」

趙雅嬌軀輕顫，靠入他懷裡道：「那雅兒只好痛改前非，一心一意做董爺最乖、最聽話的女人啦！」接著低聲道：「你眞的能不念舊惡？雅兒擔心王兄受不起再一次的打擊。」

項少龍淡淡道：「放心吧！本人自有妙計，保證事後你王兄根本不知項某人曾來過邯鄲，還當上城守。」

趙雅一怔道：「怎麼可能呢？」

項少龍不悅道：「你總是比別人對我沒有信心的。」

趙雅惶然道：「雅兒不敢了！」

項少龍見她駭成這樣子，心生憐意，親了個嘴兒，笑道：「不用驚惶，只要你言行合一，我怎會不疼愛你。」

趙雅幽幽道：「你眞會帶人家走嗎？」

項少龍知她成了驚弓之鳥，最易胡思亂想，作無謂擔憂，正容道：「我董匡哪有閒情來騙你這個到處找那滴蜜糖的可憐女子呢？」

趙雅俏臉一紅，跺足嗔道：「人家眞不甘心，你變爲董匡，人家仍要情不自禁鍾情於你，還要投懷送抱，受盡你的欺壓。」

項少龍開懷大笑，道：「今晚郭府爲何大排筵席？」

趙雅奇道：「你眞是忙得昏天黑地，連郭財主要把女兒許配李園也不曉得。」

項少龍一震道：「郭縱眞的要走了，你王兄肯放過他嗎？」

趙雅歎道：「合縱之議，到現在仍因燕國的問題談不攏，王兄又不肯讓步。郭縱這種只講實利的人，哪肯坐在這裡等秦人來攻城掠地，現在他有李園做嬌婿，王兄能拿他怎樣？」

項少龍道：「若你也隨我走了，你王兄不是更傷心嗎？」

趙雅秀眸射出茫然之色，歎了一口氣，緩緩道：「我這王妹對他還不情至義盡嗎？連妮姊之死都不和他計較，還差點把自己最心愛的男人害死，只有他欠我，我還欠他甚麼呢？況且我一介女流，可以做出甚麼事來？王兄的性格人家最清楚了，不要看現在他那麼恩寵你，危機一過，會是另一副臉孔，看廉頗、李牧立下這麼多功勞，卻受到些甚麼對待。他這個人只有自己，雅兒早心淡了。唉！異日王兄不在，讓那女人當上太后，第一個她要整治的人正是我這個可憐女子，不走行嗎？」

項少龍道：「聽你這麼說，我放心多了。」

趙雅不依道：「到現在仍不肯相信人家嗎？以後為了你，就算死，人家絕不會皺半下眉頭。」

項少龍責道：「不准提個『死』字。對了！今晚看來並不像是個婚宴呢！」

趙雅道：「婚宴將在楚國舉行，到時郭縱自然會到楚京主禮，你明白啦！」

項少龍恍然道：「確是高明的策略，好了！我們回去湊熱鬧吧！」大力拍她的粉臀，道：「你先回去，免得人人都嫉忌我。」

趙雅嬌癡地道：「今晚到人家處好嗎？」

項少龍想起善柔，眉頭大皺道：「待會再說，紀才女今晚會否來呢？」

趙雅道：「她早來了！還不是拏眼找她的情郎，幸好給雅兒早一步截著，得了先手。」

項少龍啼笑皆非，把她趕走，然後才往主宅走去。

在園內正進行酬酢活動的賓客，見到他這趙國新貴，紛紛過來巴結打招呼，好不容易脫身，給韓闖扯到一角，道：「董將軍眞行，本侯從未見過我晶姊這麼看得起一個人的。」

項少龍道：「還要多謝侯爺照拂。」

韓闖道：「這個放心，我已在王姊前爲你說盡好話，但你卻要小心郭開這小人，他正散播搖言，說你因和王姊有染，藉她關係登上城守之位。嘿！這卑鄙小人自忖成了孝成王的情夫，才如此橫行無忌，我最看不過眼。」

項少龍失聲道：「甚麼？」

韓闖道：「難怪你不知此事，除宮內的人，這事眞沒有多少人知道，不過孝成王怎能沒有男人，可惜你不好男風，否則可取而代之。」

項少龍渾身寒毛直豎，乾咳道：「請不要再說了！」

韓闖親切地道：「幸好你仍愛女色，我王姊也是不可多得的美女，你若能哄得她開開心心，將來太子登位，趙國可任你呼風喚雨，那時千萬不要忘掉我這位老朋友啊！」

項少龍知道他是想通過自己間接控制晶王后，由此可見這趙國之后並非對他言聽計從。又怕他再向自己索取田氏姊妹，拉著他往主宅走去，邊分他心道：「侯爺出入小心點，偷襲龍陽君的人，說不定眞是出自齊、楚的合謀。」

韓闖色變道：「甚麼？」

項少龍這時更肯定晶王后並沒有對族弟推心置腹，剛好撞上一群賓客，項少龍乘機脫身，舉步走進宴會的大堂去。

正在堂中的郭縱欣然迎上來道：「董先生榮任城守，老夫尚未有機會親向將軍道賀。」

項少龍環目一掃，仍看不見他的兩位兒子，心知肚明他是重施岳丈烏應元故智，先把兒子遣往外地部署，笑向他拱手爲禮道：「應向郭先生道賀的是小將才對，先生得此嬌婿，使邯鄲有資格當丈人的，無不恨得口涎直流。」

郭縱哈哈笑道：「與董馬癡說話，實是人生快事。」

此時大堂內聚滿賓客，怕有近千人之眾，很多平時難得一見的夫人貴婦均盛裝而來，衣香鬢影，誰想得到趙國正深陷在國破家亡的危機中。

項少龍眼利，看到大堂另一端處聚著今晚的主角李園，正神采飛揚地與圍著他的田單、郭開、成胥等談笑風生。

晶王后鳳駕親臨，卻不見孝成王，顯是表示不滿，只由王后出席。

另一邊則是以紀嫣然爲中心的一群人，鄒衍亦破例出席，傷勢初癒的龍陽君正與之喁喁私語，兩人是老朋友，自然分外親切。

趙霸和趙致則幫手招呼賓客，後者見到項少龍，美目異采大放，拋下一群貴婦，快樂小鳥般往他飛過來。

項少龍正暗責自己糊塗，兩手空無賀禮，見狀乘機脫身迎上趙致。

這風韻獨特的美女一碰面便怨道：「董將軍啊！致致這些天來想見你一面也不得，怙掛死人家哩！」

項少龍笑著湊近她耳旁道：「好丫頭春心動哩！」

趙致俏臉霞生，橫他一眼，一副本姑娘是又如何的動人姿態，低聲道：「我不管你怎麼說，總之致致今晚要來陪你。」

項少龍想起趙雅，苦惱得差點呻吟起來，苦笑道：「陪甚麼呢？」

趙致大窘，推了他一把，嗔道：「人家不睬你。」扭身落荒逃去，鑽進賓客群中。

項少龍頭大如斗地朝李園走去，高聲道賀。

李園露出不自然的神色，勉強還禮，道：「董兄如此得貴王和晶王后恩寵，李某要向董兄恭賀才對。」

項少龍見他特別提起正與田單立在一旁的晶王后，知是暗諷自己與她有私情，故作聽不懂地道：「怎及得上國舅爺有位王后妹子呢？」不理李園難看的臉色，向晶王后和田單施禮後，眼尾都不望另一旁的郭開和成胥，轉往紀嫣然那一組人去了。

紀嫣然顧忌龍陽君，不敢表現出驚喜之情，只是淡淡笑道：「像是很久沒有見過董先生哩！」

鄒衍也只是禮貌地循例打招呼。

反是龍陽君向他熱烈祝賀後，告了個罪，在紀嫣然絕不願意的眼光下，扯著他到一角道：「我派人去找過你，剛好你到了宮裡去。」

項少龍心中一動，低問道：「甚麼事？」

龍陽君壓低聲音道：「我剛接到大梁來的秘密消息，信陵君派了一批高手來邯鄲，看來是要對付我，現在我身旁雖仍有數百親衛，但算得上是高手的卻沒有多少個，總不能從我魏境調一營兵將來守護我，你可否加強城防呢？」

項少龍心中一懍，沉聲道：「有沒有那批人的資料？」

龍陽君苦惱搖頭。

項少龍道：「邯鄲每天由城郊和外地來趕市買賣的人這麼多，又不能關閉城門，除非像項少龍般我們清楚知道目標是甚麼人，否則是防不勝防。這樣吧！我由手下裡精挑一批人出來，日夜貼身保護君上，是了！君上身體沒有甚麼事了吧！」

龍陽君頗有虎落平陽的感慨，歎道：「現在仍不宜有任何劇烈動作，否則我何用怕信陵君的人？我們大王已派來一支精兵好接我回大梁，只要多捱幾天，我便可以走了。」

項少龍道：「君上不理合縱的事了嗎？」

龍陽君沉著臉，冷哼一聲，道：「我早多次表明立場，沒有誠意，不合縱也罷！我會留下個人來聽消息的。」

接著兩眼射出灼熱的光芒，探手過來，暗暗緊握著他的手，道：「奴家除大王外，從未像對董兄般如此感激一個人，無論發生甚麼事，董兄請勿忘記在大梁有個人正盼著你。」

項少龍給他摸得渾身酥麻，既尷尬又難過，但是看到對方那孤苦無依、深情似海的樣兒，又不忍掙脫他的掌握，幸好很多時他都不自覺地把這嬌美的男人當了是女人，心理上好受點，安慰地拍拍他肩頭道：「董匡曉得了，路上珍重。」

龍陽君識趣地鬆開手，剛好此時韓闖走來，項少龍怕他又向自己索取田氏姊妹，忙向龍陽君道：「君上請幫忙纏住此人。」

龍陽君微一錯愕，旋即欣然迎去。

紀嫣然此時亦借鄒衍之助，由一群仰慕者裡脫身出來，向他嬌嗔道：「董匡！你忙得連見人家一面的時間也沒有嗎？」

項少龍很想說讓老子今晚和你在床上見吧，可是想起趙雅和趙致，偏偏這麼簡單一句就可令俏佳人化嗔爲喜的話硬是說不出口來，幸好仍有轉移她注意的妙計，低聲道：「龍陽君剛告訴我，信陵君派的高手來了。」

鄒衍嚇了一跳道：「他們來幹甚麼？」

紀嫣然氣鼓鼓地道：「人家早說過他定要奪回《魯公秘錄》嘛！有甚麼好大驚小怪的。董匡！你是否不理嫣然了？」

今回眞是最難消受美人恩，項少龍陪笑道：「你不怕鄒先生笑你嗎？」心中暗歎稍歇幾天也不成，難道今晚又要連趕三場？

紀嫣然嬌媚地看鄒衍一眼，嫣然一笑，道：「甚麼鄒先生這麼見外，現在他是人家的乾爹呢！沒人在時，你這沒有心肝的人也要改變稱呼呢！」

項少龍訝然望向含笑的鄒衍，笑道：「那我也沒有好顧忌的了，今晚董某便來把心肝掏出讓紀才女處置。」

紀嫣然這才轉嗔爲喜。

項少龍乘機問道：「紀才女用甚麼方法，竟能絕了李園那傢伙的癡想，肯迎娶郭家姑娘？」

紀嫣然苦惱地道：「甚麼方法都不成，他今天才來找我，說正虛位以待，卻給我把他轟了出去。」

李園這時不斷往他們望過來，露出嫉恨的神色。

鐘聲響起，入席的時間到了。

第二十九章　趙宮失火

眾人入席時，項少龍想起剛才紀嫣然隨口衝出的話，愈想愈不妥，溜了出去找烏果。

此時烏果正與在廣場上等候的眾權貴親隨指天劈地胡說八道，見項少龍來，嚇了一跳，尷尬地來到他旁，低聲道：「三爺這麼快便走了嗎？」

項少龍哪會和他計較，沉聲道：「立即通知二爺，信陵君遣派了一批不知人數多少的高手前來邯鄲，極可能趁今晚入宮偷取《魯公秘錄》，教他設法防備。」

烏果搔頭道：「禁衛軍和我們城衛涇渭分明，除非有孝成王之命，否則我們踏入宮門半步也會給趕出來。」

項少龍一想也是問題，道：「請二爺設法使人監視王宮，若有疑人，便跟蹤他們看在何處落腳。唔！都是只動用我們自己的人較好一點，多留心例如地道那一類出口，說不定信陵君有辦法得到王宮秘道的資料，又或藏有內應也難說得很。」

烏果領命去了。

項少龍稍鬆一口氣，返回宴會的大堂去。

主府在望時，右側忽傳來一把甜美的女聲嬌呼道：「董先生！請等一等。」

項少龍聽來聲音很是耳熟，訝然望去。

在八名女婢眾星拱月中，郭家小姐秀兒一身華貴的大紅袍服，由右側的石板路盈盈而至，顯是要到宴堂參與訂婚盛宴。

項少龍停下步來，有點不自然地向她道賀。

郭秀兒淡淡還禮後，向婢女們道：「我要和董先生說兩句話，你們退到一旁去。」

八婢大感愕然，退往遠處。

郭秀兒往項少龍望來，神情忽黯，輕輕一歎道：「父命難違，秀兒別無選擇，先生可明白秀兒的心意嗎？」

項少龍想不到她如此坦白，呆了一呆，不知應怎樣答她。

就算兩人間全無障礙，由於烏、郭兩家的仇恨，他亦沒有可能與郭秀兒結合。

郭秀兒淒然一笑，背轉了身，再轉過來時，手上多了個玉墜，踏前一步，塞入他手裡，深情地道：「秀兒不能把身體獻與先生，便由這玉墜代替，假若先生對秀兒尚有點情意，請把它掛在身上吧！秀兒死而無憾了。」

言罷轉身而去，低頭匆匆走往主宅，眾婢連忙跟上。

項少龍緊握尚有餘溫的玉墜，泛起銷魂蝕骨的滋味。

舉手攤開一看，原來是只造型高古的鳳形玉墜，若拿到二十一世紀的古董拍賣行，保證賣得的錢可令任何人一世無憂。

想到這裡，不禁暗罵自己。人家嬌嬌女情深義重，他卻偏有這荒謬的想法。

搖頭苦笑，順手把玉墜掛在頸項處，才趕去參加盛大的晚宴。

大堂內氣氛熱烈，以百計的女婢男僕在酒席間穿梭往來，爲客人捧菜添酒。

大堂對著大門的一端只設四席，一席是郭縱夫婦和李園、郭秀兒，另三席則是晶王后、田單、龍陽君、韓闖、姬重一眾主賓。其他席位陳列兩旁，共有三重，每席四人，中間騰出大片空地，自是供歌舞表演之用。

一隊樂師分佈大門兩旁，正起勁吹奏，鼓樂喧天，人聲哄哄，氣氛熱鬧。

項少龍趁人人注意力都集中到剛進場的郭秀兒身上時，閃到席後，往前走去，心中暗暗叫苦，自己應坐到哪一席去呢？

這時代最講究名位身分，絕不能有空位便擠進去。

幸好郭府管家高帛遙遙看到他，趕上來道：「雅夫人早囑咐小人，要與董將軍同席，將軍請隨小人來。」

項少龍立感頭痛，若與趙穆同席，紀嫣然和趙致自然沒有話說，但若和趙雅坐到一起，兩女定會怪他偏心，撒起嬌來就夠他受了，所以齊人之福，確不易享。

硬著頭皮隨高帛往前方的席位處走去。

在場賓客，有很多人還是初次見到這登上城守之位的傳奇人物，紛紛對他行注目禮。那些貴婦、貴女們，更是狠盯著這外相粗豪雄偉、龍行虎步的猛漢。但項少龍只感內外交煎，不辨東西的僅僅跟著高帛，在這廣闊若殿堂的大空間靠壁而行。

高帛停下來，躬身道：「將軍請入座。」

項少龍定神一看，只見三對美眸，正以不同神色盯著自己。

原來趙雅、紀嫣然、趙致三女同坐在前排第二席處，首席坐的則是趙穆、郭開、成胥和鄒衍。

項少龍精神大振，暗讚趙雅思慮周詳，坐到席末趙致之旁，這也是他聰明的地方，若坐到任何兩女中間，總有一人被冷落，但敬陪末席嘛，只顯出他對三女的尊重。

一時男的在羡慕他與三女同席，女的卻希望代替三女與這聲名鵲起的人物親近。

鼓樂忽止，再起時，一隊過百人的美麗歌舞姬到堂中心處歌舞娛賓。

趙致湊過來道：「嫣然姊叫我問你溜到哪裡去？」

項少龍苦笑道：「方便也不行嗎？」

趙致又傾側到紀嫣然處，再湊過來道：「方便哪用這麼久的？」

項少龍啼笑皆非，差點把剛塞進口內的佳餚噴出來，忍著笑道：「致致何時變成傳聲筒，告訴她凡事可大可小，老天爺都管不著。」

趙致「噗哧」一聲笑了出來，苦忍著又去傳話。

趙雅和紀嫣然聽罷立時笑作一團，好一會兒後，趙致又喜孜孜轉過來道：「今次是夫人問的，她說郭秀兒和你先後腳進來，又神色有異，是否剛給你竊玉偷香，拔了李園的頭籌？」

項少龍暗呼厲害，當然矢口否認。

幸好此時歌停舞罷，這通傳式的打情罵俏才告終止。

郭縱起立發言，宣佈把郭秀兒許配李園為妻，正式婚禮在楚京舉行，接著自是主賓互相祝酒，滿堂喜慶。

項少龍細察郭秀兒神情，只見她像認命似的神色如常，禁不住心頭一陣感觸。

若沒有自己的介入，郭秀兒絕不會生出迫於無奈的感覺，因爲李園確是女兒家們的理想快婿。不過自己空有奇謀妙計，亦無法爲她解困，他們根本註定難以走在一起。

對戰國的權貴來說，嫁娶全是政治遊戲。愈有身分的女子，愈是如此。想深一層，烏應元把愛女嫁給自己，還不是一種籠絡手段，只是湊巧烏廷芳戀上他，否則可能是另一齣悲劇。

趙倩能與他有情人終成眷屬，實是罕有的異事。

滿懷感觸下，不禁多灌兩杯下肚去。

趙致耳語道：「致致恨不得立把田單碎屍萬段，不過人家卻不急，因爲知道董爺定會爲致致作主。」

項少龍暗忖你實在太看得起項某人，柔聲道：「多想點快樂的事不是更好嗎？」

趙致不知想到哪裡去，俏臉紅起來，低聲道：「致致全聽董爺吩咐！」

項少龍發起怔來。

趙致和郭秀兒本質上沒有分別，都覺得男性當家作主乃天經地義的事，縱是違背自己的願望和想法，亦乖乖奉行，分別只是趙致比郭秀兒幸運罷了。

由這角度來看，善柔和紀嫣然都是反時代風氣的傑出女性，就像墨子般反對極權和不必要的禮教與奢華。

墨子始終是男人，故其言論得以流芳百世。紀嫣然等無論如何思想卓越，人們最終注意她們的還是其美色。

因郭秀兒的被迫嫁與李園，引發項少龍連串的幽思，神思迷惘裡，一陣急遽的足音把項少龍驚醒過來。

整個大廳驀地靜下來，人人均瞧著一名匆匆連滾帶跑奔進大堂內的趙兵，他衝翻了一位女婢手捧的酒菜後，仍然絲毫不停地衝入無人的堂心，看到項少龍，氣急敗壞地搶到項少龍席前，在全場觸目中下跪稟道：「董將軍不好哩！王宮起火了！」

全場為之譁然。

趙宮的大火終於熄滅，雅夫人的行宮燒通了頂，只剩下包括小昭等在內的三十具焦屍，其中有十多人本是生龍活虎的禁衛軍，卻無一人能逃出災場，身上均有明顯的劍傷或箭傷。

趙雅哭得死去活來，全賴眾宮娥攙扶。

項少龍等匆匆趕回來時，禁衛已搜遍整座王宮，仍找不著敵人的蹤跡，只發現行宮附近一條地道有被人闖入的痕跡，負責守衛該處的四名禁衛均被人以辣手活生生勒斃。

成胥的臉色比旁邊的孝成王還要難看，他身為禁衛頭領，發生這樣的事，責任自然落在他身上，重則斬首，輕極也要革掉官職。

孝成王氣得雙手發顫，在大批近衛重重簇擁下，暴怒如狂大罵道：「全是蠢材，若賊子的對象不是物而是寡人，寡人豈非……哼！」

嚇得禁衛跪滿遠近，噤若寒蟬。

項少龍想起小昭等諸婢，整顆心扭痛得可滴出血來。

其他郭開等數十文臣武將，不知所措地呆看著眼前可怕的災場。

項少龍心中充滿復仇的怒火，對方連小昭等也不放過，自是存有報復之念，否則搶去《秘錄》便已足夠，何苦還要殺人放火。

滕翼此時來到項少龍身後，輕拉他一把，示意有話要說。

項少龍退到遠離眾人處，滕翼低聲道：「找到那批凶徒了，他們藏在韓闖的行館裡。」

項少龍劇震道：「甚麼？」

滕翼肯定地道：「絕錯不了，小俊率人親自跟蹤他們，看著他們進入韓闖的行館，現在他們正密切監視著那裡，保證他們即使會飛也走不了。」

項少龍心念電轉，驀地想起三晉合一的大計，和這偉大構想的三個創始人，趙國的平原君已死，剩下的是魏國的信陵君魏無忌，還有另一人應就是韓闖的長輩，因爲韓闖無論年紀和聲望都嫩了點。

一幅清晰的圖畫立時在腦海裡形成，因平原君之死，趙國再無重臣推行計劃，只剩下魏、韓兩國仍在默默地進行，這亦是韓闖暗中包庇信陵君的人的原因。

若信陵君的人不是如此辣手，說不定項少龍會放他們一馬，因爲他根本不將《魯公秘錄》放在心上。但牽涉到小昭諸婢的血仇，就算天王老子也沒得商量。

忽聞孝成王喝道：「董匡何在！」

項少龍先向滕翼道：「立即召集人手，準備行動。」

大步往孝成王走去。

此時趙穆、田單、龍陽君、韓闖、姬重、晶王后、李園等全來了，人人木無表情，看孝成王如何處理此事。

孝成王鐵青著臉瞪視項少龍，暴喝道：「你這城守是怎麼當的，連賊人入城都不知道？」

李園、郭開、姬重三人立時露出幸災樂禍的神色。反而韓闖默然垂頭，顯然連他都不知道信陵君的人如此心狠手辣，又牽累了董匡。

晶王后花容慘淡，扶著孝成王咬唇不語。

項少龍一眼掃去，一絲不漏地收取所有人的反應。

他並沒有像成胥等般跪伏地上，昂然道：「凶手早潛伏城內，只是等到今晚動手而已！」

韓闖震了一震，露出驚惶之態。

李園等則掛著不屑的冷笑，嘲弄他推卸責任。因若凶手早便來了邯鄲，那時他還未當上城守，責任自然不在他身上。

孝成王顯已失去理智，戟指罵道：「你怎敢說得如此肯定？」

項少龍愈發清楚孝成王是怎樣的一個人，靜若止水般道：「此事如無內應，實教人難以相信，無論時間、情報、來去無蹤的方式，均是天衣無縫，絕非倉卒可成。所以末將敢斷言，凶徒定是在邯鄲潛伏一段長時間，到今晚才覷準時機動手。」

孝成王清醒了點，開始思索項少龍的說話。

田單插言道：「大王何不讓董將軍去主持搜索敵人的行動，好讓他帶罪立功？」

龍陽君亦出言附和，晶王后則低聲在孝成王耳旁說了幾句話。

孝成王抬起血紅的眼睛，瞪著項少龍道：「寡人限你三天之內，把賊子找出來。」再望向伏地抖顫的成胥道：「給我把這蠢材關到牢子裡，若找不到賊人，就拿他作陪葬。」

成胥一聲慘哼，給幾名禁衛押走。

孝成王又望向項少龍，語氣溫和了點，輕喝道：「還不給寡人去辦事？」

項少龍漫不經意地環視眾人，看到滿臉憂色的趙穆時還從容一笑，淡淡道：「如此小事一件，何用三天時間，明天日出前，宮內失去的東西將會放在大王案上，凶徒則會一個不漏地給大王緝捕回來，就算死了也讓大王見到屍首。若辦不到，我董馬癡不用大王動手，也無顏再見明天的太陽。」

話畢，在全場各人瞠目結舌下，大步朝宮門走去。

韓闖倏地變得臉無人色，趁眾人所有注意力全集中到項少龍遠去的背影時，悄悄退出，再由另一出口往項少龍追去。

來到宮門的大校場，烏果等百多名親兵早牽馬以待。

項少龍面容肅穆，一言不發飛身上馬。

韓闖剛剛趕上，大叫請等。

項少龍早知他會追來，使人讓出一匹馬來，與韓闖並騎馳出宮門。

韓闖惶然道：「董將軍要到何處拿人？」

項少龍雙目神光電射，冷冷看著他道：「自然是到韓侯落腳的行館去，韓侯難道以爲賊子會躲在別處嗎？」

韓闖劇震道：「將軍說笑了！」

項少龍長歎道：「眞人面前哪容說假話，念在韓侯恩德，而董某亦知韓侯不知賊子會辣手至此。現在事情仍有挽回的餘地，只看韓侯肯否合作，否則有甚麼後果，韓侯不會不清楚吧！」

一夾馬腹，戰馬倏地前衝。

烏果等如斯響應，馬鞭揚起，全速追隨。落後的韓闖猛一咬牙，趕馬追去。

蹄聲震天響起，驚碎邯鄲城住民的美夢。

第三十章　不留活口

項少龍一眾飛騎，逕向把韓闖行館四方八面的大街小巷重重封鎖的精兵團團員處馳去，到達後向滕翼打個手勢，後者會意，忙與另十多名兄弟飛身上馬，隨他們直奔韓闖的行館。

後面追來的韓闖大惑不解，這豈非打草驚蛇？不過他此時唯一關心的事就是自己，其他的均無暇多想，拍馬趕去。

快到行館正門時，行館燈火亮起，大批韓闖的手下衝出，擺出看熱鬧的樣子。

項少龍略往後墮，讓韓闖趕上，沉聲道：「侯爺合作還是不合作？」

韓闖這時是肉在砧板上，猛一咬牙，道：「你說怎樣就怎樣吧！」

項少龍暗忖哪還怕你不肯聽話，笑道：「囑你的手下全體出來協助搜捕賊人。」

此時五十多騎剛抵達行館正門，韓闖向手下喝道：「你們全部給本侯出來，好助城守追捕賊黨。」

那些人愣了一愣，還以爲他是裝模作樣，應諾一聲，回頭奔進館內喚人備馬。

項少龍等則馬不停蹄，直奔出幾個街口之外，向韓闖打個招呼，道：「下馬！」

韓闖仍未清楚是怎麼一回事，項少龍和滕翼兩人飛身躍下仍在疾馳著的戰馬，身手矯若遊龍，馬兒則由兩旁的戰士牽帶，馬不停蹄繼續前奔。韓闖無奈下減緩馬速，到可應付的速度時才躍下馬來，馬兒隨即被牽走。心中不由佩服，只是這簡單的一著，便可看出董匡的高明，換過自己是信陵君的人，亦不會起疑。在現今這情況下，邯鄲自是追兵處處，若行館聽不到任何動靜才不合理。

項少龍和滕翼兩人閃到一旁，看著行館衝出一隊三百多人的騎士，朝他們直奔過來，此時韓闖由百多步遠的下馬處走回來。

項少龍道：「著你的手下們直奔過去，一切均須聽我的人吩咐！」

韓闖已騎上虎背，向手下們打出手勢，令他們繼續前進，只截停一人，囑咐兩句後，那手下滿肚疑問的領命去了。

到蹄聲逐漸消失，項少龍從容道：「侯爺，現在整個區域均給我們重重包圍，沒有人可闖進這幾條街的範圍裡，只要侯爺肯與我們合作，我可說是敵人埋伏在雅夫人府後園處，準備行刺雅夫人，給我們逐出來，避往侯爺行館的方向去，侯爺以爲這計劃行得通嗎？」

韓闖臉色陰沉，半晌後沉聲道：「可以不留下任何活口嗎？裡面尚有十多名婢僕。」

項少龍道：「那些婢僕知情嗎？」

韓闖搖了搖頭。

滕翼明白項少龍心意，接入道：「要看情況而定，胡亂殺人，反會使人起疑。」

韓闖漸漸平復過來，知道董匡如此甘冒殺頭之險維護自己，算是非常夠朋友，除暗罵信陵君的人暴露行藏，壞了大事，還有何妙計？歎了一口氣道：「一切由你們作主吧！」

此時荊俊不知由哪裡鑽出來，興奮地報告道：「部署妥當了！」

項少龍升起奇怪的感覺，現在就像二十一世紀對付恐怖分子的行動。這些恐怖分子佔據一座建築物，手上擁有珍貴的武器程式資料，而他們的目標是要把文件安然無恙的奪回來。最大的優勢則是敵人對即將來臨的噩運一無所覺，更兼有著韓闖這位深悉敵人一切的背叛者。

韓闖不待詢問，再歎一口氣道：「他們共有三十五個人，不過人人身手高強，帶頭者是樂刑，乃信陵君的得力手下。」

項少龍在魏都大梁時曾與樂刑同席吃飯，暗歎一口氣，問清楚他們躲藏的地方後，道：「你們的人若要進入他們躲身後院的那座糧倉，是否須甚麼暗號？」

韓闖暗叫厲害，點頭道：「暗號是『魯公多福』，記著不留一人，趙雅處亦煩請董兄裝模作樣一番。」

烏果剛好和幾名手下回頭來到四人身旁，滕翼把他拉到一邊，吩咐他率人到只隔一個街口的雅夫人府去。

項少龍伸手搭上韓闖肩頭，安慰道：「侯爺放心，在此事上我董匡定與侯爺共進退，事後那些屍體會廣佈在後院、牆頭和街上，何況孝成王只要得回《秘錄》，哪還計較是怎樣得回來的。」

韓闖皺眉道：「最怕你下面的人會洩出秘密。」

項少龍大力一拍他肩頭，才放開他道：「封鎖外圍的是本地的趙兵，但參與行動的全是隨我來的族人。打從開始知道此事與侯爺有關，我便立下決心不顧一切爲侯爺掩飾。」

韓闖明白董匡根本不須這麼做，感激地道：「董兄確夠朋友！」

項少龍卻是暗責自己心軟，縱對韓闖這種壞蛋亦是如此，不過沒有韓闖的幫助，可能得回來的只是被燒成灰燼的《魯公秘錄》，道：「侯爺請移駕與貴僕們會合，等待消息。」

話畢與滕翼、荊俊往行館潛移過去，韓闖則在幾名精兵團員「護送」下迅速離開。

行動。

附近的居民早被蹄聲驚醒，人心惶惶，卻沒有人敢探頭張望，還把門窗關上，怕遭池魚之殃。

項少龍壓下因小昭等諸女慘死而來的悲痛和仇恨，回復平時的沉穩冷靜，好進行這反恐怖分子的行動。

借著點月色，項少龍、滕翼和荊俊領著二十多名身手特別出眾的精兵團團員，迅若鬼魅、無聲無息地以一般的攀牆工具，落到行館廣闊的後花園裡。

一切寧靜如常，只是街上不住傳來故意安排下陣陣戰馬奔過的聲音，恰恰掩蓋他們行動中發出的任何聲響。

後院整齊地排列三座倉房，中間就是目標的糧倉。

眾人潛移過去，摸清了門窗的方位後，各自進入最方便的位置，藏起身形。又有人爬上屋頂，準備由高高在上的氣窗破入倉內。

倉內烏燈黑火，聲息全無。

接著再有五十多名精兵團員，由各邊高牆藉鉤索爬進去，隱伏在花叢林木中，人人手持弩箭，蓄勢以待。

項少龍見部署妥當，向滕翼招呼一聲，往倉門走去。

兩人拔出寶劍，到達正門前。

「篤篤！」

驚心動魄的叩門聲分外刺耳，倉內寂然無聲。

滕翼沉聲叫道：「魯公多福！」

不片晌，有人在門內沉聲喝道：「甚麼事？這時怎可來找我們？」

滕翼回喝道：「快開門！侯爺著我們來有要事相告。」

此人哪知是詐，「咿呀」一聲，把厚重的木門拉開少許。

滕翼伸腳猛撐，開門者慘叫一聲，連人帶門往內倒跌。

木門洞開，動手的時刻到了。

團員通過糧倉上下八個透氣窗戶，先把二十多個剛燃著的風燈拋進去，這種風燈設計巧妙，像一個足球那麼大，燈引在正中處，全燈的燈皮滿佈氣孔，又塗上防燃物料，並不會著火燃燒，乃精兵團黑夜突襲的法寶之一。

放著十多籮穀物的寬敞糧倉，立時大放光明，把或坐或躺的三十多名大漢的身形位置，完全暴露在眾人眼前。

他們一時間由伸手不見五指的黑暗世界，轉到大放光明的環境裡，眼睛沒法適應過來，睜目如盲，又兼乍逢巨變，人人均不知所措。

這正是二十一世紀對付恐怖分子的高明手法，無論是如何窮凶極惡的恐怖分子，說到底仍只是個人，與其他人的生理無異。

所以反恐怖專家針對人的感官設計林林種種的武器，項少龍最擅用的是冷凍束和神經彈。

前者可發射攝氏零下二百七十三點一五度的冷凍流，在這絕對零度中，任何有生命的細胞均停止運動，解凍後卻可將敵人完好無恙、活生生地俘擄過來。

神經彈籠罩範圍極廣，可暫時地癱瘓對手的中樞神經，當目標處於麻痺狀態時，只好任由宰割。在這古戰國時代裡，當然沒有此類威力驚人的武器，但項少龍設計的這種「風燈」，在眼前的情況下，正恰到好處地發揮出同樣的作用，分別只在留不留活口。

項少龍和滕翼早有心理準備，當「風燈」擲入倉內，敵人現形的剎那，兩人即滾地搶進倉裡。

項少龍順手擲出手上飛刀，刺入被反撞回去的厚木門拍得頭破血流、翻倒地上那人頸側處。

在似光還暗的糧倉中，這批雙手染滿血腥的凶手仍是全副武裝，沒有鬆懈下來。有兩個人更戒備地往大門迎來，其中一人項少龍隱約認得正是樂刑。

項少龍和滕翼躍起來時，長劍剛由下而上送入兩人腹胸內的至深處。

當項、滕兩人同時把寶刃左右橫拖，弩箭聲起，慘叫不絕。

樂刑和另外那人劍尙未出鞘，便發出震倉痛嘶，帶著一蓬鮮血往後跌退。

其他人紛紛中箭，東翻西倒。

樂刑和那人踉蹌退跌十多步，仰天翻跌，氣絕斃命。

項少龍想起小昭燒成焦炭的慘狀，哪會留情，衝前連殺兩人後，才發覺再沒有能站起來的敵人了，穿窗而入的荊俊比他還多宰掉對方一人。

項少龍撲向樂刑的屍身旁，一輪搜索，找出給他貼身藏好《魯公秘錄》的正本和手抄本。心頭一陣感觸，若非這兩卷東西，小昭等何用送掉性命？

滕翼走過來沉聲道：「你眞要爲韓闖掩飾嗎？」

項少龍歎了一口氣，站起來道：「我是否太心軟呢？」

滕翼抹掉刃上的鮮血，淡淡道：「時間無多，我們快佈置吧！」

打出手勢，精兵團員迅速把屍體移往街上和圍牆外，尚未斷氣的補上一劍，完成項少龍自問沒法子親力親爲的事。

孝成王看著桌上的《魯公秘錄》，龍顏大悅，對項少龍解說如何把潛伏雅夫人府內的人逼出來，如何包圍殲殺，卻不大在意。

陪侍一旁的晶王后和仍是秀眸紅腫的趙雅，均欣慰地看著項少龍這立了大功的英雄。

只有郭開眼珠亂轉，冷冷問道：「董將軍爲何如此失策，竟不留下任何活口，好向信陵君興問罪之師？」又向孝成王道：「若安釐得到這批人證，說不定可整治魏無忌，看來偷襲龍陽君者，亦必有這批人的分兒。」

孝成王得郭開的「新姦夫」提醒，皺眉向項少龍道：「郭大夫言之有理，董將軍有甚麼話說？」

項少龍從容答道：「鄙人是別無選擇，必須盡速痛下殺手，否則若教對方自知難以倖免而毀去《魯公秘錄》，縱使只是毀去部分，我們也得不償失。」

晶王后幫腔道：「龍陽君認出其中幾個人來，更證實帶頭者乃信陵君的食客樂刑，只要把屍體全部送返大梁，我看無忌公子會非常煩惱呢！」

孝成王著緊的只是《魯公秘錄》，一想也是道理，點頭向項少龍欣然道：「董卿立此大功，寡人自當有賞，唔……」

項少龍跪地謝恩道：「大王愧煞鄙人了，鄙人讓這群凶徒潛伏邯鄲而不察，終是怠忽職守，大王不予計較，已是最大的恩典。鄙人提議把這些人示眾三天，公告全城，好安國民之心。」

孝成王見他居功不驕，更是高興，不住點頭。

項少龍乘機道：「爲城防安全，鄙人想調動人馬增強城防，望大王欽准。」

孝成王在此事上卻不含糊，道：「卿家快把計劃遞上來讓寡人一看，若無問題，立即批准。」說話時連續打了兩個呵欠。

項少龍趁機告退。

天色這時才開始明亮起來。

第三十一章　錯綜複雜

馬車內，趙雅蜷伏項少龍懷裡，悲戚不已。

項少龍撫著她香肩柔聲道：「振作點吧！人死不能復生，我們只能化悲憤爲力量，好好應付眼前的重重危機。」

趙雅抽搐著道：「她們死得很慘，連樣貌都認不出來，究竟是誰串通這些凶手，爲何竟懂得由秘道潛進宮內？」

項少龍心中懍然，此事若追查起來，恐怕晶王后都給牽連在內，若不向趙雅解釋清楚，以她的才智，說不定日後發覺自己在蒙騙她，遂說出韓闖在此事上所扮演的角色。

趙雅聽得心中大恨，不滿道：「你豈可放過韓闖？」

看她秀眸噴著仇恨的怒火，項少龍大感頭痛，歎道：「我也是無可奈何，此事勢將牽涉到晶王后，在現今的情勢下，對趙國是有害無利。若韓、趙交惡，只是白便宜了田單和李園，雅兒能體諒我的苦心嗎？莫忘記我曾答應過助你王兄度此難關哩！」

大條道理搬了出來，趙雅再難追究，伏回他懷裡，低聲道：「少龍，我恨王兄，他除了自己和切身的利益外，再沒有他眞正關心著緊的事了。」

項少龍暗歎當上帝王的人恐怕最後都會變成這個樣子，絕對的權力能使任何人絕對地腐化。

想到這裡，不由聯想起小盤這位未來的秦始皇，心頭湧起一股莫名的強烈恐懼。

邯鄲度過了一個平靜裡絕不平靜的早上。

信陵君一眾手下的授首伏誅，全城震動，把項少龍這城守的聲望推上新的高峰。

接著的數天項少龍等忙個不休，對城防做出種種必要的措施，實則暗作精密安排，好把趙穆擒回咸陽，完成此行任務。

成胥在郭開的說項下，帶罪恢復原職，兩人對項少龍更是妒恨非常，同時亦奇怪趙穆爲何知道項少龍的「陰謀」後，仍沒有任何舉動。

田單、李園因信陵君事件，轉趨低調，令人不知他們打甚麼主意。

韓闖爲避人嫌疑，少有出來活動，更不敢向項少龍提出田貞、田鳳兩女侍夜的要求，免去項少龍一項煩惱。

龍陽君則決定返回大梁。孝成王定下日子，在宮內大排筵席，歡送龍陽君。

在送別宴舉行前三天的早上，趙穆派人來找項少龍。

項少龍心知肚明是甚麼一回事，放下一切，到侯府見趙穆。

這奸賊把項少龍引進密室，興奮地道：「你那效忠書的辦法眞了得，立時試出誰對本侯忠誠，誰是搖擺不定、看風使舵的小人。」

項少龍道：「侯爺快把不肯簽效忠書那些人的名字予我，讓我好向孝成王交代，整治他們。」

趙穆從懷裡掏出名單，攤開在方几上，開懷笑道：「你的想法和本侯不謀而合，看！我早預備好。」

項少龍定睛一看，見上面寫著十多個名字，成胥赫然在內，其他均為城內有身分地位的大臣和將領。

項少龍奇道：「成胥不是郭開的人嗎？為何竟會出現在名單上？會不會是……嘿！」

趙穆兩眼凶光一閃道：「這小子忘恩負義，當初若不是我，他怎有資格坐上禁軍大頭領的位置？你最好加重點語氣，趁現在孝成王對他不滿時，來個落井下石。」

他這麼一說，項少龍立時明白成胥根本不是趙穆的人，只是想借刀殺人，好讓他的人有機會取成胥而代之。如此推之，誰最有機會成為孝成王的宮衛統領，那就可能是趙穆的同黨。

趙穆笑道：「就算害不倒他，我們也沒有損失啊！」接著臉色一沉，道：「孝成王真的召了令李牧回來，他率領的一支二萬多人的精兵正在途中，七天內便可抵達邯鄲。哼！不過他回來也只是送死，因為孝成王再沒有多少天可活。」

項少龍心中暗喜，知道趙穆定下整個謀朝篡位的計劃，裝作興奮地道：「我一切準備妥當，侯爺準備何時下手？」

趙穆臉肌一陣抖動，那道醜惡的疤痕像條欲擇人而噬的小毒蛇，雙目凶芒爍動地冷冷道：「三天後舉行龍陽君的餞別宴時，所有大臣將領都會集中到王宮裡去，那就是動手的好時刻。」

項少龍大惑不解，愕然道：「但那亦是宮內保安最森嚴、警覺性最高的時刻，我們哪來機會？」

趙穆嘴角抹過一絲陰險的笑意，狠狠道：「只要你設法把忠於孝成王的守城將領調往王宮，再代之以我和你的人，讓整個城防全落進我們手內，在那種情況下，邯鄲還不是成了砧上之肉，任由我們宰割。」

項少龍沉聲道：「侯爺可否說清楚一點？」

趙穆點頭道：「我們的好幫手仍是項少龍那小賊，我會佈下他混進城內的痕跡，那時不用你提出，已成驚弓之鳥的孝成王也要逼你搜索賊蹤，你便可做出所有調動，乘勢把王宮重重封鎖，另一方面卻大開城門，讓田單的大軍開進城裡來，那時何懼區區萬多名禁衛軍，更何況禁衛軍中有我的人！」

項少龍皺眉道：「這豈非是硬幹？似乎與侯爺的原意有點出入。」再壓低聲音道：「侯爺眞的那麼信任齊人嗎？」

趙穆有點不悅道：「本侯自有分寸，只要你抓牢邯鄲城的兵權，聽我的指示行事，三天後就是孝成王歸天的日子。其他一切不用你操心費神，事成後我包保你成爲趙國的三軍統帥，榮華富貴，享之不盡。」

項少龍知道事情絕不會如他所說般簡單，亦知再追問下去必啓他疑竇，唯唯諾諾應過後，告辭離開，立即入宮晉見趙王。

孝成王在內宮見他，項少龍怕侍衛裡有趙穆的人，使個眼色，孝成王會意，領著他漫步於御花園內，侍衛只是遠遠守護著。

孝成王聽罷項少龍的報告後，不禁歎道：「到今天寡人才知李牧和廉頗兩人對我大趙的忠心和重要性，清剿了趙穆和他的餘黨後，我大趙內有郭開和董卿，外則有李牧和廉頗，哪還怕不能振興國運，加上有《魯公秘錄》在手，一統天下，亦可預期，董卿定要好好幹下去，寡人絕不會忘記你的功勞。」

以孝成王的爲人，說出這番話來，已算對他推心置腹了。假若孝成王眞能覺今是而昨非，趙國假以時日，確是振興有望。可是聽到這番肺腑之言的項少龍，心中反湧起一種沒來由的不祥感覺，很不舒服。或者是不符合孝成王一向刻薄寡恩的行爲，使他生出突兀之感。

看著孝成王蒼白的臉容，項少龍沉聲道：「假若成將軍被免職，大王會起用哪位將領？」

孝成王一時不能會意，皺眉道：「董將軍爲何急想知道？」

項少龍道：「趙穆始終不是對我那麼信任，很多事仍瞞著鄙人，我看他這般有把握，定是禁衛將領中有效忠他的人，倘若成將軍被免職，這個趙穆的同黨便極有可能坐上成將軍的位置。」

孝成王搖頭笑道：「這只是趙穆一廂情願的想法，事實上寡人一時也想不出該委任哪個人。人選倒有好幾個，寡人才不相信他們均投靠到奸黨的一方。」

項少龍心中一動道：「設使成將軍忽然出意外，在目前的形勢下，大王必會委人暫時率領禁軍，以免指揮失調，那大王心中的人選會是誰呢？」

趙宮的禁衛由禁衛統領指揮，下有十名御前帶兵衛，分統禁宮十軍，每軍兵力在一千至一千五百人間，這批專責保護趙王安全的軍隊，均經過精嚴的篩選，訓練優良，遠勝守城和戍外的士卒。

在一般情況下，若禁衛統領不能執行職務，自應從作爲副手的帶兵衛裡挑選其一頂上，由於他們熟悉王宮的保安和運作，才不致出現問題。

孝成王認眞地思索一會兒，歎道：「這事一時間實在很難決定。」

項少龍明白他優柔寡斷的性格，不再追問，道：「看來若不把那批效忠書取到手上，便摸不清楚趙穆的眞正部署，這事交由鄙人去辦，大王放心好了。」

孝成王對他信心十足，道：「明天寡人會把另一半虎符交給你，由你全權調動兵馬……」頓了頓又道：「假若田單眞的參與了這場意圖推翻寡人的叛變，寡人想趁機把他殺了，董卿有把握做到嗎？」

項少龍沉聲道：「大王想過後果嗎？」

孝成王歎道：「寡人已思量多天，齊國若沒有了田單，等若老虎沒有了爪牙，問題是這人並非易與，所以徵詢董卿家的意見。」

看他苦惱難釋的樣子，項少龍猛一咬牙道：「這事包在我身上！嘿！鄙人有個請求，希望大王俯允。」

孝成王道：「董卿請說！」

項少龍道：「對付趙穆的事，大王可否不告訴任何人，包括郭大夫在內。」

孝成王大感愕然，不悅道：「董卿是否懷疑郭大夫？」

項少龍道：「一天未得到那批效忠書，我們亦難以肯定誰是奸黨，說不定郭大夫手下裡有趙穆的人。在這關鍵時刻，一子錯滿盤皆落索，小心點總是好的。」

孝成王思索半晌，點頭答應。再商量一些行動的細節後，項少龍離宮回指揮所，找著滕翼，把事情告訴他。

滕翼的臉色凝重起來，好一會兒才斷然道：「趙穆開始顧忌你哩！唉！你的表現太出色，尤其搶回《魯公秘錄》一事，若我是趙穆，亦要對你提防。」

項少龍苦惱地道：「不但趙穆因此事顧忌我，照我看，最大的問題是我無心插柳地成了樂乘之死的最大得益者，又有郭開在背後弄鬼，現在我的處境是由暗轉明，非常不利。」

滕翼一呆道：「甚麼是無心插柳？」

項少龍苦笑解釋後，道：「現在怎也要設法把那批效忠書弄到手上，才能弄清楚趙穆的部署，我看這狡猾如狐的老賊定會教我去做先鋒卒，而他卻坐享其成。唉！我要找田單談談。」

滕翼道：「千萬不要這麼做，我看田單亦在懷疑你，你這樣送上門去，說不定會露出破綻。假設他問起《魯公秘錄》一事，你如何答他呢？他並非孝成王，不會輕易信你，況且天才曉得韓闖和他們是甚麼關係。還有個李園，最近我們頗疏忽他。」

項少龍聽得心亂如麻、頭大如斗時，手下來報，龍陽君找他。

項少龍苦笑道：「現在唯一可信任的人，或者是這不男不女的傢伙。」言罷往正堂接見龍陽君。

揮退隨人後，兩人坐到一角，低聲說話。

龍陽君精神好多了，神采和以前沒有多大分別，更回復昔日的自信，「深情」地細看他半晌後，柔聲道：「今早李園找我，說只要我肯聯手逼孝成王從燕國退兵，合縱一事可一拍即合，否則齊、楚將會對趙國用兵。哼！他的口氣眞大，當上國舅只那麼幾天，便當足自己是楚考烈的代表。」

項少龍道：「假若齊、楚聯合起來對付我們，魏國會否出兵助陣？」

龍陽君嘴角飄出一絲笑意，道：「董兄雖然智深若海，終是生性率眞，不明白像李園這種奸險小人，說的一套，做的又是另一套。他這麼說，只是爲掩飾更大的陰謀，你最好教孝成王提防一下。唉！奴家眞的很爲董兄你擔心哩！」

項少龍愕然道：「君上何出此言？」

龍陽君歎道：「我知道你能登上城守之位，晶王后在背後出了很多力。不過我定要提醒董兄，這個女人非常陰險，不動聲息可玩弄人於股掌之上，亦可不費吹灰之力置人於萬劫不復之地。以前信陵君寄居邯鄲時，曾和她打得火熱。你現在對她有用，她自會籠絡討好你；到你沒有用處時，看她怎樣對付你。」

項少龍暗裡出了一身冷汗，他的確沒怎麼把晶王后放在心上。現在回心一想，她確不簡單。在眼前這場鬥爭中，無論哪方勝出，得益者依然是她。

問題在李牧、廉頗兩人一天仍然健在，都沒有人敢動她。

項少龍設身處地爲晶王后著想，也恨不得有人代她除去這有名無實的大王丈夫，好讓兒子登上王位，自己則在幕後操縱一切，垂簾聽政。那時再重用李牧和廉頗兩大忠臣名將，地位勢必穩若泰山。

忽然間他明白自己這城守的重要性，只有他能讓她反控制趙穆和抗衡齊、楚的外來勢力。

想到這裡，一隻柔軟的「玉手」搭上他的手背。

項少龍嚇了一跳，往龍陽君望去，只見他萬縷柔情般的目光正緊盯著自己，誠摯地道：「離開邯鄲吧！否則董兄必死無葬身之地，無論誰得到趙國的王座，最後都要把你誅除。」

項少龍忍受著他還可接受的肌膚之親，斷然搖頭道：「董某從不把生死擺在心上，尤其在我國生死存亡的關頭，更不願避而不顧，否則下半生都會鬱鬱難安，亦愧對先父在天之靈。」

龍陽君見他神情堅決，縮回「玉手」，幽幽長歎，柔聲道：「董兄乃眞英雄，奴家不勉強你哩！但有一天董兄若耽不下去，請記著奴家正在大梁等待你。」頓了頓續道：「晶王后和郭開雖在城守一職上意見分歧，可是兩人始終因利害關係互相勾結，你要小心提防啊！」

項少龍愕然半晌，無數念頭閃電般掠過心湖，同時暗責自己疏忽，沒及早認識到晶王后處處逢春的手段。

龍陽君欲語無言，起身告辭。

項少龍有點感動，殷殷把他送到指揮所外的馬車旁，目送他離去。

忽然間，他知道必須重新部署策略，否則休想有命離開邯鄲，更不要說把趙穆活擒回秦了。

第三十二章　似迎還拒

送走龍陽君後，項少龍使人秘密找來蒲布，問及趙穆最近的動靜。

蒲布想了想道：「他最近很少時間留在府內，隨侍的都是追隨他超過十年的親信心腹，我們只負責府內的防衛。」

項少龍道：「那班好兄弟的情況如何？」

蒲布興奮地道：「他們都高興得不得了，說項爺言而有信，沒有捨棄我們。你那襲殺樂乘的一手，更是漂亮之極。不過我仍不敢透露董爺你就是項少龍，小心點總是好的。」

項少龍見他如此謹慎，大為放心，道：「趙穆每次回府，有沒有特別到府內的某一地方去？」

蒲布微一錯愕，點頭道：「董爺這麼一說，我有些印象哩！這幾天回府後，他總先往府東碧桃園的臥客軒打個轉，又特別命我派人守衛那裡，設置五個哨崗。董爺這麼問起來，定是知道原因了。」

項少龍大喜，說出效忠書的事，道：「他定是把這批效忠書藏在那裡。哼！今晚我就到那裡把效忠書弄來一看。」

蒲布苦惱地道：「今晚可不成，趙穆約了田單和李園來議事，保安會大為增強，根本沒有可能偷進去不被發覺。」再歎一口氣道：「田單方面有十多名好手混進我們的人裡，現在連我們都提心吊膽，步步為營。若非我是負責四處走動探聽消息的人，怕很難這麼輕易到這裡來見董爺呢！」

項少龍心中懍然，趙穆顯有要事與田單和李園商量，竟完全把自己瞞著，更證實滕翼的推斷，趙穆已對自己起疑，不像從前般信任他董匡了。

想了想道：「我晚些才去，那時田單和李園已離開，防守上自會鬆懈下來。」

蒲布搖頭道：「那就更糟，田單之所以派十多人來，主要是因為他送贈二十多頭來自北方匈奴人的巨型惡犬予趙穆，這批惡犬受過訓練，不但嗅覺厲害，聽覺和視覺均非常靈敏，午夜後放出來巡弋全莊。牠們只聽田單的人指揮，府內的人到午夜後全關上門戶，原本的府衛均躲到分佈全府的十多個哨樓上，沒有人敢走下來的。」

項少龍愕然道：「這定是田單想出來的奸計，就算府內有孝成王的奸細，也將無所作為，當然亦是對付我的方法。哼！那就讓我今晚趁他們晚宴之時，潛進府內去吧！」

蒲布駭然道：「董爺請三思，府內守衛達二千之眾，把外圍守得水洩不通，屋頂全伏佈箭手，既防你亦防孝成王派人來攻打，你根本沒有可能潛進府內去。」

項少龍大感困苦，皺眉道：「偷看效忠書一事必須瞞過趙穆，始有奇效，這事我再看著辦吧！若太危險，惟有放棄。是了！剛才你說趙穆命你加強臥客軒的守衛，可否安排一些己方的兄弟進去呢？」

蒲布歎道：「那些人均由趙穆親自提名，自從女刺客出現後，府內大小事情都要經他點頭才可作准。董爺！我看這個險不冒也罷！」稍頓又道：「田單那批手下個個身手高強，能以一擋十，劉氏兄弟更有眞材實料，府內那些一向自負的劍手，沒有人是他兄弟十招之敵。聽說旦楚更厲害，又精通兵法，除董爺外，我看現時邯鄲沒有人是他的對手。」

項少龍斷然道：「今晚看情況再定吧！」

蒲布歎了一口氣，從懷裡掏出一卷侯府的鳥瞰圖來，道：「這卷侯府全圖我早已備妥，各處哨樓出入口均註明清楚，這處就是碧桃園，園內的方塊是臥客軒，千萬別到屋頂上去，那處設了暗哨。」

項少龍見暗哨均以花青圈出來，研究一會兒後，道：「只要避過外圍的崗哨，我們便有機會，這道繞著臥客軒的粗線是甚麼？」

蒲布道：「是條人工小河，成爲天然的屏障，要接近臥客軒絕不容易。」又詳細解釋一番。

項少龍怕他耽擱太久會惹人懷疑，忙催他離去。

送走蒲布，項少龍反覆研究那張地圖，仍想不出任何可神不知鬼不覺地潛入侯府的妥善辦法，索性溜去找紀嫣然。

這俏佳人見到他時，少去了往日的歡容，愁眉不展的挨入他懷裡，道：「人家很擔心哩！你雖大展神威，卻惹起各方面對你的懷疑，最奇怪是你爲何會派人暗中監視王宮，追殺信陵君手下時又只用你自己的下屬。」

項少龍一下子聽到這麼多破綻，愕然道：「這是你自己想的，還是聽回來的？」

紀嫣然伏入他懷裡，戚然道：「嫣然曉得這般想，別人難道不會嗎？幸好任他們怎麼推想，總想不到原來你是項少龍，只以爲你與晶王后和韓闖之間秘密勾結，圖謀不軌。誰都知道若沒有韓闖掩飾和供給情報，樂刑他們憑甚麼潛入趙宮殺人放火，更不會知道《魯公秘錄》藏在甚麼地方。」

項少龍目瞪口呆，暗責自己當局者迷。

紀才女續道：「李園爲破壞你在人家心中的形象，不時藉說趙國朝政來派你的不是，說你是趨炎附勢之徒，分別與晶王后和趙雅搭上關係，冀能加官晉爵，也幸好如此，人家才不時能在他處探到口風呢！」

項少龍不悅道：「你仍和他不時見面嗎？」

紀嫣然嬌媚地橫他一眼，道：「噢！眞好！少龍吃人家的醋哩。多心鬼！人家這麼委屈還不是為你。李牧快回來了，趙穆準備何時動手？」

項少龍把趙穆的計劃說出來。

紀嫣然的臉色凝重起來，沉聲道：「看來他們連龍陽君和韓闖都不肯放過。」

項少龍皺眉道：「趙穆敢在這種形勢下開罪韓、魏兩國嗎？」

紀嫣然道：「趙穆只要找個藉口把兩人硬留在邯鄲，待韓、魏兩國知道是怎麼一回事時，已是數個月後的事。那時投鼠忌器，再拖上一年半載，假若他能兵不血刃把李牧和廉頗兩人處死或罷免，又有齊、楚在背後撐腰，趙穆要登上王位應不是太困難吧！」

項少龍沉吟片晌，先和這美女親熱一番，弄得她臉紅如火時，道：「嫣然聽不聽我項少龍的話？」

紀嫣然仍有三分清醒，嬌喘著道：「只要不是逼人家離開你，甚麼都有得商量。」

項少龍道：「我怎麼捨得哩！我還要晚晚摟著你睡覺呢！」

紀嫣然懷疑地道：「你不用陪其他妻妾嗎？」

項少龍自知吹牛吹過了火，胡混道：「大被同眠不就行了嗎？」

紀嫣然嬌嗔地瞪他一眼，旋又忍俊不住地笑道：「大被同眠，虧你想得出來，人家才不像你那麼荒淫無道。喂！你究竟想要嫣然怎樣哩！」

項少龍正容道：「你的家將共有多少人，身手如何？」

紀嫣然道：「我和乾爹的家將加起來共有百多人，可以稱得上高手的有二十多人，忠心方面絕無問題，尤其是嫣然的手下，都是隨人家避難到魏的族人，各有專長，其中一些還是鑄劍的好手。」

項少龍記起她是越國的貴族，與田貞、田鳳來自同一地方。暗忖越國美女確是非同凡響，心中一動，一邊纏綿，一邊道：「今趟無論成敗，我們也要離開趙國，我想嫣然先找個藉口離開……」

紀嫣然劇震中俏臉倏地轉白，坐直嬌軀，堅決地道：「不！人家就算死也要和你死在一塊兒，嫣然早受夠分離之苦。」

項少龍心中感動，柔聲道：「你的離去只是個幌子，現在我當上城守，自有把握掩護你潛回來，好暗中助我。這麼做，是想把鄒先生和我那對孿生小婢先一步送到安全處所，使我可以再無後顧之憂罷了！」

紀嫣然俏臉回復原本的血色，吁出一口氣，道：「算你吧！」沉吟片晌道：「最好的理由，莫如返魏奔喪，剛好人家接到消息，一向視嫣然爲女兒的魏王后因病辭世，嫣然以此爲藉口，後天立即起程回魏，到達魏境，再取道往韓，至於怎樣潛進秦國和重返趙國，便要由你安排。噢！人家高興死了，嫣然不但可以緊跟著你，還可做你的貼身小卒。」

熱烈的親吻後，又商量妥離趙的各個細節，項少龍才趕返指揮所去。

滕翼見到他便道：「韓闖派人來找你，說有急事。」

項少龍暗忖若能像孫悟空般有千萬化身就好，心中一動，把他拉到一旁，道：「我今晚要往趙穆處偷東西，到時由你扮我該是萬無一失。」

滕翼皺眉道：「效忠書？」

項少龍點頭應是。

滕翼沉思頃刻，道：「趙穆爲防備眞正的你，戒備必然周詳嚴密，你定要冒這個險嗎？」

項少龍苦笑道：「爲弄清楚趙穆的陰謀，以免我們陰溝裡翻船，捨此還有更好的方法嗎？」

滕翼陪他歎一口氣道：「若要喬裝你，沒有人比烏果更勝任，這小子最擅裝神弄鬼，學人的聲音語調更是維肖維妙，再有我在旁掩飾，包保沒人可察覺。嘿！不若今晚由小俊陪你去。」

項少龍道：「我從蒲布處知道趙穆部署的詳細情況，這事愈少人參與愈能保持隱密。唉！讓我先去見韓闖，回來後再從長計議。」想起侯府的森嚴防衛，不禁意興索然。

滕翼知他作出決定，再不多言。

來到韓闖的行館，此君臉色陰沉，把他領進館內，到了緊閉的內廳門前才道：「晶后要見你。」推門而進。

廳堂內只有晶王后孤身一人，背著他們立在一扇大窗前，凝望窗外園林的景色。

窗外透入來的光線，把這豔麗的美婦映襯得更是高逸優雅，使項少龍一時很難把她和陰謀詭計聯想在一起。

兩人躡手躡足來到她身後。

晶王后緩緩轉過身來，先對項少龍微微一笑，當目光來到韓闖身上時，冷哼一聲道：「若非主事的人是董卿家，今趟本后就給你這個莽撞的人累死。」

韓闖是有身分地位的人，被晶王后當著項少龍面前訓斥，大感尷尬，漲紅了臉，卻沒有出言反駁。

項少龍緩和氣氛道：「事情總算過去，晶后請勿怪責侯爺。」

晶王后臉寒如冰，狠瞪韓闖好一會兒後才道：「這事仍是餘波未了，我早說過在目前的情況下不宜和信陵君沾上任何關係，你偏不聽我的話，還差點害了董卿家。」

韓闖歎道：「晶姊啊！還要我怎樣賠罪才可息你之怒？我也想不到樂刑他們如此辣手，把事情鬧得這麼大。」

晶王后忽地笑了起來，當兩人摸不著頭腦時，這豔婦道：「唯一的好處是孝成王現在更信任董將軍，弄得趙雅那淫婦亦對將軍感激非常。好了！我要和董卿家單獨一談。」

韓闖識趣地離開，順手掩上廳門。

晶王后迎上來，直到項少龍伸手可觸處才停下腳步，柔聲道：「董卿立下這麼大的功勞，要人家怎樣謝你呢？」

雖明知她是以美色籠絡自己，又知她心懷不軌，可是只要想起她貴爲趙后，又是這麼性感動人，不由大感刺激，喉乾舌燥地道：「晶后對鄙人有提拔之恩，鄙人自然要爲晶后盡心盡力，做甚麼事都是應該的。」

晶王后再踏前一步，差點挨進項少龍懷裡，仰起俏臉，秀眸閃著亮光，溫柔地道：「現在的人都是說一套，做的又是另一套，像董卿家這樣不顧自身，實踐對本后的承諾，使我眞的非常感動，永遠不會忘記董卿曾爲韓晶做過的事。只要韓晶一日還可以掌權，可保你一天的榮華富貴。」

若換過以前，以項少龍易於相信人的性格，必會非常感動，但現在有龍陽君警告在先，心生警惕，只敢姑且聽之。臉上忙裝出感動的神色，輕聲道：「我董匡有恩必報，這亦只屬小事一件……」

晶王后再移前少許，高挺的酥胸緊貼到他寬闊的胸膛上，呼吸急促起來，道：「無論我是否王后，終究還是個女人，需要男人的呵護。你該知道大王的醜事，他亦答應不會管束人家。他的身體一天比一天差，尤其這大半年，終日病痛纏身，假若王兒登上帝位，更須像有董卿家這種傑出的人才來扶助我們母子，董卿明白本后這番話的含意嗎？」

項少龍感覺著她酥胸驚人的彈性和誘惑力，暗忖若不明白這含意就是白癡，故意皺眉道：「晶后放心，鄙人對晶后忠貞不貳。嘿！晶后請勿如此，唉！我快要抵受不住了。」

晶王后花枝亂顫地笑了起來，在他臉頰輕吻一下，退回窗臺處去，向他媚笑道：「誰要你苦忍呢？做人若不得放手而爲，尚有何樂趣？不過現在時間確不容許本后試試董卿有否口出狂言，例如說會使女人離不開你的豪言是否只是空口白話。這樣吧！若來王宮，便偷空來探望人家好了！」

言罷擦肩而過，笑著去了，留下項少龍一人咬牙切齒，暗恨她撩起自己的慾火，以致心癢難熬，最糟是他的確想一嘗王后的滋味。

想到這裡，不由記起韓闖交給他對付紀嫣然的春藥，若用上一點點，怕也不算過分吧！說不定還可把局面換轉過來，並且反客爲主，把這厲害的女人控制著，省去不少煩惱。一顆心不由活躍起來。

與滕翼回到行館時，烏果迎上來道：「雅夫人正和兩位夫人閒聊著。」

項少龍向滕翼打了個眼色，後者會意，拉著烏果到一旁說話。

進入內堂，三女坐在一角，喁喁細語，項少龍心中大奇，暗忖善柔爲何這麼好相與時，侍立一旁的田貞、田鳳齊聲叫道：「董爺回來哩！」

三女不約而同往他瞧來，露出笑容，仿若鮮花盛放，加上姿容絕不遜色於她們的田氏姊妹，教他看得目眩神迷，不知身處何鄉。

趙雅笑道：「雅兒帶了些飾物來送給柔姊、致致和小貞、小鳳，她們很歡喜哩！」

項少龍心叫原來如此，來到她們旁邊坐下。

田貞過來道：「董爺！可以開飯嗎？」

項少龍點頭道：「我正餓得要命，小俊哪裡去了？」

趙致道：「他今早往牧場去，現在還未回來。」

項少龍站起身來，道：「雅兒！我有話要和你說。」

善柔不悅地道：「你當我們是外人嗎？有甚麼要左瞞右瞞的？」

這麼一說，嚇得趙雅也不敢站起來。

項少龍心中不快，劍眉皺起來時，善柔「噗哧」嬌笑，拉著趙致站起來道：「不要那麼認眞，人家只是說笑吧！」橫他一眼後和妹子到另一角的小几處，研究剛到手的飾物珍玩，喜氣洋洋。

項少龍啼笑皆非，坐下搖頭苦笑道：「野馬到底是野馬！」

趙雅道：「我也有話想和你說，剛才王兄找我進宮，問我可否完全信任你。我答他道，董匡怎也比郭開可信吧！」

項少龍好奇心起，問道：「他有甚麼反應？」

趙雅道：「他開始時很不高興，但當人家問他是誰捨命救回龍陽君？是誰爲他尋回《魯公秘錄》？他便啞口無言了。」

項少龍記起晶王后，順口問道：「郭開是否和晶王后有私情呢？」

趙雅微感愕然，道：「這個我倒不知道，似乎不大可能吧！這女人一向對男女之情非常淡薄，在我記憶中她只和信陵君及趙穆有過曖昧的關係，你是從哪處聽來的？」

項少龍不答反問道：「孝成王眞不過問她的事嗎？」

趙雅道：「王兄最緊要王后不去煩他，只要她不張揚其事，王兄樂得自由自在，哪有空管她。唉！王兄還有點怕她呢！你還未告訴人家消息從何而來哩！」

項少龍道：「是龍陽君告訴我的，照理他不會騙我這救命恩人吧！」

趙雅愕然片晌，接著臉色凝重起來，道：「若我猜得不錯，郭開定曾找過龍陽君探聽他的口氣，看看有起事來時，魏國肯否支持那個女人，所以龍陽君才有此推斷。」

項少龍心中一懍道：「這是否說晶王后和郭開另有陰謀？」

趙雅苦惱地道：「王兄的健康每況愈下，現在誰不各懷鬼胎爲自己籌謀，有時連我都弄不清楚誰與誰是一黨，更不用說你了。」

善柔的呼喚聲傳來道：「快來吃飯吧！飯菜都冷哩！」

趙雅站起身道：「你要小心點趙穆，這奸賊最擅用毒，手法更是千奇百怪，給他害了都不知道的。」

項少龍長身而起，一把將她摟入懷裡，湊在她耳旁道：「雅兒有沒有方法在龍陽君的餞別宴前先離開趙境，遲些我脫身後與你會合，那我在安排退路時可更靈活。」

趙雅芳軀一震，咬著唇皮，低垂螓首輕輕道：「給點時間人家想想好嗎？」

項少龍不忍逼她，點頭同意，拉著她來到矮几旁，席地坐下時，滕翼進來向他打出個諸事妥當的手勢，才坐到他對面。

田貞此時正要給項少龍斟酒，後者道：「今晚我不喝酒。」

善柔看了他一眼，露出注意的神色。

項少龍伸手抄著田貞的小蠻腰，道：「貞兒熟悉趙穆的臥客軒嗎？」

田貞乖乖的跪下來，點頭表示知道。

項少龍問道：「軒內有甚麼地方可藏起一疊帛書那樣大小的東西呢？」

田貞苦思片刻後，道：「那處放的是別人送給那奸賊的珍玩禮物，宗卷文件從不放在那裡的。」

田鳳接口道：「那處連櫃子都沒有一個，不過我們離開這麼久，會否不同就不知道了。」

趙雅擔心地道：「你想到那裡偷看那批效忠書嗎？現在趙穆有若驚弓之鳥，晚間又以惡犬巡邏，不要去好嗎？」

滕翼道：「府內定有地下秘道和密室那類的設置，你們知道嗎？」

趙雅等茫然搖頭。

田鳳忽地嬌呼一聲，道：「我記起了，府內主要的建築物都有儲存兵器、箭矢的地牢，但臥客軒是否有這個地牢，小婢卻不清楚。」

眾人聽得與秘道無關，剛燃起的希望倏又熄滅。

善柔冷笑道：「知道秘道的出入口在哪裡又怎樣，若我是趙穆，必使人把守地道，再加以銅管監聽，就算有蒼蠅飛進去也知道得一清二楚。」

趙致笑道：「少龍快請教柔姊，看她上回用甚麼方法進出侯府。」

眾人愕然，想起善柔確曾潛進侯府行刺趙穆，事後又安然逃出來。

善柔嘟起有性格的小嘴不屑道：「人家英雄蓋世，獨斷獨行，哪用我這種小女子幫忙？橫豎我善柔沒有分參與人家的壯舉，不若省回一口氣，好好睡一覺。」

趙雅首先忍不住笑道：「好柔姊，看你怨氣沖天的樣兒，我們的董爺今晚怎可以沒你照顧他呢？柔姊不要多心了。」轉向項少龍打了個眼色道：「是嗎？大爺！」

項少龍無奈苦笑，道：「當然！請柔大姑娘帶我這孤苦無依的小兵卒到侯府內玩耍一番吧。」

善柔化嗔怨為興奮，橫他一眼，道：「是你來求我哩！不要裝成被迫的樣子，雖然設計那些偷雞摸狗裝備的本領我差你一點點，但若論入屋殺人的勾當，當今之世誰及得上我善柔，否則田單就不須步步為營。」

趙致色變道：「柔姊啊！現在不是入屋殺人哩！」

善柔不耐煩地道：「這只是打個譬喻。」站起來道：「我要去準備一下。」欲離去時，見到項少龍仍呆看著她，叱道：「還不滾去換上裝備，我還要給你穿上特製的防水衣哩！」

不理仍是目瞪口呆地瞪著她的各人，逕自回房。

第三十三章　夜探侯府

夜幕低垂，馬車隊開出行館。

由烏果扮的「假董匡」和滕翼兩人，與一眾手下及雅夫人的親衛前呼後擁，策著駿馬隨車護送趙雅，眞正的項少龍和善柔則躲在車廂裡。

兩人換上以鹿皮特製的防水衣服，只露出臉孔、手掌和赤足，有點像二十一世紀的潛水衣。

項少龍那套本是善柔爲趙致縫製的，幸好一來趙致生得特別高大，鹿皮又有彈性，所以仍可勉強穿得上去。

兩人除攀爬裝備、兵器、暗器外，還各攜銅管一枝，以供在水裡換氣之用。不過到現在善柔仍未肯透露入府之法，項少龍只好悶在心裡。

趙雅看著緊身鹿皮衣下項少龍墳起的肌肉，健碩的雄軀顯露出充滿陽剛魅力的線條，情動下不理有人在旁，伏入他懷裡，嬌喘細細，那模樣媚惑誘人之極。

項少龍一手撫上她溫熱的香肩，張開另一手臂向善柔道：「柔姊不到我這裡來嗎？」

善柔瞪他一眼，還故意移開少許，移至窗旁透簾往外望出去。

項少龍早預估到她不會順從聽話，俯頭湊到趙雅的耳旁，道：「雅兒想好了嗎？」

趙雅明白他指的是要她先行離趙的事，以請求的語調應道：「這樣好嗎？你走後人家待一段時間才溜往某處會你。唉！若教人不知你的安危而離開，只是擔心就可擔心死趙雅了。」

項少龍皺眉道：「假若你王兄突然逝世，權力落到晶王后手內，她肯放過你嗎？那時我回到咸陽，鞭長莫及，怎樣助你呢！」

趙雅不屑地道：「她陣腳未穩，憑甚麼來對付我，況且她始終是韓人，若剛上場就拿我們王族的人開刀，王公大臣豈會讓她得逞，那時我若要走，她歡迎還來不及哩！唉！少龍！人家害怕的是別的事啊！」說到最後兩句，聲音低沉下去。

善柔顯然聽不清楚，不滿道：「趙雅你說話可否大聲點。」

兩人為之啼笑皆非。

項少龍不理她，轉向趙雅道：「雅兒怕甚麼呢？」

趙雅用力摟緊他，神色黯然道：「怕別的人不原諒人家嘛！」

項少龍其實一直頭痛這問題，只好安慰她道：「回咸陽後我會為你做一番功夫，廷芳和倩公主是胸無城府的人，不會記恨，其他人更不用擔心，這叫將功贖罪啊！」

此時車外傳來滕翼的聲音道：「準備！經過侯王府。噢！真精采，田單的車隊對頭開來。」

車內停止說話，項、善兩人避到角落，雅夫人掀起窗簾，往外望去。

田單的車隊緩緩而至，雙方均減速停下。

烏果裝扮的「董匡」拍馬和滕翼迎了過去，向田單問好請安。

田單現身於掀起的窗簾後，哈哈笑道：「董將軍辛苦了，我們這些閒人去飲酒作樂，你們卻日忙夜忙，不過人的體力終有限度，董將軍可勿忙壞了。」

烏果模擬項少龍的聲音，淡然笑道：「我這人天生粗賤，愈忙愈精神，謝田相關心了。」無論聲音、神態、語調均維肖維妙，使人絕倒。

以田單的銳目，在閃動不停的燈籠光下亦看不出破綻，頷首微笑後，朝趙雅瞧來道：「夫人這幾天容光煥發，神采飛揚，可願告知田某其中妙訣？」

眾人心中懍然，知道田單話裡有話，在試探趙雅的口風。

趙雅自有她的一套，嬌笑道：「趙雅可不依哩！田相在笑人家。」言罷垂下簾子。

田單呵呵大笑，向「董匡」和滕翼打個招呼後，下令起程。

兩隊人馬交錯而過。

項少龍向善柔打出手勢，下車的時間到了。

兩人藉著夜色，神不知鬼不覺地掩到侯府外西南處的叢林裡。

項少龍仍不知善柔葫蘆裡所賣何藥，直到隨她抵達一條小河之旁，才有點明白。

善柔著他蹲下來，道：「凡有池塘的府第，必有入水口和出水口，這是我善柔的大秘密，上趟我便是由這裡潛往那奸賊府內的大池塘裡的，若幸運的話，說不定我們還可直通至碧桃園那條人工河去。」言罷得意洋洋地看著項少龍。

項少龍道：「這裡離開侯府足有百丈之遙，如何換氣？」

善柔橫他一眼，嗔道：「眞蠢！人家可以進去，自然有換氣的方法，那枝銅管難道是白給你的嗎？除非剛下完大雨，否則河水和入府的大渠頂間總有寸許空隙，只要把銅管一端啣在口中，另一端伸出水面，不是可解決問題嗎？」

項少龍不由歎服，另一方面亦心中有氣，忽地湊過去封上她香唇，一手緊抓著她後項，強行索吻。善柔猝不及防，給他吻個正著，一時措手不及，略掙扎幾下後竟熱烈反應。

項少龍以報復的心態放肆一番後，才放開她道：「這是獎勵！」

善柔給他弄得面紅耳赤，偏又是春心蕩漾，狠狠橫他一眼，率先躍進河裡。

轉瞬間兩人先後穿進三尺許見方的暗水道裡，在絕對黑暗中緩緩前進。

項少龍心中泛起奇異的滋味，每回當他幹夜行的勾當時，他都有由明轉暗的感覺。

就像這明暗兩個世界是一同並行而存，只是一般人僅知活在光明的人間，對鬼域般的黑暗天地卻一無所知。

今次來到這暗黑得只能憑觸覺活動，萬籟無聲的水道內，感覺尤爲強烈。

此令人步步驚心、充滿危險和刺激的另一世界，確有其誘人之處。

一盞熱茶的工夫後，兩人由出水口穿出，抵達府後大花園中的荷花池，在一道小橋下冒出水面。

四周院落重重，天上群星羅佈，月色朦朧，池蛙發出「呱呱」鳴叫，又是另一種氣氛。

遠處一隊府衛沿池巡邏過來，兩人定睛一看，特別吸引他們注意的是兩大點綠芒，詭異之極。

項少龍嚇了一跳，忙拉著善柔潛入水內。

他的心悸動著，那兩點綠光正是犬隻反映附近燈火的瞳眸，看來這些本應是夜深人靜才放出來巡府的巨犬，因著田單等的到來，提早出動來加強防守。

巡衛過橋遠去後，兩人又從水裡冒出頭來，善柔低聲道：「糟了！有這些畜牲在岸上，我們惟有靠水道摸到那裡去。若臥客軒也放了兩頭惡犬在那裡，我們只好回家睡覺。」

項少龍亦不由大感氣餒，但半途而廢更是可惜，勉力振起精神，與善柔認定碧桃園的方向後，分頭潛進池水裡。

項少龍曾受過嚴格的潛水訓練，像魚兒般在暗黑的水底活動著，憑池水流動的微妙感覺，不片晌找到一個出水口，浮上水面和善柔會合，兩人同時喜道：「找到哩！」但又不由齊呼不妙。

究竟哪個水口可通往碧桃園呢？又或都不是通到那裡去？這事誰也不能確定。更要命是兩條暗水道均設在池底，完全沒有可供呼吸的空間，假設不能一口氣由另一方冒出來，便要活生生溺死，那才冤枉透頂。

項少龍人急智生，咬善柔耳朵道：「我們分頭進入水道，試探出水道的方向立即回頭，千萬不要逞強。」

善柔應命去了。

項少龍深吸一口氣，潛進水裡，穿入水道，前進了丈許，發覺水道往左方彎去，連忙按著渠道方石砌成的底部迅速退出，在狹窄的空間裡，要轉身掉頭亦難辦到，兩人再次會合。

善柔道：「我游了足有兩丈，前邊的方向似乎沒有問題，但這裡離碧桃園最少數百步的距離，我們怎能一口氣游到那麼遠的地方？」

項少龍憑記憶思索蒲布交給他那張帛圖，道：「由這裡到碧桃園還有一個池塘，我看水道應先通到那個池塘去的。」

善柔這麼堅強的人亦不由洩氣道：「即使池塘剛在正中處，離這裡也有百多步的距離，我們仍是到不了那處去的。」

項少龍靈機一動，喜道：「我有辦法了，只要我們把銅管的一端包紮著，另一端用手按緊，管內的餘氣可足夠我們換上兩、三次氣，不是可潛到那邊去嗎？」

善柔眼中閃著驚異之色，道：「你這人原來並不大蠢，但用甚麼東西包紮管口？」

項少龍不懷好意地道：「我的皮衣裡只有一條短褌，你裡面有穿東西嗎？」

善柔大窘，道：「你這好色鬼，噢！」

項少龍把她拉到池中心的假石山處，解開她襟口的扣子，探手進內，先滑入她衣裡讓指頭享受刹那的歡娛後，才撕下大截內裳。

善柔出奇地馴服，沒有惡言相向，或者是知事不可免，只好認命。又或爲殺死趙穆、田單，甚麼均可犧牲，何況最大的便宜早就給這男子拔了頭籌。

看著項少龍撕開布帛，紮緊管子，懷疑地道：「會漏氣嗎？」生死攸關，她禁不住關心起來。

項少龍充滿信心地道：「有三層布包裹著，濕透後縱或會漏出少許空氣，但那時我們早由那邊出口鑽出去了。來吧！」

兩人游到入口處的水面，深吸一口氣後，用手按緊沒有包紮那端的管口，由善柔領路鑽進水道裡。

兩人迅速深進，游過三十步許的距離，兩人第一次換氣，到第二次換氣時，兩人早已暈頭轉向，不辨東西遠近，只覺管內的氣被一口吸盡，大駭下拚命前游。

出口在前方出現，隱見光暈。大喜下兩人鑽將出去，浮上水面，靠岸大口吸著平時毫不在乎的新鮮空氣。

四周樹木環繞，花木池沼，假山亭榭，是個較小的花園，佈置相當不俗。

項少龍每次到侯府來，活動範圍只限於幾座主建築物，想不到原來還有這麼雅緻的處所。

園裡一片孤寂，不聞人聲，只掛著幾盞風燈，把池塘沐浴在淡黃的月色裡。

善柔喘息道：「今次更不妙，我們最多只游過百步的距離，由這裡到碧桃園那條人工小河，少說還有兩百步以上的距離，遠近尚不能肯定，銅管的空氣怎夠用？」

項少龍亦正爲此苦惱，呆看著善柔，倏地靈機一動道：「你給我親個嘴，我便可想到辦法。」

善柔愕然半晌，垂頭低聲道：「若是騙我，便宰了你。」伸手纏上他脖子，獻上火辣辣的香吻。

忽地足音傳至，難捨難離下，這對男女沉進水裡去，繼續糾纏不休。到實在憋不住時，才再浮上水面，巡衛早遠去了。

兩人均泛起刻骨銘心的動人感覺，尤其在這種危機四伏的環境裡。

善柔捨不得地緊摟他，喘著氣道：「快說！」

項少龍道：「我們把頭罩割下來，用布條在管口紮緊，不是可多幾口氣嗎？」

善柔歡喜得在他左右臉頰各吻一口，道：「不愧是我善柔的第一個男人，不過今趟由我負責，人家不信你的手工。」

項少龍皺眉道：「甚麼第一個男人，你大小姐還會有第二、第三個男人嗎？」

善柔理所當然地道：「你們男人可以有很多女人，爲何女人不可以亦有很多男人？」

項少龍一呆道：「那誰還敢娶你？」

善柔皺起鼻子，扮了個鬼臉道：「誰要嫁人呢？天下這麼大，若幹掉趙穆、田單，我便四處浪蕩，或者有天累了，就來找你吧！那時你要不要人家也沒打緊。」

項少龍發覺自己眞的很喜歡她，比起別人，她更接近二十一世紀堅強獨立的女性。

善柔不再理他，由手臂的革囊處拔出匕首，工作起來。

由於有了上趟的經驗，兩人換氣時都小心翼翼，駕輕就熟地潛游過二十多丈的地下暗水道，來到碧桃園的人工河處，悄悄由河底往園心的臥客軒潛過去。

這道人工小河寬約丈許，繞軒蜿蜒而流，兩岸亭臺樓榭、花樹小橋，美景層出不窮。守衛更是森嚴，通往臥客軒的主要通路掛滿風燈，滿佈守衛，園內又有人攜著巨犬梭巡，若非有此水底通道，項少龍儘管有二十一世紀的裝備，欲要不爲人知摸到這裡來，亦是難比登天。

小河最接近臥客軒的一段只有丈許之遙，兩人觀察形勢，找到暗哨的位置，在一座橋底冒出水面。

項少龍看準附近沒有惡犬，向善柔打個手勢，由橋底竄了出來，藉花叢草樹的掩護，迅速搶至軒旁一扇緊閉的漏窗旁，項少龍拔出一枝鋼針，從隙縫處插了進去，挑開窗門。

兩人敏捷地翻進軒內，把窗門關好，下了窗閂，均感筋疲力盡，移往一角挨牆坐下。

善柔打著了火熠子，項少龍忙用兩手遮掩，避免火光外洩。

掩映的火光中，軒內的環境逐漸清晰起來。

軒內佈置清雅，偌大的空間，放置二十多座精緻木櫃，陳列各式各樣的珍玩寶物。軒心處鋪著地氈，圍著一張大方几擺放四張上蓋獸皮的舒適臥几。

調。

項少龍正暗讚趙穆懂享受，善柔喜道：「你看！」

項少龍循她手指處望去，只見其中兩個珍玩架間放置一個五尺許高的大鐵箱，與整個環境絕不協調。

兩人大喜，躡足走過去。

善柔摸著那把鎖著鐵箱的巨鎖，苦惱道：「這種鎖我還是第一次見到，怎打開它呢？」

項少龍笑道：「讓我這開鎖宗師來看看吧！」

才把鎖抓在手中，還未及細看，人聲忽由正門外傳來。

兩人魂飛魄散。

善柔環目一掃，低呼道：「上橫樑！」拔出發射掛鉤的筒子。

開門聲剛於此時傳來。

項少龍一把拍熄她手上火苗，善柔射出掛鉤，準確無誤地緊掛在橫架軒頂的大樑柱去。

黑暗中項少龍不敢冒失射出掛鉤，猛一咬牙道：「抱緊我！」抓緊索子，往上攀去。

善柔知事態危急，躍起摟緊他的熊腰，把命運託付在他手裡。

大門洞開，有人叫道：「點燈！打開窗子，侯爺和客人快到哩！」

項少龍大叫倒楣，用盡吃奶之力，往上攀去，善柔則把身下索子不斷收起來。

門旁燈火亮起，十多名府衛闖進來，這時若有人抬頭一看，保證他們無所遁形。

幸而他們心中所想的不是點燈就是開窗，一時無人有暇望往屋頂。

當兩人驚魂甫定，伏在橫樑和瓦桁間的空隙，下面早大放光明，新鮮空氣由窗門湧入，驅走軒內的悶氣。

善柔湊過小嘴吻他一口，表示讚賞。

足音響起，接著是趙穆的聲音道：「你們都給本侯出去。」

項、善兩人的心「卜卜」狂跳起來，知道趙穆要帶田單和李園到這裡來，定是想給他們看看那批可顯示實力的效忠書。說不定還有重要事情商量，不由緊張起來。

《尋秦記》卷三終

國家圖書館出版品預行編目資料

尋秦記／黃易著. --初版.--台北市 ：
蓋亞文化，2017.08－
冊; 公分. --

ISBN 978-986-319-290-9 (卷3 : 平裝)

857.83 106009654

新編完整版

作者／黃易
封面插圖／劉建文
封面題字／練任
裝幀設計／克里斯
出版／蓋亞文化有限公司
地址◎台北市103赤峰街41巷7號1樓
電話◎（02）25585438 傳真◎（02）25585439
部落格◎gaeabooks.pixnet.net/blog
服務信箱◎gaea@gaeabooks.com.tw
投稿信箱◎editor@gaeabooks.com.tw
郵撥帳號◎19769541 戶名：蓋亞文化有限公司
法律顧問／宇達經貿法律事務所
總經銷／聯合發行股份有限公司
地址◎新北市新店區寶橋路二三五巷六弄六號二樓
電話◎（02）29178022 傳真◎（02）29156275
初版一刷／2017年08月
定價／新台幣 370 元
Printed in Taiwan

ISBN／978-986-319-290-9

黃易作品集臉書專頁 www.facebook.com/huangyi.gaea